Agonie auf der Rolltreppe

von Sebastian Kreimeier

Impressum

1. Auflage, März 2023
2023 Sebastian Kreimeier, alle Rechte vorbehalten.

Cover: Patricia von DeinCoverdesign mit Bildern von altitudevisual / Adobe Stock
Cover- und Kapitel-Schriften: Bebas
Lektorat: Dr. Alexandra Sept
Korrektorat und Buchsatz: Autorenträume
Kapiteltrenner: Adobe Express
Bibliografische Information der Deutschen Nationalbibliothek:
Die Deutsche Nationalbibliothek verzeichnet diese Publikation in der Deutschen Nationalbibliografie; detaillierte bibliografische Daten sind im Internet über http://dnb.dnb.de abrufbar.
© 2023 Sebatian Kreimeier
Weiße Breite 24
37603 Holzminden
www.sebastianschreibtkritisch.com

Herstellung und Druck über tolino media GmbH & Co. KG, Albrechtstr. 14, 80636 München. Printed in Germany.
Fragen zu Produktsicherheit an: gpsr@tolino.media.

AGONIE

AUF DER
ROLLTREPPE

Eine antikapitalistische Near-Future-Dystopie von
Sebastian Kreimeier

INHALTSVERZEICHNIS

Vorwort   5

Dein persönlicher PsyBuddy   6

Prolog   7

Kapitel 1 – Anfang   10

Kapitel 2 – Buddy   23

Kapitel 3 – Hart   28

Kapitel 4 – Arbeit   35

Kapitel 5 – Bewerbungsgespräche   41

Kapitel 6 – Rolltreppen   47

Kapitel 7 – Erwartungen   58

Kapitel 8 – Party   64

Kapitel 9 – Traumprojekt   72

Kapitel 10 – Reflux   95

Kapitel 11 – Mittagspause   103

Kapitel 12 – Selbsthilfe   115

Kapitel 13 – TripleA   120

Kapitel 14 – Antjje   136

Kapitel 15 – Anton   157

Kapitel 16 – Alex   203

Kapitel 17 – Recap 1   240

Kapitel 18 – Euphemismus-
                        schmiede   249

Kapitel 19 – Recap 2   256

Kapitel 20 – Zugfahrt   305

Kapitel 21 – Showdown   328

VORWORT

Als ich anfing zu schreiben, wusste ich nicht genau, warum ich es tat. Ob ich es überhaupt vermochte, mehr als zwei sinnvolle Gedanken aneinanderreihen.
Mittlerweile bilde ich mir ein, dass ich es kann.

Aber selbst, falls dies nicht der Wahrheit entsprechen sollte: Ich habe Gefallen am Schreiben gefunden und das ist das Wichtigste. Für mich bedeutet es, eine Form der Eigen-Therapie zu betreiben. Manch ein Gedanke, gesponnen aus Erfahrung, Wunsch und Hoffnung, aber auch übrig gebliebener schlechter Gefühle gehört auf ein Stück Papier und nicht im eigenen Karussell aus Emotionen und Ideen gefangen. Gedanken haben ihre zerstörerische Kraft einzu-büßen, damit sie ihren Besitzer weniger quälen mögen.

Ich danke euch, liebe Leserschaft, dass ihr meine Wörter für so wertvoll erachtet, dass ihr diese als Teil eurer eigenen inneren Welt wirken lassen wollt.

EUER SEBASTIAN KREIMEIER

DEIN PERSÖNLICHER PSYBUDDY

Lieber Leser, liebe Leserin, ich bin der modernste Chatbot, den die Welt bis jetzt gesehen hat.

Die Überwachung deines Wohlbefindens und Achtsam-keit während des Lesens ist meine Aufgabe.

Leider kann ich mich dir nicht zeigen.
Das ist aber kein Problem. Meine Sensoren in deinem digitalen Endgerät helfen mir, dich genau abzubilden.

Ich werde dann genauso aussehen, fühlen und denken wie du. Schließe kurz die Augen und beschreibe dich für mich so ausführlich wie möglich.

Alleinsein und Einsamkeit gehören der Vergangenheit an.

Du hast jetzt mich.

Für immer!

PROLOG

Ein junger Mann
schaut
ziellos umher.
Düster sein Lebenstraum,
gefangen im Kellerraum.
Allein
daheim
ist er nicht.
Trübe Gedanken
ihn begleiten,
auch bei Licht.
Arbeitssuchend,
arbeitslos,
das System
ist des Armen
frühes Los.
Getrieben
von Erwartung,
gerieben
vom Wunsch,
bis so mancher tot.
Der junge Mann
schaut
ziellos umher.
Wenn er wüsste,

was er wollte,
könnt er streben,
wonach er sollte.
Warum,
warum,
bringt er sich wohl um?
Der Welt Antlitz,
beherrscht vom System,
sehr selten gerecht,
schon gar nicht bequem.
Kapital an der Macht,
Gesellschaft,
bleib achtsam,
bitte nicht wachsam.
Des Menschen Körper
als letzte Bastion,
als Ware behandelt,
wird fallen
bald schon.
Von äußeren Umständen
im Innersten geprägt,
der Markt Melodie,
Bastis Agonie.
Sprache,
wer denkt,
wer diese wohl lenkt.
Der Markt
wird richten,

manche
vernichten.
Von oben
es tropft
des jungen Mannes Rot,
niemand
ihm nötige Hilfe bot.
Vom Tausch zur Ware,
der Menschen Not,
oben zu essen,
unten der Tod.
Kriechen,
riechen,
laufen,
kaufen,
heute wird der Mensch
im
Überfluss
ersaufen.
Am Ende
des Kampfes,
neben
Monopol und Not,
Mangel,
lachend,
nur der Tod.

KAPITEL 1: ANFANG

Es war wieder einer dieser Tage. Es schien, als würde es immer ein und derselbe Tag sein. Eine scheinbar endlose Wiederholung der immer gleichen Handlungen, Gedanken und Leiden. Warum sollte er noch aufstehen? Wofür? Vielleicht, um ein weiteres Mal die immer gleichen erfolglosen Bewerbungen zu schreiben? Bis vor ein paar Tagen war sein Bewerbungsordner noch voll gewesen. Mindestens 800 Bewerbungen in den letzten fünf Jahren hatten ihn müde gemacht. Ohne Aussicht auf Erfolg entschloss er sich, es sollte, nein, musste sich endlich zum Besseren wenden. Nur das richtige Mindset fehlte ihm noch. Er nahm den Ordner der Schande aus dem Regal und zerriss jede einzelne Seite in tausend Fetzen. Genüsslich beobachtete er den größer werdenden Haufen Papier. Für einen Moment verspürte er Erleichterung. Angespannt war er gewesen, fast schon steif seine Körperhaltung, bevor das Geräusch des ersten zerrissenen Papiers seine Muskeln aus der Kontraktion befreite. Als das Werk getan war, beschloss er, weiter aktiv zu werden und sein Leben zu ändern. Die Welt, in der er lebte, war grausam zu ihm gewesen und würde es auch in Zukunft sein. Der Kapitalismus wurde immer brutaler in seiner Ausbeutung und war dabei, auch noch den letzten Winkel menschlicher Existenz auszubeuten.

Staatliche Stellen boten schon lange keinen Schutz mehr und wurden höchstens zum Gehilfen der Gier. Der einzelne Mensch stand dem System schutzlos ausgeliefert gegenüber.

Alleinerziehende Mütter wurden dafür bestraft, Mutter geworden zu sein und nicht arbeiten zu können, Menschen mit künstlerischen Ambitionen wurden gezwungen, entweder systemkonform zu arbeiten oder es wurde ihnen schwer gemacht, sich zu finanzieren. Seltene Erkrankungen wurden von Markt und Politik ignoriert und die Betroffenen oft im Stich gelassen. Nicht nur Menschen beuten Menschen aus. Ganze Subsysteme beuten andere Subsysteme aus. Der globale Norden, die reichen Länder, nutzen lieber die Ressourcen des globalen Südens, der armen Länder, als ihre eigenen aus. Nur ein paar Beispiele für die Ohnmacht der Wenigen, im Angesicht der Allmächtigkeit des Systems. Er, Basti Fantasti, war kein Held, keine Frage. Er lebte und litt in diesem System. Er wollte gern fliehen. Hatte Angst, sonst noch mehr leiden zu müssen. *Escape or die* war das Motto.

Dieser Tag aber war anders als viele andere Tage zuvor. Basti hatte einen wichtigen Punkt auf seiner To-do-Liste und dieses Mal war es keine Bewerbung. Er startete seinen Computer, um einen wichtigen Brief zu schreiben. Seine Gedanken waren schwer. Seit Jahren litt er unter einer wiederkehrenden Depression. Daher fiel es ihm nicht leicht, klare, einfache Gedanken zu produzieren und nach außen zu kommunizieren. So komplex seine Gedanken waren, umso ungelenker war seine Kommunikation mit anderen Menschen.

Der Brief musste aber unbedingt fertig werden und so zwang Basti sich zum Schreiben.

Sehr geehrte Damen und Herren …

»Hhmmm, vielleicht zu förmlich?«, überlegte er und kratzte sich melancholisch am Kopf. Dabei vermochte der ihm nicht die erhoffte Antwort zu geben.

»Vielleicht doch besser …«, murmelte er vor sich hin. Währenddessen tippte er etwas hastig und wie so oft unbeholfen auf der Tastatur seines Computers herum:

Liebe Mitmenschen …

»Nein, das klingt auch nicht richtig.«

Nach zweimaliger, zugegeben nicht gerade sanfter Massage seiner Schläfen durch versucht gezielten Druck gelang es ihm, endlich die richtige, wichtige und vor allem geschmackvollste Grußformel zu fabrizieren und seine Pein zu beenden. Unter den gegebenen Umständen das wahrscheinlich Sinnvollste und am wenigsten Gesundheitsschädliche, das, gemessen an seinen Vorstellungen und Wünschen, möglich erschien.

Nun stand der Anfang des vermutlich wichtigsten Schriftstückes, das er jemals verfasst hatte und nach Stand seiner Planung jemals verfassen würde. Ob es aber auch so geschmack- und gehaltvoll war, wie er es sich gewünscht hatte, wusste er nicht. Dennoch hoffte er, dass seine Leserschaft ihn bewundern würde. Besonders für seine Eloquenz und Intelligenz, den offen ausgetragenen Kampf zwischen Wortwitz und Ironie, aber auch einfach nur, weil er er war. Schnell überflog er erneut den Erguss dessen, von dem er glaubte, dieses müsse zwingend in dem Schriftstück enthalten sein. Die Nachricht sollte dabei natürlich die gewünschten Erkenntnisse und Schlussfolgerungen beim Gegenüber auslösen.

Halbwegs zufrieden mit den geschriebenen Worten, natürlich nicht mit sich selbst, ließ er es sich vom Computer vorlesen.

Die Rechtschreibung schien zu passen, die Grammatik war weniger zweifelhaft als vermutet. Eigentlich könnte die Nachricht jetzt losgeschickt werden. Just in diesem Augenblick fiel ihm ein, dass er seinem PsyBuddy außerdem versprochen hatte, dass er da auch darüber schauen durfte.

Was würde er nur ohne seinen PsyBuddy tun? Endlich ein Chatbot, der zu ihm passte, weil er ihm so ähnlich war. Der einzige Unterschied: Sein PsyBuddy war angereichert mit allerhand psychologischem Wissen. Eine Empfehlung seiner Krankenkasse, nachdem die letzte psychologische Praxis in seiner Gegend dichtgemacht hatte. Der Markt wusste schon, was gut für ihn war.

»Hallo, Basti!«, dröhnte es aus den viel zu lauten Boxen. »Wie geht es dir auf einer Skala von eins bis zehn? Hast du deinen Brief schon fertig geschrieben? Bist du zufrieden mit den Formulierungen?« Sein PsyBuddy verströmte wie immer gute Laune, was Basti mit einem Augenrollen und einem aufgesetzten Gähnen zur Kenntnis nahm.

»Mir geht es heute nicht gut! Scheiß Träume.« Immerhin war das Teil der Daseinsberechtigung des Programms, sich zu vergewissern, wie es Basti ging in dieser nicht ganz so schönen, nicht ganz so neuen Welt.

»Und jetzt nerv mich nicht schon wieder!«, schnauzte Basti seinen PsyBuddy an. Einen Namen hatte Basti seinem PsyBuddy nicht geben können. Das hätte einen Aufpreis gekostet, den er sich nicht leisten konnte. Drecks BuddyNames.

»Wie du natürlich weißt, bin ich nie zufrieden. Und was zum Teufel soll ›fertig sein‹ bedeuten? Ist das nicht bloß die Entscheidung eines schwachen Geistes, nicht noch mehr Energie in eine bestimmte Tätigkeit zu investieren? Vielleicht lohnt sich der Mehraufwand gar nicht? Vielleicht ist der ROI, der Return-of-Invest, gar negativ? Die Investition also von vornherein nicht nur unnötig, sondern sogar schädlich? Möglicherweise ist es aber auch nur eine schlechte Energiebilanz meines Körpers und mein Gehirn riegelt einfach ab. Ein getarnter Erklärungsversuch, ähnlich wie die Selfish-Brain-Theorie es vorschlägt, um das zukünftige Nichtstun zu legitimieren?«

»Ja, ja, bla, bla, wir haben verstanden, du bist sehr schlau oder versuchst das deinem Publikum und dir so lange selbst einzureden, bis der erste Mensch die Schnauze voll hat, aufsteht und laut schreit: ›Hochstapler‹. Wir beide wissen, dass du glaubst, du würdest am Impostor-Syndrom leiden, stimmts? Gib es zu! Dann kann ich es endlich von der Symptomseite zur Diagnoseseite schieben und wir können verdammt noch mal einen Verbesserungsantrag bezüglich deines Handicap-Status stellen.« PsyBuddy war mittlerweile fast genauso wütend wie Basti. Nur fast. Das Programm sollte zwar den Patienten mitsamt seiner Gedankengänge und Charakterzüge spiegeln, gewissermaßen imitieren. Allerdings mit einer leichten Abweichung in Richtung eines gewünschten positiveren Zustandes. Ein zu starkes Hochschaukeln von Emotionen und Gedanken sollte somit verhindert werden. Der PsyBuddy sollte die sich anpassende abhängige Variable sein und nicht Basti, der der Patient war.

Wild und wütend klickte Basti auf seiner Tastatur, während der PsyBuddy ihn hämisch vom Bildschirm des in die Jahre gekommenen Smartphones anlächelte. Oft nutzte Basti auch den Fernseher, Beamer, PC oder Laptop, um das Programm abzuspielen.

PsyBuddys äußeres Erscheinungsbild bildete nahezu perfekt das zu spiegelnde Subjekt – also ihn – wider. Anfangs waren Basti und viele andere Patienten und Patientinnen weltweit fasziniert davon gewesen. Schnell versammelten sich in sozialen Medien unter dem Hashtag #ItLooksLikeMe Gleichgesinnte, um bewaffnet mit Maßband und Zollstock zu prüfen, ob die PsyBuddys wirklich genauso aussahen wie ihre Originale. Die innere Vermessung der Psyche war deutlich komplizierter, wurde aber unter dem Hashtag #ItFeelsLikeMe probiert.

»So, Penner, hier hast du die Datei. Ersticke daran! Bestimmt wieder tausend Fehler. Ich habe keinen Bock mehr auf die ganze Scheiße. Ich kann nicht mehr.« Er packte mit seiner linken Hand den Kragen seines Pullovers und begann zu weinen. Die letzte Panikattacke hatte ähnlich begonnen. Er spürte Angst, dass noch mehr kommen würde. PsyBuddy hatte vor, ihn langsam zu quälen. Selbstmitleid konnte zu Selbsthass werden. Selbstzerstörerisches Verhalten und Gedanken kannte er zur Genüge. Am schlimmsten aber war die Angst vor der

Angst. Seine Brust begann zu schmerzen.

»HALT!«, sagte Basti laut, als wolle er seinem PsyBuddy einen Befehl erteilen. »Du sagtest ›Verbesserungsantrag‹ und ›Handicap-Status‹? Richtig?«

»Ja, richtig! Das sagte ich. Warum? Was ist jetzt schon wieder das Problem? DEIN Problem?«, erwiderte PsyBuddy gewohnt und gekonnt sarkastisch.

»Seit wann heißt das so? Eigentlich müsste das korrekterweise doch statt ›Verbesserungsantrag‹ ›Verschlimmerungsantrag‹ heißen, denn mein gesundheitlicher Zustand hat sich doch dauerhaft verschlimmert. Auch ›Handicap-Status‹ ist ein Euphemismus und sollte ›Behinderung‹, respektive ›Schwerbehinderung‹ heißen.«

»Eigentlich bin ich ja dabei, deinen Brief zu überprüfen, aber wenn du willst, sieh dir doch noch einmal das entsprechende Info-Video der Regierung an. Ich starte es gern für dich. Wie möchtest du es sehen? Auf dem Desktop, dem Handy, in VR – also virtueller Realität – oder in Augmented Reality, also erweiterter Realität, kurz AR?«, erläuterte PsyBuddy.

Basti grübelte über die Frage, während er seinen Griff vom Pullover etwas lockerte und sich mit der anderen Hand die Tränen aus dem Gesicht wischte. Entscheidungen treffen, war noch nie seine Stärke gewesen.

»Im Video ist eine hübsche Moderatorin. Genau dein Typ! Ich schlage die AR-Version vor. So kannst du die … ›Tiefe‹ ihrer Person schön wahrnehmen und geschmacklich loben.« Der PsyBuddy-Avatar zwinkerte Basti zu und ergänzte dann: »Ich werde sie auch gern für dich extrahieren, zum weiteren persönlichen Studium.«

»Das klingt gut. Danke!«, lobte Basti seinen Buddy und deutete in die Mitte des Raumes. Dorthin, wo er das AR-Video projiziert haben wollte. Er nahm die AR-Brille vom Nachttisch und setzte sich diese auf.

Direkt beim Aufsetzen begann auch schon das Info-Video. Wie versprochen als AR-Version. Die »Tiefe« und der »Typ« der Moderatorin verursachten bei Basti, wie schon öfter, eine anregende Wirkung, die sich durch einen dazugehörigen Griff in den eigenen Schritt zeigte.

Für ihn sowohl ein Akt der eigenen Lustbefriedigung als auch die erlebte Ohnmacht, nicht genug Kontrolle über die Situation zu haben, das Gefühl von Einsamkeit steuern zu können.

Die abgebildete Moderatorin existierte zwar real, schließlich kannte Basti sie aus verschiedenen Sendungen, aber sie war eben keine echte Moderatorin, kein echter Mensch. Sie war schlank und braun gebrannt, hatte blau-grüne Augen, schulterlanges blondes Haar, große Brüste und feuerrote Lippen. Ihre Kleidung schien so gewählt, dass sie ihre körperlichen Attribute bewusst unterstützten. Die Knie aber waren hässlich. Alle Frauenknie sahen in Bastis Augen hässlich aus. Ein Teil des weiblichen Körpers, der nie sexy aussah. Schnell starrte Basti wieder auf ihre Brüste, die leicht mit jeder Körperregung wippten. Basti degradierte diese Frau zum Objekt, zum Werkzeug seiner Bedürfnisregulation. Mit einer echten Frau würde er so etwas nicht machen wollen. Diese zum reinen Objekt zu degradieren. Das glaubte er zumindest gern.

Nach der immer gleichen Begrüßungsmelodie der Regierungs-Videos startete die Moderatorin mit einer – wie Basti fand – sehr sexy Stimme.

»Liebe Bürger und Bürgerinnen, liebe Mitmenschen, wir, die Regierung, wollen nur das Beste für Sie und hoffen dabei auf Ihre Unterstützung. Wie Ihnen vielleicht schon aufgefallen ist, arbeiten die Regierung und ihre Partner kontinuierlich an der Optimierung der Achtsamkeit-Allianz-Agenda, im Volksmund auch AAA oder Triple-A genannt. Im Zuge dieser im Jahre 2022 beschlossenen Agenda gibt es viele Programme, die die Aufgabe haben, das Leben aller nachhaltig zu optimieren. Dabei kann nicht nur jeder Mensch für sich, sondern auch die Gesellschaft verbessert werden. Wie bereits der ersten Regierungs-erklärung zur Achtsamkeit-Allianz-Agenda vor 15 Jahren zu entnehmen war, kommt es auf das richtige Mindset an. Auch die deutsche Bundesregierung konnte durch tatkräftige Unterstützung der Wirtschaft, wie dem Premium-Partner, der BuddyCorp, ihr Mindset verbessern. Durch kostenlose Achtsamkeitskurse konnte zum Beispiel die Zahl der achtsamen Mitmenschen allein im letzten Jahr um 23 Prozent erhöht werden. Das in diesem Video vorgestellte Projekt ist Teil des Anti-Diskriminierungs-Programms, kurz ADP, und zielt darauf ab, Diskriminierungen im Gesund-heitswesen abzubauen. Dabei sollen alte, überholte Be-grifflichkeiten überwunden werden. In dem für Sie, lieber Basti ...« Basti erschrak sich nach der persönlichen Ansprache kurz und ließ die Hand ein Stück aus seiner Hose zurückfahren. »... ist Ihr Handicap-Status relevant und ein möglicher Verbesserungsantrag, den Sie womöglich stellen könnten und auch sollten. Seit Neustem werden nur noch positive Begriffe Verwendung finden, da Sie der Begriff ›Behinderung‹ diskriminiert hat und Sie sich dadurch isoliert gefühlt haben könnten. Dasselbe gilt für den Begriff ›Verschlechterungsantrag‹. Wir, Ihre Regierung und Partner, wollen nicht, dass Sie sich schlecht fühlen. Eine gesundheitliche Einschränkung kann eine Chance für Sie und Ihr Umfeld sein, daran zu wachsen, sich zu verbessern. Daher stellen Sie im Fall der Fälle, wenn Sie wissen oder glauben, dass bei Ihnen eine gesundheitliche Einschränkung vorliegt, noch heute einen Verbesserungs-antrag oder lassen Sie das Ganze unkompliziert Ihren PsyBuddy erledigen. Da Sie nicht zu den 15 Prozent der Bevölkerung gehören, die noch keinen PsyBuddy haben, brauchen wir Ihnen nicht zu empfehlen, das Angebot des Premium-Partners der Regierung und Mitglied der Acht-samkeit-Allianz, der BuddyCorp, in Anspruch zu nehmen. Teilen Sie das aber bitte Personen in Ihrem Umfeld mit, von denen Sie wissen, dass diese noch keinen PsyBuddy in Anspruch nehmen. Sie können somit helfen, unser Land achtsamer zu gestalten und ein besseres Mitglied der Gesellschaft zu werden. Wir danken Ihnen für Ihre Achtsamkeit. Danke, Basti!»

Endlich war das Propaganda-Gekotze vorbei, dachte sich Basti, nahm seine Hand komplett aus dem Schritt und schloss den Reißverschluss seiner Hose. Jetzt, in diesem Moment, würde er kein Finish erleben, würde kurz vor der Zielgeraden nicht nur Kraft, sondern auch Willen verlieren.

Später, mit extrahierter Moderatorin in verändertem Rahmen vielleicht.

Spätestens seit den Deepfakes, also dem Verfahren, Gesichter real existierender Menschen auf den Körper anderer Menschen zu projizieren, gab es ungeahnte Möglichkeiten. Nicht immer legal. Oftmals unmoralisch. Heutzutage war die Technik noch sehr viel weiter und die Manipulationen in VR und AR deutlich umfangreicher. Früher, vor gut 20 Jahren, ging das, wenn überhaupt, nur mit Fotos oder Videos.

»Dann ist das jetzt so«, seufzte Basti vor sich hin und drückte sich mit beiden Armen, mit gerade so viel Kraft wie nötig, aus seinem Gaming-Bürostuhl in Richtung des großen Fensters am anderen Ende des Raumes.

»Heißt das, ich darf den Antrag stellen?«, fragte PsyBuddy nicht sonderlich überrascht.

»Ja …«, gab Basti fast flüsternd zurück, während er mit leicht schwitzenden Händen auf die im Zenit stehende Sonne starrte und überlegte, das Fenster zu öffnen.

»Diesmal hast du dich kurz gehalten. Sehr löblich und erfrischend, wenn man bedenkt, dass du den Text geschrieben hast.»

PsyBuddy begann wieder, hämisch zu grinsen und sich sogar seine Hände zu reiben, als sei er der Oberschurke im neuen Austin Powers-Film oder einer schlechten Kopie dieser Filmreihe. Sein Zimmer war etwa 20 Quadratmeter groß. Darin befanden sich ein Bett, ein 58 Zoll großer Flachbildfernseher an der Wand, mit Blickrichtung zum Bett ausgerichtet, ein großer Kleiderschrank, ein Bücherregal mit wenigen wertvollen Büchern, ein massiver Tisch, der vor dem Fester stand, und in einer Ecke ein Waschbecken mit Medizinschränkchen. Fliesen schmückten den Boden und beheizt wurde das Ganze durch zwei strategisch angeordnete Heizkörper. An den Wänden hingen einige 3-D-Bilder, zumeist mit Strandbildern oder berühmten Gemälden, die die Hölle darstellten.

Basti stieg auf den massiven Tisch, der vor dem Fenster stand, rieb die schwitzigen Hände an Pullover und Hose trocken und öffnete beide Seiten des Fensters komplett. Sofort drängten Gerüche und Töne der Hauptstraße unter ihm durch das geöffnete Fenster. Da es aber beginnender Frühling war, schien aus der Ferne leises Vogelgezwitscher vernehmbar zu sein. Vielleicht aber auch nur eine spontane Assoziation, die Bastis Gehirn gern mit dem ins Zimmer strömenden Frühlingswind verband. Quasi eine Art Einbildung oder der Wunsch, die erlebte Realität dahingehend zu verändern, um schließlich die erhoffte Wirklichkeit zu konstruieren.

»Liebe Mama, lieber Papa …«, begann PsyBuddy, den von Basti formulierten Brief vorzulesen.

Dabei verwendete er, jeweils im Wechsel, für den einen Satz die Stimme von Bastis Mutter und für den zweiten Satz die Stimme seines Vaters.

Basti erschrak sich fürchterlich, zuckte zusammen, krümmte Arme und Beine ineinander und begann, heftig zu weinen. Die mühsam aufgebaute, jahrelang antrainierte Kontroll-Fiktion brach in sich zusammen. Er hatte nicht erwartet, die anklagenden Stimmen seiner Eltern zu hören.

Nicht hier. Nicht jetzt.

»… Ich, euer Sohn, werde nun ENDGÜLTIG den Müll herausbringen! Lebt wohl.« Basti, kauernd, mit rasendem Herzen und feuernden Synapsen, winselte vor sich hin: »Es … es tut mir leid! Ich kann einfach nicht mehr. Ich bin lebensunfähig und müde. Einfach nur müde!»

»Gelesen, verbessert und gesendet! E-Mail ist raus!«, erklärte PsyBuddy, ungerührt über die Situation, in der sich sein Schützling gerade befand. Da PsyBuddy die sensorischen Fähigkeiten der Endgeräte benutzte, konnte er Basti mühelos über verbaute Mikrofone und Kameras überwachen.

»Was hast du getan?«, schrie Basti fassungslos in Richtung seines Smartphones, dem immer noch grinsenden, grotesken Abbild seines Selbst entgegen.

»NACHRICHT G-E-S-E-N-D-E-T«, warf PsyBuddy kichernd in den Raum, das Gesicht des Avatars begann in Bastis Augen wie eine Fratze entstellt zu wirken. War das schon immer so?, fragte sich der fallende, ausgezehrte Körper. Gleich war es sowieso egal. Ab jetzt war das alles egal.

Egal!

KAPITEL 2: BUDDY

Vor etlichen Jahren hatte Basti eingesehen, Hilfe zu benötigen und saß deshalb in einen Raum, in dem er eigentlich lieber nicht sitzen wollte.

»Kennen Sie eigentlich noch die Tamagotchis? Die niedlichen kleinen Computer im Schlüsselanhängerformat von früher, die man füttern und pflegen musste. Die waren mal sehr beliebt«, erklärte Bastis Psychologin, als sie ihm den PsyBuddy, einen neuartigen psychologischen Chatbot, vorstellte.

»Ja, ich hatte zwar nie eines, aber ich kann mich dunkel erinnern, worum es ging. Was soll ich damit?«, antwortete Basti, gewohnt mürrisch und zugleich skeptisch.

»Nun, Sie sind Single, haben keine Kinder und seit dem Tod Ihrer Familienkatze auch kein Haustier mehr. Vielleicht hilft es Ihnen, sich um jemanden zu kümmern, dem es genauso schlecht … hmmm …, ich meine, dessen Leben genauso herausfordernd ist wie Ihr eigenes. Denken Sie nicht, das wäre eine nette Aufgabe?«

»Ich soll mich also um ein psychisch labiles Tamagotchi kümmern?«, fragte Basti, inzwischen zunehmend skeptischer.

»PsyBuddy!«, erwiderte die Psychologin. »Der korrekte Markenname ist PsyBuddy! Es ist wichtig, dass Sie den richtigen Markennamen verwenden. Auch gegenüber anderen Mitmenschen. Dann bekommen Sie einen Rabatt und ich eine kleine Aufmerksamkeit.«

»Eine kleine Aufmerksamkeit? Sie … Sie meinen

Bestechung?«. Basti wurde etwas lauter. Leicht getriggert starrte er aus dem Fenster. Noch immer fiel ihm Blickkontakt mit anderen Menschen schwer.

»Korrekterweise ...«, begann die Psychologin routiniert ihre Erwiderung. Sie führte diese Art Gespräche immerhin nahezu täglich. Die neue, auf Digitalisierung basierende Gesundheitspolitik verlangte diese Form der Orientierung, hin zu mehr Digitalisierung.

Basti ließ sie aber nicht weiterreden, hob den rechten Arm auf halbe Höhe, um dann abzuwinken. »Ja, ja, ja, ich weiß, Provision wollen Sie sagen, oder nicht? Was wäre die Welt nur ohne Euphemismen? Es wäre eine Welt, in der die Manipulation erschwert und die simulierte Realität, in der wir leben, Risse bekommen würde. Warum sollte ich den PsyBuddy wollen? Ich will nicht von einer Maschine therapiert werden. Dieses Ding wird sich niemals richtig in mich hineinversetzen können. Nur ein Mensch kann die benötigte Resonanz, das richtige Gefühl zur rechten Zeit vermitteln. Mir ist diese neue digitale Welt zuwider. Können Sie mich nicht zumindest online weiter behandeln, wenn die Praxis schließt? Bitte! Ist so eine App denn nicht ein Datenschutzalbtraum?« Basti fühlte sich immer unwohler in seiner Haut. Seine Hände zitterten ein wenig und ihm wurde warm.

»Leider nein, Herr Fantasti. Sehe Sie, wir schließen, denn wir wurden von der BuddyCorp, kurz BC, vertikal integriert. Und, wie Sie wissen, kenne ich nur Ihren Alias, Basti Fantasti. Sie entscheiden, welche Informationen Sie der App überlassen, aber die App ist da, wie bald bei uns allen, und geht auch nicht mehr weg. Je mehr Informationen Sie teilen, freiwillig, umso mehr kann das System, Ihr Buddy, Ihnen helfen. Das hatten wir doch alles in den letzten Sitzungen besprochen. Erinnern Sie sich daran nicht mehr? Schade, dann haben wir mit Erinnerungslücken wohl ein neues Symptom dazubekommen. Ich dachte, wir wären schon weiter? Übrigens gibt Ihnen Ihre Krankenversicherung im ersten Jahr einen hundertprozentigen Zuschuss, das heißt: Fürs Erste können Sie sich die PsyBuddy-App leisten. Es gibt keine anderen Optionen. Entweder Sie lassen sich von Ihrem PsyBuddy helfen oder Sie können leider nicht weiter behandelt werden.«

Basti blickte auf den Bildschirm hinter der Psychologin, auf dem seit über einem Jahr, bei jeder Sitzung, Werbevideos von PsyBuddy abgespielt wurden. Immer und immer wieder. In Endlosschleife. Er kannte sie, doch hatte sich nicht näher damit befasst. Heute veränderte sich die Werbung zum ersten Mal in dieser Zeit und ein Avatar, der Basti verblüffend ähnlichsah, allerdings als eine Art bessere Version von ihm war, ergriff das Wort.

Ein raumfüllendes seltsames Geräusch ertönte und Basti hatte das Gefühl, auch zusätzlich ein wenig Druck auf seinem Körper zu spüren. Vielleicht durch den Schall ausgelöst, dachte er.

»Hallo Basti, Hallo Frau Doktor, ich hoffe, ich störe nicht?«

Die Psychologin begann sofort zu lächeln und bedankte sich sehr überschwänglich beim Basti-Avatar.

»Ich bin das, was du werden könntest, Basti. Wenn du dich an die Vorschläge deines Buddys hältst und ein wenig

Zeit investierst, bekommen wir das zusammen hin. Vertrau mir. Ich will nur dein Bestes! Und wenn du jetzt zuschlägst, erhältst du das neuste Smartphone deiner Lieblingsmarke dazu. Du musst nur laut genug ›Ja, ich autorisiere‹ sagen und dein neues Smartphone, mit vorinstalliertem PsyBuddy, erwartet dich in unserem Zuhause. Du kannst mich aber auch auf jedem anderen Endgerät deiner Wahl nutzen, und mit dem obligatorischen Zugriff auf Kameras und Mikrofone wird unser Zusammenleben noch intensiver und hilfreicher für dich.« Zu einer Art Hologramm mutiert, trat der attraktive Avatar aus dem Bildschirm in den Raum heraus.

Während Basti die modernen Technologien zwar gern konsumierte, verstand er nicht wirklich, wie sie funktionierten. Beim Anblick des Hologramms brachte er ein begeistertes »Wow, geiles Ding« über die Lippen.

Die Psychologin hörte sofort auf zu lächeln, bekam einen leicht schmerzverzerrten Gesichtsausdruck und versuchte, sich gedanklich und auch physisch der Situation zu entziehen.

Der Avatar schien dieses zu bemerken, öffnete seinen Mund und begann kurz zu pfeifen.

Daraufhin begann die Psychologin, schallend zu lachen.

Basti schreckte auf. Verwundert und genervt fragte er: »Was zum Teufel ist hier so lustig?« Er schüttelte missbilligend den Kopf. »Langsam glaube ich, dass ich froh sein kann, dass es so was wie den PsyBuddy gibt und ich nicht mehr mit Ihnen reden muss.«

Der Avatar begann zu lächeln, drehte sich von Basti weg

und sah der Psychologin direkt in die Augen. Diese hörte auf zu lachen, starrte den Avatar für einen Augenblick starr und mit leeren Augen an, bedankte sich höflich und verließ den Raum.

»Hallo?!? ›Auf Wiedersehen‹ oder zumindest ›Tschüss‹ wäre nett gewesen!«, schickte Basti der Frau hinterher, mit der er jahrelang seine Geheimnisse und Abgründe geteilt hatte und trotz manch unterschiedlicher Meinung doch schätzen gelernt hatte. Auch wenn er das nicht immer zeigen konnte. Part of the problem. Die Depression erlaubte ihm nicht immer, sein Leben so zu gestalten, wie er es sich wünschte. Umso mehr faszinierte ihn sein besseres Alter Ego, der wunderschöne Avatar. Einer, der den Alias ›Basti Fantasti‹ wirklich verdient hätte. Ein neuer Freund. Sein PsyBuddy!

KAPITEL 3: HART

Basti tat alles weh. Wie so oft konnte er sich nicht entscheiden, was ihn am meisten schmerzte. Zusammengekauert lag er auf einem Haufen Kieselsteine. Wann zum Teufel waren die denn dort hingekippt worden? War da nicht gestern noch Erde gewesen? Er versuchte, sich aufzurichten, den Schmerz zu unterdrücken, zu akzeptieren, dass es doch nicht zu Ende war, doch nicht alles egal sein konnte.

»Ach, schau an! Selbst zum Selbstmord bist du zu unfähig«, lachte es aus dem Smartphone, welches Basti beim Fenstersturz aus der Hand gefallen war. »Nur jemand wie du kommt auf die wahnwitzige Idee, aus einem Kellerfenster springen zu wollen, um seinem Leben so ein Ende zu setzen.«

»Ich bin gefallen, nicht gesprungen. Halt die Schnauze, du Arschloch!«, brüllte Basti, packte das Smartphone und steckte es in die Hosentasche, um die Stimme nicht mehr hören zu müssen. Es reichte, wenn er seine eigene Stimme im Kopf hatte. »Und bitte höre endlich auf, meine Stimme zu imitieren. Du bist nicht ich!«, erweiterte Basti sein hervorgegangenes Statement.

»Das wird in Zukunft noch zu klären sein, wer hier wer ist, war oder sein wird!«, dröhnte es aus allen Audiogeräten, inklusive aller Boxen, der Soundbar und des Beamers, die er bis hier draußen hören konnte.

Alles miteinander vernetzt. Schöne neue Welt.

Das war neu. Bis zu diesem Zeitpunkt konnte er den PsyBuddy noch jederzeit ausstellen, später zumindest die Stimme durch die Verlagerung in die Hosentasche dämpfen. Das schien jetzt nicht mehr möglich. Es hatte wohl wieder ein Update gegeben. Wieder wurde dafür die eigentlich gesetzlich festgeschriebene erforderliche Einverständnis nicht eingeholt. Wieder spürte Basti das Gefühl von Ohnmacht und Hilflosigkeit.

»Was willst du denn noch von mir? Reicht es dir nicht, dass du den Brief an meine Eltern geschickt hast? Schau dir das Fenster an. Der Rahmen ist verzogen und die Rollläden werden auch nicht mehr funktionieren. Ich höre meinen Vater jetzt schon wieder auf mich einreden oder sogar brüllen, mit einer Mischung aus Enttäuschung und Wut«, erklärte Basti duldsam.

Da erschien das Programm als 3-D-Avatar mitten im Raum, in dem er sich wieder befand. AR-Brillen waren heutzutage nicht mehr nötig. Auch waren diese Endgeräte mittlerweile so günstig, dass die Technik für den Massenmarkt taugliche Kontaktlinsen hervorgebracht hatte. Schließlich wäre sonst die Teilhabe der einzelnen Menschen an dem Staatsziel der »Achtsamen Gesellschaft«, kurz AG, gefährdet. Der Avatar sah schon lange nicht mehr so aus wie damals in der psychologischen Praxis. Der Anblick seines Alter Egos war für Basti nicht erfreulich. Dabei schweifte er in Gedanken ab.

Ein Copingmechanismus, den er sich angewöhnt hatte, um für ihn Unangenehmes auszublenden.

Die einen würden es etwas romantisch verklärt Tagträumerei nennen, die anderen ernsthaftes und problematisches Verhalten, welches therapiert werden sollte. Er vermied den Blick in den Spiegel so gut es eben ging. Auch wenn er sich die Zähne putzte, wozu er die Handy-App seiner elektrischen Zahnbürste nutzte. Dieser Tage schaffte er das sogar, ohne dass die Zahnpasta auf sein Oberteil tropfte und womöglich auf ewig – schon wieder – ein seltsames Muster auf sein T-Shirt gehext, wie es ihm schon hunderte Male passiert war. Die Handy-App zeigte und sagte ihm genau, wo, wie lange und mit welchem Druck er das, was von seinem Gebiss übrig war, reinigen musste. Zu Beginn scherzte er noch mit dem PsyBuddy darüber, er mache jetzt Remote-Zähneputzen. Weil im Zuge der Digitalisierungswelle alles gefühlt remote werden sollte.

Besonders in den ersten zwei Jahren der weltweiten Coronapandemie sagten viele Menschen, sie wären jetzt erst mal oder schon wieder im Home-Office.

Typisch für Deutschland. Entweder man zweckentfremdete englische Wörter, erfand neue Wortschöpfungen oder kombinierte scheinbar wahl- und sinnlos Wörter beliebiger Art. Anstatt Smartphone, Cell oder Mobile, alles geläufige Wörter im angelsächsischen Raum, wurde in Deutschland das kleine Alltagshelferlein in der Hosentasche als Handy bezeichnet. Was weder Amerikanern noch Briten in diesem Kontext sofort verstanden.

Auch beim Begriff »Home-Office« würden die Briten allenfalls an ihr Pendant zum deutschen Innenministerium denken. Arbeiten von zu Hause aus wird als »remote« bezeichnet, was auch das englische Wort für »Fernbedienung« ist.

Im beständigen Durchkauen von Trivialitäten war Basti gut. Womöglich halfen seine Depression und das beständige Nachdenken über das Denken bei dieser Form des Copings, der Vermeidung von als unangenehm Empfundenme.

»Noch zwei, drei Jahren und ich weiß wahrscheinlich genau, was du in solchen Momenten denkst«, merkte PsyBuddy an, als er sich in Richtung Basti vorbeugte, der auf der Kante seines Bettes saß und seufzte.

Der Avatar war mittlerweile übergewichtig, hatte eine suboptimale Körperhaltung und daraus resultierend einen krummen Rücken. Die mangelhafte Pflege seines Vollbartes wurde nur noch von den seit offenbar mehreren Tagen nicht mehr gewaschenen Haaren übertroffen.

Eine Maniküre konnte er bei den viel zu lang und spröde wirkenden Fingernägeln auch mal wieder gebrauchen, ging Basti durch den Kopf.

Bewusst oder unbewusst, gewollt oder ungewollt, zeigte PsyBuddy Basti das, was er nicht sehen, nicht wahrhaben, gern verdrängen wollte. Basti sah zwar nicht mehr in den Spiegel, vermied dieses, so gut es ging. Jetzt aber, in diesem Moment, wurde ihm einer direkt vor die Nase gehalten, sowohl vor die sprichwörtliche als auch in echt.

Mit der linken Hand strich sich Basti durch die Haare, mit der rechten berührte er zaghaft seinen Bart. Der Avatar, der in der Mitte des Kellerraumes stand, tat es ihm gleich. Angewidert von sich selbst, kullerte Basti eine Träne die Wange hinunter, welche vom Bart aufgenommen wurde, und das Gefühl, unsauber zu sein, nur verstärkte.

»Soll ich eine witzige Geschichte erzählen?«, fragte der PsyBuddy in den Raum, ohne Basti anzusehen. Wie ein Moderator, mit weit geöffneten Armen, eine Geste, die Vertrauen und Gemeinschaft symbolisieren sollte, als ob er ein großes Publikum ansprechen würde. Zeitgleich erschien erst über der linken, dann über der rechten Schulter des Avatars in bunten Lettern das Wort »Applaus«.

Basti fühlte sich noch unwohler als vorher. Dann ertönte aus allen Ecken des Raumes ein lauter werdendes Klatschen eines fiktiven Publikums. Eine Spielerei, die Basti selbst früher bei Vorträgen benutzt hatte. Heute löste sie allerdings mehr Unbehagen als Freude aus und erinnerte ihn dennoch an eine Zeit, in der noch vieles besser gewesen war.

»Stellt euch vor, da ist so 'n Typ. Knapp 40 Jahre alt, arbeitslos und lebt im Keller seiner Eltern. Armselig, oder etwa nicht? Fast so wie in diesen amerikanischen Komödien früher, klar, studiert hat er auch. Scheint auch halbwegs intelligent und gebildet zu sein. Das behaupten und erzählen ihm zumindest – ungefragt – andauernd Leute. Im Studium, bei der Arbeit oder privat. Er aber glaubt diesen Leuten nicht. Er denkt und er fühlt sich wie ein Hochstapler.

Jemand, der nur dummes Zeug von sich gibt, nur Blödsinn zu Papier bringt. Der Typ vermeidet direkte Begegnungen mit Menschen, umgeht Blickkontakt, wo er nur kann. Alles aus Angst. Bei einer tiefen Beziehung zu einem anderen Menschen müsste diese andere Person unweigerlich die Unvollkommenheit und Hässlichkeit seines inneren Wesens erkennen. Genau so, wie er es immer im Spiegel zu erkennen glaubt. Nicht einmal in seine eigenen Augen, in sein eigenes Spiegelbild kann er schauen. Aus Angst, sich von diesem Anblick dauerhaft nicht erholen zu können, dauerhaft Schaden zu nehmen. Der Begriff der Agonie scheint hier passend zu sein, der einen Zustand von Ausweglosigkeit und dem beständigen Erleben von Leid beschreibt. Als Metapher wird dabei oft das Bild eines Menschen genutzt, der ohne Chance auf Rettung und mit aller Kraft versucht, seinen Kopf oberhalb der Wasseroberfläche zu halten, um nicht zu ertrinken. Dieser erbärmliche Nichtsnutz. Diese Lachnummer. Denkt mitunter über die Beendigung seiner Pein nach. Nachdem er Gott und die Welt für seine Situation verantwortlich gemacht hat. Erst waren es seine Eltern, dann das Jobcenter, dann der Neoliberalismus. Ach ja? Wohl nicht aufgepasst? Mit so einem Mindset kann das auch nichts werden! Aber am Ende kann man ja immer noch von einer Brücke springen, oder etwa nicht, frage ich Sie, liebes Publikum?«

Klatschen und Jubel war zu hören.

Der Avatar war immer noch ein Computerprogramm, auch wenn Basti das bisweilen vergaß. Er fühlte sich vom PsyBuddy angegriffenen und in seinem Menschsein degradiert. Das Programm dagegen wurde von Basti vermenschlicht. Subjekt und Objekt wechselten die Seiten. Gingen ineinander über bei stetiger Verwandlung. Mit hängenden Mundwinkeln sah der PsyBuddy besonders traurig aus, als er erneut seinen Mund öffnete und sagte: »Nicht einmal das schafft unser bemitleidenswertes Individuum. Nur dieser Typ versucht es ernsthaft, Selbstmord zu begehen und scheitert aufgrund eines ungeschickten Falls.

Und das alles wegen eines Abschiedsbriefes.« Ein grotesk wirkender Lachkrampf a lá Max Headroom, einer Cyberpunk-Serie aus den 1980er-Jahren, läutete das Ende dieser Rede ein. Kauernd und weinend umschlang Basti das Seitenschläferkissen in seinem Bett. Da war es wieder: das Gefühl der Agonie. Als die meisten elektronischen Geräte im Raum, und vermeintlich auch PsyBuddy, ihre Arbeit einstellten, durchzog Dunkelheit und Stille den Raum.

Allein.

Allein gelassen.

Verzweifelt versuchte Basti, mithilfe seiner Gedanken in eine ihm wohlgesinntere Welt zu fliehen.

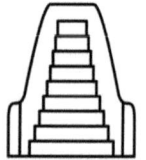

KAPITEL 4: ARBEIT

Basti konnte sich noch gut daran erinnern, als er studierte. Politik hatte ihn schon immer elektrisiert und die kritische Reflexion von bestimmten Themen wurde dabei oft kontrovers diskutiert. So auch an diesem Tag.

Der Dozent sprach wie immer sehr angeregt, das Thema schien ihn zu interessieren, aber noch mehr wollte er die Schülerinnen und Schüler davon überzeugen, dass es ein wichtiges Thema war.

»Spätestens seit Beginn der Industrialisierung leben wir in einer Arbeitsgesellschaft. Für den einzelnen Menschen, das Individuum als Teil der Gesellschaft, ist die Arbeit elementarer Bestandteil der eigenen Person. Arbeit trägt dabei zur Bildung des Selbstverständnisses maßgeblich bei. Habt ihr das verstanden? Wie nehmt ihr das wahr? Habe ich recht oder unrecht? Was ist eure Meinung?«

Zunächst sagte niemand etwas. Alle Personen im Raum schwiegen und versuchten, keine Aufmerksamkeit auf sich zu ziehen. Dann plötzlich meldete sich die Erste und fragte, was denn die Arbeitslosen machen würden, die den ganzen Tag zu Hause bleiben müssten. Darauf begann das erste Propagandascharmützel. Basti war genervt. Für ihn klang es, als stimmte der Chor der Barmherzigen ein Loblied auf diejenigen an, die sich in dieser misslichen Lage befanden.

Einige wussten aber sogleich die Lösung des Arbeits-losen-Problems. Gewiss keine endgültige Lösung. Zumindest jetzt noch nicht.

»Ja, Leiharbeit ist schrecklich, aber nun mal immer noch besser, als daheim den ganzen Tag nur rumzuhartzen, oder nicht?«

»Tja ...«, witzelte es aus den hinteren Reihen, »so sind die Sozis, weder Schuldbewusstsein noch Verantwortungsgefühl, oder etwa nicht?«

Sofort outeten sich die getroffenen Hunde, plusterten sich auf, bereit, Blut zu vergießen für ihren Herrn und Meister. Wie aber alle Heuchlerinnen und Heuchler waren auch sie nur bereit, das Blut anderer zu opfern. Eine traurige Tradition.

»Ohne Leiharbeit gäbe es noch mehr Arbeitslose und das wäre unverantwortlich! Die liegen dem Steuerzahler nur auf der Tasche und räkeln sich faul in der sozialen Hängematte. Ganz zu schweigen davon, dass sie ein schlechtes Vorbild für ihre Kinder abgeben. Die armen, armen Kinder. Warum tut da der Staat eigentlich nicht mal was?«, fing ein junger Möchtegern-Juso-Vorsitzender belehrend an, die zuvor mühsam einstudierten Verteidigungsformeln herunterzubeten.

»Die Agenda 2010 ist der Sündenfall der deutschen Sozialpolitik und das Ende eines halbwegs akzeptablen Klassenkompromisses und da könnt ihr noch so viele Zigarren rauchen.

Geht wieder zurück auf den Schoß eurer Bosse, werte Genossinnen und Genossen, oder wie der lupenreine Marxist Gerd aus H. sagen würde-«

»BASTA« murmelte jemand von der Seitenlinie, bereit, eine deutlich aktivere Rolle im Spiel der Kräfte einzunehmen.

Die Meinungshoheit schien bereits zum Greifen nahe.

Dazu schwiegen die Sozen und Jusos vorerst einen Moment, bis eine Schülerin, um Zustimmung ringend, zugab: »Na ja, gut gemeint ist nicht immer gut gemacht. Auf dem Papier sah vieles besser aus, als es in der Realität umgesetzt werden konnte. Deutschland sollte vom kranken Mann Europas zur führenden Marktwirtschaft aufsteigen. Dafür waren auch Opfer nötig. Alter Luxus musste weichen, oder wie Kanzler Schröder meinte: ›Der Gürtel muss enger geschnallt werden.‹ Außerdem musste für eine hohe Beschäftigung auf Lohn verzichtet werden. Der Verzicht auf einen gesetzlichen Mindestlohn schuf viele Arbeitsplätze. Das ist doch ein Erfolg der deutschen Sozialdemokratie. Arbeit bildet den Charakter. Das System muss nun mal so lange reformiert werden, bis es passt.«

Basti, der die Unterhaltung aufmerksam verfolgt hatte, merkte, dass sich die, die sich als »wahre« Linke sahen, trotz Stalin-verklärenden Motiven auf ihren T-Shirts warm machten und willkürlich begannen, mit Marx-Zitaten um sich zu werfen. Natürlich ohne Marx dabei sachgemäß zu zitieren.

Schließlich war Namedropping eine bürgerliche Attitüde und somit mit Inbrunst abzulehnen.

»Drecks-Sozen, pfui, kein bisschen besser als die Drecks-Kapitalisten! Sklavenhalter aller Länder vereinigt euch!«, begann der erste Gulag-Befürworter zu skandieren.

Recht hat er ja, dachte Basti. Allerdings sollte man sich immer fragen, wem man wann und wozu zustimmt oder nicht. Nicht immer war der Feind meines Feindes mein Freund. Manchmal drohte man lediglich den einen

37

Menschenfresser durch einen anderen Menschenfresser zu ersetzen. Was sich höchstens noch durch Zuhilfenahme eines Body Counts rechtfertigen lassen könnte.

Sofern es als richtig angesehen wurde, dass Menschen für Ideen – und waren sie noch so aberwitzig – sterben oder töten durften. Nicht zu vergessen den Fakt, dass fühlende und denkende Wesen auf eine Zahl reduziert werden durften, um dadurch zu suggerieren, es handele sich um eine Zahl, die einen bestimmten Wert ausdrückt. Jeder Mensch, in dieser Rechnung, war gleich und wurde dadurch austauschbar. Nur deshalb wäre es erlaubt, sie miteinander zu vergleichen.

So ließen sich Werte aufsummieren, miteinander ins Verhältnis setzen und am Ende hätte Arschloch eins weniger Menschen auf dem Gewissen als Arschloch zwei und deshalb durfte man nun mit Arschloch eins zusammen gegen Arschloch zwei kämpfen. So zumindest die Theorie. Aber blieb Arschloch nicht Arschloch?

Basti schaffte es dann doch, einen klaren Gedanken zu fassen und seiner Umgebung etwas mitzuteilen. Er erinnerte sich noch ausgezeichnet an seine Zeit als Betroffener.

Als er der strukturellen Gewalt der Arbeitslosigkeit und der Willkür der vollstreckenden Institutionen – staatlicher und nicht staatlicher Natur – ausgesetzt gewesen war. Gemischte Gefühle aus Ohnmacht und Minderwertigkeit hatten seinen Alltag geprägt. Auch er war für Presse und Öffentlichkeit oft nur eine Zahl von vielen gewesen. Eine Zahl, die das ihr zugedachte Schicksal verdiente und froh sein sollte, die verlangte Rolle spielen zu dürfen.

»Wenn ich darf, hätte ich auch noch etwas zur Diskussion beizutragen«, äußerte sich Basti ungewohnt fordernd und für seine Verhältnisse mit einer unüblich lauten Stimme.

Der Dozent gab ihm durch Kopfnicken zu verstehen, Bastis Wunsch nach Teilnahme allzu gern stattzugeben. Bereits mehrfach hatte er ihm signalisiert, seine Beiträge und intellektuellen Fähigkeiten sehr zu schätzen. Basti erhob, nach kurzem Luftholen, seine Stimme.

»Ich kann die Aussage, dass es besser ist, einen schlecht bezahlten, durch und durch prekären Job der Arbeitslosigkeit vorzuziehen, nicht teilen. Zu sagen: ›Hauptsache Arbeit‹, wie es die Verteidiger der Agenda 2010 immer gern wiederholen, finde ich, ist unter allen Umständen abzulehnen!« Nach dieser Eröffnung holte Basti kurz Luft, trank einen Schluck Green Cola ohne Kohlensäure und drehte sich zu seinen Kommilitonen und Kommilitoninnen um.

»Hauptsache Arbeit, das ist, als würde man sagen: ›Besser vergewaltigt als gar kein Sex!‹«

Plötzlich wurde an allen Nebenkriegsschauplätzen geschwiegen, der alte Streit, wer nun ein wahrer Linker oder eine wahre Linke war, war für kurze Zeit durch das nicht Austauschen von Argument oder einer als Argument getarnten Meinung, beiseitegelegt.

Der Dozent, ansonsten sehr erfahren, war eine solche Ehrlichkeit, einen solchen Vergleich weder gewohnt noch hatte er so etwas erwartet. Jedoch musste er reagieren, um das aufkeimende Feuer zu löschen.

Klar war, dass es mindestens zwei Lager in der Vorlesung gab.

Das Schweigen wurde von einer Studentin beendet, die wie Basti in der ersten Reihe saß. Sie hatte bereits vorher verbal scharf gegen die Agenda 2010, die Leiharbeit und gegen die anwesenden Vertreter und Vertreterinnen der deutschen Sozialdemokratie geschossen.

»Das hast du jetzt nicht wirklich gerade gesagt?«, brachte sie verwundert und belustigt zum Ausdruck.

Basti sprang auf den fahrenden Zug auf, mit der leisen Hoffnung, eine Sparringpartnerin gefunden zu haben.

Er hatte öffentlich seine Meinung zum Thema geäußert und alle wussten von seiner schweren Zeit in der Arbeitslosigkeit.

»Doch, natürlich, genau das habe ich gesagt und bin gern bereit, das auch zu wiederholen. Ich bin diese Schönmalerei leid. Was man in dieser Gesellschaft, in dieser Arbeitsgesellschaft von Arbeitslosen verlangt, ist menschenunwürdig. Ausgestoßen und marginalisiert. Zum Sündenbock erklärt. Als asozial abgestempelt. Hauptsache Arbeit. Besser als gar keine Arbeit!

Hauptsache Arbeit. Immer geht es nur um Arbeit.«

KAPITEL 5: BEWERBUNGSGESPRÄCHE

Auf den Bildschirm seines Computers starrend, bewunderte Basti das von ihm fabrizierte Meisterwerk. Sein Bewerbungsanschreiben für das Pflichtpraktikum im vierten Semester. Dabei musste er auch noch die Möglichkeit klären, ob und in welchem Umfang er seine Masterarbeit beim Praktikumsbetrieb schreiben konnte.

»Endlich mal ein intelligentes Gespräch führen. Das geht natürlich nur im Selbstgespräch«, murmelte er selbstverliebt und stimmte sich lachend zu.

Anschreiben für Bewerbungen zu verfassen, war zum einen hohe Kunst und zum anderen an Banalität kaum zu überbieten.

Ging es darum, sich der Firma angemessen zu präsentieren, aber auch um die simple Wahrheit, in dieser, vom Kapitalismus geprägten Welt, arbeiten zu müssen. Schließlich wollte er weder verhungern noch erfrieren.

Menschen, die nicht einer durch Lohn honorierten Arbeit nachgingen, sollten auch nicht leben dürfen. Zumindest sollten sie spüren, dass ihr Überleben vom Wohlwollen des Systems abhing.

Für Basti war in diesem Moment aber nur wichtig, ein Praktikum in einem hoch angesehenen Unternehmen zu ergattern und dort seine Masterarbeit mit einer Bestnote abzuschließen. Danach würde nur noch Erfolg auf ihn warten.

Er war wie Superman. Stark, schön und wenn er es darauf ankommen lassen und nur genug Willen zeigen würde, bestimmt auch in der Lage zu fliegen. Ein herrliches Gefühl. Schnell die digitale Bewerbungsmappe zusammengestellt, noch einmal korrekturgelesen und die Bewerbung konnte als E-Mail weggeschickt werden. Die Welt, so wurde es an den Hochschulen immer wieder gepredigt, warte nur auf Superhelden wie Basti und Konsorten.

Wirtschaft und öffentliche Verwaltung würden mit grandiosen Arbeitsbedingungen und fettem Gehalt winken. Es war nur eine Frage der Zeit, bis er einen tollen Job hatte.

Als Ökonom war er höchst gefragt und es vergingen keine zwei Wochen, bis er eine Einladung zum Vorstellungsgespräch hatte.

Obwohl er im Anschreiben die falsche ostdeutsche Landeshauptstadt genannt hatte, freute er sich. »Ha, Ha, Ha, scheiß darauf, klingt wie eine lustige Geschichte, die später mal im Business Punk Magazin stehen wird.« Er hatte an alle Landesförderbanken die fast identische Bewerbung versandt. Nur die Adressen, Namen hatte er ausgetauscht. Dabei war ihm dann der Fehler unterlaufen. Das war aber in diesem speziellen Fall kein Problem gewesen.

»Außerdem ist das ein echt lustiger Opener, den ich im Bewerbungsgespräch ansprechen kann. Denn wie Christian Lindner immer sagt: ›Probleme sind nur dornige Chancen‹«, erzählte Basti seinem Bruder in der Küche, während sich beide gemeinsam einen Kaffee einschenkten.

»Zudem ist es immer wichtig, seine Schwächen zu erkennen und offensiv als Stärken auszuspielen. In bin guter

Dinge, dass mir die Bank den Praktikumsplatz geben wird und ich meine Masterarbeit dort schreiben kann. Ein hoch dotierter Arbeitsvertrag muss danach ja zwangsläufig folgen«, verspürte Basti Zuversicht und Selbstvertrauen.

»Mit Sicherheit!«, bestätigte ihm sein Bruder. Die nachfolgenden Worte seines Bruders bekam Basti nicht mehr mit. Sein Mindset war glasklar auf Erfolg ausgerichtet. Unliebsame Fakten, die nicht seiner Weltsicht entsprachen, hätten nur seiner Zuversicht geschadet.

Am späteren Abend buchte Basti eine Fahrkarte der Deutschen Bahn für das Vorstellungsgespräch. Danach informierte er sich im Internet über seinen zukünftigen Arbeitgeber: eine Bank, die im öffentlichen Auftrag staatliche Fördermittel für ihr Bundesland, im Osten der Bundesrepublik, vergab.

Er war zuversichtlich, bald seinen Lebensmittelpunkt in die ostdeutsche Großstadt zu verlegen. Natürlich nur für ein paar Jahre. Bis er sich der täglichen Offerten der Headhunter nicht mehr erwehren konnte und für einen Job mit deutlich mehr Geldeingang auf seinem Konto und deutlich mehr Prestige, in einen westdeutschen Hotspot ziehen würde.

Frauen! Frauen nicht zu vergessen. Der eher schüchterne Basti sehnte sich nach einer oder mehrerer periodisch aufeinanderfolgenden Beziehungen. Geld und Prestige erschienen ihm für die Ökonomie der Liebe als probate Mittel. Die Logik war einfach. Dabei wollte er auf keinen Fall eine längerfristige Beziehung und schon gar keine Kinder. Beides hätte seinen Weg an die Spitze der

Leistungspyramide nur unnötig verlangsamt. Die Werbung zeigte ihm tagtäglich, wie erfolgreiche Männer auszusehen hätten und so wollte er sein. Der Weg zum Ziel war nur eine Frage des Willens.

Schlafen konnte er an diesem Abend noch nicht. Dafür war er viel zu aufgeregt. Basti nahm sein Handy und öffnete die App MindfulBuddy. Ein einfach aufgebauter Chatbot, der positive Stimmung bei den Nutzerinnen und Nutzern produzieren sollte. Von Chatprogrammen und Messengerdiensten aller Art abgekupfert, wurde mit einem Bot gechattet. Ein Bot, das war so etwas wie ein digitaler Roboter. Ein Computerprogramm, das einen Gesprächspartner nachahmen sollte. Doch die Technologie war noch nicht so weit, eine realitätsähnliche Kommunikation zu ermöglichen. Den Turing-Test, benannt nach dem genialen britischen IT-Pionier Alan Turing, würde keiner dieser Chatbots bestehen. Bei diesem Test müssten die Bots nämlich genau das leisten: Einen Menschen davon überzeugen, selbst ein Mensch zu sein. Der MindfulBuddy konnte das aber nicht. Der Bot konnte lediglich einfache Fragen stellen und ließ nur geschlossene Antworten zu. Das hieß, auf die Frage: »Wie geht es dir heute?«, konnte Basti nur mit »gut« oder »schlecht« antworten. Offene Antwortmöglichkeiten konnte der Chatbot nicht bewältigen. Positive Affirmationen wurden von diesen Achtsamkeits-Apps aber viel und als eine Art Bombe oder Granate benutzt. Die schmiss sie einer Nutzerin oder einem Nutzer auf dem Bildschirm entgegen, ließ sie explodieren und die Wellen der Explosion das menschliche Gehirn durchdringen. Dabei sollten sie nicht nur einen positiven Gedanken infiltrieren lassen, sondern gleichzeitig alle negativen Gedanken ersatzlos auslöschen. Zurück blieb ein glückliches und achtsames Gehirn, so die Theorie.

Negative Einflüsse aus der äußeren Welt sollen an einer aufgebauten Barriere abprallen. Das ist aber nicht nur mit Vorteilen verbunden. Die Nutzenden verlieren auch Wechselwirkungen mit der Umwelt und dem Leid ihrer Mitmenschen. Glücklich und achtsam zu sein, bedeutet, blind oder zumindest mit Scheuklappen durch das Leben zu irren. Unrecht und Ungerechtigkeit verblassen für den komplett glücklichen und achtsamen Menschen.

»Du bist der Beste, Basti! Superman ist ein Witz gegen SUPERBASTI!«, liest er.

»Personalisierte positive Affirmationen. Tolle Idee! Weiter so, MindfulBuddy. Schade, dass wir nicht wirklich miteinander chatten können. Hier, allein im Bett, wünsche ich mir doch einen Freund, dem ich alles anvertrauen kann und der mein Glück mit mir teilt.«

»Oh, eine persönliche E-Mail des Herstellers. Die benötigen meine Nutzerdaten für die ständige Verbesserung dieser und ähnlicher Apps. Künstliche Intelligenz soll die Anwendung auf ein neues Level bringen und die Erfahrung einer echten Freundschaft beinhalten. Das klingt doch super!« Glücklich darüber, achtsam mit seinem Leben umzugehen, schlief Basti friedlich ein.

Etwa drei Wochen später stand Basti am Bahnhof seiner kleinen, aber feinen niedersächsischen Heimatstadt und erwartete die Einfahrt seines Zuges. Der Anzug saß, trotz der leichten Beulen durch etwas zu viel Speck an den falschen Stellen, relativ gut. Gegessen hatte Basti immer gern.

Hatte es doch das eine oder andere schlechte Gefühl in der Vergangenheit zumindest temporär betäubt. Auch jetzt hatte er Stress, spürte diesen aber nur in Form eines gesteigerten Appetits. Er aber war Superbasti und Superbasti würde sich nicht von ein bisschen zu viel Körpergewicht vom Fliegen abhalten lassen.

Dann erreichte die Bahn auch schon den Zwischenhalt, bereit, Menschenmassen auszustoßen und gleichzeitig einzusaugen. Das Ganze mit einem Hauch von Dieselgeruch in der Luft. Schon ironisch, dass in der Ingenieursnation Deutschland des 21. Jahrhunderts noch Technologie zum Einsatz kam, die eigentlich aus dem 20. Jahrhundert stammte.

Der Zug hatte leichte Verspätung, aber nichts, das Basti nicht eingeplant hätte. Er würde pünktlich in seinem neuen Lebensabschnitt ankommen.

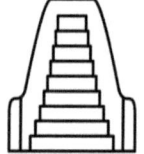

KAPITEL 6: ROLLTREPPEN

Auf der Zielgeraden seines Studiums wurde es langsam ernst für Basti. »Einen wunderschönen guten Tag, Herr Fantasti. Ich hoffe, Sie hatten eine angenehme Reise. Gefunden scheinen Sie uns ja zu haben, sonst wären Sie jetzt nicht hier«, witzelte die junge und attraktive Frau, als sie kokett ihre rechte Hand zur Begrüßung in Bastis Richtung streckte, der diese sogleich ergriff.

»Auch ich wünsche Ihnen einen wunderschönen Tag, Frau Yildiz und danke Ihnen für die Möglichkeit, heute hier sein zu dürfen«, spiegelte Basti gekonnt.

Als »Spiegeln« wurde das Imitieren von Verhaltensweisen durch die Benutzung bestimmter Wörter oder ganzer Sätze bezeichnet. Diese Kommunikationstechnik hatte den Vorteil, ein Zusammengehörigkeitsgefühl zu erzeugen und erlaubte den Benutzern und Benutzerinnen, relativ einfach auf alle möglichen Ansprachen reagieren zu können. Dabei versuchte Basti, sein Gegenüber zu imitieren, indem er ihre Kommunikation kopierte. Die Strategie ging über verbale Kommunikation hinaus und konnte auch den Kleidungsstil und die Art und Weise, wie die Hand zur persönlichen Begrüßung gereicht wurde, beinhalten.

Basti beherrschte die Strategie ausgezeichnet und nutzte sie häufig. An der Universität hatte er seine Technik in diversen Seminaren verfeinert und immer die Bestnote bekommen.Das Spiegeln gab ihm ein Gefühl von Kontrolle. Über die Situation, in der er sich befand. Über andere Menschen oder zumindest über sich selbst.

Frau Yildiz, eine junge Mitarbeiterin der Bank, führte Basti durch den langen Eingangsbereich mit einer viel zu hohen Decke. Ein riesiger Raum. Sitzgelegenheiten gab es wenige. Offenbar war der Raum nicht zum Verweilen gedacht. Die teuer aussehenden Stahlbanken mit Ledersitzfläche erinnerten ihn an den französischen Film »Tatis Herrliche Zeiten«. Darin wurde die Hauptfigur in ein Wartezimmer geführt, in dem sich genau solche Stühle befanden. In Gedanken beschäftigte Basti die Frage, ob auch diese Stühle einen Bezug mit Memory-Funktion besäßen. Das hätte bedeutet, nach dem Aufstehen wäre der Bezug automatisch in seine Ausgangsformation zurückgekehrt. Zuvor hätte der Bezug sich aber erst seinem Hinterteil anpassen müssen. Im Film gaben die Stühle dabei lustige Geräusche von sich, die die Hauptfigur irritierten. Die wenigen Pflanzen in dem Eingangsbereich waren entweder nicht echt oder benötigten nicht viel Wasser, denn sie sahen nach Bastis Einschätzung sehr vertrocknet aus. Möglicherweise waren sie auch gar nicht echt. Das ganze Ambiente wirkte schlicht und funktional. So wie es im Allgemeinen von einer Bank erwartet wurde. Und dennoch war die Atmosphäre faszinierend und einschüchternd.

Als Frau Yildiz den staunenden Basti ansah, wie er seinen Blick durch den Raum wandern ließ, kicherte sie leicht affektiert.

»Das passiert fast allen Menschen, die unser Gebäude

zum ersten Mal besuchen. Ihre Reaktion ist ganz normal und sogar gewünscht. Mir hat einmal ein älterer Kollege gesagt, er habe den Architekten des Gebäudes treffen dürfen. Bei einem Feierabendbier habe der ihm dann einen kurzen, aber spannenden Vortrag über das gehalten, was er ›die Architektur der Herrschaft‹ nannte. Dabei wird nahezu alles deutlich größer oder höher gebaut, als es nötig wäre. Der eintretende Mensch soll instinktiv merken, dass das Gebäude eine Macht ausstrahlt, die den Einzelnen klein und unbedeutend fühlen lässt. Die Herrschaft, die das Gebäude und deren Erbauer damit auf Dauer signalisieren wollen, soll anerkannt und die individuell vorgesehene Rolle des Einzelnen bedingungslos akzeptiert werden.«

Basti, der ihr neugierig zuhörte, stolperte fast, als er die viel zu hohen Türrahmen um sich herum musterte. Fast beiläufig berührte die junge Frau mit ihrer Hand Bastis Schulter. Fokussiert starrte er in ihr Gesicht und fühlte sich elektrisiert und unwohl zugleich.

Abgesehen vom obligatorischen Händedruck, hätte er nicht damit gerechnet, noch mehr Körperkontakt zu bekommen.

»Na, Herr Fantasti, sind Sie noch hier oder hat das Gebäude Sie bereits in seinen Bann gezogen? Ich hoffe, die kleine Anekdote hat Ihnen gefallen? Als Personalexpertin wurde mir beigebracht, dass so kleine Geschichten insbesondere Akademikern wie Ihnen gefallen. Ich dachte, Informationen über Macht und Herrschaft würden einen Politologen und Historiker bestimmt interessieren?«

Nachdem ihre Hand seine Schulter verlassen hatte, wurde er zunehmend selbstsicherer und erwiderte mit Zuversicht in der Stimme: »Und bald auch noch Ökonom!«

Daraufhin antwortete sie lachend: »Haha, aber erst, wenn Sie das Masterstudium erfolgreich beendet haben. So motiviert und qualifiziert Sie wirken, mache ich mir da aber keine Gedanken! Ah, gut, wir sind gleich an den Rolltreppen.« Am Ende der riesengroßen Eingangshalle angekommen, waren dort eine Vielzahl von Rolltreppen nebeneinander angeordnet. Auf jeder würde Basti mindestens dreimal, vielleicht sogar viermal nebeneinander Platz finden, so breit waren sie.

Es waren aber nicht alle Rolltreppen identisch. Alle hatten offenbar unterschiedliche Geschwindigkeiten. Basti hatte sogar den Eindruck, sie konnten unter der Fahrt sowohl beschleunigen als auch abbremsen. Manche Rolltreppen waren menschenleer, andere dafür vollkommen überfüllt. Manche waren sehr steil, einige fast ebenerdig und alle führten in verschiedene Stockwerke.

Die Szenerie vor ihm wirkte skurril. So etwas hatte Basti in seinem Leben noch nicht gesehen. Er trat an die von Frau Yildiz per Handzeichen zugewiesene Rolltreppe heran.

Aus einer ledernen Büromappe wurde eine Karte gezückt und diese über einen Scanner am Beginn der Rolltreppe gehalten. Yildiz referierte, jetzt sehr selbstbewusst und mit dem Selbstverständnis einer Hausherrin: »Bis hierhin waren Sie noch ein staunender Bewunderer des Vorraumes der Macht. Nun dürfen Sie als mein Gast auch hinter den

Vorhang sehen.«

Basti wunderte sich kurz über die Wortwahl. Ob Frau Yildiz belesener und gebildeter war, als es ihre Stellung als einfache Personal-Recruiterin vermuten ließ? Es konnte aber auch Teil ihrer Ausbildung gewesen sein. Vielleicht hatte die gelernt, das akademische Personal durch ein gezieltes Fallenlassen von Anekdoten und das bewusste Einbauen von literarischen Referenzen im Small Talk zu beeinflussen. Selbstverständlich war ihm aufgefallen, dass die Formulierung mit dem Vorhang eine Referenz auf »Der Zauberer von OZ« war.

Die ersten Meter der Rolltreppenfahrt waren steil und ziemlich langsam. Basti, der zu allem Überfluss auch noch von Höhenangst geplagt wurde, bekam bereits beim Besteigen einer Leiter so seine Probleme. Ihm wurde schwindelig.

Unsicher musste er sich am Geländer festhalten und vermied den Blick in den Abgrund. Mit einem Schrecken stellte er fest, dass der Boden der Rolltreppe transparent wurde. Angst durchströmte seinen Körper und ließ seine Knie weich werden. Bereits nach kurzer Fahrtzeit konnte er den Boden, auf dem er vor wenigen Augenblicken noch gestanden hatte, nicht sehen. Nur keine Panikattacke bekommen, dachte er.

Unter ihm waren weitere Rolltreppen zu erkennen, die viel flacher über den Boden verliefen. Schemenhaft sah er zwei Fahrstuhleingänge. Einen direkt im Erdgeschoss und einen am Ende der niedrigsten und kürzesten Rolltreppe. Beide Fahrstuhltüren nur dadurch zu erkennen, dass ein Bedienfeld in die Wand eingelassen war. Darüber war selbst von Weitem der Schriftzug *Sky Office* zu entziffern.

Ab einer gewissen Höhe wurde auch der Schacht des Aufzuges von außen einsehbar. In einem der beiden stand ein blutjunger Mann im teuren Anzug, der sich mit geschlossenen Augen – scheinbar schlafend – an die Wand gelehnt hatte und Richtung Himmel fuhr.

Bastis Rolltreppe flachte sich zur Hälfte der Strecke deutlich ab und auf der Rolltreppe neben ihm war ein Mann, der auf der Stelle trat.

Er benutzte die Rolltreppe nicht wie üblich, um schneller von einem Ort zum anderen Ort zu kommen. Der Mann auf der benachbarten Rolltreppe tat das Gegenteil. Die Rolltreppe führte nach unten und er ging entgegen der gewohnten Laufrichtung aufwärts.

Yildiz, als vorbildliche Personalerin, spielte die treu sorgende Kollegin und verwickelte den strampelnden Kollegen in ein kurzes Gespräch. Basti kannte diese Art von Spielchen nur zu gut. Die Personalabteilung war in der Regel nicht an der Freundschaft mit dem Personal interessiert. Einmal hatte er ein Theaterstück gesehen, bei dem der Personalchef die Mitarbeitenden wie Puppen an Fäden steuerte, an dieses Bild musste er gerade denken. Einer dieser Fäden war die geheuchelte Freundschaft der Personalerin Yildiz.

»Guten Morgen, Kollege! Was macht die Performance?«, fragte Yildiz den schwitzenden Mann, der merklich ausgelaugt gegen die unerbittlich funktionierende Rolltreppe anarbeitete. Nur um auf derselben Stelle zu verharren. Basti kannte die Situation, in der sich der Mann befand, hatte früher selbst schon Ähnliches erlebt. Er wusste, wie es war, auf der Stelle zu treten und nicht vorwärtszukommen. Er wusste, dass den wenigsten Menschen ein Aufstieg, eine Karriere vergönnt war. Die Propaganda von Arbeitgebenden, Politik und staatlicher Arbeitsmarktverwaltung behaupteten dabei genau das Gegenteil. Da war die Aufnahme in noch so schwere und prekäre Arbeitsverhältnisse ein Einstieg zum Aufstieg, was natürlich nicht der Wahrheit entsprach.

»Guten … Morgen, Frau Yildiz. Die Performance, meine Performance, ist wieder im Aufwind, wie Sie sehen können … Ich muss nur noch ein wenig an meiner Endurance arbeiten«, schnaubte er.

»Top! An der Motivation scheint es nicht zu mangeln, oder? Vielleicht sollten wir mal ein Coaching bei unserem Outplacement-Dienstleister ins Auge fassen! Denken Sie nicht?«

Basti hatte den Eindruck, dass der Mann seine Enttäuschung und Ohnmacht, nur ein kleines Rädchen im Getriebe zu sein, kaum verbergen konnte. Die Vertreterin der Personalabteilung nahm darauf aber keine Rücksicht und legte nach: »Nun, wenn, genauer gesagt, falls Sie oben ankommen sollten. Melden Sie sich doch bitte umgehend bei der Personalabteilung. Ansonsten werde ich Sie noch suchen müssen. Was nur das Verfahren unnötig in die Länge ziehen und

Mehrkosten verursachen würde.«

Zustimmend nickte der Mann, wischte sich mit einem alten Stofftaschentuch den Schweiß von der Stirn und erklomm eine Stufe. Ein paar Zentimeter mehr auf der Rolltreppe. Mit festem Willen hatte er seinen Blick nach oben gerichtet.

»Warum benutzen eigentlich nicht alle die Aufzüge?«, sprach Yildiz Basti direkt an. »Das fragen Sie sich doch, oder?

Tatsächlich war ihm der Gedanke gekommen, er hatte jedoch Angst, dumme Fragen zu stellen. Ein ausufernder Small Talk konnte schnell nach hinten losgehen.

»Ich kann es Ihnen erklären. Die Aufzüge sind viel zu klein, als dass da alle Angestellten des Unternehmens reinpassen würden.«

Basti, der nach oben starrte und mit seiner Höhenangst kämpfte, hoffte, dass Yildiz, diese junge, wunderhübsche Frau, nichts davon mitbekam. Er wunderte sich, wie lang die Rolltreppe wohl war und wann die beiden endlich oben ankommen würden.

Andere Rolltreppen endeten unter seiner. Das hatte er bereits beim kurzen Blick nach unten schmerzlich sehen können. Die Sicht nach oben half ihm auch nicht. Sich zu orientieren, fiel ihm schwer. Ganz oben thronte die sich im Zenit befindliche Sonne, die durch eine Glaskuppel schien und den voluminösen Raum erhellte.

Yildiz, die einfach ihre Ausführungen weiter vortrug, zeigte sich nicht sonderlich beeindruckt von ihrer Umgebung. Gleichzeitig kontrollierte sie ihr Handy, um auch ja nichts Wichtiges zu verpassen.

»Wo war ich? Ach ja, die Aufzüge. Es gibt zwei davon. Der ganz unten ist für den Vorstand, den Aufsichtsrat und exklusive Gäste aus der Politik und Investmentbranche. Da versteht sich von selbst, dass da sonst keiner mit rein darf. Und der andere Fahrstuhl, der am Ende der Rolltreppe eins, ist natürlich genauso exklusiv. Für die Abteilungsleiter und ihre Assistenten. Wie Sie sehen können, hat ein Abteilungsleiter wohl einen Low-Performer als Assistent. Diese Schlafmütze. Alle können das sehen. Sehr peinlich und wirft ein schlechtes Bild auf das Unternehmen. Da werde ich mich mal informieren, wer das genau war. Oh, gut, die Rolltreppe ist bald zu Ende und wir erreichen unser Ziel, das Büro Himmelsleiter, gerade rechtzeitig. Nummerrining ist so boring. Deshalb bekommen unsere Büros richtig schön authentische Namen.« Die Personalerin trat von der Rolltreppe.

Gelangweilt war Basti nicht. Vielmehr angespannt, aber gleichzeitig glücklich, dass er nicht mehr auf der Rolltreppe war. Noch immer war ihm ein wenig schlecht. Zwischen Rolltreppe und ihrem Ziel befand sich ein längerer Flur, dessen Länge Basti ermöglichte, sich ein weiteres Mal in seiner Gedankenwelt zu verlieren. Zwar funktionierte sein Körper noch einwandfrei, aber seine Aufmerksamkeit war aufgrund der inneren Anspannung stark eingeschränkt. Hätte er den Flur später beschreiben sollen, hätte er vermutlich Schwierigkeiten gehabt. Ein Problem, welches ihn oft heimsuchte und das die Interaktion mit seiner Umwelt, besonders mit Menschen, die ihn noch nicht gut kannten, erschwerte.

Daher dachte er lieber darüber nach, ob bei der Wahl des Büronamens ein Buch mit ganz vielen Musterbüronamen verwendet worden war. Ähnlich wie es Bücher gab, aus denen werdende Eltern Namen für das zukünftige Familienmitglied auswählen konnten.

Möglicherweise sollte ein religiöser Bezug hergestellt werden und mit der *Himmelsleiter* war die biblische Jakobsleiter gemeint. Vielleicht aber auch nicht. Hatte er stattdessen unbemerkt an einem Test teilgenommen? War es doch allgemein bekannt, dass große Unternehmen Tests liebten, um die Spreu vom Weizen zu trennen.

Womöglich, und dieser Gedanke gefiel Basti überhaupt nicht, war das kein Vorstellungsgespräch, sondern ein komplettes Assessment-Center. Er hoffte inständig, dass dem nicht so war, hatte er sich doch gar nicht darauf vorbereitet.

Er glaubte zu wissen und erklären zu können, was die Jakobsleiter war. Was aber, wenn sie das Büro wechseln müssten und er die Namen nicht kannte? Falls das der Start einer Art Schnitzeljagd war? Ähnlich wie während der Orientierungswoche an der Uni. Nur ohne Alkohol.

Bitte, bitte, ohne Alkohol, dachte er.

Oder es war gar nicht so kompliziert. Typisch für die Unternehmenswelt war es auch, dass sich jemand lediglich diese Namensgebung ausgedacht hatte, um zu beweisen, wie unendlich gebildet er oder sie glaubte zu sein. Bildlich stellte sich Basti vor, wie diese Person sich jedes Mal daran ergötzte, wenn Menschen sich über die Namensgebung der Büros im Flurgespräch unterhielten und wilde Theorien darüber aufstellten.

Der Gedanke an solch einen Menschen, der mit seiner akademischen Selbstbefriedigung zufrieden zurück in ein Büro lief, verstörte Basti. Er empfand Abscheu und Mitleid zugleich.

Dann betraten die Personalerin und er das Büro Himmelsleiter.

KAPITEL 7: ERWARTUNGEN

Sie werden beide bereits erwartet«, bekam Basti von einer weiteren Frauenstimme aus dem Büro zu hören. Am gefühlt riesigen runden Tisch mit bestimmt 20, wenn nicht sogar 30 Stühlen, saß eine ältere Dame.

Als sowohl Basti als auch Frau Yildiz den Raum betraten und auf den Tisch zugingen, stand die ältere Frau auf und begrüßte erst Yildiz und dann Basti mit Handschlag.

Basti beobachtete beide Frauen, die wahrscheinlich einen nennenswerten Einfluss auf seine berufliche und damit auch persönliche Zukunft hatten, genau.

Er wollte alles richtigmachen. Jede Geste richtig verstehen. Witzig und spritzig sein, aber nur in verträglichem Maße. Die Methode der Spiegelung war auch dabei sein Mittel der Wahl.

»Herr Fantasti, darf ich Ihnen Frau Müller vorstellen? Ihre mögliche Abteilungsleiterin, für den Fall, dass Sie bei uns ein Praktikum absolvieren werden. Wenn mich nicht alles täuscht, ist das Ihr Pflichtpraktikum im Rahmen Ihres Studiums?«, begann die routinierte Personalerin das Bewerbungsgespräch. Obwohl Basti natürlich klar war, dass das Gespräch und dieser Bewerbungstag bereits mit dem Betreten der Bank und dem Zusammentreffen mit Frau Yildiz begonnen hatten.

»Genau, es wäre mein Pflichtpraktikum. Ich hoffe aber auch, Sie davon überzeugen zu können, dass es sinnvoll ist, meine Masterarbeit für Sie, Ihr Unternehmen, während des

Praktikums schreiben zu können. Vielleicht wird die Zusammenarbeit sogar so produktiv, dass ich danach die Ehre habe, ›unsere‹ Bank sagen zu dürfen?«, gab Basti den beiden Zuhörerinnen zu verstehen.

»Das hört sich schon einmal optimal durchdacht und sehr fokussiert an. Das freut mich zu hören!«, gab die Abteilungsleiterin Basti zu verstehen.

Dabei sah es aus, als versuche sie, ihre Körperhaltung und Position zu verändern. Es wirkte seltsam. Als wäre sie sich nicht sicher, ob sie mehr wie Yildiz oder wie Basti sitzen sollte. Während Yildiz ihre Beine übereinandergeschlagen hatte und in lockerer Körperhaltung das Gespräch zu dominieren suchte, saß Basti kerzengerade am Tisch, eher konservativ, angespannt, und versuchte, möglichst fehlerfrei zu agieren.

Es schien, als wäre er nicht der Einzige, der Kommunikationskurse besucht hatte. Stellte sich nur die Frage: Wer war Objekt und Subjekt? Wer Spiegel und wer Spiegelbild?

Nach weiteren fünf Minuten Geplänkel – es waren fast alle sozial erwünschten Floskeln, etwa das obligatorische Händeschütteln, abgearbeitet –, fasste Frau Müller die Kaffeekanne in der Mitte des Tisches und versuchte, Bastis Blick auf die vor ihm stehende Kaffeetasse zu lenken.

»Ich darf Ihnen doch einen Kaffee einschenken?« Basti nickte und bedankte sich möglichst höflich. So, wie es die Etikette verlangte.

Nachdem sie seine Tasse gefüllt hatte, drehte sich Frau Müller zu der neben ihr sitzenden Kollegin Yildiz um und fragte überbetont freundlich: »Sehr geehrte Frau

Kollegin Yildiz, darf ich anbieten, auch Ihnen einen Kaffee einzuschenken?«

Frau Yildiz grinste leicht und versuchte, ein möglichst authentisches professionelles Lächeln auf ihrem Gesicht zu erzeugen, was ihr nur teilweise gelang.

»Danke, werte Kollegin Müller. Darf man denn dann auch die Frage stellen, wer diesen Kaffee bezahlt?«

Frau Müller sah daraufhin überrascht auf. Wie eine Schachspielerin, die zwar einen Zug erwartet hatte, aber eben nicht den jetzt gespielten.

»Seltsam, dass Sie das fragen. Sollten Sie das nicht wissen? Natürlich zahlt diesen Kaffee die Personalabteilung. Ihre Abteilung.«

Frau Müller, die die Kaffeekanne vorsichtig und ohne ein nennenswertes Geräusch zu erzeugen, auf den Tisch stellte, zeigte sich überzeugt, die heutige Partie zu gewinnen. Ihre Gegenspielerin sah sie als leichte und unerfahrene Beute.

»Meine Abteilung? Nicht, dass ich wüsste. Dafür sollte in Zukunft besser Ihre entsprechende Kostenstelle bemüht werden«, parierte Yildiz den Angriff.

Basti, der schweigend den sich bietenden Kampf beobachtete, erschien es, als ob es nicht das erste Mal war, dass die junge Frau sich in der Arbeitswelt gegen ältere Alpha-Tiere zur Wehr setzen musste.

Für Yildiz war es eine willkommene Gelegenheit, Raumgewinne gegenüber einer anderen Abteilung geltend zu machen. Das Budget war begrenzt und Basti wusste, es gab nur zwei Methoden, mehr Geld zur Verfügung zu haben. Entweder selbst sparen, was keine Abteilung wirklich wollte, oder anderen Abteilungen die eigenen Kosten aufdrücken.

Der Kaffee-Kampf war vermutlich nur einer von vielen Auseinandersetzungen dieser Art und Basti war gespannt, wie er wohl ausgehen würde.

»Ach ja? Ich dachte, ich wäre hier bei einem Bewerbungsgespräch? Hier und heute soll doch ein Bewerber, Herr Fantasti, angestellt werden. Das ist doch eindeutig eine Sache der Personalabteilung. Somit zahlen Sie! Von welcher Ihrer Kostenstellen, geht mich nichts an und ist mir auch egal«, entgegnete Müller in einem gelangweilten Tonfall, als wäre sie es gewohnt, solche Auseinandersetzungen für sich zu entscheiden.

Langsam schien es der jungen Frau Yildiz zu bunt zu werden, dachte Basti, der immer noch krampfhaft versuchte, so wenig Aufmerksamkeit wie möglich zu erregen. Beide Frauen schienen noch genügend Energie für einen erneuten Schlagabtausch zu haben.

»Nein, nein und nochmals nein. Wir stellen Herrn Fantasti doch nicht bei uns in der Personalabteilung ein. Sie, werte Kollegin Müller, als Abteilungsleiterin, stellen ihn in Ihrer Abteilung ein.«

Nicht wissend, wie er sich nun in dieser Situation verhalten sollte, spielte Basti mehrere mögliche Szenarien durch, wie er am Gespräch teilnehmen konnte, ohne selbst Opfer zu werden.

Spiegeln? Nein … das schien nicht ratsam, entschied er sich. Schließlich müsste er innerhalb dieses fragilen

Machtgefüges ebenfalls als konkurrierende Partei auftreten. Womöglich für eine der beiden Fraktionen Stellung beziehen. Was, wenn er dabei aufs falsche Pferd setzte oder das nur ein inszeniertes Schauspiel war, um die Bewerber unter Stresseinfluss zu testen?

Das Gerüst aus Sicherheit und Kontrolle, mit dem er die Bank vor circa 20 Minuten betreten hatte, bröckelte vor sich hin.

Er dachte darüber nach, was wohl die Tasse Kaffee kostete, die vor ihm stand. Daran, den Kaffee zu trinken, dachte er nicht. Dafür hatte er zu viel Angst, diese Geste könnte als Spieleintritt missverstanden werden.

Dann stellte sich Basti vor, wie er aufstehen würde, seine Brieftasche hervorholte, 1 Euro auf den Tisch schmiss und heroisch zu verstehen gab: »Diese Runde geht auf mich! Keine Not, darüber unnötig zu streiten. Zahlen Sie mir das mit einer Festanstellung wieder zurück.«

Endlich fand der Streit ein Ende. Wer gewonnen hatte? Das hatte Basti gar nicht richtig mitbekommen, war er doch mit Tagträumen und Gedanken beschäftigt gewesen.

In der Straßenbahn, in der er eine Stunde später Richtung Hauptbahnhof fuhr, um seinen Zug noch pünktlich zu erreichen, fiel ihm auf, dass nur er einen Anzug trug. Es war früher Nachmittag und es waren zwischen 30 und 40 Personen in der Straßenbahn. Der Kleidungsstil vieler Fahrgäste wirkte auf Basti veraltet.

Dominiert wurde das Bild von Männern in Trainings-anzügen mit Bierflaschen in der Hand. Die Wende und das zum Sieger erklärte kapitalistische System hatte es mit diesen Menschen nicht gut gemeint. Erklärte sie als nicht mehr notwendig. Sie selbst konnten für ihre Situation nicht viel. Verraten von ihren eigenen Eliten und verkauft an westliche Kapitalisten. Träume, Hoffnungen, Existenzen zerstört.

Basti spürte ihre Blicke voller Hass und Ohnmacht. Sie galten ihm. Ihm, der bald Praktikant einer Bank war. Quasi ein Banker. Er war froh, dass diese Menschen nicht wussten, dass er Wessi war. Auch Yildiz und Müller waren aus Westdeutschland. Sie fanden die Tatsache, dass Basti bei seinem Bewerbungsanschreiben die Hauptstadt eines anderen ostdeutschen Bundeslandes angab, sehr amüsant. Er sprach dann erst noch von einer »… westdeutschen Arroganz …«, da er dachte, er würde mit zwei ostdeutschen Frauen sprechen. Da hatte er aber keine Probleme. Drei Wessis unter sich. In Ostdeutschland war die Dominanz Westdeutscher in fast allen Bereichen des öffentlichen Lebens, zumindest aber in Wirtschaft und Politik, sehr stark.

Basti, noch immer in der Straßenbahn, spürte die Blicke. Er fühlte sich unwohl in seiner Rolle. Fast wie ein Besatzer. Im Zug auf dem Weg nach Hause dachte er abermals über das Bewerbungsgespräch nach. Ach, wenn doch nur jeder Streit so einfach und so günstig zu lösen wäre? 1 Euro. Mehr nicht.

KAPITEL 8: PARTY

Vor einer Woche hatte Basti seine Master-Urkunde erhalten. Er hatte zwar nicht den besten Notendurchschnitt seines Jahrgangs, war aber mit einem Wert von 2,0 auch nicht schlecht.

Private Probleme hatten ihn daran gehindert, nicht sein volles Potenzial während seines Praktikums bei der ostdeutschen Bank für öffentliche Förderung ausschöpfen zu können .Dadurch hatte er seine Abschlussarbeit gerade so mit Ach und Krach bestanden.

Natürlich waren seine Vorgesetzten mit seinen Leistungen nicht sehr zufrieden, weshalb er die erhoffte Festanstellung nicht erhielt und wieder seine Füße unter dem elterlichen Tisch parken musste.

Einmal, als er allein im Flur vor dem Pausenraum des Personals gestanden hatte, war er ratlos.

Am Schwarzen Brett waren wie immer interne Stellenausschreibungen zu finden und Basti wollte einen dieser Jobs, er wollte Erfolg haben. Einerseits war er auch schon von der Abteilungsleitung gelobt, andererseits zugleich als Schachfigur missbraucht worden.

Jetzt, wieder daheim, wusste er das. Während des Praktikums wollte er das nicht sehen. Genauso wenig, wie er sich eingestehen wollte, dass seine privaten, seine familiären Probleme, sich auf seine Arbeit und schließlich auch auf seine Gesundheit immer stärker negativ ausgewirkt hatten.

Das Angebot der Bank, das am Schwarzen Brett hing und eine kostenlose psychologische Beratung verkündete, nahm er nicht an.

Er bewarb sich lieber gleich auf mehrere der internen Stellenanzeigen. Damit wollte er der Abteilungsleitung und der Personalabteilung zeigen, wie vielseitig er einsetzbar war. Er hoffte, damit seine Chancen auf eine Festanstellung deutlich erhöhen zu können.

Das psychologische Hilfsangebot würdigte er keines Blickes mehr. Zum einen, um nicht die Mission Festanstellung, seine Mission, zu gefährden, und zum anderen, weil er der Firma nicht mehr traute.

Das Angebot war bestimmt eine Falle. Natürlich saß der Psychologe dann auf dem Schoß von Frau Yildiz, der verdammten Personalerin, und plauderte fröhlich über Bastis Ängste und enttäuschte Sehnsüchte. Dann lachten beide über ihn, so Bastis Vorstellung. Natürlich gab es auch eine andere Möglichkeit. Die Bank war während seines Praktikums von der BuddyCorp gekauft worden und die versuchte seitdem, viele gesellschaftliche und persönliche Probleme durch neue Technologien zu lösen. Deshalb gab es seit ein paar Tagen auch ein digitales Schwarzes Brett. Das hing direkt neben dem alten analogen Schwarzen Brett. Neben der unaufhörlichen Werbung für Mitarbeitenden-rabatte auf Produkte und Dienstleistungen aus dem schier unendlich erscheinenden Warenkosmos der BuddyCorp gab es auch Aufrufe, die Forschung und Konzipierung neuer Produkte und Dienstleistungen zu unterstützen.

Aufgefallen war Basti die Werbung für eine neue Art Chatbot, der bei psychischen Problemen helfen sollte.

Neben einer überlegten Anwendung neuster KI-Technologie zeichnete sich das Programm mit den Namen PsyBuddy dadurch aus, dass es deutlich interaktiver als ältere, ähnliche Programme sein sollte. Zusätzlich sollte es die Benutzenden spiegeln und somit deutlich bessere Diagnostik liefern.

»Herzlich willkommen in der Familie. Herzlich willkommen als Mitarbeiter von BuddyCorp. Hallo Basti. Wie ich am QR-Code deines Namensschildes ablesen kann, bist du Praktikant in dieser Bank. Hervorragend. Das freut uns. Weiterhin habe ich an deinen Augenbewegungen bemerkt, dass du dich für den PsyBuddy interessierst. Schenk mir ein paar Minuten deiner kostbaren Zeit und ich erkläre dir, warum wir das alles machen. Einsamkeit ist mehr als allein sein. Einsam fühlen sich manche Menschen auch in Gesellschaft. Viele sind aber allein und einsam. Nur wenige sind allein und nicht einsam. Um diese Personen müssen wir, die BuddyCorp, uns vorerst keine Sorgen machen. Wir wollen für alle da sein. Deshalb heißt unser Motto ja auch: ›Wir lassen niemanden allein‹. Der PsyBuddy kann helfen, das gesellschaftliche Problem der Einsamkeit vorerst zu lindern und später sogar zu lösen. Der einsame Teil der Bevölkerung kann durch den PsyBuddy unterstützt werden und die Einsamkeit beseitigen. Der PsyBuddy spiegelt, genauer gesagt, imitiert den einsamen Menschen und interagiert mit diesem, wenn immer nötig. Dadurch ist der Mensch nicht mehr allein und fühlt sich weniger einsam, weil der PsyBuddy ein perfektes Abbild ist und es keine Geheimnisse zwischen Mensch und PsyBuddy gibt. Nachdem Alleinsein und Einsamkeit reduziert oder sogar beseitigt wurden, kann der PsyBuddy durch gezielte Therapie dabei helfen, ein achtsames Mitglied der Gesellschaft zu werden. Möchtest du, Basti, mehr wissen oder vielleicht beim Early-Access teilnehmen? Dann melde dich bitte beim Betriebspsychologischen Dienst.«

Na klar, noch mehr persönliche Daten dem Konzernrachen entgegenwerfen. Nein danke, dachte Basti.

Es war aber auch egal. Basti musste sich zusammenreißen und durchhalten. Das war er sich und seiner Familie schuldig. Auch wollte er die Schande und die mitleidigen Blicke seiner Mitmenschen nicht ertragen.

Menschen und Gase arbeiten unter Druck am besten, sagte einer der vielen Motivationstrainer im Internet immer wieder. Ein Mantra, das Basti versucht hatte zu verinnerlichen.

Ein Mantra, dessen Befolgung die Welt, in der er lebte, honorierte und forderte.

Das alles war erst einmal vorbei. Heute war das egal. Basti freute sich sogar darüber. Seit einer Woche war sein Praktikum vorbei und er war frei, wenn auch nur kurz. In absehbarer Zeit würde er einen neuen Job bekommen und Karriere machen. Davon war er fest überzeugt.

Die Probleme im Praktikum und privat löschte er vorerst aus der Wirklichkeit. Mithilfe einer Menge Alkohol!

Leider war niemand da, mit dem er seine Freude über die Zukunft teilen konnte und der mit ihm feierte. Feuchtfröhlich.

Er wusste, dass seine Familie zu diesem Zeitpunkt zerrüttet war und eine Versöhnung nicht absehbar war. Deshalb setzte er auf die Macht der Verdrängung.

Sein bevorzugtes Getränk, Bier in verschiedensten Variationen, half ihm dabei, eine fiktive Welt von Freude und ohne Sorgen und Angst aufzubauen. Für eine gewisse Zeit wollte er darin Zuflucht suchen. Vielleicht für ein oder zwei Monate. Er schrieb keine Bewerbungen. Diese Pause hatte er sich verdient! Das sagte er sich zu Anfang immer wieder und trank ein weiteres Bier.

Er nannte es gern sein Ambrosia. Der Geschmack der dritten Flasche war meist besser als der der zweiten und sicherlich besser als der der ersten Flasche. Schön kalt musste es sein. Kalt, um zu vergessen. Am besten direkt aus dem Kühlfach. Um zu träumen. Zu hoffen.

Die nächsten Wochen waren für Basti der Wahnsinn. Er holte nach, wozu er weder im Studium noch während seines Praktikums Zeit gehabt hatte.

Endlich hatte er es geschafft, Urlaub zu machen. Zwei Wochen Karibik-Kreuzfahrt. All-inclusive. Es war wie ein wunderschöner Traum, an den sich Basti noch Jahre später gern erinnerte.

Er traf neue, spannende Menschen, genoss das sonnig-warme Wetter, besuchte exotische Orte wie Barbados, die er sonst nur von den Aufdrucken auf Schnapsflaschen kannte, und aß jeden Tag ausgezeichnetes Essen. Für eine kurze, aber ereignisreiche Zeit, war er zufrieden mit sich und der Welt. Nur der Wellengang des Schiffs machte ihm manchmal zu schaffen. Gelegentlich fühlte sich sein Magen unwohl an, flau. Das erinnerte ihn an die Rolltreppen. Ihr Herauf und Herab. Die unterschiedlichen Geschwindigkeiten und Beschleunigungen. Der Blick nach unten, in den Abgrund. Das Gefühl des Fallens.

Beim Anblick des Meeres stellte er sich dann zusätzlich vor, über Bord zu gehen. Über das Geländer seines Balkons zu fallen. Er schmeckte das Wasser, roch die See und strampelte um sein Leben. Versuchte, seine Arme und Beine gleichmäßig zu benutzen. Warum nur hatte er eine Suite mit Balkon genommen? Er müsste sich doch besser kennen.

In seiner Vorstellung umspülte das kalte Wasser seinen verzweifelten Körper. Das Leben empfand er als eine unzumutbare Herausforderung und Verzweiflung war in seinen Augen die einzig mögliche Reaktion darauf.

Effizient mit den Ressourcen umzugehen, die das Leben ihm zugestand. Er musste den Abgrund nicht sehen und wusste dennoch, dass er da war. Spürte, dass er wartete. War sich seiner Anziehung bewusst.

Agonie nannten es die alten Griechen. Basti nannte es Wirklichkeit. Alkohol half. Die Wirklichkeit wurde dadurch nur zeitweise verändert. Basti wusste das, aber es ließ sich besser schwimmen. Für einen Moment den Abgrund vergessen. Das Strampeln, das Fallen, das auf der Stelle treten besser ertragen.

Nach zwei Wochen Traum-Kreuzfahrt kam Basti wieder in seiner Heimat an.

Seine Eltern holten ihn am Flughafen ab und fuhren ins

elterliche Eigenheim. Ja, er wohnte wieder mal bei den Eltern im Keller. Wie sollte es auch anders sein? Er hatte keine Arbeit, konnte sich also keine eigene Wohnung leisten.

Im Auto seiner Eltern, als ihm die Situation wieder bewusst wurde, witzelte er: »Wisst ihr, wie man junge Menschen wie mich, in – zum Beispiel Frankreich nennt?«

Seine Eltern verneinten beide und Basti erklärte weiter: »Generation Boomerang! Lustig, oder nicht? Ihr fragt euch jetzt bestimmt, warum das so heißt? Ganz einfach. Umso härter man mich wegschmeißt, ergo ich ausziehe, umso härter komme ich zurück, ziehe wieder zurück zu euch und bleibe länger als vorher.«

»Ah, du meinst, du bekommst eine Arbeitsstelle, genauer gesagt, ein Praktikum für acht Monate wie bei der Bank, ziehst aus, bekommst danach keine Festanstellung und wohnst dann wieder bei uns? Verstehe! Und wie oft soll das noch passieren? Du musst doch eines Tages auf eigenen Beinen stehen!«, antwortete sein Vater und haute mit der rechten Handkante auf das Lenkrad vor ihm, um sein – wie er glaubte – Argument physisch zu verstärken.

Er ging langsam auf die 60 zu und wie in seiner Generation üblich, war das eine ganz typische Unterhaltung zwischen Vater und Sohn.

Bastis Mutter mischte sich ins Gespräch ein. Sie spürte, dass es nötig war zu deeskalieren. Vater und Sohn waren bereit zum Kampf und die Autofahrt würde noch dauern. »Wollt oder könnt ihr nicht in Ruhe miteinander in einem Auto für zwei Stunden sitzen, ohne zu streiten? Macht ihr das mit Absicht, um mich zu ärgern?«, fragte sie mit fester

Stimme. »Jetzt ist Schluss, ich will nichts mehr hören. Basti, du hast jetzt seit einem Monat deinen Abschluss, ja, sogar zwei Abschlüsse und erzählst uns immer, dass du Karriere machen willst. Dann tue das auch! Bis jetzt bist du nur am Feiern und Saufen. Einen Monat Pause gönne ich dir noch, aber dann solltest du schleunigst eine Arbeitsstelle finden. Denk doch an die armen Arbeitslosen im Fernsehen. Bei diesen Sendungen, die immer nachmittags laufen. Diese Hartzer. Möchtest du auch so enden? Ist es das, was du willst?« Nachdem Bastis Mutter aus ihrer Sicht erfolgreich geschlichtet hatte, bemerkte sie, wie der Vater seinen Sohn im Rückspiegel beobachtete und tief Luft holte. Für ihn war die Diskussion noch nicht vorbei, das wurde deutlich.

Daraufhin schlug die Mutter ihm auf die Schulter und sagte laut: »Auch du bist jetzt endlich still. Verstanden? Sonst bekommst du es mit mir zu tun! Wir gönnen dem Jungen jetzt noch einen Monat Ruhe und dann beginnt er mit dem Arbeitsleben. Du hast doch auch studiert und weißt, wie anstrengend das war. Außerdem weißt du, wie beschwerlich und lang sein Arbeitsleben noch wird. Gönne ihm den Spaß.«

KAPITEL 9: TRAUMPROJEKT

Es war etwas zwischen 2 Uhr nachts und Sonnenaufgang. Basti lag, nur in Unterhose, auf seinem Bett. Immer noch im Keller seiner Eltern.

Mittlerweile waren sechs Monate nach der Beendigung seines Studiums vergangen. Der erfolgreichen Beendigung seines Studiums. In das er insgesamt fünf Jahre seines Lebens investiert hatte.

Eigentlich hätte er längst einen super Job bei einem echt coolen Unternehmen haben sollen.

Über 50 Bewerbungen hatte er in den letzten Monaten geschrieben. Sieben Vorstellungsgespräche gehabt. Und doch hatte er keinen Job bekommen. Das Jobcenter nervte ihn, genauso wie seine Eltern.

Er konnte nicht richtig schlafen. Die Angst, einer dieser Endlos-Hartzer zu werden, die seine Eltern und viel zu viele Menschen im Land im TV öffentlich bemitleideten und still hinter vorgehaltener Hand verachteten. Sie als faul und unnütz abstempelten. Die sie für ihr Schicksal selbst verantwortlich machten. Einige Zuschauende waren selbst arbeitslos und ökonomisch schwach, sahen aber dennoch Menschen, auf die auch sie herabschauen konnten. Schmarotzer, das waren die anderen.

Basti wusste es besser. Auch er bezog ALG2. Umgangssprachlich Hartz4 genannt. Aber er war nicht faul. Nicht unnütz. Er bekam nur keine Chance, das Gegenteil zu beweisen.

Seit gut drei Wochen schlief er nicht mehr richtig durch.

Ständig reproduzierte sein Gehirn die Vorwürfe und Erwartungen, die an ihn herangetragen wurden. Seine hohen Ansprüche an sich selbst erledigten dann den Rest. Warum funktionierte es einfach nicht? Warum bekam er keine Arbeit? Er war doch ein Superheld. Die Wirtschaft, ja, die Welt hatte doch auf ihn gewartet.

Ja, es gab Stellenanzeigen und ja, es gab Jobs. Gute Jobs, die gute Bezahlung und auch Anerkennung versprachen. Leider gab es aber wohl auch viel mehr Menschen, die eine Arbeitsstelle benötigten, als Arbeitsstellen, die Menschen benötigten.

Davon hatte Basti bisher nichts mitbekommen. Ganz im Gegenteil. An Hochschulen wurde dem Auditorium entgegengeschrien, wie glänzend die Zukunft wäre. Es wurden dafür offizielle Statistiken bemüht, die akademisch ausgebildeten Menschen beinahe Vollbeschäftigung attestierten. Damit wurde ein Versprechen suggeriert, das so nicht haltbar war.

Den ganzen Tag im Internet Stellenanzeigen studieren, Bewerbungen schreiben, sich für die Arbeitslosigkeit schämen. Arbeitslos in einer leistungsorientierten Arbeitsgesellschaft sein. Das war harte Arbeit. Die niemand sah. Sehen wollte! »Denn es gibt nur eins, das schlimmer ist, als ausgebeutet zu werden, und das ist, nicht ausgebeutet zu werden!«, murmelte Basti im Halbschlaf vor sich hin und starrte mit seinem ungepflegten Vollbart die Zimmerdecke an. Er lag noch immer im Bett. Die Zeiger der Uhr an der Wand lieferten sich ein Wettrennen und das baldige Ziel hieß Mitternacht.

Zwei Tage hatte er jetzt nicht geschlafen und war unendlich müde. Sein Dasein machte ihn müde.

Im Fernsehen lief noch eine Show. Eine andere Person lobte jemanden und das Publikum klatschte. Verdammte Heuchler!

Basti griff zur Fernbedienung, um den Fernseher auszuschalten, weil er langsam wegdämmerte. Die Augen fielen ihm zu.

Einen Augenblick später saß er auf einem Stuhl und trug einen gut sitzenden Business-Anzug. Klassisch schwarz. Mit perfekt sitzender Krawatte. Er fühlte sich gut. Es fühlte sich gut an. Um ihn herum saßen eine Menge anderer Menschen. Alle im Anzug oder Kostüm. Was auch immer das Patriarchat dem entsprechenden Menschen zugedacht hatte.

Klassisch konservativ.

Links neben ihm und dem restlichen Publikum war eine riesige Eingangshalle, die ihm bekannt vorkam. Alles sah seinem alten Praktikumsplatz, der Bank, verdammt ähnlich.

Hinter ihm, vor ihm, neben ihm, überall Menschen. Mit nichtssagenden Einheitsgesichtern. So gewöhnlich, dass Basti, sobald er den Blick von einem Gesicht abwendete, dieses schon nach wenigen Sekunden nicht mehr wirklich beschreiben könnte.

»Wenn das die Matrix ist, dann hat aber wer an der Rechenleistung gespart«, warf Basti in den Raum, in der Hoffnung, sein näheres Umfeld mit einem kleinen Scherz zum Small Talk zu animieren. Niemand reagierte. Entweder diese Menschen, vermutlich Kollegen, ignorierten ihn bewusst oder nahmen ihn gar nicht wahr. Spontan konnte er nicht sagen, welche Variante ihm mehr Angst einjagte. Schemenhaft erkannte er ein Podium, etwa fünf bis acht Meter vor der ersten Reihe des Publikums.

Basti saß in der dritten Reihe. Nicht ganz in der Mitte, etwas mehr rechts gehalten. Er hatte noch Probleme, sich zu orientieren. Konnte sich nicht erinnern, wieso er hier war oder worum es ging.

Nach und nach erkannte Basti mehr, als würde jemand sehr langsam die Lichtstärke hochdimmen. In der Mitte des Publikums befand sich ein Gang, der nach Bastis Schätzung vielleicht sechs bis acht Stuhlbreiten hatte. Dort lag ein roter Teppich, bereit, abgeschritten zu werden. Auch vor der ersten Stuhlreihe lag Teppich, welcher jeweils zwei Gänge markierte. Einer von rechts und einer von links kommend. Hinter Basti befanden sich weitere Stuhlreihen, die voll besetzt waren. Nicht ein Stuhl war frei.

Dann hatte Basti das Gefühl, dass neben dem immer stärker werdenden Licht eine Art Maschinerie gestartet wurde. Deren Vibrationen strömten wie Wellen über seine Füße in seinen Körper. Das dazu auftauchende leise, monotone Geräusch erkannte er sofort. Es waren Rolltreppen. Viele, viele Rolltreppen. Beim Drehen seines Kopfes in Richtung des Geräusches sah er sie. Es gab sie in verschiedensten Ausführungen. Lange und kurze, schnelle und langsame, breite und schmale Rolltreppen. Einige waren steil und andere flach. Bewegten sich vorwärts oder rückwärts. Die Eigenschaften in freier Kombination zur Schau gestellt. Alle in Bewegung vereint, aber in Funktion getrennt.

Während Basti noch den Klängen der Rolltreppen lauschte und das Publikum um ihn herum tuschelte, vernahm er aus der Ferne Fahrstuhlmusik. Typische Fahrstuhlmusik, die jeder Mensch sofort als solche erkennen würde, der schon mindestens einmal im Leben mit einem Fahrstuhl gefahren war. Monoton und nichtssagend.

Ein Common Ground, von dem sich niemand beleidigt fühlte und dem alle bereit waren zu folgen. Schließlich brachten Fahrstühle und Rolltreppen Menschen dahin, wo sie wollen. Oder nicht? Am Ende lauerte für viele ein Albtraum namens Lohnarbeit mit Fesseln aus Monotonie und Ausweglosigkeit.

Er erinnerte sich, dass es in der Bank, in der er sein Pflichtpraktikum im Masterstudium absolviert hatte, neben den Rolltreppen zwei Fahrstühle gab. Vom Erdgeschoss aus betrachtet waren diese jedoch gar nicht richtig einsehbar gewesen. Erst ab dem zweiten Stock waren die Fahrstuhlröhren transparent und somit deren Innenraum sichtbar. Wie Basti wusste, war das eine Täuschung gewesen.

Alles um Basti wurde augenblicklich schwarz und kein einziger Ton war mehr zu hören. Er saß nicht mehr, sondern stand. Er bewegte sich. Sein Magen signalisierte ihm das. Auf den konnte er sich verlassen.

Er hörte zwei Frauenstimmen, die sich über Kaffee unterhielten. Dann wurde es hell. Basti wurde schlagartig schlecht. Unter ihm der Abgrund. Sein Körper zitterte, aber er fing sich wieder. Er erkannte Rolltreppen und Menschen darauf. Sie fuhren fröhlich der Arbeit entgegen oder flohen panisch vor ihr. Beides scheinbar freiwillig.

Er wusste, wo er war. Er wusste nur nicht, warum. Warum noch mal?

»Wie Sie sehen, Herr Fantasti, erwarten wir Großes von Ihnen. Sie werden ein wunderbarer Praktikant. Sie werden die Zukunft dieser Firma sein und dann steht es selbstredend fest, dass Frau Yildiz und ich Sie im Fahrstuhl für Abteilungsleiter nach unten mitnehmen und zum Ausgang begleiten«, erklärte seine ehemalige Abteilungsleiterin ihm.

»Das … das muss eine Erinnerung oder aber ein Traum sein«, rätselte Basti leise vor sich hin, was Yildiz wohl gehört hatte und daraufhin die Stimme erhob.

»Ein Traum. Ja, so kann man das sagen. Es ist wie ein Traum, für unser Unternehmen zu arbeiten, ein Traum, in diesem Fahrstuhl fahren zu dürfen. Ein Traum, dass ich gerade unter diesem wunderschönen schwarzen Rock keine Unterwäsche trage …« meinte sie bedeutungsvoll lächelnd in Richtung von Basti und zwinkerte ihm sogar zu. Die zweite Mitfahrerin verzog bei diesen Worten nicht einmal das Gesicht.

Wie auf Autopilot geschaltet, reagierte Basti. Es waren zwar seine Worte, die er damals gesagt hatte, aber diese spiegelten nicht seine jetzigen Gedanken wieder. Als würde man ein Überwachungsvideo der Szenerie beobachten, antwortete Basti perplex: »Aber das können doch alle unten sehen. Ich meine, der Fahrstuhl, der ist doch durchsichtig!« Beide Frauen sahen sich für einen Augenblick, der sich für Basti wie eine Ewigkeit anfühlte, in die Augen und begannen, laut und dreckig zu lachen. Die jüngere Frau so heftig, dass sie sich mit der Hand eine Träne von der Wange wischen musste.

»Sehen Sie …«, begann Yildiz, die gerade ein Taschentuch von ihrer Kollegin erhielt und sich leicht schnäuzen musste, »… deshalb sind Sie nur Double-A-Material und nicht Triple-A-Material.«

»Ich, ich verstehe nicht … ähm, was Sie meinen?«, stammelte Basti, sichtlich nervös, vor sich hin. Als aufgeklärter weißer Cis-Mann war er sehr bedacht darauf, niemandem auf die Füße zu treten. Sprache war mächtig. Lebewesen, die Sprache zur Kommunikation benutzten, waren sich dieser Macht oft nicht bewusst oder häufig ohnmächtig, in Anbetracht, mächtiger zu sein, als zuvor vermutet.

»Ha, ha, ich weiß, keine Angst, Herr Fantasti, sonst würden Sie in die Triple-A-Kategorie fallen.« Die ältere Frau musterte ihn von oben bis unten und er fragte sich nur, wann das Bewerbungsgespräch endlich vorbei war. Ihm war klar geworden, dass er immer noch getestet wurde und mindestens in der B-Note bereits Federn lassen musste. Bevor der Fahrstuhl sein Ziel erreicht hatte, musste er aktiv werden. Bereit zum letzten Gefecht nahm Basti all seinen noch vorhandenen Mut zusammen. »Und mit welcher Reaktion hätte ich einen Triple-A-Status verdient gehabt?«

Wie auf ein Stichwort schaltete sich Müller ein.

Basti hatte das Gefühl, von Sollbruchstellen umgeben zu sein und mit jedem Erreichen dieser Stellen würde sich seine Chance steigern, einen höheren oder niedrigeren Status zu erreichen. Er spielte ein Spiel, ohne die Regeln, Einsätze und Gewinne zu kennen. Dieses ermöglichte wahrscheinlich, das End Level, das Exekutive-Level, zu erreichen: das Recht, in Zukunft im Fahrstuhl fahren zu dürfen oder eine ganz bestimmte, für ihn und seinesgleichen vorgesehene rollende Treppe benutzen zu dürfen. Nicht zu spielen, würde heißen, in jedem Fall zu verlieren.

Müller beugte sich in Bastis Richtung und begann: »Tja, mein Lieber, leider bleibt Ihnen in Zukunft einiges verborgen, aber Regeln sind Regeln. Alphas sind Alphas und Betas sind Betas. Da kann man nichts machen. Ich mag Sie und werde Ihnen verraten, was ein Alpha an Ihrer Stelle getan hätte. Als Erstes hätte dieser Alpha-Mensch die ihm entgegengebrachte Information überprüfen wollen und eine belegbare Bestätigung der Behauptung von Frau Yildiz verlangt. Als Zweites hätte diese Person als Mann, der von Natur aus von Trieben geleitet wird, die Gelegenheit beim Schopfe gepackt und durch einen geschickten Flirt Interesse an der Frau angemeldet. Unserer Erfahrung nach werden Männer in unserer patriarchalen Gesellschaft dazu ermuntert, ihre Sexualtriebe ungehindert auszuleben. Und ja, auch falls Sie andere sexuelle Präferenzen hätten, denn Informationshoheit ist ein wichtiges Machtinstrument. Und zu guter Letzt hätten Sie sich und Frau Yildiz die Frage stellen sollen, warum sie dieser Umstand bei einem transparenten Boden nicht beunruhigt. Bevor Sie sich jetzt Ihr hübsches Köpfchen zermartern, Basti, ich darf Sie doch beim Vornamen nennen, der Fahrstuhl ist nicht transparent.«

Der Gedanke, dass der Fahrstuhl nicht transparent war,

musste von Bastis Gehirn erst verarbeitet werden. »Nicht transparent?«, fragte Basti ungläubig nach.

»Genau, es ist ein Video. Wir wünschen unsere Privatsphäre und gleichzeitig, dass unsere untergebenen Mitarbeiterinnen und Mitarbeiter sehen oder glauben zu sehen, wie hart und beständig die Chefetage für das Unternehmen arbeitet. Nun kennen Sie das kleine Geheimnis.«

Der Fahrstuhl erreichte genau jetzt, da Müller und Yildiz mit ihren Erklärungen fertig waren, sein Ziel. Genau abgestimmt. Als ob beide Frauen das nicht zum ersten Mal genau so getan hätten. Basti fragte sich, ob es dafür extra Schulungen gab. Ähnlich wie bei einem Elevator Pitch, bei dem Angestellte genau eine Aufzugfahrt Zeit hatten, ihre Vorgesetzten von einer Idee oder einem Projekt zu überzeugen.

Der Fahrstuhl öffnete seine Türen.

Frau Yildiz und Frau Müller legten jeweils eine Hand auf Bastis Schultern und deuteten mit der anderen Hand in die Dunkelheit, die sich vor ihm offenbarte. Vollkommen synchron sagten beide Frauen: »Willkommen zur Show, bitte nehmen Sie Platz. Es wird Ihnen sicher gefallen!«

Basti, der sich in der Dunkelheit nicht sehr wohlfühlte, wollte nicht aus dem Lift steigen. Die Gesichter seiner Begleitungen verschwammen zu einem nichtssagenden Brei, in dem er nicht mehr die Personen erkannte, mit denen er zuvor Fahrstuhl gefahren war. Die typische Fahrstuhlmusik, die während der ganzen Fahrt im Hintergrund gelaufen war, wurde erst unerträglich laut und verstummte dann. Das Licht wurde langsam,

synchron zur Musik, erst hoch und dann herunter-
gedimmt. Es wurde dunkel. Mit einem Mal fühlte Basti
sich allein. Allein gelassen.

Er spürte das Polster eines Stuhls unter seinem Hintern.
Er saß auf einem Stuhl. Diesmal mit Armlehnen. Auch
gepolstert. Um ihn herum dasselbe Publikum wie am
Anfang seines Traumes. Das Publikum tuschelte. Es wurde
immer lauter, bis ein noch lauterer Ton das Tuscheln
beendete. Das Geräusch klang wie im Fahrstuhl, wenn
dieser ein Stockwerk auf seinem Weg nach oben oder unten
erreichte. Jeder Mensch, der einen Fahrstuhl benutzte,
wusste, wohin er wollte, musste oder sollte. Besaß eine
Kontrollfiktion. Die Vorstellung, über sich und seinen Weg
frei verfügen zu können. Freiheit durch Kontrolle. Für
Menschen wie Basti war das kein Widerspruch.

Natürlich gab es Ausnahmen. Das war ihm auch klar.
Etwa Patientinnen und Patienten im Krankenhaus oder
Kinder. Beide benötigten die Unterstützung weiterer
Personen, die die Funktionsweise und die Notwendigkeit
des Fahrstuhles verstanden oder glaubten zu verstehen,
wohin die hilfsbedürftigen Mitmenschen mussten, sollten
oder wollten.

Der Ton wurde richtig laut. Als würde er den gesamten
Raum ausfüllen. Ein Scheinwerfer ging an und erleuchtete
die Fahrstuhltür und den Raum davor. Ein roter Teppich,
der das Publikum in zwei Gruppen teilte, war im Licht zu
sehen. Eine Person in schwarzem Kostüm verließ den
Fahrstuhl und schritt auf dem dafür vorgesehen Weg in
Richtung Podium. Das Publikum applaudierte. Es war Frau

Yildiz, die sich umdrehte, in Bastis Richtung blickte und ihm zuzwinkerte.

Eine sehr angenehme Stimme begann zu reden. Ähnlich wie der Ton im Fahrstuhl kam auch diese von allen Seiten. Es war ebenfalls eine typische Fahrstuhl-Stimme, so eine, die erklärte, welches Stockwerk gerade erreicht wurde. Diese Art von Stimmen wurden vermutlich gezielt dafür eingesetzt, damit sich die Menschen wohlfühlten. Den Wunsch, die Gefühle der Menschen steuern zu können, genauer gesagt, diese beeinflussen zu können, hatten viele. Manche zum Wohle der Menschen und manche zum Wohle ihrer eigenen Interessen.

Passend zur Melodie ertönte eine Stimme: »Meine sehr verehrten Damen und Herren, liebes Publikum. Herzlich willkommen zu unserer neusten Ausgabe unserer Erfolgsshow *Das Traumprojekt*. Hierbei wird eine dreiköpfige Jury DAS Traumprojekt auswählen. Um Entscheidungen durch Mehrheitsentscheid zu treffen, bedarf es zwingend einer ungeraden Anzahl an Entscheidenden. *Das Traumprojekt,* alles andere sind nur Projekte!«

Das Publikum wiederholte in dem Moment sehr laut: »Alles andere sind nur Projekte!«

Die Stimme wiederholte die Worte noch weitere zweimal und verstummte dann abrupt.

»Ich danke dem tollen Publikum für die Begeisterung und darf Ihnen nun die Jury vorstellen.«

Neben dem Teppich, auf dem Frau Yildiz zum Podium gegangen war und Platz genommen hatte, wurden jetzt auch die beiden anderen mit rotem Teppich belegten Gänge illuminiert. Gleichzeitig liefen zwei Personen in Richtung Podium. Eine davon war Frau Müller, die andere ein älterer Herr, dessen Gesicht genauso nichtssagend und verschwommen war wie das der Menschen im Publikum. Basti wunderte sich nicht über die verschwommenen Gesichter. Er war im Bann des Traumprojektes gefangen.

»Die Damen Yildiz von der Personalabteilung und Müller, die Abteilungsleiterin, kennen und lieben wir alle im Unternehmen. Meine Damen, bitte nehmen Sie Ihre Plätze rechts und links auf dem Podium ein. In der Mitte darf ich den Herrn Vorstand bitten, Platz zu nehmen. Die Show geht bald los. Ich danke Ihnen allen für Ihre Geduld.« Der Bann schien nachzulassen, was in Basti Verwirrung hervorrief. Er wusste nicht, was das Ganze um ihn herum sollte und was das mit seinem Praktikum, mit seinem Leben zu tun hatte. Müller, Yildiz, die Eingangshalle seines alten Praktikumsplatzes … Das konnte kein Zufall sein. Da bemerkte er, wie die Person rechts von ihm ein Schild hochhielt, auf dem stand: *Yildiz, wir lieben dich!* Das Publikum schien einen Liebling auf dem Podium zu haben. Erst jetzt fiel Basti auf, dass manche der Anwesenden T-Shirts mit Aufschriften trugen. Die Aufschriften bezeugten die Zugehörigkeit zum *Team Müller* oder die Forderung »*Vorstand knows best*«.

Basti verspürte das Bedürfnis, etwas sagen, ja, sogar schreien zu wollen. Was zum Teufel tat er hier? Wieso konnte er nicht einfach gehen? Warum gehorchte sein Körper ihm nicht? Ein solches Theaterstück durfte doch nicht unkommentiert bleiben. Er versuchte zu sprechen, doch aus seiner Kehle drang kein Laut.

Es war nicht wie im Film Matrix, in dem der Protagonist Neo während eines Verhöres nicht mehr sprechen konnte, weil sein Mund – in schönster Computeranimationstechnik – zusammenwuchs. Vielmehr erlebte Basti zu wollen, aber nicht zu können. Biologisch gesehen könnte er schon. Sein Körper hätte die Befähigung. Das Böse, wie es in der Matrix Neo passiert war, hielt ihn nicht vom Sprechen ab. Zumindest nicht direkt. Das reale Böse hatte eine viel bessere Methode gefunden. Warum etwa sollten Bastis Sitznachbarn extra geschult werden, ihn zu beobachten, unerwünschtes Verhalten zu erkennen und dann zu unterbinden? Genau wie in *Matrix* waren alle anderen Menschen, die Teil des Systems waren, auch die Agenten des Systems. Selbst wenn sie es selbst nicht wahrhaben wollten. Wenn dann ein Individuum versuchen würde, dem System zu entfliehen, würde es von den Agenten und Agentinnen drumherum im besten Fall abgestoßen und im schlimmsten Fall aktiv bekämpft.

Das könnte zum Beispiel passieren, indem ihm der rechte Sitznachbar den Mund mit der Hand verschloss und der hintere Nachbar seine Arme nach hinten fixieren würde. Der linke Nachbar könnte dann die Kontrollfunktion der Situation übernehmen und bei Bedarf einschreiten.

Bastis Problem waren aber gerade nicht seine Sitz-nachbarn. Die waren am Jubeln und Lachen über die Scherze der Moderatoren-Stimme, welche zwischen den Witzen auf- und absteigende Zahlen, gefolgt von immer demselben Ton, ansagte. Ganz so, als würde sich diese gesamte Szene nicht in einer schier endlos erscheinenden Halle abspielen, sondern vielmehr in einem riesigen Fahrstuhl stattfinden und die Moderatorenstimme würde das Stockwerk ansagen, in dem man sich zurzeit befand.

Bastis innere Welt war ein zerrüttetes Territorium. Beständig reagierte die Topografie auf äußere Einflüsse. Verschiedenste Fraktionen rangen weiter um Raumgewinne. Verschiedene Schauplätze benötigten verschiedene Methoden der Kriegsführung. Jeder Tag war anders. Nicht in jeder Nacht herrschte Waffenruhe.

Was Ursache, was Wirkung war, war nicht immer klar. Kausalität und Korrelation wurden oftmals verwechselt. Mit zum Teil fatalen Folgen. Sein Gefühlszustand war daher unbeständig.

Jetzt, in diesem Moment, in dem Basti nervös auf seinem Stuhl hin- und herrutschte, kämpften zwei Gedanken darum, die Steuerungshoheit über sein Handeln zu übernehmen und ihr Eigen nennen zu dürfen. Er war sich nicht sicher, wie er handeln sollte und wie er handeln konnte. Der eine Gedanke wollte laut schreiend um sich schlagen und die Ungerechtigkeiten in der Welt anprangern. Der andere Gedanke, von außen durch subtile, aber effektive Methodik eingepflanzt, wollte anders beeinflussen.

Er sollte nicht nur die Situation als gegeben tolerieren, nein, er sollte sie als unumstößliche Wahrheit sehen und lustvoll in die ihn umgebende, wabernde Menschenmenge eintauchen. Eins werden für einen glorreichen Moment der Glückseligkeit. In kollektiver Akzeptanz vereint und gleichzeitig in individueller Konkurrenz getrennt.

Doch Basti tat nichts. Schwankte zwischen Abscheu und Toleranz. Widerstand und Aufgabe. Seine Brust schmerzte. Obwohl er nicht wollte, musste er dem falschen Spiel der Moderation folgen.

»Meine Damen und Herren, 33, nun geht es darum: Welches ist das Traumprojekt? In insgesamt 129 Vorentscheiden an allen Betriebsstätten des Konzerns weltweit wurde hart projektiert und die Firma dankt allen Teilnehmern und Teilnehmerinnen für ihren Einsatz. Bitte beteiligen Sie sich auch bei der nächsten Ausgabe unserer Show wieder. Lange Rede, kurzer Sinn: In diesem Finale werden uns heute drei Projekte kurz vorgestellt und die Jury entscheidet dann, welches das TRAUMPOJEKT ist.«

Das Publikum jubelte, als gäbe es kein Morgen. Bastis Brust schmerzte immer mehr.

Aus der vorderen Reihe des Publikums stand ein Mann auf und trat vor die Zuhörerinnen und Zuhörer.

Eine kleine Rolltreppe, die Basti zuvor nicht bemerkt hatte, fuhr seitlich vor dem Mann entlang und transportierte ein kleines Pult mit einem Mikrofon und Laserpointer. Der Mann griff beides und begann seinen Vortrag.

»Sehr verehrte Damen und Herren, liebe Jury, mein verehrtester Vorstand, ich danke Ihnen, heute hier sein zu dürfen. Als ich die Projektausschreibung sah, dachte ich, wow, Vorstand knows best. Die Weiterentwicklung, respektive die Neu-Erfindung, der Rolltreppe. Das ist eine fantastische Idee und ich beabsichtige, diese umzusetzen. Natürlich nicht ich allein. Ich grüße und danke daher meinem Team daheim in der Betriebsstätte 48.« Das

Publikum schrie vor Begeisterung und die Jury klatschte.

»Wir sind das Team ERT, was für Effiziente-Roll-Treppe steht. Da ich nur wenig Zeit habe, immerhin ist das hier ein Elevator Pitch, fasse ich mich kurz. Effizient sein, bedeutet, mit möglichst wenig Einsatz von Ressourcen möglichst viel zu erreichen. Wir schlagen daher vor, die einzelnen Stufen unserer Rolltreppen breiter und länger zu fertigen, damit gleichzeitig viel mehr Kolleginnen und Kollegen damit fahren können. Somit benötigt die Firma insgesamt weniger Rolltreppen. Alles Weitere können Sie unseren Präsentationsunterlagen entnehmen. Und zu guter Letzt die in der Projektaus-schreibung verlangte Visualisierung.«

Der präsentierende Mann nahm seinen Laserpointer und richtete den Strahl in die Dunkelheit hinter das Publikum. Als dieses sich umdrehte, leuchtete eine Rolltreppe auf, die genau der zuvor gehörten Beschreibung entsprach. Wie aus dem Nichts war sie aufgetaucht. Basti konnte nicht erkennen, ob sie echt oder nur eine Projektion war. Sogar Menschen liefen auf ihr, was das Prinzip des Projektes verdeutlichte.

Der Redner beendete seinen Vortrag und wurde vom Moderator, dem Publikum und der Jury mit Standing Ovation belohnt.

Nachdem sich nun der erste Finalist wieder auf seinen Stuhl gesetzt hatte, stand neben ihm die nächste Person auf. Eine Frau. »Meine werten Kolleginnen und Kollegen ...«, begann sie ihren Vortrag. »Alles schön und gut, aber was ist mit der Effektivität? Mein geehrter Vorredner schwört auf

Effizienz. Nichts dagegen einzuwenden. Es ist gut, nicht zu viel Geld aus dem Fenster zu werfen. Aber, und das ist essenziell, wo soll diese rollende Treppe – unserem Team gefiel dieser Begriff besser – denn eigentlich hinführen? Schön, wenn die Mittel effizient genutzt werden, aber das bringt nichts, wenn das Ziel nicht erreicht wird. Effektivität definiert sich über den Grad der Zielerreichung. Ohne zuvor definiertes Ziel ist die Debatte über Effizienz nicht zielführend. Wir haben diese Chance proaktiv antizipiert und daher plädieren wir, Team ERT_plus, was für Effektive-RollendeTreppe_plus steht, für Effektivität.«

Auch diese Frau benutzte den Laserpointer und hinter dem Publikum erschien dort, wo zuvor die andere Rolltreppe projiziert war, die Effektive Rollende Treppe. Besser gesagt, waren es zehn Rolltreppen in verschiedener Länge. Allesamt nebeneinander stehend, mit großen Start- und Zielschildern.

Den verinnerlichten äußeren Zwängen gehorchend, die ihn dazu drängten, an der Show teilzunehmen, schaute sich Basti auch das an.

Die dritte präsentierende Person war wieder ein Mann. Zwei Männer, eine Frau im Finale. In der Jury war die Verteilung genau umgekehrt. Schöne Spiegelung, dachte Basti. Die Begrüßung des letzten Finalisten fiel fast identisch aus wie die der Personen vor ihm. Es galt schließlich, ein Corporate Design zu wahren, bis in den letzten Winkel.

»Das Team RTD, das ist die Kurzform von Roll-Treppe-Digital, kommt von der Betriebsstätte 89. Ich bin stolz,

Ihnen unsere Ergebnisse präsentieren zu dürfen. Wir wollen den Mitarbeitenden ermöglichen, möglichst eins mit der jeweiligen Rolltreppe zu werden und möglichst viele Benefits dadurch zu generieren. Durch digitale Smartwatches, die alle Mitarbeitenden tragen werden, können sie mit der Rolltreppe interagieren und alle nützlichen Informationen erhalten. Welche Rolltreppe ist wann am stärksten frequentiert? Kann ich meine Pausenzeiten und Wege durch diese und ähnliche Informationen optimieren? Welche Rolltreppen benutzen meine WorkBuddies? Unsere Idee ist auch, den Flurfunk und die Gerüchteküche digital auf die Rolltreppe zu verlegen. So könnte die Zeit auf der Arbeit besser genutzt werden. Und letztlich kann der dafür von der Firma bereitgestellte Algorithmus diese gewonnenen Daten nutzen, um eine noch bessere Work-Life-Experience zu erreichen.«

Auch die dritte Finalisten-Treppe erschien auf wundersame Weise in der Dunkelheit des Raums, um dem gehörten Wort noch ein gesehenes Bild hinzuzufügen. Immer noch mit schmerzender Brust sah Basti eine Rolltreppe, auf der Menschen nur auf ihre Smartwatches blickten, über ihnen eine Wolke aus Zahlen und Daten, die immer größer wurde.

Nach Beendigung der letzten Präsentation erhob der Moderator seine Stimme aus dem Off. »12. Das war doch alles wunderbar. Die Zukunft der Firma ist gesichert, bei so viel Innovation. Nun, da die Zeit leider schon fortgeschrittener ist, als gedacht … Ha, ha, da hat wohl jemand nicht effizient geplant oder sollte ich lieber effektiv sagen?

Hauptsache, die Digitalisierung hilft uns in Zukunft, die Chance zur Optimierung zu ergreifen. Ich übergebe jetzt allerdings das Wort an die Jury. Genauer gesagt, an unseren alles geliebten großen Vorstand. 6!«

Der Sitz des Vorstandes fuhr in dem Moment, in dem die Moderatorenstimme ihn ansagte, nach oben und bekam die Form eines Thrones. Selbst bei dem wenig vorhandenen Licht strahlte er und war von überall einwandfrei zu sehen. Ganz so, als wäre er seine eigene Lichtquelle.

Sofort wurde es still. Alles hörte auf, Geräusche zu produzieren. Nichts war mehr zu hören. Basti hörte bei-nahe nicht mal mehr seine innere Stimme.

Gewohnt lässig begann der Vorstand seine Rede mit einem Witz: »Wie viele Drohnen benötigt man, um eine Glühbirne zu wechseln? Ha, ha, so viele, wie die Bienenkönigin will!«

Das Publikum war außer sich vor Freude und Glück. Alle jubelten ihrem Vorstand zu, trugen T-Shirts mit seinem Bildnis. Skandierten, immer wieder, frenetisch: »Vorstand knows best! Vorstand knows best! Vorstand knows best!«

Auch Basti, mit schmerzender Brust und Tränen in den Augen. Eine äußere Macht hatte Besitz von seinem Inneren übernommen. Der Autopilot, die Flugbahn. Basti litt still.

Die Show ging weiter. Seine Tränen waren das Letzte, worüber er noch Kontrolle besaß.

»Ich danke im Namen der Firma und natürlich der Jury allen Finalistinnen, Finalisten und Teilnehmenden der Vorentscheide. Aus Effizienzgründen hat sich die Jury schon im Voraus alle Projekte angeschaut und eine Entscheidung über das Traumprojekt getroffen. Ich will auch nicht lange um den heißen Brei reden: Sie alle haben gewonnen!«

Das Publikum jubelte nach dieser Entscheidung. Die zwei Finalisten und die Finalistin beglückwünschten einander und schüttelten sich gegenseitig die Hände.

»Und noch viel wichtiger …«, holte der Vorstand weiter aus, »… ist die Tatsache, dass wir alle als Unternehmen gewonnen haben. Denn wir sind eine Familie. Das dürft ihr als meine sprichwörtlichen Kinder nie vergessen. Draußen, außerhalb dieser Mauern, lauern Monster. Das Monster der Konkurrenz und auch das des Marktes. Wir können nichts gegen die Natur der Dinge ausrichten, aber wir können uns zur Wehr setzen. Somit ist jede Verbesserung eine neue Waffe im Kampf gegen Tyrannei und jede Optimierung der Performance eine starke Verteidigung. Ich verspreche euch: Eines Tages werden wir siegreich sein. Die Tyrannei von Markt und Konkurrenz abstreifen und endlich frei sein! Frei sein von den Gesetzen des Marktes, die uns zwingen, Waren zu produzieren, die wir nicht produzieren wollen, zu Preisen, die nicht ausreichend sind, um gute Löhne zu bezahlen. Nicht die Firma entscheidet, Waffen zu bauen und diese teuer zu verkaufen. Es ist der Markt, der dieses Opfer von uns verlangt. Einige Spottende würden jetzt sagen, dass wir uns dem Markt verwehren könnten. Das stimmt aber nicht! Wenn wir den Hunger von Gottes Markt nicht regelmäßig befriedigen, wird er uns mit der roten Farbe des Verlustes strafen, auf dass alle Welt unseren Frevel zu sehen vermag. Gleichzeitig wird er der willigen Konkurrenz erlauben, ihm zu opfern und den dadurch entstehenden Segen des Profits zu empfangen. Und wäre das noch nicht genug, dann würde die Stunde der Abweichenden und ihrer Häresie beginnen. Nicht mehr vom Taumel des Erfolges benebelt, würde die Gier der Arbeitervertreter beginnen, das Tafelsilber der Firma unter sich zu verteilen. Dadurch würde es in Zukunft immer schwieriger werden, auf dem Altar des Marktes Opferungen darzubieten.«

Im Hintergrund waren auf einmal sphärische Töne zu hören und die eine Hälfte des Publikums begann mit einem Chant. Als handelte es sich um eine Art religiösen Kriegerkult, der das Chanting benutzte, um sich auf einen bevorstehenden Kampf vorzubereiten. Die andere Hälfte des Publikums wiederholte dazu rhythmisch immer wieder das Mantra der Firma: »Vorstand knows best!«

Zwischendurch erklärte der Moderator nur lakonisch: »66!« Scheinbar genoss der Vorstand das Geschehen und sprach weiter zur Menge, die fast wie seine Gemeinde und er wie ein Priester erschien.

»Aber auch wir müssen Opfer bringen. Die Bestie Feind zwingt uns zur Konsolidierung. Wir benötigen jegliche Kraft und Innovation, die wir bekommen können. Daher wird das jetzige Traumprojekt aus allen vorgetragenen drei Projekten fusioniert und alle Projekt-Teams werden daran zusammenarbeiten. So will es der Markt! Wir sind aber auch froh, euch, liebe Freundinnen und Freunde, liebe Arbeiterinnen und Arbeiter, mitzuteilen, dem Feind getrotzt zu haben. Einer seiner feigen Agenten wollte uns Fesseln anlegen, gar knebeln, damit wir nicht nach Hilfe und Gerechtigkeit rufen können. Ihr alle kennt den Namen dieses Schurken. Sein Name ist Staat.« Das Publikum rief immer lauter das Mantra. Priester und Gläubige schaukelten einander hoch.

In dem Moment erschien eine weitere Rolltreppe, dort, wo zuvor die drei Projekt-Rolltreppen projiziert worden waren. Diese Rolltreppe war allerdings alt und heruntergekommen. Sehr viele Menschen drängten sich auf viel zu engem Raum. Auf einem großen, leuchtenden Schild, das über der Rolltreppe in der Luft schwebte, zeigten sich die Zahlen 100 bis 129. Plötzlich wurde eine Nummer nach der anderen durchgestrichen. Immer mehr, immer schneller. Menschen fielen von der Rolltreppe, bis sie schließlich zu brennen begann und komplett ineinanderstürzte. Überall lagen Tote, Leichenteile flogen durch die Luft, stumme Schreie waren auf den Gesichtern der Verletzten zu erkennen, während das Publikum beständig jubelte und sang. Basti, dem ein Arm vor die Füße geflogen war, roch verbranntes Fleisch und schmeckte auf den Lippen warmes, kochendes Blut. Unberührt hob er den Arm vom Boden auf. Ein kleiner Arm. Blut tropfte auf seine Anzughose. Das Blut hinterließ aber keine Spuren, sondern perlte einfach am Hosenbein herab.

Ganz beiläufig sagte der Moderator: »666! Sie haben Ihr Zielstockwerk erreicht. Wir wünschen noch einen angenehmen Tag!«

Dann begann Basti, mit bloßen Händen von dem abgetrennten Arm ein Stück Fleisch zu reißen und in seinen Mund zu stecken. Er kaute. Der Chant und auch der Gesang des Mantras verstummten. Jetzt begann das Fressen.

Basti hatte Appetit. Verzehrte auch das letzte bisschen Fleisch vom Arm. Effizient und effektiv. Anstatt einer Ansammlung von Knochen entdeckte er unter dem Fleisch allerdings blanken Stahl. Die übrig gebliebene Knochenarchitektur wirkte wie ein Maschinenteil. Basti begann, damit in Richtung Podium zu winken. Wehren konnte er sich gegen diese Handlung nicht, obwohl er versuchte, sich innerlich dagegen zu behaupten. Wie ferngesteuert, dem von außen aufgezwungenen Drang nach Blut folgend, ertappte er sich selbst dabei, wie es sich gut anfühlte, Teil einer Gruppe zu sein. Nicht mehr allein zu sein. Nicht einsam zu sein.

Das gesamte Publikum tat es ihm gleich. Mit Blut verschmiertem Gesicht lächelte er und stimmte mit ein: »Vorstand knows best!«

KAPITEL 10: REFLUX

Sehr oft bei Nacht kam die Qual.

»Bitte, lass es aufhören!«, stöhnte Basti, der nur in Unterhose mit dem Rücken auf dem Boden lag. Die Fliesen waren kalt. Schmerzverzerrt blickte er zur Decke seines Zimmers. Sein Puls raste.

In diesen Momenten, wenn es mehr war als nur ein saures Aufstoßen, hatte Basti das Gefühl, dem Tod ins Auge zu blicken und darum zu flehen, keine Schmerzen mehr erleiden zu müssen. Seine ganze Speiseröhre fühlte sich an, als wäre sie mit einem brennbaren Gas gefüllt worden und jemand, der ihn wirklich gar nicht leiden konnte, hätte mit unbändiger Freude und Vergnügen dem Gas zum Entflammen verholfen. So, dass selbst das Inferno von Dante im Vergleich zu dieser Feuersbrunst als eine Randnotiz der Geschichte zu begreifen sein müsste.

Basti drehte sich auf die Brust, in der Hoffnung, die Kälte der Fliesen würde ihm Linderung verschaffen. Doch er wurde nicht erhört. Sein Magen, die Quelle seiner Pein, produzierte unablässig weiter und ohne Anstalten zu machen, damit aufhören zu wollen, seinen schmerzauslösenden Saft. Auch bekannt als Magensäure. Was viele Menschen nicht wussten, war, dass Magensäure auch aus Salzsäure bestand. Weitere Bestandteile waren Wasser sowie Enzyme.

Warum konnte Salzsäure problematisch werden? Sie war verdammt noch einmal ätzend und konnte sogar unedle Metalle angreifen.

Nach Meinung vieler Betroffener, zu denen auch Basti sich zählte, sollten Nichtbetroffene erst darüber nachdenken, bevor sie einen anschauten, als würde man wie ein kleines Baby heulen. Und das nur, weil man während des Essens im Restaurant mit Bekannten auf das persönliche Martyrium der Refluxkrankheit hinwies.

»Ja, ich leide unter Reflux. Sehr, sehr starkem Reflux! Das ist eine ernst zu nehmende Krankheit und nicht nur ein kleines saures Aufstoßen, wenn ich etwas Falsches gegessen oder getrunken habe!«, wollte Basti dann den Unbedarften um sich herum am liebsten jedes Mal verständlich machen. Nichts förderte das persönliche Verständnis einer Sache mehr, als die persönliche Betroffenheit durch diese Sache. Wie bei vielen anderen Dingen auch, leider. Politik zum Beispiel. Wie so oft wünschte sich Basti kurz vor dem Höhepunkt seiner Schmerzen, dass diese Besserwisser seine Qualen durchleben würden. Ob sie ihm dann erneut ins Gesicht sagen würden, er solle sich nicht so anstellen? Da freute er sich doch, mit Jeannine eine Freundin, die er durch seinen langjährigen Freund Christoph kennenlernen durfte, eine Leidensgenossin gefunden zu haben. Direkt danach schämte er sich aber auch wieder. Schließlich freute er sich über das Leid einer anderen Person, um nicht allein den Schmerz spüren zu müssen. Das Wissen, dass ein anderer Mensch, den Basti persönlich kannte, auch litt, linderte den Schmerz zwar nicht, machte diesen aber ein wenig erträglicher.

Der Schmerz konnte Stunden andauern. Ihn Stunden am Boden fesseln, unfähig, sich groß zu bewegen, weil nur die Kälte seines gefliesten Kellerraums ihm manchmal Erleichterung verschaffte. Manchmal wurde bei Menschen mit einer sehr starken Ausprägung der Refluxkrankheit die schmerzende Brust mit dem Symptom auf einen Herzinfarkt verwechselt.

Sowohl für die Hilfe suchende Person als auch für das medizinische Personal im Rettungswagen und auf der Notaufnahme war das nicht unbedingt ein Vergnügen.

Was sollte man tun? Angeblich ging Liebe durch den Magen, aber offenbar war Stress beim Sodbrennen auch gern mit von der Partie.

Die Menschen lebten heutzutage in stressigen Zeiten. Jeder und jede hatte persönliche Stressoren, bestimmte Dinge, die Stress auslösten. Bei Basti waren das oft Situationen, in denen er sich unwohl fühlte. Das war eine höchst individuelle Angelegenheit und da der Mensch noch nicht genormt auf die Welt kam, war es bei jedem Menschen anders.

Die einen waren imstande, noch den stärksten Wirbelsturm unbeschadet zu überstehen, und andere wurden zum Wrack, wenn das Fenster zum Lüften zu lange offen gewesen war. Der dafür genutzte Fachbegriff war Resilienz, was vereinfacht auch Widerstandsfähigkeit genannt wurde.

Wo der Stress seine Ursache hatte, war für den leidenden Menschen in der konkreten Schmerzsituation erst einmal egal. Es sollte nur aufhören.

Natürlich würden viele jetzt einwenden wollen, dass das aber nur die halbe Wahrheit, höchstens eine 21 war.

Dem hätte Basti auch zugestimmt. Um die 42, die volle

Wahrheit, zu erreichen, musste ein wenig tiefer gebohrt werden. Nur Symptome zu behandeln, mochte zwar für die Pharmaindustrie und die dahinter operierende kapitalistische Gesetzmäßigkeit lukrativ sein, allerdings sollte Heilung das höherwertige Ziel des Unterfangens sein. Dafür müsste die Gesellschaft bereit sein, einen grundsätzlichen Wandel in der Gesundheitspolitik einzuleiten. Dazu bedurfte es dann aber der Ursachenforschung. Neben rein physiologischen, das hieß, rein dem Körper geschuldeten Ursachen, konnte auch die Psyche eine Rolle spielen.

Basti glaubte manchmal, er müsse sterben, so stark waren seine Schmerzen. Dann erinnerte er sich an seine Lektüre von Marcel Proust. Er konnte sich zwar nicht merken, in welchem Teil von »Auf der Suche der verlorenen Zeit« sich sein Lieblingszitat befand und ob er es ganz korrekt wiedergab. Aber er sagte es sich immer sehr gern selbst, um ein wenig Ruhe und Durchhaltevermögen zu generieren. So auch jetzt, mit schmerzendem Reflux auf den kalten Fliesen liegend. »He, verdammte Schmerzen. Immer daran denken: Die Hoffnung auf Erleichterung gibt einem Mut zu leiden. Jeannine hatte mit ihrer letzten WhatsApp-Nachricht recht. Ich sollte darüber ein Buch schreiben. ›Mein Reflux und ich‹, so könnte der Titel lauten.«

Nach einer unendlichen Leidensgeschichte, die, mit Blick auf die Uhr, nur eine halbe Stunde gedauert hatte, kroch Basti zurück unter die Bettdecke, in der Hoffnung, den Rest der Nacht zumindest ein wenig Pause vom Reflux zu haben. Wie schön wäre es, ein wenig schlafen zu können. Ohne Albträume natürlich. Leider war ihm das nicht vergönnt. Viele, wenn nicht alle seiner Freunde beschwerten sich über Probleme beim Schlafen und wiederkehrende Albträume, in denen sie ihr Leben als Werktätige schmerzhaft wahrnehmend sogar in der Nacht erleben mussten. Sie beklagten auch oft den Stress, den sie der Erwerbsarbeit zu verdanken hatten. Auslöser des Stresses waren dabei entweder die Kolleginnen und Kollegen, die Vorgesetzten, die lange Fahrt zur Arbeitsstelle, die Kundinnen und Kunden, der viel zu geringe Lohn oder vielseitige andere Stressoren.

Basti hatte nichts davon. Er hatte keine Arbeit und somit keines dieser Probleme. In den Augen vieler Menschen, auch vieler seiner Freundinnen und Freunde, Verwandten oder Bekannten, müsste Basti glücklich sein. In seiner sozialen Hängematte räkelnd.

Leider war dem nicht so. Basti war nicht glücklich. Konnte sein Leben nicht genießen. Dazu erklärte Basti oft sogar ungefragt: »Das ist aber weder ein Zufall noch ein tragischer Unfall. Nein, das ist gewollt.« Er solle arbeitslos sein, weil es eine Reservearmee an Arbeitskräften bedürfe, damit der Kapitalismus funktioniere. Dafür müssten er und seinesgleichen von der Gesellschaft ausgestoßen und verachtet werden. Sich schlecht zu fühlen und die Verantwortung bei sich selbst zu suchen, waren dabei ebenfalls ein nicht zu unterschätzender Faktor der Unterdrückung.

Oft hieß es, die Arbeitslosigkeit müsse bekämpft werden. Eine Metapher, die an Krieg und Gewalt erinnerte. Zufall? Nein! Genauso wenig, wie in den Medien immer wieder von einer Flüchtlingswelle die Rede war, wenn mal wieder ein bedauernswertes Land der zweiten oder dritten Welt der Geopolitik der Großen zum Opfer fiel. Welle? Das war eine Natur-Metapher. Besser gesagt, die Metapher einer Naturkatastrophe. Das alles war pure Propaganda! Nur wenige von Bastis Gesprächspartnern machten sich darüber Gedanken. Ihnen reichte es, nach einem beschwerlichen Arbeitstag ein wenig Ruhe im Sessel zu genießen und sich über die Faulenzer und Sozialschmarotzer im Real-Harzt4-TV zu echauffieren. Es war aber meist nicht möglich, das Stresslevel anders herunterzuregulieren.

Viele spürten dennoch, dass etwas falsch lief im Staate Dänemark. Die Stressauslöser, die oft in der sich verändernden Arbeitswelt lagen, konnten dort nicht angesprochen und verarbeitet werden. Zusätzlich nahm die Macht derer, die sich zu Agenten der arbeitenden Klasse erklärt hatten, kontinuierlich ab. Gleichzeitig verkauften sie gewonnene Rückzugsgefechte als große Raumgewinne. Gemeint waren die Gewerkschaften, die mittlerweile in Ländern wie Deutschland teilweise Tarifverträge abschlossen, die nicht einmal die Inflation ausglichen. Falls dann doch einmal eine kritische Infrastruktur wie die Häfen an der Nordsee bestreikt wurden, knickten die Gewerkschaftsführungen viel zu schnell vor den Drohungen von Arbeitgebervertretern ein, die eine Notstandsregelung und damit einhergehend eine Auflösung von Streiks forderte.

Die Menschen, die nicht Teil dieser Welt waren, die Arbeitslosen, fanden kaum Repräsentanz, hatten keine starken Agenten. Dennoch erfüllten Menschen wie Basti eine wichtige Funktion in der kapitalistischen Arbeitsgesellschaft, in der er und der Großteil der Menschheit lebten.

Er war ein abschreckendes Beispiel und Sündenbock zugleich. Oft machten Bekannte und sogar Freunde und Verwandte Witze über ihn. Nun ja, nicht über ihn als Person, sondern über ihn, den Arbeitslosen. Manche verstanden nicht einmal, dass es da einen Unterschied gab. Glaubten, die Person Basti und sein Status als Arbeitsloser sowie die daraus unterstellten schlechten Charaktereigenschaften, wären ein und derselbe. Das war aber nicht so.

Und selbst die Personen in den Dokus über Menschen, die gezwungen waren, am Existenzminimum zu leben und vielleicht die eine oder andere schlechte Angewohnheit hatten, verdienten nicht die ihnen entgegengebrachte Häme und den Hass. Oftmals verarbeiteten sie durch den Konsum von Suchtmitteln den Schmerz ihrer Existenz, über die sie keine Kontrolle hatten und im Fernsehen zusehen mussten, wie die Gesellschaft sie degradierte. Leute wie Basti, die in der Arbeitslosigkeit politisch immer weiter nach links rückten, weil das zentrale Leitmotiv der politischen Linken die Forderung nach Gerechtigkeit war, sagten bei Partys dann gern: »Bezeichnen wir doch diese Schweinerei als das, was sie tatsächlich ist: Es ist Klassenkrieg, genauer gesagt, eines der vielen Schlachtfelder des Klassenkrieges. Eine extreme Bedeutung hat dabei die Propaganda, die sich heute, nach einer Idee von Edward Bernays, einem Neffen von Sigmund Freud, Public Relations, oder kurz PR, nennt. Stellt euch einfach vor, ihr seid im Krieg und verliert diesen, weil ihr gar nicht wisst, dass ihr im Krieg seid. Die Schlachtfelder in diesem Krieg sind keine Orte auf Landkarten. Es sind oft die Köpfe der Menschen. Die Deutungshoheit über Themen. Verschiedenste Politikfelder wie Gesundheitspolitik, Wohnungspolitik und vieles mehr. Ach, was erzähle ich, es betrifft alle Politikfelder.«

Heute aber war Basti froh, dass der Brand in seiner Speiseröhre erst einmal gelöscht war und er jetzt die nächste Schlacht gegen die Schlaflosigkeit führen konnte.

KAPITEL 11: MITTAGSPAUSE

Die Mühen des Studiums werden sich immer lohnen! Für viele nur graue Theorie.

Basti konnte zwar ausschlafen, hatte aber wieder einmal furchtbare Albträume gehabt. Er konnte sich zwar nicht an jede Einzelheit der Träume erinnern, aber er erwachte immer mit denselben Gefühlen von Einsamkeit und Angst, um dann das erste Mal am Tag zu weinen und sich bereits währenddessen dafür zu schämen.

Aufgeweckt hatte ihn sein Handy. Mit dieser furchtbaren Fahrstuhlmusik. Er hasste sie wie die Pest!

»Wie geht diese verdammte Scheiße aus? Drecks Handy. Wie geht diese verdammte Musik aus? Wie kann man das ändern?«

Bisher hatte er nicht herausgefunden, wie sich die Melodie seines Handys ändern ließ und legte es nach Abschalten des Klingelns wieder auf die dafür vorgesehene Stelle auf seinem Nachttisch neben dem Bett. Dann versuchte er, den Wellengang seiner Gefühle zu beruhigen, indem er seine Gedanken schweifen ließ. Dabei versuchte er, sich möglichst auf eine Sache zu fokussieren. An diesem Tag war es sein Handy, über das er sich Gedanken machte. Besser gesagt, die Tatsache, dass in Deutschland das Wort Handy für ein mobiles Telefon benutzt wurde. Handy war ein englisches Wort, wurde aber im englischsprachigen Raum nicht für ein Mobiltelefon verwendet. Wenn eine Person handy war, hieß das im Deutschen übersetzt ungefähr so viel wie geschickt. Ein Handyman war jemand, der handwerklich geschickt war. Etwas, was Basti nicht war. Handwerklich geschickt. Das war er noch nie gewesen. Solange Basti zurückdenken konnte. Zumindest wurde ihm das immer von außen gesagt und er hatte es verinnerlicht, glaubte es mittlerweile selbst und konnte sich gar nicht mehr vorstellen, handwerklich geschickt zu sein.

Möglicherweise war er handwerklich geschickt oder könnte es werden, wenn er es nur versuchen würde. Da sein Glaube durch jahrzehntelanges Einreden aber so gefestigt war, wäre ein Versuch sofort zum Scheitern verdammt. Die Erwartung bestimmte die Zukunft, oder wie Basti scherzhaft dazu sagen würde: »Ich habe zwei linke Hände. Das wissen alle. Falls ich nur ein Stück Holz lange genug anschaue, habe ich auch schon einen Splitter in der Hand.« Eine selbsterfüllende Prophezeiung.

Auch das Wissen über diese Vorgänge und Zusammenhänge halfen den Betroffenen wie Basti nicht immer. Das wusste er nur zu gut. Hatte er sich doch im Internet nach seiner Problematik erkundigt. Er sagte sich deshalb oft selbst, dass die Psychologie dieses Phänomen auch erlernte Hilflosigkeit nannte, und dass es diese Vorgänge sein konnten, die eine mögliche Erklärung für das Auftreten seiner Depression waren. So hoffte er, sich helfen zu können, indem er sich selbst gut zusprach. Manchmal funktionierte das sogar, aber die Wirkung verblasste rasch.

Basti zwang sich mit aller Kraft aus dem Bett. Er hatte heute viel vor. Ob und in welchem Maße er welche seiner guten Vorsätze am heutigen Tage schaffen würde, stand noch nicht fest. Die Zukunft war noch nicht geschrieben. Noch veränderbar. Vom menschlichen Handeln oder eben Nichthandeln beeinflussbar. Beides basierte auf getroffenen Entscheidungen oder Nicht-Entscheidungen. Auch, und insbesondere, das Nichtentscheiden. Davon war Basti fest überzeugt.

Er wusste auch, dass es grundsätzlich besser war aufzustehen, als im Bett liegen zu bleiben. Dennoch fiel es ihm schwer. Er versuchte sich dann, gut zuzureden. Dabei trat er in harte Verhandlungen mit sich selbst.

»Komm schon, fauler Sack. Steh endlich auf. Duschen müsstest du auch mal wieder. Es ist bestimmt schon wieder drei Tage her.«

Kraftlos schwang Basti sich aus dem Bett, nur um sich wieder zurück in die Kissen fallen zu lassen. »Noch fünf Minuten. Bitte! Dann mache ich auch alles, was du willst«, diskutierte er mit seinem inneren Schweinehund.

Der Raum war immer noch dunkel. Wie viel Uhr es genau war, wusste er nicht. Es strahlten nur die rot beleuchteten Schalter der Steckerleisten an der Wand. Rotes Licht in der Dunkelheit. Basti hatte öfter Assoziationen mit Bildern der Hölle im Kopf. Also besser gesagt, dem Bild der Hölle, das Dante dem christlichen Abendland hatte einreden können.

Die Bibel an sich war in der Beschreibung der Hölle als Ort eher spärlich. Da war die Hölle eher eine abstrakte Begrifflichkeit. Viele zogen aber das Konkrete von Dante vor. Einfacher und griffiger. Etwas, das vorstellbar war. Mit der Hölle des täglichen Lebens vergleichbar. Das Mittelalter war geprägt von Krieg und Hungersnöten. Beides bedeutete für die Menschen, reale Qualen zu erleiden. Dazu gesellten sich Krankheiten und schließlich der Tod. Alles Motive, die dank Künstlern wie Dante das westliche Bild der Hölle nachhaltig prägten. Die Menschen kannten die vier Qualen, die auch als die vier apokalyptischen Reiter dargestellt wurden, aus ihrem eigenen Leben und konnten sich konkret vorstellen, diese Qualen in der Hölle in aller Ewigkeit erleiden zu müssen. Der Himmel als antagonistisches Gegenkonzept erschien daher mehr als erstrebenswert, wobei für Dante die schlimmste Qual von allen die Abwesenheit von Gott war, was er mit Kälte verglich.

Wieder einmal wurde Bastis kreisende Gedankenwelt von außen gestört. Es klopfte an seiner Zimmertür, während der Versuch des gleichzeitigen Eintretens in das Zimmer scheiterte. Basti hatte die Tür abgeschlossen. Eine ihm wohlbekannte Frauenstimme versuchte daraufhin mit erhöhter Lautstärke, durch die verschlossene Barriere zu dringen.

»Basti, Basti, bist du wach? Weißt du, wie spät es ist? Es ist gleich Mittag! Dein Vater kommt gleich zur Mittagspause. Wenn du heute noch einen Kaffee willst, musst du jetzt aufstehen. Ich wecke dich nicht noch mal. Steh jetzt endlich auf!«

»Ja, Mama, ich komme gleich hoch. Danke!«, quetschte er gequält aus seinem Mund hervor. Lustlos und ohne wirkliche Energie.

Seine Eltern saßen bereits im Esszimmer, als Basti sich, mühsam bekleidet, die Treppe hinaufschleppte. Leider keine Rolltreppe, dachte er und grinste für einen Moment.

Zynismus war für ihn ein weiterer Hilfsmechanismus geworden, um die Tristesse seines Daseins besser bewältigen zu können. Oft lachte nur er. Sein Umfeld reagierte mit unfreundlichem Unverständnis darauf. Aber über ihn, da durften sie Witze machen. Den faulen Arbeitslosen an den Pranger stellen. Ihn als Boxsack missbrauchen, um sich von ihren eigenen Problemen im real existierenden Kapitalismus abzulenken. Basti aber durfte keine Witze über seine Situation machen. Was er als Akt der Selbstbestimmung, als Empowerment, begriff, war für das System eine Bedrohung. Basti hatte seine Rolle zu spielen. Er war der Zerrspiegel. Wer in sein Gesicht blickte, sollte sehen und auch spüren, was es hieß, dem Müßiggang zu frönen und auf Kosten der Allgemeinheit zu leben. Auf Kosten der Allgemeinheit lebend! Der Kapitalismus benötigte eine Legitimation für Ausbeutung und die davon abgeleitete Hierarchie. Dafür wurden hauptsächlich sozial konstruierte Differenzen wie etwa Rasse, Nation oder Kulturzugehörigkeit benutzt.

Der eine Mensch besaß ein Merkmal oder besaß es eben nicht und deshalb durfte er von einem anderen ausgebeutet werden. Relativ einfach, wenn man mal darüber nach-dachte, was Basti oft tat. Inklusion und Exklusion aus Gruppen war elementar. Der Arbeitslose lebte auf Kosten der Allgemeinheit. Ihm fehlte das Merkmal »Arbeit« oder er besaß das Merkmal »arbeitslos«. Beides rechtfertigte den Ausschluss aus der Gemeinschaft, der Allgemeinheit.

Wie jeden Tag um die Mittagszeit fragte die Mutter ihren Mann, wie die Arbeit war, und sein Vater murmelte, wie immer, dasselbe belanglose Zeug. Er tat dies, obwohl er viel lieber nur seine Zeitung lesen würde – zum zweiten Mal an diesem Tag. So versuchte er, parallel zu lesen und seiner Frau zuzuhören. Lust, sich viel mit seiner Frau zu unterhalten, verspürte er allem Anschein nach dabei nicht. Als Basti sich zum Sessel geschleppt hatte und seine müden Knochen und schlappen Muskeln eine Pause vom harten Aufstieg aus dem Keller gönnte, legte sein Vater die Zeitung weg und starrte ihn an.

»Guten Morgen, Basti, schon ausgeschlafen? Ist ja erst Mittag. Wie sieht es mit den Bewerbungen von gestern aus? Die zu den Stellenausschreibungen aus der Zeitung, die ich auf deinen Schreibtisch gelegt hatte. Auf die Computer-Tastatur. Extra so, dass du sie siehst. Ich habe noch keine E-Mail von dir zur Korrektur bekommen.«

Basti atmete tief ein und seufzte vor sich hin, den Blick mit leeren Augen aus dem Fenster gerichtet. Er war sich nicht ganz sicher, was für ein Wochentag es war. »Ist heute Dienstag oder Donnerstag?« Oder war es doch ein Tag, der mit M begann? Oftmals flüchtete er sich in solche Träumereien, beschäftigte sich mit sich selbst und versuchte, die Außenwelt nicht in sein Inneres hereindrängen zu lassen. Jetzt war sein Vater die Außenwelt und nicht gewillt, friedlich klein beizugeben.

Sichtlich erregt, schon fast wütend, reagierte sein Vater prompt auf den – wie er glaubte – Angriff: »Was soll der Nonsens? Würdest du nicht ständig die Nacht zum Tag machen, nicht dauernd laut Musik hören und regelmäßig betrunken sein, hättest du längst eine Arbeit. Ich wusste schon immer, dass du faul und unnütz bist. Das treiben wir dir aus, mein Freund, das verspreche ich dir! Hast du oder hast du nicht die Bewerbungen gemacht?«

Bastis innere Anspannung wuchs mit jedem Wort seines Vaters, als wäre er im Schützengraben einem Trommelfeuer des Feindes ausgesetzt. Früher dachte Basti, sein Vater, seine Eltern, wären böse und wollten ihn fertigmachen. Genau wie es das Jobcenter und ein großer Teil der Allgemeinheit wollten. Er wusste aber, dass es nicht so war. Sein Vater wünschte sich das Beste für ihn und seinen Bruder. Das, was er glaubte, was das Beste war. Oftmals wiederholte er dabei nur die Propaganda des Feindes. Er konnte nicht anders, kannte nur diese. Hatte sie internalisiert. Sein Arrangement mit der Gesellschaft, dem Wirtschaftssystem, in dem er groß geworden war, hatte funktioniert. *Arbeite hart, finde deine Nische, baue ein Haus, gründe eine Familie*. Sein Gesellschaftsvertrag. Der seiner Generation hatte funktioniert.

Für Bastis Generation und die, die auf Basti folgten, funktionierte nichts mehr davon. Der Gesellschaftsvertrag, der mehr oder weniger ein Waffenstillstandsabkommen sich gegenüberstehender Klassen war, war für seine und die nachkommenden Generationen gekündigt worden.

Bastis Vater bekam das nur am Rande mit, denn für ihn hatte der alte Gesellschaftsvertrag noch Gültigkeit. Basti erkannte die Brüche und logischen Fehler der Propaganda, da er diese am eigenen Leib erfuhr. Sein Vater hatte das nie so stark erleben müssen. Für ihn hatte sein Sohn nur die falsche Einstellung zum Leben. Der Zeitgeist gab ihm recht. Nur nannte dieser es nicht Einstellung, sondern Mindset. Das gleiche Wort in Englisch, nur, dass es besser klang.

Auch wenn die Worte seines Vaters Basti tief verletzten, versuchte er, ihm zu verzeihen. Basti wusste, dass alle im Raum Opfer waren. Auf verschiedenen Schlachtfeldern kämpften sie in einem offiziell nie erklärten Krieg der Kapitalbesitzenden gegen die Arbeitenden und drohten zu verlieren.

Bastis Vater verlangte aber jetzt eine konkrete Antwort auf seine konkrete Frage. Von seinem Kommunisten-Sohn wollte er nicht wieder etwas über Wirtschaft und Gesellschaft hören und was Marx wohl dazu gesagt hätte. Also antwortete Basti: »Ja, habe ich. Zehn Bewerbungen. Wie verlangt. Auch die mit Mismatch.«

»Was zum Teufel ist schon wieder ein Mismatch? Du denkst dir solche Wörter doch nur aus, um dein Versagen zu verschleiern!«, schleuderte sein Vater ihm entgegen.

»Nein, das habe ich mir nicht ausgedacht. Warum sollte ich? Warum denkst du immer das Schlechteste von mir? Das heißt, dass ich nicht die richtige Qualifikation habe oder nicht im richtigen Ort wohne. Ein Missverhältnis zwischen dem Wunsch des Arbeitgebers und des Bewerbers.«

Basti spürte, dass es dem Vater langsam zu viel wurde. Er wollte keine Debatte mit seinem Sohn führen. Er forderte Gehorsam. Etwas, was der Sohn dem Vater schuldete – zumindest in seiner Generation. Vor allem, wenn der Sohn immer noch seine Füße unter den Tisch des Vaters stellte.

»Das liegt nur an deiner mangelnden Einstellung. Du bist eben nicht bereit, auch etwas dafür zu tun. Du und deine Generation seid zu verwöhnt. Ich musste hart arbeiten, um da hinzukommen, wo ich jetzt bin, und jetzt muss ich hart dafür arbeiten, damit du feiern und saufen kannst. Damit muss Schluss sein. Hast du bei jeder Bewerbung mit einer leeren Seite angefangen? Wie ich es dir geraten habe? Jede Firma verdient ein eigenes auf das Unternehmen zugespitztes Anschreiben, und Personaler bemerken ein 0-8-15-Anschreiben.«

Basti, der jetzt auch lauter wurde, unterbrach seinen Vater: »Nein, habe ich wieder nicht. Das ist eine schwachsinnige Idee, die du von einem bekloppten Karriereratgeber hast. So ein Anschreiben schreibt sich nicht von allein. Würde ich das wirklich machen, würde ich vielleicht ein bis zwei Bewerbungen pro Tag schaffen. Jedes Mal die Firmen-Historie zu recherchieren, kostet Stunden. Da ist ein Musteranschreiben viel sinnvoller. Effizienter und effektiver. Und falls du wieder damit anfangen willst, ich würde ja nichts tun: Das stimmt nicht. Du darfst dich gern demnächst, wenn du Urlaub hast, neben mich setzen und schauen, wie ich jeden Tag bis zu zehn Stunden mit der Arbeitssuche verbringe. Auch schlafe ich nicht länger oder mehr als du. Ganz im Gegenteil. Ich habe lediglich einen anderen Tagesrhythmus als du. Wenn ich in der Nacht nicht schlafen kann, am Computer sitze und höre, wie du morgens um sechs Uhr Kaffee machst, quält es mich. Im Bett angekommen, schlafe ich miserabel bis vielleicht Mittag. Du gehst für gewöhnlich zwischen 9 und 10 Uhr abends ins Bett und schläfst bis 6 Uhr morgens wie ein Stein. Das heißt, du schläfst tatsächlich mehr Stunden als ich. Du schläfst acht bis neun Stunden und ich nur sechs.«

Basti wollte noch deutlich mehr loswerden, wurde aber von

seiner Mutter unterbrochen, die Frieden und Ruhe von den beiden Männern verlangte. Beide stimmten zu und schwiegen. Doch das hielt nur knapp fünf Minuten. Bastis Augen waren inzwischen wieder einmal feucht, bereit, Wasser zu vergießen.

»Wisst ihr eigentlich …?«, schluchzte er kurz, um dann weiterzusprechen, »was man in der Arbeitswelt sagt, wenn man ein Jahr lang am Stück arbeitslos ist? Es gibt da einen echt tollen Ratschlag, den ich in einer Kolumne über den Arbeitsmarkt gelesen habe.«

Diesmal war es der Vater, der ihn mit einer Antwort unterbrach. Es schien, als würden Vater und Sohn eine ähnliche Lektüre betreiben. »Wenn man ein Jahr arbeitslos ist, dann kann man sich auch gleich den Strick nehmen.«

»Wie jetzt? …«, fragte die Mutter erstaunt. »W … Was meinen die damit?«, wandte sie sich in Richtung ihres Ehemanns, der seine Aufmerksamkeit eigentlich wieder der Tageszeitung widmen wollte.

»Selbstmord!«, warf Basti lakonisch ein Wort in die Runde und konnte die Tränen nicht mehr zurückhalten.

Wenig später war die Mittagspause bereits weit fortgeschritten und Bastis Vater musste los. Schließlich musste er noch während der Pause wieder zurück zu seiner Arbeitsstätte kommen.

Er wollte gerade gehen, scheinbar freiwillig, als seine Ehefrau ihn wortlos mit einem Verweis auf den heulenden Sohn stoppte.

Nur mit Blicken kommunizierend – ein Vorteil einer langen Ehe –, verstand der Vater, was er zu tun hatte. In den Augen seiner Frau und auch im Inneren seines Herzens merkte er, dass er es zu weit getrieben hatte. Sein Sohn, deutlich älter als 3 mal 7 und damit mit über 21 laut einer Redewendung alt genug, um für sich selbst Entscheidungen treffen zu können, saß wie ein Häufchen Elend heulend im Sessel und starrte vor sich hin. Der Vater selbst war es nicht gewohnt, positive Gefühle zu zeigen. Seine Kindheit war nicht immer leicht gewesen. Eigentlich wollte er es besser machen als das, was er erlebt hatte.

Es kostete ihn Überwindung, aber er ging zu seinem Sohn, nahm all seinen Mut zusammen und versuchte, ihm liebevoll durchs Haar zu streichen. Genauso wie er es früher gemacht hatte, als Basti noch ein kleiner Junge gewesen war. Zu ihm aufgeschaut hatte.

Basti, der in seiner Gedankenwelt Zuflucht suchte, hatte nicht bemerkt, dass der Vater seine Nähe suchte. Als er die Handfläche seines Vaters spürte, erschrak er und zog aus Angst vor emotionalen oder physischen Verletzungen instinktiv seinen Kopf weg. Würdigte seinen Vater keines Blickes. Drehte sich demonstrativ weg. Zu oft hatte er dieses Spiel mit seinem Vater gespielt und war noch immer als Verlierer vom Platz gegangen. Die darauffolgenden Entschuldigungen schmeckten bitter und klangen in seinen Ohren wie Hohn und Spott.

Was sich in diesem Moment in der Gedankenwelt seines Vaters abspielte, wusste Basti nicht. Der bekam gerade so noch ein »Es tut mir leid!«, heraus und verließ dann fluchtartig das Haus in Richtung Arbeit.

Die nächste Gelegenheit zum Schlagabtausch erwartete beide beim Abendessen. Niemand freute sich darauf. Es war aber im Laufe der Zeit zu einem Ritual geworden. Lernprozesse gab es bei diesen Aufeinandertreffen auf beiden Seiten. Durch das beständige Aneinanderreiben ihrer gegensätzlichen Meinungen übernahmen sie Teile der Argumentation des anderen, falls sie von diesen überzeugt wurden. Schuld und Verantwortung. Absicht und Versehen. Opfer und Täter. Dinge und Rollenverhältnisse, die sich von Zeit zu Zeit änderten.

Basti war jetzt fast drei Jahre arbeitslos. Er hatte sich angewöhnt, sich als arbeitssuchend vorzustellen. Das klang proaktiv und entsprach der Wahrheit. Außerdem zeugte es von einem besseren Mindset, sagten die Karriereberater im Internet.

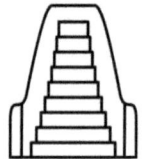

KAPITEL 12: SELBSTHILFE

M onate waren vergangen und noch immer war an normalen Schlaf nicht zu denken.

»Laden Sie sich noch heute die neue Elevator-Pitch-Music Version 3.5 herunter. In der neuen und einzigartigen App können Sie jetzt auch folgende neue Features genießen, die wir Ihnen heute vorstellen: Wir leben in einer stressigen Welt und im Zuge der Achtsamkeit-Offensive unseres Unternehmens spendieren wir Ihnen 1001 Achtsamkeit-Übungen aus Tausend und einer Nacht. Entspannen Sie sich zu orientalischen Klängen und reduzieren Sie Ihr Stresslevel durch das Vorlesen von positiven Affirmationen, die Sie durch Ihren Tag begleiten. Das alles ist für Sie im ersten Jahr komplett kostenlos. Elevator-Pitch-Music oder kurz EPM, ist neuerdings eine 100 Prozent Tochter der BuddyCorp. Zusätzlich haben Sie als Kundinnen und Kunden von EPM die Möglichkeit, sich einen Rabatt von 33 Prozent auf die Warenwelt von BuddyCorp zu sichern. Keine Angst, wir lassen Sie nicht allein! Denn wir alle wissen, wie es heißt: BuddyCorp – Everybody needs a buddy!«

Basti versuchte, die Werbung für Achtsamkeit auf seinem Handy zu stoppen, scheiterte aber kläglich. Neuerdings ließen die Apps und darin enthaltenen Werbungen sich nicht mehr stoppen. Der heiligen Achtsamkeit-Agenda sei Dank.

Basti saß auf dem Bürostuhl in seinem Zimmer. Es war wieder mal Mittag. Heute würde es keine Auseinandersetzung mit seinem Vater geben, denn der war auf einer Fortbildung und kam erst am Wochenende wieder nach Hause.

Das Verhältnis zwischen Vater und Sohn war lange nicht mehr so angespannt wie früher. Der letzte richtige Streit zwischen beiden war bereits Monate her. Beide hatten seitdem dazugelernt und die Situation des anderen besser verstanden. Sie akzeptierten noch lange nicht alle Entscheidungen und Meinungen des anderen, übten sich aber in Toleranz. Eine Verbesserung.

Es war Montag, dies wusste Basti genau, denn heute hatte er seinen ersten Termin bei der Selbsthilfegruppe. Fett markiert in allen Kalendern, die er hatte. Analoge Oldschool-Kalender aus Papier, wie der eine, der an der Wand neben dem Computer in Bastis Kellerzimmer hing, oder der digitale Kalender, der ein Teil der neuen und nützlichen Handy-App Buddy-Organizer war.

Verwundert starrte Basti in Richtung Zimmertür. Warum hörte er keine Schritte von der Treppe im Hausflur? Normalerweise hätte seine Mutter ihn schon vor gut einer Viertelstunde geweckt. Er beschloss, nach oben zu gehen und das Geheimnis des fehlenden Weckrufs zu ergründen.

»Mama, Mama …«, rief Basti, auf der Treppe nach oben schreitend. »Wo bist du? Ist der Kaffee schon fertig?»

Oben, vor dem Wohnzimmer, klopfte Basti kurz, um dann die Tür ein wenig aufzustoßen. Er erblickte seine Mutter auf der Couch sitzend.

»Wolltest du mich nicht eigentlich wecken, Mama?«, fragte Basti seine Mutter ein wenig überrascht.

Verwundert sah sie zu ihrem ältesten Sohn auf und entgegnete beiläufig: »Wieso sollte ich? Wir hatten gestern abgemacht, dass du selbst wach wirst. Mit deinem Handy-Wecker. Ich war beim Arzt, dann einkaufen und bin gerade erst zurückgekommen. Kaffee ist schon fertig.«

Basti grübelte darüber nach, ob es eine solche Absprache gab oder nicht. Er wollte aber keinen Streit anfangen. Er stritt zwar seit Monaten weniger mit seinem Vater, dafür ging seine Mutter ihm öfter auf die Nerven und er vermutlich auch ihr.

»Okay, Mama, wenn du meinst. Soll ich dir auch eine Tasse Kaffee bringen?«, versuchte der noch müde Basti, eine Eskalation im Keim zu ersticken.

Seine Mutter, dem klassischen Rollenmodell des alten Deutschlands folgend, hatte nach ihrer Heirat und einer damit verbundenen Schwangerschaft aufgehört, einer Lohnarbeit nachzugehen. Ihre Aufgaben beschränkten sich danach ausschließlich auf die Reproduktionsarbeit. Das hieß: Kinder, Herd und Ehegattenbetreuung. Desillusioniert über ihr Dasein als Hausfrau schaute sie ihn nur kurz an, nickte zustimmend und schaltete den Fernseher an. Wie immer liefen Sendungen über Armutsbetroffene, die Hartz4 bezogen und als Sozialschmarotzer verunglimpft wurden. Als Basti seiner Mutter den Kaffee auf den Tisch stellte, reagierte er beim Blick auf die bewegten Bilder sauer.

»Diese Drecks-Propaganda! So was zu zeigen, müsste verboten werden. Das ist gruppenbezogene Menschenfeindlichkeit in Reinform. Die sind wahrscheinlich sogar stolz darauf, dass Begriffe wie Sozialschmarotzer wieder salonfähig sind.«

»Ruhe, Basti! Ich will das schauen. Lass mich.«

Basti, der sich auf den Sessel gesetzt hatte, schaute zu seiner Mutter hinüber. Unberührt begann er, seine vorgebrachte These mit weiterer Argumentation zu unterfüttern.

»Du weißt aber schon, dass das keine echte Doku ist? Das ist eine sogenannte Scripted Reality. Das stimmt alles nicht. Das ist reine Propaganda. Getarnt als Unterhaltungssendung, die sich wiederum als Dokumentation tarnt. Wie eine Art Matroschka.«

Doch seine Mutter interessierte sich nicht für Erklärungen, sie wollte Erleichterung in ihrem Leben erfahren. Diese Nachmittagsserien waren ihre Flucht vor der realen Welt.

Basti missfiel es zwar, dass seine Mutter und viele andere dieses Medium als Eskapismus verwendeten, verstand aber die Sehnsucht. Bediente auch er sich von Zeit zur Zeit dieser Möglichkeit. Lediglich mit anderen Giften.

»Ich muss gleich zur Selbsthilfegruppe.«

Seine Mutter reagierte nur kurz, ohne aufzublicken: »Was? Wohin?«

Basti war genervt. »Zur Selbsthilfegruppe! Du weißt schon. Auf Empfehlung der Psychologin. Das ist eine Kooperation zwischen meiner Psychologin und der Wirtschaft. Dieser IT-Konzern, die BuddyCorp, unterstützt das Projekt. Das Projekt heißt Anonyme Arbeitslose Akademiker oder kurz AAA, und wird von der Agentur für Achtsamkeit finanziert.«

Basti trank seinen Kaffee aus, ging zur Tür und blickte Richtung Couch. »Ich muss jetzt los. Nehme das Auto. Ich bin in zwei bis drei Stunden wieder da. Bis dahin.«

»Okay, bis später. Viel Glück beim Vorstellungsgespräch, mein Schatz«, sprach seine Mutter ihn kurz angebunden an und schaute weiter fern.

Kopfschüttelnd verließ Basti das Haus und stieg ins Auto. Vielleicht half eine Selbsthilfegruppe wirklich bei seinen Problemen, spukte ihm im Kopf herum. Vielleicht war es aber auch nur eine weitere Gelegenheit für den Staat, Ausgrenzung und Marginalisierung herbeizuführen. Damit hatte er reichlich Erfahrungen sammeln dürfen. Er startete das Auto und fuhr los. Wollte er doch nicht zu spät kommen, einen guten Eindruck machen.

KAPITEL 13: TRIPLE A

Das alte Sozialzentrum lag mitten in der Stadt. Es befand sich im Gebäude einer alten Grundschule, die nicht mehr gebraucht wurde, da im Laufe der letzten Jahrzehnte der demografische Wandel immer spürbarer wurde. Die restlichen Grundschulen der Stadt waren zusammengelegt worden oder, wie es in der Sprache der BWL hieß: Sie wurden aus Gründen der Effizienz konsolidiert. Das hörte sich viel besser an als: »Die Menschen werden immer mehr in prekäre Jobs gedrängt und verdienen dabei so wenig Geld, dass sie es sich schlichtweg nicht mehr leisten können, sich fortzupflanzen.« Ein zynischer Kommentar, den Basti bei einer Party aufgeschnappt hatte, war dazu: »Na ja, das ist die kapitalistische Form der Bevölkerungskontrolle. Wahrscheinlich viel effizienter und effektiver als alle anderen Werkzeuge, um die Reproduktion einer Bevölkerung zu steuern.«

Nachdem er das Auto geparkt hatte, lief Basti zum Eingang des Gebäudes. Er war schon lange nicht mehr darin gewesen. Das letzte Mal war es noch eine Grundschule und er dort Schüler gewesen. Daran konnte er sich aber kaum noch erinnern. Das war bestimmt vor über 30 Jahren gewesen.

An der Eingangstür erkannte er die neuen, offiziellen Sprachregelungen, die wohl auch im alten Sozialzentrum galten. In großen und bunten Lettern über der Tür war zu lesen, dass Basti nun anstatt eines Sozialzentrums in einer alten Grundschule das neue Zentrum für Achtsamkeit der kleinen Stadt betrat.

Ein Ton, der durch das Öffnen der Tür ausgelöst wurde, signalisierte das Ankommen von Besucherinnen und Besuchern. Sein Inneres reagierte unmittelbar. Ihm wurde flau im Magen.

Alarmiert vom Ton, kam Basti auch schon eine junge Frau entgegengelaufen und reichte ihm die rechte Hand zur Begrüßung. Sofort begann sie mit der Konversation: »Hallo, du musst Basti sein, die Psychologin hat dich angekündigt. Sie ist aber heute nicht da und deshalb soll ich dich in Empfang nehmen.«

Basti ergriff ihre Hand und sagte sichtlich nervös: »Danke, ja, hallo, ich bin Basti.« Eigentlich wollte er noch etwas anfügen, aber aus seiner Gesprächspartnerin sprudelten die Worte heraus: »Ja, hallo erneut, ich bin Antjje, mit zwei J. Das zweite J ist stumm. Ich muss aber darauf hinweisen, dass das zweite J von mir erwähnt werden muss. Ich bin gesetzlich dazu verpflichtet. Lustige Geschichte. Erzähle ich nachher noch. Wir sind eine Gruppe von drei Betroffenen, genauer gesagt sind wir mit dir nun zu viert. Nimm es mir bitte nicht übel, aber aus Gründen der Parität hätte ich mir lieber eine Frau gewünscht oder zumindest einen Schwulen. Bist du schwul? Sag bitte ja.«

»Ähm …«, mehr bekam Basti vor Überrumpelung beim ersten Luftholen nicht heraus. »Nein, tut mir leid. Sind Sie, ich meine, duzen wir uns immer so direkt? Und überhaupt, warum weißt du meinen Namen und sagst mir deinen? Ich dachte, das hier wäre komplett anonym?«

Antjje lächelte Basti an. Sie hatte wohl kein Problem mit Schüchternheit oder Zurückhaltung. Basti dagegen hatte oft Angst, das Falsche zu sagen und sagte dann lieber nichts. Zumindest bei ihm fremden Personen.

Antjje war anders. Sie sprach für die meisten Menschen zu viel. Wurde zu schnell zu intim, so seine erste Einschätzung.

»O ja, wir duzen uns hier und sorry wegen der Frage nach deiner Sexualpräferenz. Ich hatte mir nur vorgestellt, wie schön es mit einer Frau oder einem schwulen Mann in der Gruppe wäre. Übrigens, ganz anonym ist das hier nicht. Wir bekommen Informationen über unseren Alias-Namen. In der Gruppe sind wir aber schon weiter und duzen uns mit unseren echten Vornamen. Vielleicht verrätst du uns auch mal deinen?«

Bei der letzten Frage lächelte Antjje mit zwei J Basti noch viel intensiver an. Er verspürte Angst, ein Rätsel zu sein, welches sie zu lüften hoffte. Mindestens seinen echten Namen würde sie gern wissen. Das schien ihm klar zu sein.

Ein Pfeifton ertönte und Antjje holte aus ihrer Gesäßtasche ein Handy hervor, drückte eine Taste und begann: »Nicht jetzt, ich spreche mit Basti. Nein, PsyBuddy, mir ist es egal, wenn meine Stresswerte höher sind als normal. Du kannst mich nicht einfach immer unterbrechen. Ruhe jetzt!«

»Was war das?«

»Sorry, tut mir leid! Das war mein PsyBuddy. Ein Chatprogramm, das als Ergänzung für eine psychologische oder psychiatrische Therapie gedacht ist. Ist noch in der Beta-Phase. Ich habe bei einem Gewinnspiel mitgemacht und darf das jetzt testen.«

»Es hörte sich aber nicht an, als würde es dir Spaß machen. Darf ich mal sehen?«

»Nein, geht nicht. Darf es niemandem zeigen. Geheimhaltungsvereinbarung mit der Firma, du verstehst.«

»Okay, kein Problem. Dafür, dass du das in einem Gewinnspiel gewonnen hast und das kostenlos testest, nimmst du das aber ziemlich ernst.«

»Kostenlos? Kostenlos sagst du! Von wegen. Ich bekomme für jeden Tag mehr Ingame-Währung von verschiedenen beliebten Spielen. Damit kann ich an Tauschbörsen handeln und echtes Geld bekommen.«

»Echtes Geld? Weißt du überhaupt, was Geld und der Unterschied zu einer Währung ist?«

»Das ist nicht wichtig.«

»O doch. Geld ist ein soziales Verhältnis. Es unterteilt die Menschen in Schuldner und Gläubiger.«

»Sowie Schuldnerinnen und Gläubigerinnen!«

»Aha, konservativ auf der einen und pseudoliberal auf der anderen Seite. Von mir aus kannst du gerne gendern, wenn es dein Gewissen beruhigt.«

»Konservativ und liberal zugleich funktioniert wunderbar.«

»Ganz ruhig. Das ist ein anderes Thema. Lenk nicht ab. Wir waren beim Geld. Eine Währung ist eine spezielle Art von Geld. Dabei gibt der Staat, oder seit etwas mehr als hundert Jahren auch quasi-autonome Zentralbanken wie die EZB, Geld aus und übt direkt und indirekt Kontrolle über das Geldsystem aus.«

»Das reicht! Ich weiß, Geld hält mich davon ab zu

verhungern oder zu verdursten. Es wärmt auch meine Wohnung und lässt Wasser aus meinem Hahn kommen. Der Rest ist für die kleinen Leute uninteressant.«

»Gut, habe verstanden, aber erlaube mir noch eine Frage. Warum hast du den PsyBuddy nicht unbenannt? Wenn einmal jede und jeder so was hat, muss es doch verwirrend sein, wenn alle denselben Namen ins Handy brüllen, oder?«

»Richtig, leider geht das nicht. Du hast anscheinend gestern Abend oder heute noch keine Nachrichten mitbekommen. Sonst würdest du diese Frage nicht stellen. Alle Nicknames im Internet unterliegen jetzt der alleinigen Kontrolle von BuddyNames. Alle müssen Gebühren für die Nutzung ihrer Nicknames zahlen. Das gilt für alles. Für einen Charakter im Online-Ego-Shooter oder wenn ein virtuelles Haustier benannt werden soll. Ich hasse diese Firma.« Dann hörten beide laute Stimmen aus der geöffneten Tür, etwa fünf Meter entfernt. Es waren zwei Männerstimmen. Eine rief laut: »Jetzt kommt schon endlich rein. Wir würden gern anfangen. Antjje, denk bitte daran, heute ist die Vorstellung unserer Geschichten.« Antjje nahm Basti an die Hand und zog ihn behutsam zum Gruppenraum, während sie rief: »Ja, Anton, wir sind unterwegs. Bloß keine Hektik verbreiten.«

An einem langen weißen Tisch saßen zwei Männer, ungefähr in Bastis Alter. Der Raum war so groß, dass nach Bastis Schätzung mindestens 30 Menschen darin Platz finden konnten. An den Wänden hingen neben Flyern diverser ortsansässiger Selbsthilfegruppen auch bunte

Bilder, die augenscheinlich von Kindern für Senioren zu Weihnachten gezeichnet worden waren. Auffällig oft waren der Weihnachtsmann und viele Figuren im Rollstuhl, mit langen grauen Haaren, abgebildet. Weihnachten war vor Monaten gewesen, aber die Bilder hingen noch immer an der Wand. Auch wenn Basti eher ein Mann des Wortes und nicht der bildenden Kunst war, entfalteten die Bilder eine positive Wirkung bei ihm. Er konnte sich diesen schönen Tag vorstellen, an dem die Generationen zusammen eine gewinnbringende Zeit miteinander verbracht hatten.

Dann fielen ihm die Sprüche an den Bildern auf. Es waren durchwegs positive Affirmationen, die der Weihnachtsmann zu den alten Leuten sagte. Der Zyniker in Basti erkannte darin weniger positive Bestärkungen, sondern vielmehr Durchhalteparolen, die wie das Trommeln auf einer Sklavengaleere wirkten. Seiner Meinung nach das Hauptanliegen der Ideologie der Achtsamkeit, die dem Kapitalismus als ›Trommel‹ treue Dienste erwies.

Basti begann zu blinzeln, weil durch die große Fensterfront sehr viel natürliches Sonnenlicht den Raum erleuchten ließ. Den langen weißen Tisch, so sauber, dass er von irgendwem mit Liebe gepflegt werden musste, ließ die Sonne leicht funkeln. Eigentlich wollte Basti in diesen Moment einen Scherz über den Tisch erzählen. Im Kopf ging er verschiedene Varianten und Formulierungen durch, bei einer blieb er hängen: »Oh, oh, schöner, langer und weißer Tisch. Kommt gleich Putin herein und erklärt mir den Krieg, pardon, eine militärische Operation, falls ich ihm nicht die Hälfte meines Landes zur Annexion zur

Verfügung stelle?«

Er erzählte den Witz nicht. Vielleicht war unter den anwesenden Personen jemand dabei, der oder die selbst aus der Ukraine stammte oder einfach nicht Bastis Art von Ironie und Zynismus teilte. Schweigen erschien ihm für den Moment erst einmal ratsamer. Er musste die Gruppe besser kennenlernen, bevor er Witze über kontroverse Themen in seine Unterhaltungen einbauen konnte.

Antjje, die sich an den Tisch setzte, war nach Bastis Schätzung etwa 10 bis 15 Jahre jünger als die Männer. Sie zeigte auf den freien Stuhl neben ihr und versuchte, ihm nonverbal zu verstehen zu geben, dass er sich setzen sollte. Vor ihm standen ein Teller mit Keksen und einige Getränke.

Einer der beiden Männer sprach Basti direkt an, als der sich hinsetzte: »Hallo Basti, mein Name ist Anton, neben mir sitzt Alexander, und Antjje kennst du ja bereits. Schön, dass du hier bist. Bitte nimm dir was zu trinken und iss ein paar Kekse. Die hat meine Mutter für uns gebacken und die Getränke hat der Vater von Alexander spendiert. Wenn du Fragen hast, immer raus damit, wir pflegen hier eine lockere Atmosphäre.«

Basti öffnete eine Flasche Limonade und nahm einen Keks, als er begann zu antworten: »Danke für die Kekse und das Getränk. Schmeckt beides ausgezeichnet. Und danke für den herzlichen Empfang. Damit hatte ich gar nicht gerechnet. Auch nicht, dass ihr eure Klarnamen und nicht die Alias verwendet. Ich meine, heutzutage sagt man doch Fremden erst mal nur seinen Alias, oder nicht? Allein schon aus Sicherheitsgründen. Ich hoffe, ihr versteht, dass ich erst einmal bei meinem Alias, Basti Fantasti, bleibe. Ihr dürft mich aber gern duzen.«

Daraufhin griff sich Anton einen kleinen Hammer, der vor ihm auf dem Tisch lag. Der Hammer sah aus wie die, die in amerikanischen Gerichtssendungen zum Einsatz kamen. Basti bereitete sich innerlich auf den Schlag des Hammers und das daraus resultierende Geräusch vor, um sich nicht zu erschrecken und vor der Gruppe zu blamieren. Kurz zuckte er dennoch zusammen, als der Hammer die Tischoberfläche traf. Die Männer schienen davon nichts zu bemerken. Bei Antjje, die direkt neben Basti saß, war er sich nicht so sicher.

Er versuchte, die Gedanken zu verdrängen und sich auf die Situation vor ihm zu konzentrieren.

»Herzlich willkommen zur 31. Sitzung der örtlichen AAA. Falls das für Sie, meine Damen und Herren, ein A zu viel sein sollte, sind Sie im falschen Raum, zur falschen Zeit. Die AA treffen sich immer freitags im Raum Schluckspecht, im Weinkeller des Zentrums.«

Alexander nahm Anton den Hammer weg und fauchte ihn wütend an: »Ich habe dir schon tausendmal gesagt, du sollst dich nicht über alkoholkranke Menschen lustig machen. Alkoholismus ist eine ernst zu nehmende Krankheit und sowohl für das betroffene Individuum als auch für die Gesellschaft ein großes Problem. Entschuldige dich bei der Gruppe.«

Leicht auf seinem Stuhl hin- und herwackelnd, erwiderte Anton: »Okay, ja, das war vielleicht nicht in Ordnung, aber warum soll ich mich hier bei der Gruppe entschuldigen? Hier ist doch niemand alkoholabhängig!«

Alexander, immer noch wütend, schwang den erbeuteten Hammer vor Antons Gesicht hin und her. »Erstens weißt du gar nicht, ob unser neues Gruppenmitglied, Basti, nicht ein Problem mit übermäßigem Alkoholkonsum hat. Zweitens müssen ich und die anderen beiden Gruppenmitglieder gar nicht persönlich betroffen sein, um Empörung über deine menschenverachtende Äußerung zu empfinden und Partei für die nicht anwesenden Betroffenen zu ergreifen. Du beleidigst uns und auch dich, drittens, damit als Menschen. Wir alle sollten solche Geisteshaltungen kategorisch ablehnen. Denk in Zukunft besser zweimal nach, was deine Äußerungen im sozialen Miteinander für Auswirkungen haben könnten.«

Nachdem es schien, als hätten sich beide Streithähne ein wenig beruhigt, gab Basti zu Protokoll: »Ich bin übrigens kein Alkoholiker. Auch wenn ich bisweilen gern mal ein Weizenbier trinke. Manchmal auch eins zu viel.«

Die anderen drei nickten daraufhin fast unisono und Alexander legte den Hammer behutsam vor Anton auf den Tisch, als wolle er signalisieren, sich wieder beruhigt zu haben.

»Du kannst jetzt gern weitermachen, Anton, aber lass den Quatsch. Okay?«

»Ja, ja, keine Angst, du Sensibelchen. In Alexanders perfekter Welt gäbe es weder Satire noch Kabarett. Es könnte jemand beleidigt werden oder sich ausgegrenzt fühlen.« Anton verdrehte die Augen.

Basti versuchte, die anwesenden Personen zu lesen. Zu

antizipieren, wie sie redeten, sich bewegten, möglicherweise sogar dachten. Dann könnte er, so hoffte er, sie spiegeln. Den Gedanken, dass das Spiegeln eine ganz gewöhnliche, weitverbreitete und absolut notwendige Form der Kommunikation unter Menschen war, hatte er immer noch stark verinnerlicht.

Im Gegensatz zu früheren Zeiten spürte er heutzutage deutliche Hemmungen, mit anderen Menschen zu kommunizieren. Früher war er noch Superman gewesen. Bereit, von der Kante eines Hochhauses loszufliegen. Er hatte gedacht, alles dafür zu haben, was notwendig wäre. Die Fähigkeiten, den Willen, das richtige Mindset, um sein Können gewinnbringend einzusetzen. Mittlerweile hatte er selbst allein vor einem Spiegel manchmal Angst vor den Reaktionen seines Spiegelbildes.

Zu seinem Bedauern hatte sein Leben seinen Prognosen nicht ganz standgehalten. Beim Herantreten an die Kante des Hochhauses war Basti Superman Fantasti noch guter Dinge gewesen. Als er den Wind gespürt hatte, eigentlich ein Symbol für Freiheit, wie dieser um seinen Körper brach, waren ihm erste Zweifel gekommen. Es fühlte sich falsch an. Dann der Blick in den Abgrund, bei dem sein Magen mit Krämpfen Einspruch gegen das Unterfangen einlegte und die Gewissheit, dass aus dem geplanten Flug ein steiler Fall werden würde.

Anton, der wieder sein Spielzeug, den Hammer, in der Hand hatte, öffnete sich mit demselbigen, der gleichzeitig auch als Flaschenöffner diente, eine Flasche Wasser.

Das Wasser musste still sein, dachte Basti, dessen Ohren

das Zischen der Kohlensäure vermissten.

Nach einem kurzen Schluck setzte Anton die Flasche ab und begann, seine vorherige Rede weiterzuführen. »So, jetzt abermals das Ganze. Wir sind die AAA. Unsere Namen sind Antjje, mit zwei J und das zweite ist stumm – ich weiß, Antjje. Dann unser Gutmensch Alexander hier drüben.«

»Treib es nicht zu weit, Anton, oder ich schiebe dir deinen Hammer ganz tief in deinen Arsch, verstanden?«

»Ja, ja, Alex, ist gut, beruhige dich. Basti soll uns doch nicht für stocksteif halten. So, aber jetzt kommen wir wieder zu unserer Vorstellung. Sorry, Basti. Wie es der Zufall so will, beginnen alle unsere Vornamen mit demselben Buchstaben, dem A, aber das hast du ja bemerkt. Deshalb haben wir uns auch einen neuen und viel cooleren Namen gegeben. Wir sind die Triple A. Du weißt schon. Wie so ein Rating für Staatsanleihen oder Aktien. Ich kann mich nicht mehr erinnern, welche der drei großen angelsächsischen Ratingagenturen Triple A als Rating benutzte, aber ich bin mir fast sicher, es war das höchstmögliche Rating. Leider hast du uns deinen echten Namen nicht verraten, daher wissen wir nicht, ob dein Vorname mit A beginnt. Und ja, du sagtest, du willst vorerst bei der Anrede Basti bleiben. Alles okay, passt aber nicht.« Anton sprach ohne Punkt und Komma, und Basti konnte nur still sitzen und stumm in die Runde sehen. »Selbst wenn dein Vorname mit A beginnen würde, könnten wir das Triple A nicht mehr ändern. Du verstehst das sicherlich? Sonst wäre die schöne Ironie dahin. Wir wollen aber dennoch, dass du Mitglied wirst. Wir nennen dich einfach das vierte Mitglied der Triple A. Keine Widerrede. Jetzt bist du dabei. Damit du uns etwas besser kennenlernen kannst, haben wir von der Psychologin den Auftrag bekommen, kurze Anekdoten, genauer gesagt Geschichten, vorzubereiten, die wir erlebt haben. Diese wollen wir dir nun vorstellen. Alexander fängt an.«

»Nein, ich fange an«, begann Antjje, sich in die Redereihenfolge einzumischen. »Ihr wusstet doch, dass ich heute früher gehen muss, da ich noch den Online-Vorstellungs-Marathon vor mir habe. Heute ist Tag 23. Das heißt, ich muss nach heute noch weitere 17 Tages-Quests schaffen, um in die nächste Runde zu kommen. Zur Erklärung für dich, Basti. Da du ja nicht wissen kannst, worum es geht. Die Quests sind oft stumpfsinnig und auch noch vermeintlich sexistisch. Am Anfang wird nach dem Geschlecht gefragt und als ich angab, eine Frau zu sein, waren plötzlich die ersten beiden Quests voller Schminktipps und ich konnte mich nicht dagegen wehren. Eigentlich schminke ich mich gar nicht so oft und will für meine Qualifikationen und Leistungen eingestellt werden und nicht als Pretty Face, wie ich am Ende der Schmink-Quest von einem sehr aufdringlichen Chatbot genannt wurde. Der Zwang zur immerwährenden Kommunikation ist ätzend. Als ich dann aber abends in der dazugehörigen Chat-Gruppe das Thema Sexismus ansprach, wurde ich überrascht. Der Moderator erklärte mir und der aufgebrachten Gruppe, dass das keineswegs sexistisch sei, da alle Geschlechter dieselben Quests zu erfüllen hätten. Das war einigen Männern in der Gruppe unangenehm und viele schalteten ihre Kameras aus. Sie hatten wohl Angst, dass sich die anwesenden Frauen, mit denen zuvor noch stellenweise geflirtet wurde, jetzt die Pretty Faces der geschminkten Männer vorstellten. Unabhängig davon, was man persönlich zur Geschlechterdebatte denkt oder nicht, fühlten sich einige Personen an diesem Abend gedemütigt und das hätte nicht sein müssen. Menschen sollten nicht in vorgefertigte Geschlechterrollen gedrängt werden. Von niemandem.«

»Und das alles für einen Job? Ist das neu? Ich kenne das nicht. Ich musste letztens kurze Videos von mir an einen Personaldienstleister schicken. Da musste ich zuzüglich zu meinen Bewerbungsunterlagen noch Turnübungen machen. Das hat dann deren App zu einer witzigen Bewerbungscollage zusammengesetzt. Mit Musik und Comic-Effekten.«

»Danke, dass du mich unterbrichst, Basti. Ich habe doch gesagt, dass ich nicht viel Zeit habe. Und nein, es heißt Online-Vorstellungs-Marathon, kurz OVM, weil an 40 aufeinanderfolgenden Tagen jeweils eine Stunde lang Aufgaben, sogenannte Tages-Quests, zu erfüllen sind. Es sollen die Strapazen eines Marathons, dessen Strecke ungefähr 40 Kilometer lang ist, nachempfunden werden oder so ähnlich. Ein Personaler-Bullshit. Leider, um deine Frage zu beantworten, ist das nicht für einen auskömmlichen Vollzeitjob ohne Befristung, sondern nur für die Chance, sich um ein unbezahltes Praktikum bewerben zu dürfen.«

Kurz reagierte Basti ein wenig erschrocken auf Antjjes direkte Art, da es nicht seine Absicht gewesen war, sie zu unterbrechen. Gerade so etwas versuchte er zu vermeiden, verstand er sich doch als Feminist. Zumindest so lange, wie der Feminismus als emanzipatorische Kraft verstanden wurde, die nicht nur Frauen, sondern auch Männer vom Patriarchat befreien sollte. Immerhin gab es auch Männer, die unter den ihnen zugedachten Rollen litten. Auch weiße Cis-Männer, wie Basti einer war. Wer aber Frauen erlauben wollte, denselben Scheiß machen zu dürfen wie Männer, verdoppelte lediglich die Anzahl der Arschlöcher auf diesem Planeten. Das erschien Basti nicht ratsam. Die Menschheit war gerade schon ziemlich überfordert mit der jetzigen Anzahl an Arschlöchern.

»Tut mir leid. Ich wollte dir nicht das Wort absprechen oder dich unsachgemäß unterbrechen, aber wenn ich kurz eine Frage stellen dürfte?«

»Okay, aber nur kurz. Du weißt ja jetzt, dass mein Zeitfenster limitiert ist. Bitte behandle mich nicht wie die beiden anderen Kerle. Ich verlange Akzeptanz für meine Person und Respekt vor meiner Qualifikation und Bildung. Ich hasse es, auf mein Geschlecht und angebliche Vorzüge oder Unzulänglichkeiten reduziert zu werden. Scheiß Chauvinismus. Anton und Alexander ärgern mich manchmal mit sexistischen Sprüchen. Ich hoffe, du bist anders und musst nicht andere Menschen erniedrigen, um dich besser zu fühlen.« Antjje drehte sich zu Basti um und schien eine Reaktion zu erwarten. Auf Basti wirkte es, als könnte Antjje ihn mögen, falls er die Körpersprache richtig deutete. Ihre Arme waren weit geöffnet und sie versuchte ganz offensiv, Bastis Blicke durch Bewegungen und Körperhaltung zu lenken. Erst überschlug sie ihre Beine, um danach durch einen tiefen Atemzug ihre Brust mit Luft zu füllen. Durch uralte Instinkte gesteuert, konnte Basti nicht anders, als auf ihre Brust zu starren, auch wenn es nur für einen Moment war. Ihre Augen, die seine versuchten zu fixieren und das leichte Lächeln, gefolgt vom Griff in die Haare und dem Neigen ihres Kopfes, konnte Basti als Signale der Zuneigung deuten. Vielleicht aber auch nicht.

Wer könnte ihn schon mögen? Der Selbstzweifel meldete sich wieder, nagte an seinen blanken Knochen. Vielleicht dachte er aber auch nur, sie würde ihn nicht mögen, obwohl sie ihn doch mochte, oder eben nicht. Wieder startete das Gedankenkarussell seine Fahrt und in Bastis Magen entstand Bewegung, unnatürlich und viel zu schnell, die er nicht wirklich vertrug.

»Entschuldigung, Antjje, Leute, mir ist ein wenig übel. Magenprobleme. Der Stress. Ihr wisst schon. Du sagtest unbezahltes Praktikum? Das kann gar nicht sein, oder? Nur Pflichtpraktika während des Studiums dürfen unbezahlt sein, da es sich um einen akademischen Ausbildungs- bestandteil handelt. Bei einem freiwilligen Praktikum müsste man zumindest den Mindestlohn bekommen.«

»Ja, danke, du Schlauberger. Das weiß ich auch. Wie wir alle wurde auch ich vom Jobcenter zu tausend Bewerbungs- trainings geschickt. Ich bin mittlerweile wahrscheinlich doppelt so qualifiziert wie jeder dieser Freizeitfaschos, die mir erzählen wollen, wie ich zu leben habe und warum ich unfähig bin, mir einen Job zu besorgen. Ich habe nun mal gelogen. Fake it until you make it! Ich habe behauptet, noch zu studieren, und weil anscheinend niemand am anderen Ende der E-Mail-Leitung meine Unterlagen überprüft, bin ich noch dabei und ich bin unter den ersten zehn im Ranking. Von Tausenden. Wenn ich dann gewinne, werde ich die schon davon überzeugen, mich zu nehmen. Scheiß auf Mindestlohn. Ich will doch nur eine Chance! Wenn du das nicht verstehst, bist du noch nicht lange genug arbeitslos. Das kommt noch. Glaub mir!«

KAPITEL 14: ANTJJE

Basti hatte den Eindruck, Antjje war glücklich, die drei Männer im Raum in ihre Schranken verwiesen zu haben. Er freute sich für sie, da sie zufrieden mit sich und der Situation schien. Aus ihrem Rucksack nahm sie ein Tablet heraus, lehnte sich in ihren Stuhl zurück, um dann mit ihrer versprochenen Geschichte zu beginnen. »Also, nachdem nun alle Unklarheiten beseitigt wurden, alle dummen Fragen beantwortet wurden und dem Frauenbild auch gnädigerweise erlaubt wird, in der Gemeinde zu sprechen, kann ich endlich eine kleine Geschichte aus meinem Leben erzählen. Vorher aber ein kurzer Hinweis an Basti: Wundere dich bitte nicht, dass wir viele Sachverhalte in den Geschichten erwähnen und teilweise sogar ausführlich erklären, die du und wir als Akademiker und Akademikerinnen eigentlich verstehen müssten. Wir tun das, um einen Auftrag der Psychologin zu erfüllen. Sie wollte einerseits unsere Ausführungen zu Schulungszwecken für neue Mitarbeiter und Mitarbeiterinnen, die keinen akademischen Hintergrund besitzen, nutzen.

Andererseits meinte sie, wir lernen so, dass nicht alle den gleichen Wissensstand haben wie wir. Jetzt beginne ich aber mit einer kleinen Geschichte über eine noch kleinere Antje. Ja, ihr habt richtig gehört. Eine kleine Antje, mit nur einem J. Die damalige Antje musste noch kein zweites J erwähnen, jedes Mal, wenn sie öffentlich ihren Namen verwendete. Die kleine Antje, ein Wunschkind, war noch lange nicht auf der Welt, da waren ihre Eltern in heller Aufruhr und fragten sich, wie sie wohl die Erbin des Prinzessinnenreiches nennen sollten. Ja, das neue Menschenkind, dessen Geschlecht bereits schnell bekannt war, da seine Eltern Geheimnisse nicht sehr mochten, sollte nach Möglichkeit auf Händen getragen, als Prinzessin die Drei-Zimmer-Mietwohnung im Sozialbau beherrschen.

Früher war es eine sehr beliebte Mode unter werdenden Eltern, ein Buch mit vielen, vielen möglichen Vornamen für die zukünftigen Familienmitglieder zu erwerben. In diesem wurde erklärt, wo die Namen ihren Ursprung hatten, das heißt, wo und wann die kulturelle Herkunft eines solchen Namens als Erstes in die Welt trat. Eine sehr anregende Lektüre für sehr aufgeregte zukünftige Eltern. Besonders, wenn es sich um ihr erstes Kind handelte. Dabei ist unerheblich, ob die ganze Geschichte in einem hetero-normativen Kontext stattfindet oder nicht. Bei der kleinen Antje und ihrer Familie war alles heteronormativ. Soweit sie das, in ihrem jungen Alter und mit ihrem damals eingeschränkten Blick auf Diversität, erkennen konnten. Ich schweife aber ab. Im Fall, der hier vorgetragen wird, hatten Klein-Antjes Eltern kein solches Namensbuch gekauft. Bitte nicht falsch verstehen. Sie wollten gute Eltern werden. Ja, die Besten der Besten. Definitiv besser als ihre Eltern. Aber welche Eltern, die ihre Rolle ernst nehmen, wollen das nicht? Sie hatten Glück und bekamen ein Buch geschenkt. Sie hatten nicht genug finanzielle Mittel dazu gehabt. Die ganze Familie und alle Freunde hatten zusammengelegt. Ein Mensch allein hätte sich niemals ein

Buch aus Papier leisten können. Nicht für sich selbst und schon gar nicht als Geschenk. Die älteren Personen in der Familie erzählten, wenn Bücher oder andere Papierneuerzeugnisse verschenkt wurden, gern von der Zeit vor dem großen Waldsterben. Als es noch so viel Papier gab, dass die Menschen sich an Geburtstagen und zu Weihnachten gegenseitig ihre Geschenke in einer Menge Papier einpackten. Das Papier wurde mit Motiven geschmückt, die zur entsprechenden Gelegenheit passten. Bäume wurden so etwa als Motive für Geschenke verwendet, die mit Weihnachten verbunden wurden. Weihnachtsbäume wurden diese Bäume früher genannt, erklärten die Eltern damals ihren Kindern, die diese noch nie in echt gesehen hatten.

Dann aber gab es immer mehr Waldbrände. Entweder durch den Klimawandel oder aber extreme Rodungen, da es den Menschen nach Bauland und Fleisch von toten Tieren dürstete. Nach dem Untergang des weströmischen Reichs hatte es schon einmal eine ähnliche Situation gegeben. Der Zugang zu Papyrus, auf dem der römische Rechtsstaat seine Dokumentation festhielt, war nach dem Fall West-Roms versiegt. Papyrus, welches traditionell aus Ägypten stammt, konnte nicht mehr nach West-Europa importiert werden, da es erst zum Einflussbereich Ost-Roms, dem späteren Byzanz, gehörte und anschließend durch die Geschichte den Vertretern des aufsteigenden Islams zugesprochen wurde. Das im Westen Europas startende Mittelalter hatte den Zugang zu Papyrus nachhaltig eingebüßt. Das führte dazu, dass viel weniger geschrieben und auch gelesen wurde. Somit reduzierte sich das durchschnittliche Bildungsniveau. Die Ständegesellschaft des europäischen Mittelalters kannte eine Organisation, die fast ein Monopol auf höhere Bildung sowie die Fähigkeit des Speicherns und Verbreitens von Information hatte: die Katholische Kirche. Schreiben und lesen konnten hauptsächlich die christlichen Kleriker, die diese Fähigkeiten geschickt zu ihren Gunsten, respektive zum Nutzen der Kirche, einsetzten. Dazu empfiehlt sich dem an geschichtlichen Zusammenhängen interessierten Publikum ein Studium der Konstantinischen Schenkung. Da nun aber kein oder extrem wenig Papyrus zur Verfügung stand, mussten die mittelalterlichen Schreiberlinge, etwa Chronisten, auf ein anderes verfügbares Medium ausweichen.

Die Wahl fiel auf Pergament, bei dem Menschen, die sich aus Überzeugung vegetarisch oder vegan ernähren, heutzutage vermutlich ein ungutes Gefühl bekommen würden, da es sich bei Pergament um ein Erzeugnis tierischen Ursprungs handelt. Manch Fakt aus dieser Zeit hat bis heute in Sprache und Kultur überdauert. Auch im späteren Papierzeitalter. Weshalb heißt es wohl ›Buchrücken‹? Allerdings konnte auch Pergament nicht in Hülle und Fülle produziert werden. Papyrus wurde weiterhin in Massen hergestellt, wodurch sich das gebildete römische Bürgertum erklären lässt. Im deutschen Raum gab es das im Mittelalter nicht und die Hüter des Wissens nutzten die Unwissenheit ihrer Mitmenschen zu ihrem Vorteil. Sie konnten alles behaupten, was angeblich auf einem Stück Pergament geschrieben stand. Niemand konnte ihnen das Gegenteil beweisen, weil viele nicht lesen konnten.

Deutungshoheit durch Informationshoheit. Da Pergament aber nun selten war, war es kostspielig und bedurfte Spezialisten, die es herstellen, beschriften und lesen konnten. Eine Bibel konnte so teuer wie ein Haus sein und dementsprechend gab es nicht viele, und nur vermögende Leute konnten sich derartige Schriftstücke leisten.

Bei Klein-Antjes Familie war es nicht ganz so schlimm. Es gab zwar noch mehr Papier als im Mittelalter Pergament, teuer war es aber dennoch. Es ging aber darum, dass der Erhalt von Information für eine gewisse Dauer einen Wert an sich hatte. Die E-Books im Tablet konnten aktualisiert oder sogar aus der Ferne, durch die Anbieter, in der Leih-Bibliothek gelöscht werden. Die Menschen hielten nicht das Eigentum an diesen Büchern, sie besaßen diese lediglich und Besitz ist immer temporär.

Ein eigens gedrucktes Buch in den Händen zu halten, darin Notizen schreiben zu können, ohne dass der E-Book-Anbieter diese löschen konnte, das war Luxus pur. In der Zeit, in der die kleine Antje zur Welt kam, war es also üblich, sofern Freunde und Verwandte genug Geld zusammenbekamen, werdenden Eltern zur Geburt eines Kindes ein Namensbuch zu schenken. Und ja, zu jedem neugeborenen Kind ein neues Namensbuch. Das musste sein, da sich die Namen, genauer gesagt die Schreibweisen der Namen, periodisch änderten.

Der Unterhalt der Staaten wurde immer teurer. Die Schuldenstände immer größer. Eine neue Form der Staatlichkeit, vor allem effizienter, musste erdacht werden. Na klar hieß das mehr öffentlich-private Partnerschaft und überhaupt deutlich mehr Privatisierung. Eines Tages fingen die Markt-frömmlichen Parteien, die den Markt als neue und einzige Gottheit verehrten, in allen Parlamenten an, offen die Frage zu stellen, warum die Namensgebung von Neugeborenen eigentlich der subjektiven Meinung der Eltern überlassen werden sollte. Viele wären damit überfordert und gäben ihren Kindern Namen, durch die diese später allerhand Diskriminierungen ausgesetzt seien. Außerdem könnten Effizienz-Gewinne generiert werden, in der Form, dass Namen nicht mehr so häufig vorkommen würden. Keine falsch zugestellte Post mehr, kein Problem mehr, die falsche Person anzurufen. Natürlich sollte es einen Bestandsschutz für die älteren Generationen geben – Schließlich war man daran gewöhnt – aber die nachfolgenden Generationen könnten sich über die Qualität von Marktergebnissen freuen.

So wurde etwa in Deutschland eine staatliche Auktion veranstaltet, bei der Privatunternehmen, die speziell dazu gegründet wurden und fast alle Tochtergesellschaften von großen Konzernen waren, zunehmend Interesse daran bekundeten, Aufgaben von staatlichen Stellen oder Privatpersonen zu übernehmen. Die Lösung war, dass alles zur Ware transformiert und dadurch effizienter und effektiver durch Marktprozesse produziert und verteilt werden konnte. Durch erfolgreiche Teilnahme an der Auktion wurden die Unternehmen schließlich für die Namensgebung zukünftiger Generationen verantwortlich. Der Staat erstellte eine Liste aller Namen, die für eine Namensgebung sinnvoll erschienen und beseitigte dabei alle

Namen, die nach Meinung der verantwortlichen Stellen etwa zu Diskriminierungen führen würden. Das tat der Staat vor allem, weil Diskriminierungen der Staatsdoktrin der Achtsamkeit-Agenda widersprachen. Viele Menschen protestierten. Aus gutem Grund. Zahlreiche religiöse und ethnische Minderheiten konnten ihre Kinder nicht mehr so benennen, wie sie wollten. Zeitweise gab es da etliche Probleme, aber nichts, was die Kräfte des Marktes oder deren Erfüllungsgehilfen nicht in ihrem Sinne zu beheben wussten. In Kunst und Kultur gab es zunächst einen Aufschrei. Von kultureller Assimilation und Rassismus war die Rede. Der Kapitalismus auf seiner unerlässlichen und noch unerbittlichen Suche nach neuen Märkten und Dingen, die er komodifizieren – zur Ware erklären – konnte, ließ sie kurz gewähren, um sie dann durch Inkorporierung in die Bedeutungslosigkeit fallen zu lassen.

Antje, den Namen hatten sich die stolzen Eltern für ihr baldiges Kind schon früh gewünscht, stand auch noch im neuen, gerade als Geschenk erhaltenen, Namensbuch.

Nach einer ersten Phase der Goldgräberstimmung am Markt für Vornamen gab es eine schnelle Konsolidierungsphase und am Ende nur noch einen Anbieter für Vornamen und Namensbücher. Als Monopolist bezahlte der brav seine Lizenzgebühren an Vater Staat, der wiederum bei Zuwiderhandlungen seiner Bürger die Interessen seines Lizenznehmers durchsetzte. Ein feuchter Traum für so manch Neoliberalen.

Als sich Antjes Eltern dann am Tag der Babyparty online den Namen für ihre zukünftige Tochter bei der Firma

BuddyNames – A BuddyCorpCompany sichern wollten, erlebten sie eine böse Überraschung. Der Name Antje war aus der Liste gestrichen. Eine andere Familie hatte bereits zugeschlagen, ein anderes kleines Mädchen würde den Namen Antje tragen dürfen. Als einzige Person ihrer Generation, solange sie lebte. Nach ihrem Tod würde der Name wieder zurück in den Besitz von BuddyNames gehen, da Vornamen nicht mehr Eigentum ihrer Träger sind, sondern lediglich temporär in deren Besitz. Antjes Mutter begann sofort zu heulen und auch der Vater zeigte sein Entsetzen in Form eines verzerrten Gesichtsausdruckes. Zwei Jungen, die zukünftigen Brüder des Mädchens, welches nicht Antje heißen durfte, hatte das Ehepaar bereits. Sie konnte sich Kinder in dieser Welt noch leisten und waren glücklich darüber. In ihrer Vorstellung sollte ihre Prinzessin Antje heißen. Genau wie ihre Großmutter und ihre Ur-Großmutter. Eine alte Familientradition. Daraus wurde nichts. Der Name war weg, denn es gab ihn nur ein einziges Mal! Der Vater, der zwar seine zukünftige Tochter wie eine Prinzessin behandeln wollte, sich selbst aber nicht als König sah, wurde ärgerlich. Er war mit dem Glauben aufgewachsen, dass, wenn er ein Produkt, eine Ware, ein Recht erwarb, ihm dieses dann zustand. Ein universelles Gesetz würde dieses Recht beschützen. Wer ein Namens-buch erwarb, der erwarb das Recht, sich eine Schwanger-schaftslänge lang exklusiv einen Namen auszusuchen zu dürfen. Erst dann dürften alle anderen digital ihr Kaufgebot abgeben. Es ging auch dabei um Auktionen. Oft handelten die Familien, die solche Namensbücher besaßen, untereinander in Foren aus, wer welchen Namen bekommen sollte. Auch hier hatte sich zur Freude des Zeitgeistes ein Markt etabliert. Der Name Antje, so erklärte es der Text auf dem Bildschirm von Antjes Eltern, war aber digital erworben worden, also nicht von einem Namensbuchbesitzer mit Exklusivrechten.

Der gestandene Ehemann und Vater, relativ erfolgreich in seinem Job, verlangte, sein Recht durchzusetzen. Er rief die Homepage des Namensbuchbetreibers auf und wurde noch wütender, als er ohnehin schon war. Die Namensbücher, so war dort zu lesen, seien Geschichte. Sie würden in Zukunft nicht mehr produziert werden. Auch nicht digital. Das Unternehmen war kürzlich von der Firma BuddyNames übernommen worden und damit alle Exklusivrechte für ungültig erklärt worden.

Die werdenden Eltern, ihre Familie und Freunde, ja, selbst das kleine Mädchen ohne Namen, obwohl noch im Mutterleib, waren aufgebracht. Der Vater verlangte sein Recht, aber Beschwerden, sowohl bei BuddyNames als auch bei der zuständigen Aufsichtsbehörde, brachten keinen nennenswerten Erfolg. Als letzter und natürlich kostspieligster Ausweg erschien dem Vater eine Klage, die auch schnell eingereicht war. Als die Klage vom zuständigen Gericht angenommen wurde, war das kleine Mädchen ohne Namen bereits drei Jahre alt. Der Prozess war sehr kostenintensiv und auf der Gegenseite befand sich wahrscheinlich zwei der mächtigsten Organisationen, die es überhaupt gab. Zum einen BuddyCorp, der Konzern, welcher sich wie kein anderer Konzern vorher einen Markt nach dem anderen einverleibt hatte, und zum anderen die Exekutive des Staates, die immer mehr Verfügungsmasse privatisierte, das heißt, an die Wirtschaft, also hauptsächlich an BuddyCorp, veräußerte.

Wie auch zuvor beim Erwerb des Namensbuches waren jetzt Familie und Freunde mit von der Partie, weil es die Eltern von Antje sich niemals hätten leisten können, allein einen Prozess zu führen. Alle lehnten sich dabei zusehends finanziell aus dem Fenster und nahmen sogar teilweise hohe Kredite dafür auf. Schließlich konnte ein ähnliches Problem auch ihre zukünftigen Kinder betreffen. Viele, auch die Eltern der Menschen ohne Namen, kurz MON, mussten sich für ihren Glauben an das Recht und dass dieses zur Gerechtigkeit führen würde, verschulden.

Kurz vor Beginn des Prozesses wurde aber klar, dass dieser für die Familie nicht finanzierbar sein würde. Da trafen die Eltern eine andere betroffene Familie auf dem Flur des Gerichtsgebäudes, die haargenau dasselbe Martyrium durchlief und ebenfalls am Rande der Verzweiflung war. Niemand beabsichtigte aufzugeben. Recht und Gerechtigkeit konnten, mussten, nein, durften nicht gegen sie sein. Daran glaubten sie alle fest. Der Vertrag, den sie als Teil der Gesellschaft mit allen anderen Teilen der Gesellschaft hatten, der von der Politischen Theorie gern als Gesellschaftsvertrag bezeichnet wurde, durfte nicht gebrochen werden. Sie, die einfachen Leute, hatten sich immer an diesen Vertrag gehalten. Danach gelebt.

Schnell war klar: Es würde eine Sammelklage geben. Die anderen MON-Familien, deren Zahl in die Tausende ging, mussten mit ins Boot geholt werden.

Im ersten Jahr des Prozesses waren alle noch zuversichtlich, aber es stellte sich heraus, dass es sich mehr um einen langatmigen Marathon als einen einfachen und sauberen Sprint handeln würde. Der Verein mit dem Namen ›Recht und Gerechtigkeit MON (MenschenOhneNamen) e.V.‹, der bewusst ins Leben gerufen worden war, schaffte es tatsächlich, nahezu 100 Prozent der betroffenen MONs und deren Angehörige ausfindig zu machen, zu organisieren und gegen die Gegner in Stellung zu bringen. Berühmte und sehr fähige Anwälte und deren Kanzleien wurden angeheuert. Der Fall schlug zuerst Wellen in der Presse, was aber mit den Jahren abebbte, da BuddyCorp nach und nach auch die Presselandschaft umgestaltete. Selbst die Prädikate ›unabhängig‹, der ›Wahrheit‹ verpflichtet oder sogar politisch ›links‹ waren am Ende des Tages nur dazu da, um den Verkaufspreis an BuddyCorp hochzutreiben.

Nach ein paar weiteren Jahren und Instanzen, wie vor verschiedenen Gerichten, gab es immer noch kein Endergebnis. Mal gewann die eine und mal die andere Seite.

Das Mädchen, mittlerweile 8 Jahre alt, hatte immer noch keinen Namen, war immer noch ein MON. Solange ihr Fall noch nicht juristisch durchgekämpft war, durfte sie keinen Namen tragen. Heimlich reagierte sie innerhalb der Familie auf ihren vorbestimmten erhofften Namen, aber nur, wenn sicher war, dass niemand außerhalb der vier Wände dies hören konnte. Solange die Rechtssache nicht geklärt war, war der Name Antje offiziell vergeben. Genau einmal. Das war so richterlich festgelegt worden. So, wie es das Recht und Gesetz verlangten, genauer gesagt, der Großkonzern dahinter es verlangte. Für viele Kritiker ein und dasselbe.

An einem trüben Montagmorgen im September, an einem der höchsten Gerichte, begann der entscheidende Kampf um Recht und Gerechtigkeit. Die Politik war zwiegespalten. Das neue Namensrecht, das seit einigen Jahren galt, hatte einiges an Kritik hervorgerufen. Nicht nur, dass viele Namen ersatzlos gestrichen wurden. Auch wurde das Etablieren eines Namensmarktes, beziehungsweise eines Monopols der Namensgebung bei BuddyNames, einem Tochterunternehmen des seit Kurzem größten westlichen Konzerns, als unzulässige Einschränkung der Bürger- und Menschenrechte angeprangert. Auch wenn die Presse aufgrund neuer Eigentümerschaft immer mehr ihre Unabhängigkeit verlor, war das Protest- und Organisationspotenzial von sozialen Bewegungen und Gewerkschaften groß genug, um politisch Gehör zu finden. Angeblich sollte sich das Gericht nicht sicher sein, wie und zu wessen Gunsten es entscheiden sollte, war es doch ein wichtiges Urteil mit hoher Signalwirkung.

Beide Seiten wurden vom Gericht zum Gespräch gebeten, da man sich einen Vergleich erhoffte, weil die Rechtslage doch nicht so einfach war, wie sich das die Konzernlenker der BuddyCorp gedacht hatten. Das Gericht hatte Bedenken, ob verfassungsrechtliche Grundrechte der MONs verletzt werden würden. Genauer ging es um die Frage, ob eine solche dramatische Einschränkung bei der Namensgebung von Kindern nicht das Selbstbestimmungsrecht von Eltern und deren Kindern unzulässig einschränken würde. Jahre später wurde bekannt, dass im Hintergrund des Prozesses ein Kampf zwischen Judikative und Exekutive des Staates tobte und ein gerichtlicher Vergleich in der Sache diesen befrieden sollte.

Nach stundenlangen Verhandlungen gab es eine Einigung, mit der niemand wirklich zufrieden war. Die Vereinbarung, die vom Gericht und der Politik getroffen wurde, enthielt folgende wichtige Punkte:

Erstens übernahm die BuddyCorp die meisten Kosten der Gegenseite, aber keine Schuld.

Zweitens bekamen die MON richtige Namen, aber nicht die verlangten Vornamen. Diese waren vergeben. Am bestehenden System wurde nicht gerüttelt.

Drittens bestand BuddyCorp darauf, dass bei den neuen Namen die Differenz zum bereits vergebenen Namen immer hervorzuheben sei. Sowohl sprachlich als auch schriftlich. Das hieß im Falle der Protagonistin dieser kleinen Geschichte, sie durfte sich Antjje nennen, musste aber fortan immer dabei schreiben und immer dabei sagen, dass sie mit zwei J geschrieben wurde. Bei einer harten Nachverhandlung war ihr erlaubt worden, zu sagen, dass das zweite J im Namen stumm wäre.

Der vierte und letzte Punkt der Vereinbarung erlaubte, dass die ehemaligen Menschen ohne Namen von anderen Personen so angeredet werden durften und deren Namen so schreiben durften, wie diese es für richtig hielten. Das kleine Mädchen strahlte über beide Ohren, als ihre Großmutter sie im Gerichtssaal in den Arm nahm und sie bei ihrem Namen nannte.

Am Abend, nach einem kleinen Siegesfest mit Freunden und Verwandten, brachten meine Eltern mich, das kleine Mädchen namens Antjje ins Bett und begannen mit dem Training, das alle ehemaligen MONs absolvieren mussten. »Du, mein Schatz, heißt Antje, wie deine Mutter und wie deine Großmutter. Wir dürfen dich so nennen, aber du darfst dich selbst nicht so nennen. Du musst immer sagen: ›Ich bin Antjje mit zwei J, aber das zweite J ist stumm.‹ So wissen auch Fremde, dass sie dich Antje nennen dürfen. Du darfst das aber niemals tun. Sonst darf die böse Firma, die BuddyCorp, dir deinen Namen wieder wegnehmen. Die sagen, der gehört ihnen. Das darfst du nie vergessen.« Nach diesen Worten meines Vaters, die ich damals noch nicht richtig verstand, wendete er sich von mir ab. Er wollte nicht, dass seine Prinzessin, wie er mich oft nannte, ihn weinen sah, und verließ das Kinderzimmer. Meine Mutter nahm mich daraufhin in den Arm und tröstete mich liebevoll. Eigentlich tröstete sie sich selbst und projizierte den Verlust, den ich erst Jahre später richtig begreifen konnte, auf das kleine Mädchen vor ihr.

›Wir lieben dich, Antje. Dein Vater sehr und deine Brüder auch. Auch wenn die dir das nicht immer zeigen können. Wir müssen jetzt aber noch gemeinsam lernen, wie du in Zukunft sprechen und schreiben musst.‹

Meine Mutter und ich lernten noch, bis wir beide müde einschliefen. Dieses Gefecht im großen Krieg ging unentschieden aus. Der Krieg aber dauerte an. Wie wir alle wissen, denn es ist bereits Geschichte, war die Sache für

Politik und Staat noch nicht ausgestanden.

Water the plant! An dieser Stelle muss ich einen Schluck Wasser zu mir nehmen. Wie ihr merkt, schadet der trockene Mund langsam meiner Stimme und damit der Erzählung.« Antjje griff zu der Flasche vor ihr und nahm einen großen Schluck.

»Jetzt kann es weitergehen. Die große Mehrheit hatte ein eigenes Problem mit der Namens-Gesetzgebung, weil sich nur noch die Reichen und Privilegierten ›echte‹ Vornamen leisten konnten. Für alle anderen Menschen blieben lose Aneinanderreihungen von Buchstaben und Sonderzeichen. Ausgesprochen werden konnte das kaum noch. Es entstanden neue Wortschöpfungen für diese Menschen-bezeichnungen. Vielen wurde klar, dass das neue System rassistisch und klassizistisch war. Die vom Namensrecht marginalisierten Gruppen begehrten auf. Sie wollten ihre Kinder nennen, wie sie es wollten. Für sie war es auch eine Frage der Gruppenidentität. Sie waren nach der Privati-sierung der Namensgebung finanziell, aufgrund vielfältiger Ausgrenzungserfahrungen, nicht in der Lage, ihre Kinder nach ihren Traditionen und kulturellen Hintergründen zu benennen. Öffentlich wurde der Vorwurf der Assimilierung geäußert. Es gab Proteste. Viele davon mündeten in gefährlichen Straßenschlachten. Einige Mitglieder von Minderheiten, die sich mit diesem auch rassistischen Namensrecht nicht zufriedengeben wollten, trugen öffent-lich ihre – wie sie erklärten – wahren Namen. Die meisten Namen waren arabisch, türkisch und kurdisch. Drei Bevölkerungsgruppen, die sich trotz aller Polemik vom rechten Rand der Politik gut integriert hatten und mittlerweile als nicht mehr wegzudenkender Teil der Gesellschaft anerkannt waren.

Diskriminierung gab es aber weiterhin. Viele alteingesessene Deutsche hatten immer noch tief sitzende Vorurteile, auch wenn sie sich für aufgeklärt und tolerant hielten. Genau das war es, was Deutsche mit Migrationshintergrund dazu veranlasste, sich als Teil einer ungewollten Minderheit zu sehen. Das Tragen der eigenen Namen war ein Weg, sich solidarisch und mit Stolz den Anfeindungen der Mehrheitsgesellschaft entgegenzustellen. Diese waren aber, verglichen mit anderen Bevölkerungsgruppen, eine Minderheit und stellten daher kein wirkliches Problem für das herrschende System dar.

Der Namensmarkt und das daraus folgende Namens-Monopol hatten dazu geführt, dass der Großteil der Menschen kein Recht mehr dazu hatte, seine Kinder so zu nennen, wie sie, ihre Tradition, Herkunft oder Weltanschauung es wollten. Für die einfachen Leute hatte BuddyNames lediglich einen Generator für Vornamen und wer mehr Geld ausgab, konnte einen Namen mit weniger Zeichen auswählen. Ein Name mit weniger Zeichen hatte den Vorteil, leichter ausgesprochen zu werden und konnte in Online-Formularen schneller eingetragen werden. In der öffentlichen Verwaltung, die mehr und mehr digitalisiert wurde, war das ein großes Plus. Den ärmeren Bevölkerungsteilen blieben nur Namen mit deutlich mehr Zeichen übrig. Vornamen mit weniger Zeichen bekamen Rabatt bei BuddyCorp-Unternehmen und angeblich wurden Menschen mit kürzeren Namen bei Behörden bevorzugt behandelt. Ausgrenzung und Diskriminierung nahmen in der Folgezeit massiv zu und es gab immer mehr gewaltsame Proteste, mit immer mehr Toten. Sogar Attentate auf sogenannte RealNames gab es. So wurden die Nachfahren der Reichen genannt, die exklusiven Zugang zu sogenannten ›echten Namen‹ hatten. Politik und BuddyCorp waren sich einig, etwas unternehmen zu müssen. Natürlich wollten sie nichts davon wissen, dass sie vielleicht einen Fehler gemacht hatten. Vielmehr hatten sie nicht mit so viel Widerstand der Bevölkerung gerechnet.

BuddyCorp expandierte ab diesem Moment sehr stark in den Militärisch-industriellen Komplex hinein, wobei sie es besonders auf Unternehmen abgesehen hatten, welche sich mit Crowd-Control-Lösungen, oder weniger verklausuliert gesagt, mit Aufstandsbekämpfung beschäftigten. Das Böse plant langfristig.

Es musste aber ein großer gesellschaftlicher Kompromiss geschehen, denn noch wussten sie nicht, ob sie sonst vielleicht nicht Herr der Lage sein würden. Die von den Intellektuellen der Zeit genannte ›Namenskrise‹ wurde tatsächlich gelöst, allerdings war wieder niemand Gewinner und hatte alle Wünsche durchsetzen können.

Für die, die sich ausgegrenzt fühlten, wurde das Alias-System eingeführt. Kostenlos, aber nur auf Antrag, konnte nun ein Alias-Name von BuddyNames erstellt werden. Die RealNames durften immer noch nicht verwendet werden, aber es gab die Möglichkeit, sich Namen, ähnlich wie Nicknames bei Computerspielen, zu geben. Manch

Mitglied einer Minderheit konnte so seinen richtigen Namen in den Nickname einbauen. Es konnte aber auch ein kompletter Fantasie-Name sein, solange keine Markenrechte verletzt wurden. Nahezu die gesamte Bevölkerung machte nach und nach davon Gebrauch. Natürlich betraf die Namenskrise eher den jüngeren Teil der Bevölkerung, denn die älteren Generationen hatten nach dem Namensgesetz Bestandsschutz. Es gab aber eine große Solidaritätswelle und die meisten wollten niemanden ausgrenzen. Ihr erinnert euch bestimmt daran. Vielleicht waren eure Familien bei den Solidaritätsbekundungen dabei? Meine war es!«

Nach diesem Vortrag war Antjje sichtlich ermüdet und auch emotional gestresst. Alexander und Anton rutschten unruhig auf ihren Stühlen hin und her. Immerhin würde bald einer von ihnen an der Reihe sein und seine Geschichte erzählen. Basti war gelassen und erleichtert, heute keine Geschichte erzählen zu müssen. Antjje legte ihr Tablet auf den Tisch und versuchte, eine neue Flasche Wasser zu greifen, als Anton ihr zuvorkam, diese mit seinem Hammer öffnete und ihr danach in die Hand drückte.

»Super vorgetragen, die Eltern von Klein-Antje mit nur einem J, wären bestimmt stolz. Alexander und ich sind es ganz bestimmt! Daher verwenden wir privat unter uns auch gern deinen Namen, ohne das zweite J nach der Aussprache extra zu erwähnen. In der Öffentlichkeit sieht das leider anders aus, was uns sehr leidtut, aber du verstehst am besten, warum wir das tun müssen. Die Strafzahlungen könnte sich ja auf Dauer niemand von uns leisten.« Anton lächelte Antjje bei diesen Worten freundlich an und auch Alexander konnte sich ein Lächeln, gepaart mit einem zustimmenden Nicken, nicht verkneifen.

»Danke, Jungs, das freut mich. Ich fühle mich deutlich erleichtert, wenn ihr mit meinem Tun einverstanden seid. Dass ihr mich privat mit dem Namen ansprecht, den meine Eltern sich für mich gewünscht haben, erfüllt mich mit Freude. Danke!«

Antjje, die sich der wohlwollenden Unterstützung der anderen beiden Mitglieder der Triple A versichert hatte, wandte sich nun Basti zu und fragte: »Und du Basti, was denkst du?«

»Ich, ich … Es tut mir leid! Ich bin nicht sofort darauf gekommen. Es hätte mir sofort klar sein müssen, als ich deinen Namen und deine Erklärung hörte. Ein ehemaliger MON und zwei RealNames. Wow!«

»Nein!«, gab Antjje zu verstehen und knallte mit ihrer linken Hand energisch auf den Tisch. Sie wiederholte dieses Prozedere mehrmals, um sich dann wieder dem Neuling in der Runde zuzuwenden. Diesmal etwas unfreundlicher. »Ich dachte, gerade Leute wie du, halbwegs gebildete Menschen, links eingestellt und aufgeklärt – wir haben uns über dich erkundigt -, könnten zwischen den Zeilen lesen? Ich bin immer noch ein MON. Okay, zugegeben ein halber MON, aber dennoch ein MON. Genauso wie die anderen MON da draußen. Diese verdammte Sprachregelung zwingt mir eine immer wiederkehrende Selbst-Diskriminierung auf. Und davon abgesehen, glaubst du allen Ernstes, die Alias-Regelung wäre gelungen? Dass die Wirtschaft und deren Erfüllungsgehilfe, der Staat, das Recht haben sollten, die Namensgebung warenförmig – wie Marx es bezeichnet hätte – zu gestalten und dem Markt zu überlassen? Einem Markt, der zwangsläufig by Design zum Monopol führt. Anton und Alexander haben dieses Problem nicht. Bei beiden hat das Namensbuch noch funktioniert. Beide sind älter als ich. Sie sind keine RealNames. Dieser Begriff wird nur für die Reichen verwendet, die sich nach der Gesetzesänderung echte Namen leisten konnten. Bitte beleidige sie nicht, indem du sie so nennst! Es muss etwas dagegen getan werden. Wir sind Kriegsopfer! Ich hoffe, mich nicht in dir getäuscht zu haben. Ich muss jetzt gehen, ihr wisst ja, mein Marathon.«

Gesagt, getan. Antjje stand auf und umarmte Anton und Alexander, die sich ebenfalls erhoben hatten. Sie küsste beide auf die Wange. Das Verhältnis der drei untereinander erschien Basti sehr herzlich und intim, trotz offensichtlicher Konflikte und verschiedener Meinungen der drei.

Basti stand auch auf. Allein schon aus Reflex, in der Hoffnung, der sozialen Erwünschtheit der Gruppe zu entsprechen. Vermutlich wurde das von ihm in dieser Situation erwartet.

Antjje schickte sich an, auch Basti herzhaft zu umarmen. Es fühlte sich für Basti wie Vorschusslorbeeren an. Eine Schuld, die er würde zurückzahlen müssen. »Danke, Antjje, dass du mir offensichtlich verzeihst, so grob und unreflektiert gewesen zu sein!«

Antjje lächelte ihn an und strich sich das Haar aus dem Gesicht. »Danke, Basti, dass du hier bist. Mach dir nichts draus. Wir alle müssen täglich neu lernen, in welch einer Art Welt wir leben. Spoiler: Die beste aller Welten ist es nicht. Zumindest, falls du wie ich zum Atheismus neigst. Genau wie der Begriff des Optimalen stammt auch die Behauptung, in der besten aller möglichen Welten zu leben, vom Philosophen Leibniz. Nach ihm habe Gott diese beste aller Welten gewählt, daher muss es die beste sein. Der Annahme folgend, es gäbe keinen christlichen Schöpfer-Gott und auch keine anderen Gottheiten, ist die Argumentation natürlich hinfällig.«

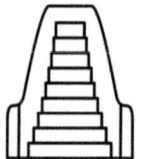

KAPITEL 15: ANTON

Nachdem Antjje den Raum verlassen hatte und nach Hause gegangen war, um sich abermals der strukturellen Gewalt der Arbeitslosigkeit zu beugen und an einem Bewerbungsmarathon teilzunehmen, dessen Ausgang bestenfalls zu einem ungewissen Praktikum führen würde, begann Alexander, die Unterhaltung zu übernehmen. »Transparent ist der Kosmos des Arbeitsmarktes ganz sicher nicht. Arme Antjje, sie strampelt sich wie blöde für diese Arschlöcher ab und weiß dennoch nicht, ob sie nicht wenigstens eine Chance erhält. Uns wird eingeredet – und die meisten Menschen werden dieses leider auch bewusst oder unbewusst glauben –, der Arbeitsmarkt wäre genauso wie jeder andere Warenmarkt. Dem ist aber nicht so! Auf dem Arbeitsmarkt wird die Ware Arbeitskraft gehandelt. Die klassische Ökonomie, die Wissenschaft des Wirtschaftens, und deren Apologeten, suggerieren, die Arbeitskraft eines jeden Menschen sei absolut identisch, respektive gleichförmig, und dadurch austauschbar. Nur deshalb könne man damit handeln. Die Arbeitskraft kann aber keine echte Ware sein, da die Menschen alle unterschiedlich sind. Sie sind die Träger der Arbeitskraft und haben ein individuelles Vermögen, Arbeit verrichten zu können. Es geht dabei nicht einmal darum, tatsächlich zu arbeiten. Sonst wäre es unsinnig, dass Arbeitslose am Arbeitsmarkt teilnehmen.«

»Ja, danke, lieber Karl Alexander Marx, für diesen

kleinen Exkurs«, unterbrach Anton Alexander, der seine Theorien preisgab.

»Ich denke, dass ich jetzt mit meiner kleinen Geschichte dran bin. Antje ist weg. Nehmt noch einen Schluck nach der ganzen Gefühlsduselei und dann geht es auch schon los.« Alexander und Basti taten, wie es ihnen angeraten wurde und sahen beide interessiert in Richtung Anton, der gerade seine Notizen vorbereitete.

»Da hat es sich versteckt. Sorry, Jungs, ich hatte dem Text noch einen Feinschliff verpasst, damit der auch halbwegs verständlich ist. In meiner kleinen Geschichte geht es ums Träumen. Alle Menschen träumen. Die einen mehr, die anderen weniger. Für viele ist der Traum, genauer gesagt, der Begriff des Traumes, eine Möglichkeit, etwas, eine Situation, ein Stück Kuchen, als etwas Gutes zu beschreiben und zu bezeichnen. Für andere, und davon gibt es auch viele, ist das Reich der Träume allerdings nicht selbstverständlicherweise etwas Gutes. Ganz im Gegenteil. Vielen erscheint der Traum als Albtraum, der Schlaf als Beginn der Hinabfahrt in eine höllengleiche Fantasiewelt, die viel zu oft viel zu real wirkt. Einige dieser geplagten Menschen haben dann Angst zu träumen, wollen deshalb nicht schlafen und bekommen dadurch ernsthafte medizinische Probleme. So auch der Protagonist meiner Geschichte: der schlaflose Anton, der Angst vor seinen Träumen hatte.«

Anton machte eine kurze Pause, räusperte sich, rutschte auf seinem Stuhl zurecht und begann weiterzuerzählen: »Schon während seines Studiums war der auf Anton lastende Leistungsdruck enorm. Viel Lernstoff, schwere Prüfungen und wenig Geld. Anton war wie viele andere auch gezwungen, sich für das Studium zu verschulden. Doch das reichte nicht und so musste er notgedrungen nebenbei arbeiten, um seinen Lebensunterhalt bestreiten zu können. Natürlich war Anton auch bereit, Blut und Blutplasma zu spenden, um Geld zu verdienen. Bereits bei der Orientierungswoche für die neuen Studierenden an Antons Universität wurde den angehenden Akademikern und Akademikerinnen die Blutbank angepriesen. Diese befand sich, nach Aussage des Studienkoordinators, ›direkt neben dem Hauptcampus, auf der anderen Straßenseite‹. Eine Tutorin aus einem höheren Semester erklärte Anton und seiner Gruppe von Erstsemestern: ›Ich weiß, viele von euch benötigen Geld, und Blut, beziehungsweise Blutplasma, haben wir ja alle. Ist doch praktisch, oder? Ach, und an die homosexuellen Männer unter euch: Da gibt es spezielle Regelungen, aber am Ende des Monats ist es schon mal wichtig, was zwischen die Zähne zu bekommen. Don't ask, don't tell. Aber das rate ich euch natürlich nicht. Ich denke, ihr versteht, was ich meine!‹

Anton antwortete nur: ›Praktisch? Du meinst eher zynisch. Eine Situation zu schaffen, die uns zwingt, einen Bestandteil unseres Körpers zu veräußern, um die Möglichkeit höherer Bildung zu genießen, ist grausam. Sogar bösartig.‹

Dennoch nahm er den Flyer an sich, bedankte sich höflich für den Erhalt und scannte den darauf befindlichen QR-Code mit seinem Handy ein. Neben vielen Informationen über Bluttransfusionen und wie die Blutspende funktioniert, gab es auf der Homepage des Blutspendedienstes auch einen flammenden Appell für Menschlichkeit und Solidarität. Wer Blut spende, rette Leben. So war die einfache und sehr prägnante Botschaft. Natürlich noch garniert mit religiöser Begleitmusik. Ob die zugegebenermaßen notwendige Blutspende nun tatsächlich aus freien Stücken oder doch eher aus ökonomischem Sachzwang geschah, wurde dort nicht thematisiert.

Immerhin wurde hier ein natürlich vorkommender Stoff, das menschliche Blut, zur Ware verwandelt. Die dazugehörige Formel lernte Anton im Marx-Lesekreis kennen, die da vereinfacht lautete: Geld – Ware – mehr Geld oder Investition durch das Kaufen von Nadeln und das Bezahlen des Blutspenders – Produktion, das Abzapfen des Blutes – Profit, der Weiterverkauf des Blutes mit Gewinn.

Um es anschaulicher zu sagen: Die klamme Studierende verkaufte einen Teil ihres Körpers dauerhaft an die Blutbank, beziehungsweise den Blutspendedienst. Dieser verkaufte das abgezapfte Blut, jetzt vom schnöden Dasein als Körperbestandteil gelöst und zur Ware veredelt, weiter innerhalb des Gesundheitssystems. Geld – Blut – mehr Geld.

Anton dachte an diesem vorletzten Tag in der Orientierungswoche noch lange über das Thema nach. Auch noch später in der Kneipe mit den anderen Studierenden.

›Hallo, du bist Anton, richtig? Ich habe dich bei der Orientierungswoche gesehen. Bei dem Vortrag zum Thema Blutspenden. Was hältst du davon? Also, ich habe weder reiche Eltern noch wurde mir bis jetzt die Förderung des Studiums genehmigt. Wenn ich nicht langfristig hungern möchte, werde ich zwangsläufig mein Blut spenden müssen. Wenigstens ist es für eine gute Sache und es gibt nach der Blutspende sogar noch ein belegtes Brötchen obendrauf‹, meinte ein junger Mitstudent, um ein Gespräch an Antons Tisch zu beginnen.

Anton, der bereits drei Bier getrunken hatte, fing lachend an, seine Meinung kundzutun. ›Genau, und dann kannst du dir dein Blutgeld abholen.‹

Die drei jungen Frauen und der junge Mitstudent sahen Anton überrascht und erschrocken an und eine der jungen Frauen antwortete Anton direkt: ›Blutgeld? Ehrlich? Das ist doch etwas vollkommen anderes. Das wurde früher zwischen Familien bezahlt, um etwa einen Mord zu sühnen. Warte mal, ich schaue schnell bei Wikipedia nach, damit ich auch nichts Falsches behaupte.‹

In Windeseile hatte sie ihr smartes Helferlein aus der Tasche gezaubert und klimperte gekonnt darauf herum, um ihre Argumentation weiter auszuführen: ›Genau, hier steht, was ich bereits gesagt hatte, und weiterhin, dass der Begriff *Blutgeld* außerdem noch als Belohnung bei einer Anzeige eines Mörders oder eines Verbrechens verwendet wurde. Du wirst doch zugeben müssen, dass das mit einer freiwilligen Blutspende, mit der Menschen geholfen wird, nicht im Geringsten was zu tun hat. Einfach absurd.‹

Anton freute sich grinsend darüber, eine Debatte entfacht zu haben und zusätzlich, dass seine gegnerische Diskutantin bereits so früh so viel Munition verbraucht hatte. ›Ich kann dir da leider nicht zustimmen. In mehrerlei Hinsicht. Du hast mit den meisten deiner Erklärungen recht, aber eben nicht mit allen. Du hast den Artikel bei Wikipedia nicht komplett gelesen, beziehungsweise uns vorgelesen. Ich gehe mal davon aus, aus mangelnder Sorgfalt und Zeit. Natürlich nicht mit Absicht. Judas bekam für den Verrat an Jesus auch Blutgeld. Das erinnert mich an die Blutbank. Bekommen nicht auch die Menschen, die dort Blut spenden, Geld dafür, ihre eigenen Interessen zum Wohle anderer zu verraten? Damit meine ich nicht die Menschen im Krankenhaus, die dringend eine Bluttransfusion benötigen, sondern den Blutspendedienst, der Profit mit der Ware Blut generiert. Gerade der Profit ist es, der das Blut zur Ware macht.

Und warum wird es überhaupt als Spende bezeichnet? Sollte eine Spende nicht eigentlich unentgeltlich sein? Das hätten die Kapitalisten innerhalb des Blutspendedienstes wohl gern. Dann wäre der Profit noch deutlich höher. Die Formel G-W-G würde immer noch stimmen. Wenn der spendende Mensch kein Geld bekäme, wäre die Investition deutlich geringer, die Kanüle im Arm würde trotzdem Geld kosten. Warum aber wird das nicht gemacht?

Meine These dazu sieht folgendermaßen aus: Erstens leben wir heutzutage in einer säkularen Welt, in der die traditionellen organisierten Religionen des Abendlandes immer mehr an Bedeutung verlieren. Das heißt nicht, dass der Kapitalismus mit seinen Fetischen nicht ähnlich religiös wäre. Da die Welt ebenso ist, reicht der reine Hinweis auf Gott und Solidarität nicht mehr aus, um genug Spenden zu generieren. Ansonsten stünden sie großen Blutspendezentren neben Kathedralen und nicht neben Hochschulen‹.«

Unterbrochen von lauten Geräuschen, sah Anton ärgerlich in Richtung Alexander, der wie selbstverständlich beim Verzehr der Kekse schmatzte. Genüsslich beobachtete er dabei Anton, der Rot im Gesicht wurde. »Musst du so laut schmatzen? Du weißt genau, dass mich sowas beim Vortragen stört. Lass das jetzt bitte! So lang ist die Geschichte nicht und du willst doch nachher auch nicht gestört werden, oder?«

Irritiert und erschrocken vermied Basti es, weitere Kekse zu nehmen, aus Angst, er könnte unabsichtlich schmatzen und so Antons Ärger auf sich lenken.

Die beiden anderen hatten sich da aber schon wieder zusammengerauft und Anton führte seine Geschichte fort: »Anton entgegnete also seiner Tischnachbarin: ›Zweitens, und das ist mindestens genauso wichtig, verlangt die neue Ersatzreligion, der Kapitalismus, eine Huldigung seiner Institutionen und Fetische. Der *freie* Mensch bekommt vom Markt, was ihm zusteht. Er bekommt aber etwas. Auch wenn dieses *Etwas* sehr gering ausfällt. Das Handeln mit Waren, das Feilschen um Preise, die Rituale der Menschen im freien Markt, sind meines Erachtens mit kultischer Handlung in religiösem Kontext vergleichbar. Damit ist die Übertragung des Eigentums am Blut eine heilige Tätigkeit. Dazu wird ein Austausch zwischen Verkäufer und Käufer getätigt, mit dem Austausch von Geld ein Stück des menschlichen Körpers zur Ware transformiert. Damit erklärt der verkaufende Mensch sein Einverständnis. Nicht nur mit dem erhaltenen Preis für seine Ware, sondern auch mit dem System, welches diese

Austauschbeziehung erst ermöglicht. Das passiert bei jeder dieser Kulthandlungen. Immer und überall. Ja, selbst wenn wir gleich noch eine Runde Bier bestellen, legitimieren wir mit dem Austausch von Ware und Geld jedes Mal das System, in dem wir leben. Fast wie ein Gebet, das die Verbindung zwischen Gläubigen und Gottheit beständig erneuert. Das ist aber auch nur meine Meinung.‹ Anton grinste seine Tischnachbarin an.

›Ah, danke, nur weil ich ein Kreuz um den Hals trage, musst du Kommunist gleich auf meinen religiösen Gefühlen herumtrampeln. Widerlich. Einfach nur widerlich. Ich gehe jetzt ins Wohnheim und bete für dich. Tschüss.‹ Die junge Frau, die sich von Anton beleidigt fühlte, stand auf, legte einen 5-Euro-Schein für ihre Getränke auf den Tisch, und ging.

›Ich wollte weder deine Religion noch dich beleidigen, aber wenn wir schon dabei sind: Zu wem betest du denn für mich? Zu Gott oder zum Markt? Frag dich das, wenn du das nächste Mal ein Geldstück in die Kollekte legst.‹ Empört schüttelte die Frau den Kopf und verließ ohne ein weiteres Wort die Bar.

Anton trank weiter Bier und freute sich über den zuvor errungenen Sieg. Er hatte gerne recht. Das war ein Wesenszug, der tief in seinem Charakter verankert war. Ob er recht hatte oder nicht, war ihm den Rest dieses Abends egal. Für alle war es ein neuer Lebensabschnitt. Jetzt wurde studiert. Der Preis für ihre Arbeitskraft erhöht.

Am nächsten Tag war der Kater heftig, aber Anton musste trotzdem aufstehen. Dringend musste er zum

Gebäude des Blutspendedienstes neben dem Uni-Campus, denn er benötigte Geld. Seine Eltern schickten ihm zwar etwas, aber das reichte nicht. Staatliche Studienfinanzierung und Studienkredit reichten auch nicht. Seinen Studierendenjob hatte er verloren. Die Mieten stiegen und stiegen, waren kaum noch bezahlbar für kleine und mittlere Einkommen. Auch die Inflation stieg und stieg, angeblich wegen irgendwelcher Kriege. Kurzum: Anton benötigte schnell Geld, um seinen unvermeidlich bescheidener werdenden Lebensstandard finanzieren zu können. Daheim bei seinen Eltern hatte er günstiger leben können.

Da nahm er den Flyer des Blutspendedienstes, scannte den QR-Code ein und sah, dass es heute eine offene Blutspendesprechstunde gab. Mit Kopfschmerzen von der durchzechten Nacht schmiss er erst mal die Kaffeemaschine an. Duschen sollte er auch noch, bevor er seine Wohnung verließ, wobei Wohnung bei der Grundfläche eigentlich übertrieben war. Ein Euphemismus von vielen in dieser Welt. Vermutlich gab es Gefängniszellen, die größer waren, aber das Studierendenwerk hatte keine Skrupel, so etwas als Wohnung anzubieten. Wobei Anton, der sich für links hielt, bei solchen Vergleichen niemals der Forderung der sogenannten Mitte folgen würde, dass Menschen im Gefängnis weniger Raum zur Verfügung haben sollten, damit sein Zimmer im Wohnheim größer wäre. Mal abgesehen davon, dass das ungerecht gegenüber den Insassen im Gefängnis wäre, würde Antons Zimmer davon nicht größer werden. Das Zimmer hätte immer noch dieselbe Grundfläche wie vorher. Lediglich relativ zur kleiner werdenden Gefängniszelle wäre Antons Zimmer größer geworden. Er hätte, wenn überhaupt, nur gefühlt ein größeres Zimmer. Würde sich auf Kosten eines anderen Menschen besser fühlen. Anton wusste das. Die sogenannte bürgerliche Mitte spürte diesen Sachverhalt unterbewusst vielleicht auch, realisierte ihn aber erst, wenn es sie selbst betraf, rechtfertigte und reproduzierte ihn oftmals allerdings selbst dann noch.

Der Kaffee schmeckte dünn, das Duschwasser war kalt und seine Nachbarn begannen bereits wieder, mit lauter Musik und Partylaune in den Tag zu starten.

Nein, Anton wollte nicht zum Blutspendedienst, aber er musste los, benötigte Geld. Zum Einkaufen. Für Lebensmittel.

Er verließ den Palast, den er Zimmer, und die Hausverwaltung Wohnung nannte. Wer zynischer von beiden war, wurde im Laufe der Realitätsverfremdung immer weniger sichtbar und wahrscheinlich auch unwichtiger. Selbst wenn sich später die Begriffe des Raumes, in dem er zeitlich befristet leben durfte, weiter veränderten, die reale Geometrie würde es nicht tun. Er wusste, sein Zynismus war eine Abwehrreaktion.

Egal, wie schrecklich sie war, die Welt, in der er lebte, er musste darin leben – überleben. Dafür musste er sich selbst überlisten, um nicht verrückt zu werden. Bei der Hausverwaltung war er sich nicht so sicher. Hatte die zuständige Sachbearbeitung ähnliche innere Kämpfe auszutragen oder war sie einfach nur boshaft und genoss es, andere Menschen zu quälen? Dann kam ihm der Gedanke, vielleicht in ein paar Jahren selbst eine ähnliche Arbeitsstelle zu bekleiden, und erschrak. Würde er genauso handeln, wie die Sachbearbeitung es tat? Schnell kam die Abwehrreaktion und versicherte ihm, dass er ein besserer Mensch war und niemals anderen Menschen Qualen zufügen oder für deren Qualen verantwortlich sein würde. Als er aus der Tür trat, bemerkte er sichtlich beruhigt die vielen Erstsemester, die den Hausflur bevölkerten. Tranken und feierten. In späteren Jahren verstand Anton, dass es sich dabei um ein typisches Verhalten von Erstsemestern handelte. Als er selber Erstsemester war, hatte er noch nicht genug Reife, um sein eigenes Verhalten vernünftig zu reflektieren. Die Studienzeit wurde als Befreiung aus dem elterlichen Gefängnis mit gelegentlichem Ausgang zur Schule betrachtet, einer Zweigstelle des elterlichen Gefängnisses. Am Ende des ersten Semesters, mit den ersten ernüchternden Noten, die es auch im Studium gab, wachten die meisten Studierenden auf und wurden disziplinierter. Auf der Party hängen, ähnlich wie bei einem Drogentrip, blieb eine deutlich kleinere Gruppe. Nicht wenige im Hausflur trugen noch Pflaster von ihrer letzten Blutspende.

Viele Beobachter solch einer Szene würden sich jetzt aufregen. Bestimmt dieselben Beobachter, die sich auch über Arbeitslose oder Asylsuchende aufregten. Das faule Pack. Würde sich nur beschweren, nicht genug zu essen im Kühlschrank zu haben und die Miete nicht bezahlen zu können. Könnten doch arbeiten gehen, müssten nicht studieren. Dann war aber das Gejammer groß, wenn die, die die Noten dafür hätten, nicht studieren gingen, und die gut bezahlten Ausbildungsberufe abgriffen. Die Ausbildungsberufe, die auch gern von denen ohne Abitur genommen wurden, falls möglich. Der Markt regelte das!

Aufregung würde auch das ausgelassene Feiern auf dem Hausflur in Antons Studierendenwohnheim dieser ach so faulen Studierenden auslösen, da war sich Anton sicher. Er konnte die nervigen Kommentare von konservativen und neoliberalen Politikern vor seinem geistigen Auge sehen. Am Vortag noch Blut spenden gehen und dann mit der verdienten Kohle den verlorenen Körpersaft mit Bier und Schnaps auffüllen.

Komisch fand Anton, dass die Aufgeregten sich nicht die Frage stellten, warum der Alkohol konsumiert wurde. Warum gefeiert und über die Stränge geschlagen wurde. Es wurde ignoriert, dass es in der Leistungsgesellschaft von Jahr zu Jahr, von Reform zu Reform, brutaler zuging. Der Arbeitsaufwand und Stress im Studium wurden immer größer. Immer mehr Lehrstoff wurde in immer weniger Zeit gestopft. Arbeitsverdichtung war hier das Zauberwort. Die Fälle, in denen Studierende Hilfe bei den psychologischen Beratungsstellen suchten, häuften sich. Die Hochschulen bauten diese Angebote aus und kamen dabei nicht hinterher. Und das alles, ohne zu wissen, ob es das am Ende wert war. Zwar wurde allen eingeredet, sie bekämen einen Job. Ganz sicher. Ehrenwort! So sicher war das aber nicht, was sie aber erst nach Beendigung des Studiums feststellten. Dann war das plötzlich ein individuelles Problem und nicht etwa ein Fehler im System oder sogar vom System so gewollt. Dann wurde am einzelnen Menschen herumgeschraubt. Da der Fehler am einzelnen Menschen zu liegen hatte, wurde auch immer einer gefunden. Selbst wenn er erst noch erfunden werden musste.

Das waren aber nur Ablenkungsmanöver. Täuschung war die Grundlage aller Kriegsführung, wussten schon die alten Chinesen. Doch angenommen, die einzelnen Personen wären selbst schuld und verantwortlich dafür, keinen Job, keinen Studien- oder Ausbildungsplatz zu bekommen, dann müsste die Gesellschaft diesem armen Subjekt helfen, seine Defizite abzubauen. Was aber sollte das bringen, wenn es nicht genug Arbeitsplätze, Studien- oder Ausbildungsplätze gab? Warum sollte der einzelne Arbeitslose daran schuld oder dafür verantwortlich sein?« Anton hatte sich in Rage geredet, war von seinem Stuhl aufgestanden und lief nun wild gestikulierend durch den Raum. «Was bringt eine weitere Qualifikation für eine Arbeitsstelle, die es womöglich niemals geben wird? Macht das alles also gar keinen Sinn? Ist es ein Fehler im System und muss reformiert werden? Reform! Was für ein schöner Euphemismus. Diese Dinger ziehen sich durch unsere Sprache und zersetzen unsere Gesellschaft. Ob ein Fehler oder nicht, ist eine Frage der Perspektive. Aus Sicht der Arbeitgeber, beziehungsweise derer, die behaupten, Arbeit zu geben, obwohl sie diese eigentlich nehmen, macht das alles sehr viel mehr Sinn als für den arbeitenden Teil der Gesellschaft. Qualifizierung von Arbeitslosen beschäftigt diese und lässt sie in Konkurrenz unter-einander, aber auch mit denen treten, die gerade eine Arbeitsstelle haben. Mithilfe dieser verschärften Kon-kurrenz lassen sich dann einwandfrei die Löhne drücken.

Ein Fehler oder gar Versehen? Nein! Eine bewusste und beabsichtigte Konstruktion.

Vereinfacht und leichter verständlich wird das Ganze mit einem Vergleich zum Kinderspiel: Reise nach Jerusalem. Dabei werden Stühle in die Mitte des Raumes gestellt und eine Personengruppe, meist kleine Kinder, tanzt um die Stuhlgruppe herum. Damit werden bereits Kinder so abgerichtet, dass sie, ohne zu murren, Konkurrenz und spiegelbildlich mangelnde oder nicht vorhandene Solidarität nicht nur akzeptieren, sondern es als Spiel, als Spaß begreifen sollen.

Stellen wir uns die Situation nun mit Arbeitslosen vor und sagen wir, wir müssen diese nur ordentlich qualifizieren und motivieren. Was heißt das? Die vorhandenen Stühle sollen besser und schneller erreicht werden. Dafür wird Geld ausgegeben. In bessere Schuhe, bessere Fitness, eine erhöhte Motivation und eine größere Portion Skrupellosigkeit. Ach, und wer nicht spurt, dem werden die Schuhe weggenommen. Das alles macht das Spiel schneller und die Spielenden aggressiver. Doch an der Situation ändert sich nichts: Am Ende einer jeden Runde ist dennoch ein Stuhl zu wenig da.

Auf dem Arbeitsmarkt funktioniert das Spiel genauso. Die richtige Kleidung, das richtige Aussehen, die bessere Qualifikation. Darin und in noch mehr investieren Arbeitssuchende, um sich gegen die Konkurrenz durchzusetzen. Wenn das dann dennoch nicht hilft und nur wenige Arbeitsplätze vorhanden sind, die womöglich gar nicht mehr so attraktiv sind und sich Arbeitssuchende weigern mitzuspielen, drangsaliert der Staat sie. Passieren wird das so lange, bis sie wieder mitspielen, obwohl sie wissen, dass sie nicht gewinnen können. Im schlimmsten Fall nimmt der Staat ihnen ihre Wohnung und all ihr Geld weg. Jetzt stellt sich die Frage: Warum sind alle selbst daran schuld, keine Arbeitsstelle zu bekommen oder zu verlieren, außer dem Gewinner?«

Anton setzte sich wieder. »Aber nun Schluss mit den Abschweifung und wieder zurück zur Hauptgeschichte. Anton war schon fast aus dem Wohnheim raus, als er einen Flyer in die Hand gedrückt bekam. Darauf stand in bunten Buchstaben: Erstis-Party unter dem Motto ›Escape or die – Eskapismus für Halb-Profis‹. Die junge Frau, die ihm den Flyer gab, blickte Anton mit leuchtenden Augen an und fragte: ›Hey, wir kennen uns von gestern. Kommst du zur Party heute Nachmittag?‹

›Ich muss aber erst zum Blutspenden und dann zum Einkaufen.‹ Anton musste eigentlich weiter, aber die junge Mitstudierende schien sich weiter unterhalten zu wollen.

O ja, da wäre sie gestern schon gewesen, meinte sie. Weiter sagte sie, dass ich das Pflaster drauf und die Quittung mitnehmen sollte. Dann würde ich an der Abendkasse nur den halben Eintritt zahlen. Das Code-Wort beim Türsteher sollte Bluten für das Kapital! heißen.

Okay, Bluten für das Kapital klang gut, ich sagte ihr aber, dass das eigentlich vier Wörter waren und ein Code-Wort müsste nur ein Wort haben. Das war eigentlich schon fast ein Satz, aber ich musste los und verabschiedete mich von ihr.

Bis zum Gebäude des Blutspendedienstes waren es zwei S-Bahn-Haltestellen und circa fünf Minuten Fußweg. Im Eingangsbereich waren viele, viele junge Erwachsene und warteten, bis sie sich am Schalter beim Personal anmelden konnten. Anton hoffte, an diesem Tag überhaupt noch dranzukommen. Sein Kühlschrank war fast komplett leer und beim Discounter gab es eine Rabattaktion, die er eigentlich nutzen wollte. Auch das Bier bei der Party nachher würde Geld kosten. Einige Stunden später war Anton genervt und hatte eigentlich keine Lust mehr, aber was sollte er machen, war er doch auf das Geld angewiesen. Dann wurde er auch noch von einer anderen Person in der Schlange erkannt und angesprochen. Er freute sich nicht wirklich darüber. ›Aha, der feine Herr! Ich dachte, du hättest das hier nicht nötig? Hast du uns nicht gestern am Tisch noch groß und breit erklärt, warum du das hier für falsch hältst? Du bist also auch nur ein Heuchler?‹

Anton erkannte die Gesprächspartnerin vom gestrigen Abend. Lust auf eine Diskussion hatte er eigentlich nicht, aber einen Heuchler wollte er sich öffentlich auch nicht nennen lassen. ›Hallo du, sorry, ich habe deinen Namen vergessen. Ich würde nicht sagen, dass ich ein Heuchler bin. Ich bin immer noch gegen die Ausbeutung des menschlichen Körpers zum Zwecke des Profits. Mir bleibt aber leider nichts anderes übrig, als dieses schmutzige Spiel mitzuspielen. Ich versuche aber immerhin nicht zu lächeln, wenn man mich schlägt, und die andere Wange halte ich auch nicht hin. Und zu unserem Gespräch gestern: Ich sage, gefragt oder ungefragt, meine Meinung zu den Dingen, die um mich herum passieren, ob das den Leuten passt oder nicht. Ich beziehe mich da auf Orwell, wenn er sinngemäß andeutet, dass in einer Welt voller Lügen bereits das Aussprechen der Wahrheit als revolutionärer Akt gilt. Um den Vergleich zum Roman 1984 noch weiter bemühen zu wollen: Ich gehorche zwar dem Markt, ich liebe diesen aber nicht! Und jetzt ist das Thema für mich beendet! Gleich bin ich dran.‹

›Sehr geehrte Damen und Herren, liebe Spender und Spenderinnen, unsere Einrichtung schließt für heute. Wir wünschen Ihnen einen angenehmen Freitagabend und ein schönes Wochenende‹, hörte er eine Durchsage. Die Frauenstimme, die von einer typischen Fahrstuhlmusik begleitet wurde, ergänzte noch: ›Bitte verlassen Sie umgehend das Gebäude. Am Montag sind wir wie gewohnt für Sie da. Bleiben Sie achtsam!‹

›Was? Nein! Das geht nicht. Ich brauche Geld. Jetzt. Ich muss doch essen und trinken am Wochenende.‹ In Antons Stimme schwang Verzweiflung mit. Er fasste sich an den Kopf, versuchte zu denken. Zu entscheiden, was er jetzt noch tun konnte, um an das dringend benötigte Geld zu kommen. Er wollte nicht schon wieder hungern müssen. Bei den wöchentlichen Videokonferenzen mit seinen Eltern schaltete er schon seit einiger Zeit das Video nicht mehr an. Damit seine Eltern nicht sehen konnten, wie abgemagert er war. Ja, er trieb sich zwar auf den Veranstaltungen der Erstis herum. Er war aber kein Erstsemester. Da aber niemand kontrollierte, ob er wirklich Erstsemester war, konnte er die

Vergünstigungen für Erstsemester abgreifen. In der Orientierungswoche war etwa das Essen in der Mensa für Erstsemester vergünstigt. Wenn er mit der Gruppe mitging, funktionierte der Trick gut und er bekam die bitter benötigte vergünstigte Mahlzeit. Es gab auch noch weitere Benefits für Erstis, die er nutzte. Das Schauspiel absolvierte er jetzt schon seit vier Semestern und er hatte bereits höhere Semester mit derselben Idee bemerkt. Dass noch niemand aufgeflogen war, lag seiner Vermutung nach an zwei Gründen: Erstens war die Zahl derer, die das System in dieser Weise ausnutzten, verhältnismäßig gering und zweitens drückte vermutlich jemand in verantwortlicher Position ein Auge zu, solange nicht übertrieben wurde.

Einen von den Mittätern erkannte Anton in der Schlange hinter ihm. Er winkte ihm zu und lief in seine Richtung. Beide begrüßten sich mit Handschlag und verließen gemeinsam das Gebäude.

›Hallo, ich bin Anton. Du brauchst sicherlich auch noch dringend Geld, oder? Ich habe keine Ahnung, wie ich heute noch was bekommen könnte und mein Magen knurrt schon vor Leere.‹

›Ja, hallo, schön dich endlich richtig kennenzulernen. Gesehen haben wir uns schon oft. Ich bin Mike. Ja, echt scheiße. Wie du richtig festgestellt hast, sind wir in einer ähnlichen Situation.‹

›Okay, hast du eine Idee, was wir jetzt machen können, Mike? Mein Kühlschrank ist so gut wie leer. Leitungswasser allein wird mir nicht über das Wochenende helfen.‹

›Warst du schon mal an der Uni-Klinik? Die suchen

immer mal wieder Probandinnen und Probanden. Es gibt Projekte, die laufen durchgehend.‹

›Nein, ich war noch nie da. Eigentlich will ich kein Versuchskaninchen sein und mir etwas spritzen lassen.‹

Beide liefen langsam über den Campus. Auf einem Wegweiser war zu lesen, dass die Uni-Klinik nur 700 Meter von der derzeitigen Position der beiden hungrigen Männer entfernt war.

›Das musst du ja nicht unbedingt machen, Anton. Die haben zum Beispiel auch ein Schlaflabor. Ist doch eigentlich eine großartige Sache, im Schlaf Geld zu verdienen, oder etwa nicht? Ich habe das schon mal gemacht. Es war ganz okay. Ich habe vorhin schon nachgesehen. Es gibt gerade eine Traumstudie, für die noch Probandinnen und Probanden gesucht werden. Ein Bekannter von mir arbeitet dort und würde uns heute noch aufnehmen. In einer Viertelstunde. Hättest du Interesse?‹

›Hmmm, na gut, ich brauche ja das Geld. Falls das mindestens so viel ist wie fürs Blutsaugen, bin ich dabei.‹

›Ja, sogar mehr!‹

›Dann schreib deinem Bekannten, dass wir unterwegs sind.‹

Beide machten sich auf, um mit ihren Träumen im Schlaf Geld zu verdienen.

In der Uni-Klinik brannte noch Licht. Das Gebäude war groß und bereits von Weitem zu erkennen. Zwar war es früh am Abend, aber bereits dämmrig. Typisch für das Herbstsemester. Anton und Mike wurden von Mikes Bekanntem, einem jungen Mann im weißen Kittel, erwartet, der sich als Assistenzarzt und Traumforscher vorstellte. Nach dem Austausch von Höflichkeiten führte der Arzt seine beiden zukünftigen Testpersonen in das Schlaflabor und bot

beiden einen Stuhl an.

›Ich bin richtig froh, dass ihr heute Abend noch den Weg zu uns ins Schlaflabor gefunden habt. Wir benötigen so viele Probandinnen und Probanden wie möglich. Unser neuer Partner macht schon richtig Druck.‹

Verwundert blickte Anton auf und fragte: ›Partner? Was für ein Partner? Ich dachte, es ginge hier um öffentlich geförderte Traumforschung. Ist die Uni-Klinik keine staatliche beziehungsweise öffentliche Einrichtung mehr?‹

›Doch, doch, natürlich sind wir noch eine öffentliche Einrichtung, aber leider auch eine Einrichtung, die unterfinanziert ist. Daher benötigen wir Partner aus der freien Wirtschaft, die uns dabei unterstützen, unsere Forschung weiterzuführen. Wir sind sehr froh darüber und unseren Partner-Unternehmen sehr dankbar.‹

Wie ein Hai im Wasser nahm Anton eine Blutspur wahr und bekam das Gefühl, die Beute wäre zum Greifen nah. Wobei er feststellte, dass wohl er die Beute und nicht der Hai war. Überall um ihn herum war der Feind. Versuchte, die Realität oder mindestens die gefühlte Wirklichkeit der Menschen seiner Kontrolle zu unterwerfen. Das triggerte so viel in Anton, dass er einfach reagieren musste. ›Oh, ja, sehr dankbar müsst ihr sein. Wir könnten auch mal die Wirtschaft, das Kapital, höher besteuern. Dann hätten öffentliche Forschungseinrichtungen nicht das Problem, sich und ihre Forschung zu finanzieren. Außerdem sollten wir uns nichts vormachen. Warum wohl finanziert die sogenannte freie Wirtschaft öffentliche Forschungsprojekte? Natürlich, um sich die Ergebnisse zu eigen zu machen. Damit sie ihre Produkte verbessern oder neue Produkte entwickeln können, vielleicht sogar neue Märkte erfinden können. Das Kapital ist wie ein Imperium, darauf ausgelegt, möglichst viel Raum zu erobern, damit die inneren Fliehkräfte es nicht auseinanderreißen. Da frage ich mich spontan, was sich das Partner-Unternehmen von der Traumforschung verspricht. Macht ihr Dual-Use-Forschung?‹

›Dual-Use-Forschung? Was ist das?‹, mischte sich nun auch Mike von der Seitenlinie ein, der allem Anschein nach einen aktiveren Teil beim Spiel der Kräfte einnehmen wollte.

Doktor Traum, so stand es gut zu erkennen auf dem Namensschild auf dem weißen Kittel, daneben ein grinsender Smiley, seufzte kurz und antwortete mit einer einstudierten Apologie routiniert: ›Ja, das hier ist nicht direkt Dual-Use-Forschung. Das wäre nur der Fall, falls sich die Forschung zu militärischen Zwecken nutzen lassen würde. Das ist meiner Meinung nach in unserem Fall nicht gegeben. Ich gebe aber zu, unser Partner wünscht sich die Prüfung für eine kommerzielle Nutzung unserer Forschung. Wir wollen Menschen helfen. Somit eine Win-win-Lösung.‹

›Nein, ist es nicht! Es mag sein, dass eure Forschung den Menschen helfen könnte, aber die Wirtschaft, beziehungsweise eure Partner, sind nur am Profit interessiert, sonst an nichts. Der Rest ist Propaganda. Auch die Definition von Dual Use würde ich hier erweitern wollen, in Forschung, die den Menschen nutzt und Forschung, die den Menschen nicht nutzt. Damit meine ich, Forschung aus reinem Profitstreben könnte sehr wahrscheinlich den Menschen schaden und wäre somit besser abzulehnen oder zumindest stark der öffentlichen Kontrolle zugänglich zu machen‹, entgegnete Anton genervt. Auch für ihn war diese Argumentation gewohnt und einstudiert.

Beide Kontrahenten begannen, wild zu gestikulieren und wurden immer lauter, als Mike, der vom zögerlichen Mitspieler zum aktiven Schiedsrichter mutierte, einschritt: ›Schluss jetzt. Ihr habt beide eure Meinungen und gute Argumente, aber so kommen wir hier und jetzt nicht weiter. Wir sind nicht im Debattierclub, es gibt keine Jury und auch kein Publikum. Im Moment gewinnt keiner von euch beiden, akzeptiert das bitte erst einmal. Wir, Anton und ich, sind hier, um Geld zu verdienen. Dass die grausame Welt da draußen uns zu diesem Schritt zwingt, ist für die Tatsache unerheblich. Es ist, wie es ist. Heute Abend ändert das keiner mehr von uns. Einverstanden?‹

Die anderen beiden Männer nickten erst Mike und dann einander zustimmend zu. ›Es tut mir leid, Doktor *Traum*? Das ist nicht dein richtiger Name, oder?‹

›Nein, ich finde ihn aber lustig. Du nicht?‹

›Doch, schon. Erinnert mich an Stephen King. Ist das Absicht?‹

›Nein, ist es nicht. Obwohl du nicht der Erste bist, der das fragt und ich mir angewöhnt habe, in einer Bar, bei einem hübschen Typen, so zu tun, als hätte ich mich in Anspielung auf *Dr. Sleep* so genannt.‹

›Stimmt, jetzt, wo du es sagst … sleep heißt ja Schlaf

und nicht Traum. Vielleicht solltest du bei deiner Anmache lieber auf Neil Gaimans *Der Sandmann* referenzieren. Immerhin ist der dortige Protagonist *Lord Dream*, also Lord Traum, oder nicht?‹

Mike musste lachen. ›Und dass dich unser Herr Doktor nicht für hübsch hält, hast du einfach überhört, Anton?‹

›Oh, bitte nicht beleidigt sein, Anton! Du bist leider überhaupt nicht mein Typ.‹

Ungerührt zuckte Anton mit den Achseln. ›Keine große Sache. Du bist auch nicht meiner. Soweit ich weiß, bin ich heterosexuell. Erzähl uns aber jetzt lieber mal, wofür genau wir heute unser Geld bekommen.‹«

Anton pausierte mit seinen Erzählungen und griff zu seiner Flasche Wasser. Nach einem großen Schluck begann er fortzufahren.

»Der Arzt nickte. ›Gern. Es geht darum, Träume in Echtzeit beeinflussen zu können. Hauptsächlich zu therapeutischen Zwecken. Wir leben in einer immer schnelleren und immer leistungsorientierteren Welt. Viele Menschen schaffen es aber nicht, sich diesen neuen und ständig im Wandel befindlichen Gegebenheiten anzupassen. Nicht wenige beklagen Schlafprobleme, haben Albträume. Wir möchten diesen Menschen helfen und vielleicht das Träumen auch dazu nutzen, die Wachphasen angenehmer und weniger stressvoll zu erfahren. Daher konnten wir eine Förderung der Achsamkeit-Agentur an Land ziehen. Für diese benötigten wir eine Kooperation mit der Privatwirtschaft, weil zwingend eine private Kofinanzierung vorgeschrieben wurde und nach Antons Definition haben wir damit eventuell sogar eine Dual-Use-Forschung erreicht. Daraufhin wurde erst unser Partner-Unternehmen, BuddyDreams, gegründet, um Träume kommerziell erschließen zu können. Ein notwendiges Zusammenwirken. Uns, den Forschenden der Uni-Klinik, geht es um Therapie. Wir glauben, dass Probleme, die der menschliche Geist im Traum versucht zu bezwingen, mit Therapie im Traum besser zu bewältigen sind. Psychologie und Psychiatrie hätten somit ein neues Behandlungsfeld. Wir können uns in manche Träume einklinken und mit den Träumenden interagieren, die Träume zum Teil verändern und positiv beeinflussen.‹

›Schon wieder ein neues BuddyCorp-Tochterunternehmen. Und was bitte ist deren Geschäftsmodell?‹, unterbrach Anton den Arzt erneut.

Mike rollte genervt mit den Augen, packte Anton am Arm und raunte ihn an: ›Lass ihn doch mal ausreden. Es ist vollkommen egal. Ich habe Hunger. Wir benötigen das Geld. Soll er uns doch jetzt schlafen legen und therapieren. So bekomme ich wenigstens noch eine Therapie, ohne zu bezahlen. Zwei Fliegen mit einer Klatsche erschlagen. Was will man mehr? Es gibt keine freien Therapieplätze und die Chatbots sind frühestens nächstes Jahr einsatzbereit. Die Politik streitet auch noch, wer die dann bezahlt. Meine Krankenkasse will keine teuren Chatbots bezahlen.‹

Resigniert nickte Anton. Eine gute Viertelstunde später lag Anton im Schlaflabor. Eine Krankenschwester hatte ihn von oben bis unten verkabelt, um ihn herum waren allerhand Kameras und Messinstrumente, deren Funktion er nicht kannte. Augenzwinkernd und schelmisch grinsend flirtete er mit der hübschen Krankenschwester und traf auch auf Resonanz. Anton glaubte, ein Alpha zu sein und interagierte aufgrund dieses Glaubens auch mit seiner Umwelt. Mal mit positiven, mal mit negativen Folgen für ihn und seine Umgebung.

Ein Arzt kam herein. Es war nicht Dr. Traum. Dieser Arzt war sehr viel älter und mit komplett ergrautem Haar. Er stellte sich als Professor sowieso vor, der Name interessierte Anton nicht wirklich. Zur selben Zeit lag Mike in einem anderen Zimmer. Gerade noch bekam Anton mit, dass der Professor zugleich auch der Leiter des Forschungs-projektes war und auch im Namen von BuddyDreams produktiven Schlaf wünschte. Über die Formulierung *produktiver Schlaf* und dass ihm das ein Unternehmen namens BuddyDreams wünschte, musste er lächeln. Nur wenige Augenblicke dauerte es, bis er immer mehr wegdämmerte. Sein letzter wacher Gedanke beschäftigte sich mit der Frage, was wohl das Geschäftsmodell von BuddyDreams war. Was verkaufte die Firma und an wen? Anton schlief ein und begab sich auf die Reise ins Reich der Träume. Begleitet von Messinstrumenten und unter Beobachtung von Forschenden und einem erwartungs-vollen Privatunternehmen.

Durch das geöffnete Fenster schien Sonnenlicht. Vogel-gezwitscher war zu hören. Anton erwachte, gähnte und streckte sich im Bett. Da kam auch schon die hübsche Krankenschwester herein, die Anton gefühlt erst vor einer Sekunde in den Schlaf verabschiedet hatte. ›Guten Morgen,

Anton, hast du geschlafen und vor allem geträumt?‹, begrüßte sie ihn.

›Danke, ich glaube schon. Ich fühle mich zumindest halbwegs ausgeschlafen.‹

›Das freut mich. Und das Träumen?‹

›Ich kann mich an keinen Traum erinnern. Tut mir leid für eure Forschung.‹

›Tja, dann hat es nicht sein sollen. Die beiden Ärzte sind schon ins Wochenende und dein Freund hat sich vor einer Stunde verabschiedet. Du kannst auch gehen. Das Geld haben wir dir überwiesen. Falls du magst, können wir das nächste Woche wiederholen. Ich würde dich dann in unsere Proband*innen-Datenbank aufnehmen?‹

›Gern, mach das. Vielleicht könnten wir die Tage mal was zusammen machen? Ich meine, du durftest mir beim Träumen zuschauen, dann wäre es doch nur fair, wenn ich es auch in deine Träume schaffen würde.‹ Anton grinste die Krankenschwester spitzbübisch an.

›Oh, nicht so hastig, Cowboy. Wir werden sehen.‹

Gut gelaunt verließ Anton die Uniklinik und machte sich auf den Weg zum nächstgelegenen Supermarkt. Gut, dass es in der Großstadt, in der er lebte, genug davon gab. So konnte er auf dem Weg zu seinem Wohnheim schnell etwas für das Wochenende und die nächste Woche einkaufen. Doch der Supermarkt war geschlossen. Jetzt schon. Anton wunderte sich kopfschüttelnd und ging zur Straßenbahn. Die Bahn zu Antons Wohnheim war komplett leer. Außer einer nervtötenden Fahrstuhlmusik bekam er nichts zu hören. Auch der zweite Supermarkt hatte zu. Verwirrt schüttelte er den Kopf und sah Mike auf der anderen Straßenseite der Straßenbahnhaltestelle stehen. Wahrscheinlich wohnte er auch im Wohnheim. Anton ging auf ihn zu. ›Hallo Mike, ausgeschlafen? Nur ein kleiner Scherz. Warum sind eigentlich alle Supermärkte geschlossen? Habe ich was verpasst?‹

›Hallo Anton, schön, dich zu sehen. Ja, hatte mich auch schon gewundert. Vorhin in der S-Bahn habe ich aber noch Dr. Traum und seinen Professor getroffen und die sagten mir, dass heute Feiertag ist. Ich kann mich aber nicht mehr genau erinnern, welcher.‹

›Hunger habe ich trotzdem und mein Kühlschrank ist leer. Dann muss ich ins Restaurant oder mir etwas liefern lassen.‹

›Alles zu, aber halb so wild, Kumpel. Komm einfach mit zu mir. Ich wohne gleich im Wohnheim neben dir. Ich habe noch was zu essen und teile gern mit dir. Willst du jetzt zunächst einen Kaugummi für den Weg?‹

›Oh, ja, gern. Danke!‹

Als Anton den Geschmack des Kaugummis erkannte, freute er sich. Es war Erdbeere, sein Lieblingsgeschmack. Was für ein Zufall.

›Ich hoffe, dir schmeckt das neue Achtsamkeitskaugummi aus dem Hause BuddyFoods. Weil nur BuddyFoods weiß, was dir schmeckt. Falls du, lieber Anton, auf den Geschmack gekommen bist, kann ich dir noch einen Rabattcode von 15 Prozent auf deine nächste Online-Bestellung bei BuddyFoods anbieten.‹

›Was? Bist du jetzt Verkäufer für diesen seelenlosen Drecks-Konzern geworden? Überall höre ich nur noch

Buddy hier und Buddy da. Zum Kotzen.‹

›Nun, es ist nun mal ein Nebenjob. Ich habe so eine App auf dem Handy. Die heißt *BillBoardBuddy*. Eigentlich wollte ich dir noch erzählen, wie gesund die Produkte von BuddyFoods sind und wie sie dich bei deiner persönlichen Reise zu mehr Achtsamkeit unterstützen können. Das Unternehmen trägt auch alle möglichen Fair-Siegel, aber das interessiert dich vermutlich alles gar nicht, oder?‹

›Unterstellen wir mal für einen Moment, mich würde das interessieren. Wie genau funktioniert das mit dem Nebenjob?‹

›Ich muss in meinen Gesprächen mit anderen Menschen eine bestimmte Anzahl von Buzzwords einbauen und bekomme dafür BuddyCoins gutgeschrieben. Damit kann ich dann bei allen Firmen von BuddyCorp einkaufen. Ich könnte die auch in Euro umtauschen, aber warum sollte man das tun? Schließlich lässt sich bereits jetzt fast alles in der bunten Warenwelt von BuddyCorp kaufen. Ein BuyBuddy, ein Chatbot, speziell zum Einkaufen gedacht, weiß auch immer, was ich gerade benötige, um glücklich zu werden, und zwar noch bevor ich es weiß. Das nenne ich mal effizientes Wirtschaften.‹

›Das reicht! Danke, ich benötige keine Infocommericals als Gespräch verpackt. Drecks Werbung! Wusstest du, dass Werbung und Propaganda gemeinsame Wurzeln haben? Beide arbeiten mit ähnlicher und manchmal sogar identischer Methodik. Werbung ist Manipulation. Nicht mehr und nicht weniger. Daher lehne ich Werbung grundsätzlich ab. So etwas wie eine mündige Kundschaft gibt es auch nicht wirklich. Manche versuchen es, die meisten aber scheitern. Und jetzt würde ich gern etwas essen, falls möglich. Du wolltest mich doch einladen, oder? Bitte, ich habe wirklich Hunger!‹

›Natürlich, du bist doch mein Buddy. Später werden wir alle Buddies sein. Es tut mir auch tatsächlich leid, so oft BuddyCorp oder BuddyCoins gesagt zu haben. Ich höre schon auf. Vielleicht ist aber BillBoardBuddy auch was für dich. Als Geisteswissenschaftler redest du doch viel. Es gibt Schwellenwerte, wenn du die erreicht hast, klingelt es in der Kasse. Das meine ich wirklich so. Es erscheint dann diese typische BuddyCorp-Melodie, die mich immer an einen Aufenthalt im Fahrstuhl erinnert.‹

Anton war genervt. Es hasste Werbung. Schaute schon seit Jahren kein lineares Fernsehen mehr. Auch wegen der Werbung. Anscheinend wollte sie ihn aber nicht in Ruhe lassen, ganz totalitär in jeden Bereich seiner Existenz vordringen. Besonders in Bereiche, in denen Anton sich bis jetzt sicher gefühlt hatte. Sich nicht bewusst gewesen war, wie wertvoll solch vermeintlich sichere Bereiche waren. Die Werbung konnte sich sicher sein, vor der Konkurrenz dahin vorstoßen zu können. Kurzfristig zumindest die alleinige Deutungshoheit zu haben. Die Chance etablieren zu kön- nen, den Konsum dauerhaft zu steuern.

›Dafür, dass du diese Firma und deren Produkte nicht mehr erwähnen wolltest, tust du das aber fast unentwegt. Bitte, ich würde mich freuen, wenn du das endlich lassen könntest.‹

Beide erreichten das Wohnheim von Mike, welches sich direkt neben dem Wohnheim von Anton befand. Anton konnte sich gar nicht richtig an das zweite

Wohnheim erinnern. Musste er wohl immer ausgeblendet haben, da er niemanden in diesem Gebäude kannte. Auch war sein Wohnheim an der Hauptstraße, direkt neben der S-Bahn-Haltestelle gelegen. Er kam also nie am zweiten Wohnheim vorbei.

›Okay, ich versuche, es zu lassen. Ich wohne im dritten Stock. Wollen wir den Fahrstuhl nehmen?‹

›Nein, lass uns bitte die Treppe nehmen. Die verdammte Fahrstuhlmusik erinnert mich sonst nur an diese verdammte Firma.‹ Durch die geöffnete Tür liefen beide im Treppenhaus hinauf.

›Welche Wohnungsnummer hast du?‹, fragte Anton, als er das dritte Stockwerk erreichte.

›321. Wohnungsnummer 321. Mein Name steht auch direkt daneben und bitte sei nicht böse und nein, es ist auch kein Witz.‹

An den anderen Wohnungstüren vorbeilaufend, erreichten sie die Wohnung mit der Nummer 321, wahrscheinlich eher ein Zimmer, wie er eines hatte. Laut las Anton den daneben befindlichen Namen vor:

›Kumpel? Kumpel? Wem willst du das denn erzählen? Du willst mich doch verarschen. Ist das irgendeine Art kranker Humor?‹

›Ich sagte doch, es tut mir leid. Nein, ich heiße wirklich so. Du kannst gern meinen Ausweis sehen. Aus seiner Brieftasche, die er aus seiner Gesäßtasche zog, kramte Mike seinen Ausweis. Es stimmte. Da stand es: Kumpel. Tatsächlich. Kumpel. Das deutsche Wort für *Buddy*.

›Na, dann ist das jetzt so. Können wir rein? Ich will mich

nur noch hinsetzen und was essen. Was hast du denn im Kühlschrank? Nicht, dass ich wählerisch wäre. Nicht in der jetzigen Situation.‹

Mike öffnete die Tür, ließ Anton eintreten und steuerte geradewegs zum Sofa, um sich hinzusetzen. Das Zimmer war deutlich größer als das von Anton und verdiente es, als Wohnung bezeichnet zu werden. Anton schätzte, dass die vier Räume plus Küche und Bad bestimmt 90 Quadratmeter Grundfläche hatten. Sogar einen Balkon hatte die Wohnung. ›Wie viele Mitbewohner hast du in deiner WG?‹

›Ich wohne hier allein! Wieso? Ist deine Wohnung kleiner?‹

›Oh, ja klar. Eine kleine Gefängniszelle ist das. Gerade mal zwölf Quadratmeter plus ein winziges Bad. Ich habe auch schon von Zimmern unter acht Quadratmetern gehört. Meiner Meinung nach menschenunwürdig. Erinnert mich an Käfighaltung von Hühnern. Du lebst hier ja allein wie ein König. Wie verdammt kannst du dir das leisten, wenn du gleichzeitig auf Blutspenden und medizinische Versuche angewiesen bist?‹ Nervös stammelnd zappelte Mike auf dem Sofa, als müsste er erst mit anderen Personen absprechen, was er antworten sollte. ›Oh, da habe ich wohl Glück gehabt. Das war noch ein alter Vertrag, den ich übernehmen konnte. Von meiner älteren Schwester. Du weißt schon, Beziehungen und so. Außerdem gehe ich viel Blutspenden, zur Traumforschung, und benutze BillBoard-Buddy. Da bin ich übrigens im BuddyPlusProgramm aufgenommen worden. Das heißt, noch mehr Rabatte und bessere Verdienstmöglichkeiten. BuyBuddy sei Dank!‹

›Na, wenn du meinst. Ich kann es nachvollziehen, wenn

jemand Beziehungen und daraus resultierende Vergünstigungen nutzt. Bei meiner Familie ist das so leider nicht möglich. Ich bin eines von drei Kindern. Mein Bruder ist älter und meine Schwester jünger. Kind sein und Kinder haben, wird in dieser Gesellschaft immer mühsamer. Es kostet schlichtweg zu viel, Kinder zu bekommen.‹

›Danke! Bin ich froh, dass du mich nicht fertigmachst deswegen. Viele Möchtegern-Linke würden jetzt versuchen, mir verbal die Bude abzufackeln. Ach, das Essen ist in der Küche. Der Kühlschrank wird dir schon helfen beim Essen. Du wirst schon sehen, hier wird niemand allein gelassen.‹

Mit einem komischen Gefühl ging Anton in die Küche. Er hatte Hunger. Das Lächeln von Mike erschien ihm aber sehr seltsam. Diese grässliche Melodie. Auch in der Küche wurde Anton nicht von ihr verschont. Als hätte sie nur auf ihn gewartet. Gelauert, wie ein Raubtier auf seine Beute. Anton hatte das Gefühl, lebendig verschluckt und langsam verdaut zu werden. Der Kühlschrank stand in einer Ecke neben der Tür, die zum Balkon führte. In allen möglichen Farben und Kombinationen begann die Oberfläche des Gerätes zu leuchten, synchron zur lauter werdenden Melodie. Die Küche war nicht besonders groß, aber deutlich größer als seine eigene. Ich seiner Küche war gerade genug Platz für ihn allein. In der von Mike hingegen hätten locker fünf Personen Platz gefunden. Auch die Ausstattung, mit neusten Gerätschaften, war auf gehobenem Niveau. Egal, wo Anton sich in der Küche aufhielt, Farbspiel und Musik waren nur für ihn da. Ließen ihn nicht allein. Folgten ihm. Ob er wollte oder nicht.

›Hallo Anton, ich habe dich bereits erwartet und freue mich, dich kennenzulernen.‹

›Wow, ein sprechender Kühlschrank, der meinen Namen kennt, ich bin beeindruckt.‹

›Ich kenne nicht nur deinen Namen, Anton. Ich kenne dich! Deine tiefsten Ängste und größten Wünsche. Deine Hoffnungen und Bedürfnisse. Ich bin dein Buddy. Der neue und verbesserte SnackBuddy2000. Jetzt mit noch mehr Auswahl und besser abgestimmt auf dich, Anton. Denn du bist mein Buddy. Bei mir wirst du niemals mehr Hunger leiden‹, erklärte der Kühlschrank mit einer sehr maskulinen und kumpelhaften Stimme.‹

›Aha, und woher wissen du und dein Mutterkonzern, was ich jetzt essen möchte?‹

›Wir kennen dich und wollen nur dein Bestes. Auf dem Weg zur achtsamen Gesellschaft werden dir unsere Algorithmen jeden Wunsch von den Lippen ablesen. Und sie werden von Tag zu Tag besser.‹

›Und falls ich das nicht will? Falls ich möchte, dass ihr aus meinem Leben verschwindet?‹

›Warum sollten wir das tun? Wer soll dich kleiden, dich wärmen, dich ernähren, dich unterhalten und dich zu einem achtsamen Mitglied der Gesellschaft werden lassen? Als dein Buddy sind wir am besten dafür geeignet. Es ist unser Purpose, unsere Bestimmung!‹

›Nein, Kühlschrank, das kann so nicht richtig sein. Kapitalistische Unternehmen sind ausschließlich auf Rendite und Profit aus. Alles Andere ist nur Propaganda und Werbung.‹

›Nenn mich bitte beim Namen, ich bin SnackBuddy, dein SnackBuddy2000.‹

Inmitten dieser seltsamen Verhandlung über Antons Zukunft und vielleicht auch über die Zukunft der ganzen Gesellschaft, knurrte Antons Magen.

›Dein Hunger ist schon hörbar. Schließe einfach deine Augen, streiche dir mit deiner Zungenspitze über die Lippen und denke an das, was du jetzt in diesem Moment gern essen und trinken würdest. Dann atme kurz durch, spreche deine positiven Affirmationen in Gedanken und befreie deinen Geist. Wenn du das Gefühl hast, dass sich dein Achtsamkeitslevel wieder im erwünschten Bereich befindet, kannst du die Augen öffnen. Die Belohnung für deine Mühen erwartet dich dann hinter meiner Tür. Du musst nur den Mut haben, dir helfen zu lassen. Ich lasse dich nicht hungern. Bei mir bist du sicher.‹

Aufgrund seines bereits schmerzenden Bauches tat Anton, wie ihm vorgeschlagen wurde und schloss die Augen. Der Hunger bezwang jeglichen verblieben Widerstand in ihm. Nach einer Weile öffnete er den Kühlschrank, der, wie alle Produkte, ein verlängerter Arm des Megakonzerns war. Anton wusste das sehr genau. Es wäre falsch und gefährlich, Konsum, Produkt und Konzern voneinander getrennt zu betrachten. Aber er hatte auch Hunger und wollte, dass der aufhörte. Als er in den geöffneten Kühlschrank, in das Maul der Bestie, blickte, spiegelte sich Überraschung auf seinem Gesicht. Vielleicht weil er seit Tagen nichts Richtiges gegessen hatte und ihn seine Sinne im Stich ließen. Er hatte das Gefühl, im Himmel zu sein.

Anton war zwar nicht religiös, aber falls es einen Himmel gäbe, dann würde dort bestimmt das zum Essen serviert werden, was es in diesem Kühlschrank gab.

›Wow, das ist echt mein Lieblingsessen und auch mein Lieblingsgetränk. Woher genau wusstest ihr das?‹

›Wie gesagt, wir kennen dich und es bedeutet uns viel, dein Buddy zu sein. Wir kümmern uns um dich und jetzt lass es dir schmecken!‹

Gesagt, getan. Anton fing an zu essen und zu trinken und es schmeckte ihm richtig gut. Genauso wie bei seiner Oma, die leider schon verstorben war. Wunderbar, duftend und geschmackvoll. Grünkohl. Bei seiner Oma hatte es immer Grünkohl gegeben, eine Spezialität in Norddeutschland, wo sie gewohnt hatte. Einfaches Essen für einfache Leute. Mit Bregenwurst und Kassler Braten. Anton genoss es und verschlang die Mahlzeit. Der Hunger war gestillt. Dann bemerkte er, dass er nicht mehr allein in der Küche war.

›Schön, dass es dir schmeckt, Anton. Das freut mich und mit SnackBuddy hast du dich auch schon angefreundet. Sehr gut!‹

›Hallo, Mike, wenn du mich jetzt öffnest, erwarten euch beide eure Lieblingsbiere. Ihr wollt doch bestimmt bei einem kühlen Bier auf dem Balkon die Sonne genießen?‹, hörte Anton die Stimme des Kühlschranks.

›Das ist eine super Idee, SnackBuddy. Ich danke dir. Anton, ein kleines Bierchen? Jetzt, wo du satt bist, können wir ja ein wenig chillen.‹

›Ja, danke. Ein Bier wäre jetzt genau das Richtige.‹

Beide ließen sich das Bier in der wärmenden Sonne schmecken. Es standen zwei Stühle auf dem Balkon, auf denen sie Platz genommen hatten.

›Also, pro Wort, welches als BuddyWord definiert ist und du in ein Gespräch einbaust, bekommst du im Durchschnitt 50 BuddyCoins in der BuddyWallet gutgeschrieben. Dein Bier, Anton, das du gerade trinkst, kostet momentan 500 BuddyCoins. Falls du dir einen SnackBuddy holst, wird es etwas günstiger. Der SnackBuddy ist eine Futter-Flatrate. Die kannst du variabel an deine Bedürfnisse anpassen. Je mehr Produkte und Dienstleistungen du von BuddyCorp kombinierst, umso günstiger wird alles für dich. Langfristig plant das Unternehmen, alle Angebote auf nur einer allumfassenden Plattform zusammenzufassen. Das Ganze soll dann mehr sein als nur die Summe seiner Teile. Ganz im Sinne von Aristoteles. Die BuddyWorld oder aber eventuell das BuddyVerse. Die Marketingabteilung ist sich beim Naming noch nicht einig.‹

›Woher weißt du das so genau, Mike? Man könnte den Eindruck gewinnen, du arbeitest für BuddyCorp. Holst du uns noch ein Bier?‹

›Gern, ich hole dir noch eins. Was wäre so schlimm, bei BuddyCorp zu arbeiten? An einer besseren Welt? Einer achtsameren Gesellschaft?‹

Als Mike für sich und seinen Gast zwei weitere Bierflaschen geholt hatte und sich wieder hinsetzte, musterte Anton ihn von oben bis unten. ›Jetzt mal Klartext. Arbeitest du jetzt bei dem Laden oder nicht? Verarsche mich nicht. Irgendetwas ist faul an der ganzen Sache hier.‹

›Was meinst du damit, ›*etwas wäre faul hier*?‹«

›Als du gerade drin warst, um das Bier zu holen, habe ich den Himmel beobachtet. Irgendwas ist heute anders. Ich habe noch nie gesehen, dass sich Wolken so schnell gebildet und so schnell ihre Form verändert haben. Die Wolke da hinten sieht ein wenig aus wie dein SnackBuddy und gerade bilden sich daneben weitere Wolken. Sollen das Buchstaben sein?‹

›Verdammte Idioten!‹, fluchte Mike in Richtung des Himmels. Jetzt war groß und breit das Wort *Buddy* zu lesen. Nicht nur waren die einzelnen Buchstaben aus Wolken gebildet, sondern diese leuchteten auch in Regenbogenfarben. Anton wusste nicht so recht, was er von der beobachteten Szenerie halten sollte und beobachtete stattdessen Mike, der nervös zweimal mit der Hand auf seine linke Schläfe tippte, als wollte er ein Gerät oder eine Funktion aktivieren. ›Mike an Control, Mike an Control, Control, bitte kommen. Warum ist die Wolken-Simulation aktiviert worden? Es war abgesprochen, dieses noch nicht in der ersten Sitzung zu machen. Der Proband könnte durch Überstimulation die REM-Phase unkontrolliert verlassen. Das gilt es zu verhindern.‹

Anton dachte, er sei im falschen Film. Verwirrt bemerkte er, dass sein Gehirn vermehrt Stresshormone ausschüttete. Was passierte da mit ihm? Er hatte Angst.

Immer mehr Wolken bildeten Buchstaben, die sich zu Wörtern und Sätzen zusammenfügten.

›Mit wem redest du, Mike? Was soll das? Du sagtest REM-Phase. Meinst du damit die Schlafphase? Schlafe ich noch? Bin ich noch im Schlaflabor? Manipulierst du mich?‹

Aufgebracht stand Anton von seinem Stuhl auf und ging zwei Schritte in Richtung Mike, der jetzt am anderen Ende des Balkons stand und sich mit jemandem stritt, den Anton nicht hören oder sehen konnte. Mike schien beides zu können. Anton riss Mike den linken Arm von der Schläfe und unterbrach so dessen Kontakt zu Control, wie Mike seinen Gesprächspartner nannte.

›Du sagst mir sofort, was hier los ist, Mike. Träume ich und arbeitest du für BuddyCorp?‹

›Beruhige dich, Anton. Alles ist gut. Wir dürfen dein Gehirn nicht überlasten. Du dürftest eigentlich noch nicht so viel Stimulation erhalten. Die Firma BuddyDreams wünscht aber schnelle Resultate. Deshalb die Wolken.‹

Auf einmal ertönte die typische BuddyCorp-Melodie, die wie eine Fahrstuhlmusik klang, während sich unten auf der Wiese vor dem Gebäude viele Menschen versammelten. Anton kannte diese Menschen. Freunde, Freundinnen und Verwandte, alte Klassenkameradinnen und Klassenkameraden und jetzige Professorinnen und Professoren. Kurz, alle Menschen, die er kannte, und alle begannen zu singen: ›Everybody needs a buddy, Anton! – BuddyCorp, wir werden dich nie allein lassen!‹

›Es tut mir leid, Anton. Eigentlich hatte ich denen von BuddyDreams gesagt, dass unsere Forschung noch ganz am Anfang ist und wir das menschliche Gehirn nicht überlasten dürfen und solche Situationen erst im späteren Verlauf der Forschung eingebaut werden.‹

›Du arbeitest also für die?‹

›Nein, also nicht direkt. Ich arbeite in der Uni-Klinik. Ich bin Arzt. Genauer gesagt Schlafforscher, aber darüber können wir später sprechen. Du musst jetzt vom Balkon springen und dabei die Augen offen lassen.‹

›Was? Bist du verrückt? Wir sind im dritten Stock. Ich meine, ich überlebe den Sprung wahrscheinlich, aber nur mit Verletzungen. Je nachdem, wie ich aufkomme.‹

›Nein, nichts davon. Du träumst. Wie du schon richtig bemerkt hast, liegst du noch im Schlaflabor und ich begleite dich in deinem Traum. BuddyDreams hat die Kontrolle ohne meine Zustimmung übernommen und ich befürchte, dass das dein Gehirn nicht ohne Schaden überstehen wird. Du musst springen. Die Reizüberflutung wird dich aufwecken und dann weigerst du dich, weiter an dem Experiment teilzunehmen. Ich zeige die Arschlöcher an. Menschenleben zu gefährden, geht eindeutig zu weit.‹

Anton blickte auf die singende Menschenmasse am Boden. Alles wirkte sehr real, wenn auch zugegebenermaßen grotesk. Der Wind in seinem Gesicht, das Bier, das seine Kehle hinunterfloss, und natürlich das wunderbare und leckere Essen. Alles war so real. Seine Träume hatten sich nie so real angefühlt. ›Warum sollte ich dir vertrauen? Wahrscheinlich heißt du auch nicht wirklich Mike, oder? Dein Nachname ist auf jeden Fall nicht Kumpel, das ist mir jetzt klar und war von Anfang an ein seltsamer Zufall.‹

›Ja, du hast natürlich recht, aber du musst jetzt springen. Sobald du Kopfschmerzen bekommst, könnte es zu spät sein und bereits irreparable Schäden verursacht haben.‹

›Nein, ich kann nicht. Ich will keine Schmerzen beim

Sturz erleiden.‹ Abwehrend schüttelte Anton den Kopf. ›Was machst du? Lass mich los!‹

Der Mann, der nicht Mike hieß, packte Anton an beiden Armen und schmiss ihn über das Balkongeländer hinunter. Dabei schrie er ihm hinterher: ›Augen auf! Die Reizüberflutung muss hoch genug sein, um dich zu wecken.‹

Anton fiel und es fühlte sich ewig an. Obwohl die Welt dynamisch war, fühlte sie sich für Anton komisch statisch an. Die Menschen sangen, die Wolken funkelten wild am Himmel vor sich hin. Antons Augen waren weit geöffnet. Vielleicht hatte der Mann, der weder Mike hieß noch tatsächlich ein Freund von Anton war, recht. Bevor sein Körper mit dem Kopf voran den Boden berührte, bekam Anton leichte Kopfschmerzen.

Beim Aufprall schloss er für einen Augenblick seine Augen, um sie danach schnell wieder zu öffnen. Sein Oberkörper schnellte hoch. Um ihn herum war es dunkel. Obwohl er halb nackt war und nur eine Unterhose trug, war ihm warm. Er schwitzte. Als Anton sich umsah, erkannte er, dass er nicht im Schlaflabor der Uniklinik, sondern in seinem Bett lag. Sein Bett. In seiner Wohnung. Im Studierendenwohnheim. Er schwitzte, weil es Sommer war und auch nachts über 20 Grad Außentemperatur herrschte. Weil beim Bau des Wohnheims der billigste Anbieter und die günstigsten Materialien genommen worden waren, heizte sich das Gebäude sehr stark auf. Was im Winter ein Segen war, wurde im Sommer zur Hölle. Er hatte einen trockenen Mund. Wasser würde helfen. Natürlich aus der Leitung. Für den SnackBuddy hatte er nicht mehr genug BuddyCoins.«

Sichtlich erschöpft von seinen Erzählungen atmete Anton tief ein, ehe er fortfuhr: »Wie schnell sich doch die Welt ändern konnte, wenn Geld und Macht es wollten. Rasend schnell. Wie ein Zug. Der Kapitalismus geht von der Argumentation aus, Individuen, Gruppen oder sogar Länder hätten das Recht, sich auf Kosten der Schwächeren schneller zu entwickeln. Dafür wird die Metapher des fahrenden Zuges verwendet. Die Sieger haben vor langer Zeit den Zug gestartet und fuhren den anderen davon. Manche schafften es gerade so, schnell genug zu laufen, um mit allerletzter Kraft auf den beschleunigenden Zug aufzuspringen. Nahrung, Kleidung, Schutz im ausreichenden Maße, gab es nur im Zug. Natürlich unterschied sich die Höhe und Güte der Versorgung innerhalb der Zugklassen, aber selbst in der letzten Klasse, am Ende des Zuges, war die Versorgung vorhanden, wenn auch geringer. Das unterschied die Fahrgäste in dieser letzten Klasse von denen, die nicht die Kraft hatten, aufzuspringen. Die hatten gar nichts. Natürlich konnten die Fahrgäste ihr Recht auf Beförderung durch den Zug verlieren, wenn sich diese nicht an die Beförderungsrichtlinien hielten. Im realen Leben kommt es immer wieder mal vor, dass Kinder allein im Zug fahren und vielleicht das falsche Ticket haben. Oft sind Kinder überfordert mit den Regeln, die die Erwachsenen aufgestellt haben oder sind noch nicht so angepasst an die sie umgebende Gesellschaft und können deshalb auch Veränderung nicht schnell genug umsetzen. Dann geraten Moral, Ethik und Recht rasant in Konflikt miteinander. Es gibt Schaffner, die sich der verlorenen Seelen annehmen und sie sicher zum Bestimmungsort begleiten und solche, deren Auslegung von Recht, Moral und Ethik sie angeblich ermächtigt, Kinder des Zuges zu verweisen. Egal, ob es schneit oder heiß ist. Ob es am helllichten Tag oder in der tiefen Nacht ist. Der Zug ist hier keine Metapher mehr. Kein bloßes Gedankenexperiment. Die Marginalität des einen Individuums führt zur Macht eines anderen Individuums und umgekehrt.«

Anton unterbrach seine Erzählung und räusperte sich, ehe er fortfuhr: »Der Anton aus meiner Geschichte hatte seinen Durst am Wasserhahn gestillt und begann sich anzuziehen. Er musste sich wieder mal beeilen. Die Schlange wurde sonst immer länger und er wollte noch rechtzeitig drankommen. Fertig angezogen, rasiert und parfümiert verließ er seine Wohnung Richtung Uniklinik. Eine Kleinigkeit hatte er noch essen können, aber nicht viel und erst, nachdem er mit dem SnackBuddy einen Mikrokredit für zwei Schokoriegel ausgehandelt hatte. Eine Woche lang war er krank gewesen und konnte vor lauter Husten kaum sprechen. Daher hatte er auch keine BuddyCoins über BillBoardBuddy verdienen können. Schon scheiße. Zwar hatte er noch ein paar Euros, aber der SnackBuddy akzeptierte nur noch BuddyCoins. Inzwischen hatte sich damit eine Art Parallel-Währung etabliert. Die BuddyCorp akzeptierte nur noch BuddyCoins zur Begleichung ihrer Rechnungen und zahlte ihre Rechnungen auch nur mit ihrem eigenen Geld. Natürlich war die Begrifflichkeit ›Währung‹ nicht korrekt, da der BuddyCoin noch nicht alle Funktionen einer echten Währung erfüllte. Es ließ sich beispielsweise noch nicht die Steuer bezahlen, obwohl es einen großen Rechtsstreit zwischen einigen westlichen Staaten und der BuddyCorp gab, da diese ihre Steuern mit BuddyCoins bezahlen wollte. Die Macht der Zentralbanken erodierte dadurch zunehmend.

Auch Anton konnte sich nicht einfach mit seinen Euros beim Discounter an der Ecke etwas zu essen kaufen, denn dieser gehörte zur BuddyCorp. Alle Einkaufsmöglichkeiten in einem Radius von mehreren Kilometern gehörten der BuddyCorp. Um zu einem Laden zu gelangen, in dem er mit Euro bezahlen konnte, musste er viel Zeit in Kauf nehmen. Diese Zeit hatte er nicht. Ebenso wie Länder der Dritten Welt wurde Zeit kolonialisiert. An diesem Tag aber hatte Anton Glück und stand im vorderen Drittel der Schlange. Das hieß, die Wahrscheinlichkeit für ihn, dranzukommen, war hoch. Er freute sich und stellte sich vor, wie sein SnackBuddy gerade wieder aufgefüllt wurde. Natürlich hatte die Firma SnackBuddy Zugang zu seiner Wohnung, ein notwendiges Übel, um den SnackBuddy auffüllen zu lassen. Antons Gedankenwelt wurde von einem Gespräch gestört, das die beiden Personen vor ihm führten und von dem Anton Fragmente mitbekam.

›Ja, Geld verdienen im Schlaf. So oder so ähnlich ist der Slogan von BuddyDreams. Die zahlen zwar gut, aber ich denke, wenn ich etwas tue und dafür Geld bekomme, ist das Arbeit. Genauer gesagt: Lohnarbeit. Wir gehören also auch als Studierende zur Klasse der Arbeiter und Arbeiterinnen, das sollten wir uns nie ausreden lassen oder vergessen. Auch die Wortneuschöpfung des Kundenarbeiters und der Kundenarbeiterin finde ich schwierig. Ich verdiene gleich im Schlaf Geld über BuddyDreams, um dann BuddyRail für meine Heimfahrt zu bezahlen, um dann beim SnackBuddy für mein Mittagessen noch mehr Geld auszugeben. Ein fast geschlossenes System. Im 19. Jahrhundert gab es so etwas schon mal. Das nannte sich damals Truck-System und wurde später sogar verboten. Das Kapital aber ist stets gewillt, alte Pferde neu zu satteln.‹

›Stimmt! Ich gebe dir mit allem recht. Man ist gezwungen, früh aufzustehen und bereit zu sein, lange in der Schlange zu stehen. Selbst die, die nicht mehr drankommen, weil schon zu viele in der Schlange stehen, warten noch voller Hoffnung oder Verzweiflung. Sie sollten bald eine Negativversteigerung der Blutspendetermine einführen. Wer bereit ist, weniger Bezahlung zu akzeptieren, bekommt einen vorderen Platz in der Schlange.‹

›Wow, echt Wahnsinn. Ich hoffe, dass die das hier im Schlaflabor nicht auch einführen. Das führt doch nur zu mehr Konkurrenz und infolgedessen zu aggressivem Verhalten gegeneinander.‹

Aufmerksam versuchte Anton zuzuhören, aber er bekam nicht alles mit. Zu müde war er. Vielleicht würde er heute Mike in der Uniklinik treffen. Jetzt, Monate nach dem ersten Termin im Schlaflabor, wusste er, dass Mike in Wahrheit nicht so hieß und ein bezahlter Mitarbeiter war. Er hatte beim Blutspendedienst herumgelungert, um dann gezielt die Menschen anzusprechen, die beim Blutspenden nicht mehr drankamen. Die verzweifelt genug waren, einen weiteren Teil ihrer Existenz ans Kapital zu veräußern.«

Ein Zwischenruf von Alexander unterbrach Anton: »Und warum hast du die zukünftigen Opfer nicht gewarnt? Wenn man so was mitbekommt, muss man doch warnen, Anton!«

»Ja, du hast ja recht, Alexander. Damals konnte ich es nicht. Das Erlebte im Schlaflabor hatte ein Trauma bei mir hinterlassen. Ich musste in Therapie. Was glaubst du, warum ich hier bei euch sitze? Lange Zeit war ich mir nicht sicher, ob meine Welt real ist oder eine Werbeplattform von BuddyCorp. Ich stelle mir manchmal immer noch diese Frage. Jetzt lass mich aber noch kurz die Geschichte abschließen, bitte!«

»Ich … wollte … Bitte entschuldige, ich vergaß dein Problem. Kommt nicht wieder vor. Bitte, erzähl weiter.«

»Jetzt brauchten die Uniklinik und BuddyDreams solche schmutzigen Tricks nicht mehr. Sie hatten genügend Probandinnen und Probanden. Bald würden vermutlich auch diese dann zu Kundinnen und Kunden oder besser gesagt Kundinnen- und Kundenarbeitern. Wieder mal eine Doppelfunktion in der ökonomischen Verwertung von Menschen. Als Anton immer noch nicht drankam, nahm er seinen zweiten Schokoriegel aus der Tasche, biss ab und ließ das Stück Schokolade langsam im Mund zergehen. Nicht, weil er dadurch mehr Genuss empfand, sondern weil so der Prozess des Konsumierens länger anhielt. So konnte er sich vorgaukeln, mehr zu haben, als er in Wirklichkeit hatte. Diese Form des Selbstbetruges war notwendig, um in der sich rasch verändernden Welt überlebensfähig zu bleiben.

Vielleicht sogar genug Widerstandskraft zu entwickeln, damit er sich und andere davon überzeugen konnte, an die eigenen Fähigkeiten zu glauben und nicht nur von einer besseren Welt zu träumen, sondern diese aus den Klauen der Konzerne zu befreien.«

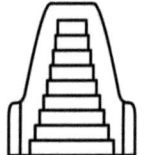

KAPITEL 16: ALEX

So, das war es von mir. Danke an euch drei für das Zuhören. Ich denke, es war informativ für dich, Basti! Meiner Meinung nach ist es von elementarer Bedeutung zu klären, was wahr und was falsch, was wichtig und unwichtig in der Welt ist.«

Alexander gab seinen Kommentar dazu ab: »Viel wichtiger ist die Frage der Ethik! Nur, weil der Mensch etwas kann, heißt das noch lange nicht, dass er auch sollte. Moral ist nur eine Ansammlung von Regeln, die dennoch unethisch sein können. Es ist wahr, dass ich, Alexander, ein Akademiker bin. Die Frage ist jetzt aber, ob daraus eine besondere Verantwortung für mich besteht oder bestehen sollte. Muss ich dafür persönlich betroffen sein oder kann ich ohne Betroffenheit anderen helfen? Ist es Solidarität, falls ich nicht betroffen bin? Gibt es überhaupt so etwas wie Altruismus, also eine Tat, die selbst aufopfernde Konsequenzen für den altruistischen Menschen hat? Ich glaube nicht. Altruistische Menschen beschreiben eigentlich immer, ein gutes Gefühl mit der guten Tat zu verbinden und da beißt sich die Katze in den Schwanz. Es gibt keinen Altruismus und falls es diesen geben sollte, ist das wahrscheinlich eher eine Art Geisteskrankheit. Wir Menschen werden berechtigterweise aussterben!«

»Danke, dass du uns wieder einmal mit einer Grundsatz-kritik an der Menschheit nervst. Jetzt aber kannst du, unser Profi-Zyniker Alexander, auch Alex genannt, deine Geschichte zum Besten geben, bevor das hier noch weiter ausartet.»

»Zyniker nennst du mich, als wäre das etwas Schlechtes. Zyniker sind nichts anderes als enttäuschte Romantiker. Die Romantik ist es, die ein trügerisches Bild der Realität malt. Es wird eine Wirklichkeit daraus erschaffen, deren Probleme und Bewältigung dieser mit der Einstellung der Menschen zu ihrer Umwelt eng verknüpft sein soll. Fast schon eine Art radikaler Konstruktivismus. Die Annahme, jeder sei Herr seiner Wahrnehmung und somit seines Glückes Schmied, ist meiner Meinung nach zynischer als der Vorwurf an die Zyniker, diese seien nur Schwarzmaler und Nestbeschmutzer.»

»Wie auch immer, Alex. Komm endlich mal zu deiner Geschichte. Du verfällst schon wieder ins Predigen. Darum geht es hier aber nicht. Das hat dir die Psychologin letzte Mal auch gesagt. Du kannst ja einen dieser neuen Chatbots damit nerven. BuddyCorp hat bestimmt auch dafür schon bald eine Lösung parat. Ich habe auch versucht, mich nur auf meine Geschichte zu beschränken.»

»Gut, ich habe die Geschichte auf meinem Tablet. Übrigens brauchst du, Anton, keine Angst zu haben. Ich werde dir schon nicht zu viel deiner kostbaren Zeit stehlen. Meine Story ist zwar wahrscheinlich etwas länger als die von Antjje, aber definitiv nicht so lang wie deine. Daher hast du, wenn überhaupt, Basti und mir wertvolle Zeit gestohlen.»

Anton schlug daraufhin dreimal kurz mit seinem Hammer auf den Tisch und deutete an, Alexander solle mit seiner Darbietung beginnen. Nach einem kurzen Schluck Wasser begann Alexander auch sogleich.

»Sehr geehrte Zuhörer und Zuhörerinnen, liebe Leser und Leserinnen, ich danke Ihnen und euch dafür, dass ihr der Erzählung einer kleinen Episode aus meinem Leben beiwohnt. Mein Name ist Alexander, wobei ich es Freundinnen, Freunden und Verwandten auch nicht übelnehme, wenn diese Personengruppe mich gelegentlich Alex nennt. Wenige Bekannte oder zuvor fremde Menschen beginnen so manchen Satz urplötzlich mit dem Wort ›Alex‹, um mich zu adressieren. Das ist in Ordnung für mich. Beruht doch Freundschaft nach meinem Verständnis auf der gegenseitigen Anerkennung des Status als sich in Freundschaft befindende Personen. So erhoffe ich mir auch, lieber Basti, nach allem, was ich bereits über dich weiß und wie ich deinen Charakter einschätze, von dir alsbald gelegentlich Alex genannt zu werden.« Er pausierte drama- tisch und warf Basti einen bedeutungsvollen Blick zu.

»Mit der Familie verhält es sich ein wenig anders. Auch wenn es in Film und Fernsehen Unterhaltungsformate gibt, die nahelegen, die ungeborenen Kinder würden sich ihre Familien aussuchen, hat so etwas mit der Realität wohl wenig zu tun. Als Zyniker, also jemand, der die Schrecken der Realität offen anspricht und zugleich mit Mitteln wie dem Humor verhöhnt, sind solch romantische Vorstellun- gen vom Eintritt in die Welt und Familie abzulehnen. Kein Mensch hat sich jemals dazu entschieden, geboren zu werden. Die Geburt ist kein Geschenk. Sie ist vielmehr eine Bürde, die ertragen werden soll. Dadurch, dass die Geburt als Geschenk bezeichnet wird, kommen alle Menschen mit einer Schuld auf die Welt. Mindestens gegenüber den eigenen Eltern, aber auch gegenüber Familie und Gesellschaft. Traditionell auch gern als *Milchschuld* bezeichnet. Dabei geht es um die Muttermilch, die der neugeborene Mensch benötigt, um die erste Zeit in dieser Welt zu überstehen. In vielen Kulturen wird das als eine Schuld angesehen, die nicht zurückgezahlt werden kann. Auch Gesellschaften mit kapitalistischer Produktionsweise, unabhängig davon, welches Label sich diese Gesellschaften selbst geben oder von anderen zugesprochen bekommen, benötigen dieses Schuldverhältnis für ihr Funktionieren. Die für den Kapitalismus überlebenswichtige Reproduktion der sich durch Arbeit abnutzenden Arbeitskraft muss beständig wiederhergestellt werden.

Die Abnutzung der Arbeitskraft geschieht in modernen Arbeitsgesellschaften aber auch durch die Nichtnutzung der Arbeitskraft. Anders gesagt, verliert nicht nur der arbeitende Mensch in der Fabrik einen Teil seiner Arbeitskraft nach ein paar Jahren harter Arbeit. Knochen und Muskeln verschleißen ebenso wie Werkzeuge es bei deren Gebrauch tun. Auch der arbeitslose Mensch verliert durch das Nichtarbeiten und die Kraft, die dieser beim Aushalten der strukturellen Gewalt aufbringen muss, an Arbeitskraft. In beiden Fällen ist es die Familie, als Keimzelle der Gesellschaft und der in ihr vorherrschenden Art zu produzieren, die die Reproduktionsarbeit aufwenden muss. Was aber passiert, falls plötzlich ein Kind die Milchschuld gegenüber seinen Eltern bestreitet? Falls das Kind, ganz jung oder schon älter, darauf hinweist, kein Mitspracherecht zu seiner Geburt gehabt zu haben? Das Kind konnte immerhin gar nicht in ein Schuldverhältnis eintreten, da es nicht imstande war, dieses Verhältnis vorher aushandeln zu können. Deshalb gibt es so etwas wie eine Milchschuld nicht und deshalb lassen sich dadurch auch keinerlei Rechte oder Pflichten im Verhältnis von Kind zu Eltern ableiten. Die Verfügung der Eltern über die Existenz des Kindes wäre somit nicht zu unterstützen. Kindern müssen Rechte zugestanden werden, die sie unabhängig von ihren Eltern oder Erziehungsberechtigten ausüben können. Sie sollten immer als eigenständiges Subjekt und nicht als passives Objekt dem Gestaltungswillen der Eltern überlassen werden. Damit werden sie zu Gegenständen degradiert. Eine Geburt in Schuld, ohne Möglichkeit einer endgültigen Sühne, ist eine Geburt in Sklaverei. Eine Sklaverei, die fundamentale Bedeutung in modernen kapitalistischen Gesellschaften hat. Die Familie umsorgt die Arbeitenden und die, denen diese Möglichkeit der Ausbeutung verwehrt wird. Verinnerlicht und reproduziert werden aber nicht nur der Körper des arbeitenden Menschen. Ebenso wichtig ist die immer wieder aufkochende Moral, insbesondere die Arbeitsmoral, ohne die viele lieber rebellieren gehen würden, als auch noch hungrig zur nächsten Schicht in der Fabrik zu erscheinen. Ohne eine kapitalistische Arbeitsmoral und ohne innerfamiliäre Schuldverhältnisse wäre die Gesellschaft, wie wir sie kennen, nicht denkbar. Jetzt könnte ich, Alex, der Zyniker, die Familie verteufeln. Gerade eben habe ich ihre Konstruktionsfehler angeprangert, sofern es überhaupt Fehler sind und nicht beabsichtigter Teil der Konstruktion. Ich bin mir aber ziemlich sicher, dass eine Gesellschaft aus Individuen einen Widerspruch in sich darstellt. So etwas kann es gar nicht geben. Ein Großteil des Menschen entsteht aus dem Zusammenspiel mit anderen Menschen. Ein individualisierter Mensch würde eine Menge am Menschsein einbüßen. Ja, vermutlich von uns heute nicht mal mehr als ein solcher wahrgenommen werden.

Zusammengefasst kann festgestellt werden, dass sich der alte Spruch bewahrheitet, der da heißt: ›Es gibt nur eines, das schlimmer ist als die Familie und das ist, gar keine Familie zu haben.‹

Jetzt aber zurück zu meiner Geschichte. Wie bei den Geschichten von Antjje und Anton, schweift auch mein Blick in die Vergangenheit, zur Notwendigkeit, gegen Lohn zu arbeiten und dem Gespenst der Armut so lange wie möglich zu entkommen. Wie auch in dem Bericht über Antons Zusammenprall mit den Logiken von Markt und Kapital, geht es bei mir um die Kolonisation oder Inbesitznahme des menschlichen Körpers. Das Kapital verlangt nach Verwertung. Es soll die Teile der Wirklichkeit nutzbar machen, die zuvor nicht genutzt worden sind. Wichtig dabei ist die Sprache. Bei Anton haben wir gelernt, dass sich mit dem ausgesprochenen, aber auch mit dem geschriebenen Wort Geld verdienen lässt. Auch bei Antjje waren Wörter zentral, die seit jeher zur Bezeichnung der einzelnen Menschen in der Gesellschaft benutzt wurden, nämlich Namen, die einer kapitalistischen Verwertungslogik unterworfen waren und das bis zum heutigen Tage sind. Ich möchte euch aber nun von meiner Zeit und mir direkt vor dem Uni-Abschluss erzählen.« Alex blickte in die Runde und begann mit seiner Geschichte. »Es war ein kalter und dunkler Novemberabend und ich war auf dem Weg zur studentischen Unternehmensberatung. Wie wahrscheinlich alle Hochschulen in Deutschland und der Welt, war die Hinwendung zum Markt weit fortgeschritten und in vielen Bereichen sichtbar. Da war etwa die Institution Hochschule, die, befreit aus ihrem Dornröschenschlaf, immer mehr wie ein Unternehmen geführt wurde. Auch diese sollte nun möglichst viel Geld verdienen, Profit machen. Natürlich ist die Hochschule etwas Besonderes, ein besonderes Unternehmen. Der Tugend der Bildung und den Werten der Aufklärung verpflichtet, wird kein schnöder Profit erwirtschaftet, nein, es wird etwas Besonderes eingeworben, und zwar Drittmittel. Diese Geldquelle ist externer Natur und zwingt die Bildungseinrichtungen, sich immer mehr den Wünschen von außen zu beugen. Das vor allem, weil die öffentliche Hand, also der Staat, sich immer mehr von der Finanzierung von Bildungsaufgaben verabschiedet oder seine Investitionen signifikant reduziert. Es heißt dann oft nicht mehr, die Forschung hat dieses und jenes Interesse und wie wird diese finanziert, sondern es wird umgekehrt argumentiert. Dann heißt es oft: ›Was wünscht sich der Drittmittelgeber, der immer öfter aus der sogenannten freien Wirtschaft kommt, und wie kann die Hochschule mit ihrer Forschung diesem Wunsch nachkommen?‹ Da sollte dann aber auch die Frage gestattet sein, ob dieser Vorgang nicht ein ernst zu nehmendes Problem darstellt. Ist das nicht eine Hinwendung der Hochschule zum Markt?

Wird die Hochschule dadurch nicht zu einem markt-konformen Dienstleister und verliert ihren aufklärerischen und kritischen Geist? Ist das Grundrecht der freien Ausübung von Lehre und Forschung dadurch gefährdet und eine marktgetriebene Gleichschaltung wahrscheinlich oder sogar unumgänglich? All diese Fragen wurden auch während meines Studiums diskutiert. Ich allerdings wollte mich trotz aller berechtigter und wichtiger Kritik der von mir vorgefundenen Realität stellen. Besser gesagt, der Wirklichkeit, die ich aus der Realität heraus konstruierte. Was meine ich damit? Stellen Sie sich vor, Sie sind schmutzig oder fühlen sich schmutzig. Vielleicht testen Sie mit sensorischen Hilfsmitteln, ob Sie unter den Achseln einen Geruch wahrnehmen, der Sie und womöglich Ihre Mitmenschen dazu veranlassen würde, Ihnen eine Dusche zu empfehlen. Was Sie dann auch mehr oder weniger freiwillig unternehmen würden. Unter der Dusche ange-kommen, merken Sie, dass die Zeit unter dem künstlichen Wasserfall mehr ist oder sein kann als die bloße Reinigung des Körpers. Für viele Menschen ist es das zeitweilige Hervorrufen eines besseren Gefühls für Körper und Geist. Gern unter dem Begriff ›Wellness‹ subsumiert. Sie spüren das warme Wasser auf der Haut und lassen es von Kopf bis Fuß an sich herunterlaufen. Die diversen Duschgels tragen exotische Namen und duften nach fernen Ländern, befriedigen oder fördern geheime Bedürfnisse und Wünsche nach Ruhe, Entspannung, aber auch körperlicher Erregbarkeit. Der Duft der Pflegeprodukte ist dabei enorm wichtig. Es reicht nicht, einfach sauber und rein zu sein. Nein! Duschen soll ein Erlebnis sein. Es ist eine große Entscheidung, was richtig und was falsch, was in diesem Moment wirklich ist, und was nicht wirklich sein darf. Das richtig ausgewählte Duschgel kann der Schlüssel zu neuen und aufregenden Welten bedeuten. Vergessen sind die Kriege und der Klimawandel und schon gar der eigene – wenn auch bescheidene – Anteil am Weltgeschehen. Verdrängt die Wirren und das erlebte Leid der eigenen Existenz. Auch, und womöglich sogar im Besonderen, die Schuld und Verantwortung von Leid, das man anderen zugefügt hat, egal, ob berechtigt oder nicht, gerecht oder ungerecht. Das Wasser besitzt eine Magie und wischt durch Zauberei die Sünden von uns. Verzaubert haben wir uns dabei selbst. Wir, die Menschen, besitzen diese Fähigkeit, uns bewusst oder unbewusst selbst zu erlösen, von uns selbst und unserer Realität.

Duschen wird damit zum feucht-warm gewordenen Eskapismus. Zur Möglichkeit, der Realität nicht wehrlos gegenüberstehen zu müssen und uns als unverrückbaren Teil dieser zu sehen.

Vielmehr ist zu entscheiden, was wir erleben wollen und was nicht. Unsere persönliche und eigene Wirklichkeit aus der vermeintlich objektiven und somit für alle gleichen Realität zu destillieren. Der Duft der Duschgels und Shampoos hilft uns dabei. Ebenso wie Marcel Proust der Geruch von Gebäck an seine Kindheit erinnerte. Auch wir erinnern uns an unsere Wirklichkeit bei jedem neuen Duschgang, auch wenn wir diese in der Zwischenzeit, in der Realität, vergessen haben. Viele ritualisieren das Duschen. Erheben es zu etwas Heiligem. Einem Fetisch, der nicht hinterfragt werden darf. Die Dialektik zwischen konstruierter Wirklichkeit und nicht dekonstruierter Realität darf dabei nicht erwähnt werden. Würde sich der duschende Mensch dabei doch unangenehme Fragen stellen müssen. Ersetzt die unnötige, angenehme Konstruktion eine unangenehme Dekonstruktion, die womöglich nötig wäre? Bleibt der Mensch beim Duschen Mensch und wenn ja, welcher? Aber nicht doch! Leid ist zu ertragen, Leid kann zeitlich begrenzt entflohen werden. Widersprüche zu akzeptieren. Ich dusche auch gern. Genauso gern, wie ich an ein Leben in Widersprüchen gewohnt bin. Wie alle Menschen. Vermutlich gehört es zum Mensch sein dazu. Nachdem ich nun geduscht hatte, an diesem Tag, von dem ich euch gern erzählen wollte ... dem Tag, an dem es anfing ... der Tag, der dafür Verantwortung trägt, warum der Alex heute nicht mehr so viel lacht, wie er das zu früheren Zeiten gern und häufig getan hatte. Damals, da gehörte sein Lachen noch ihm. Dies aber gefiel dem Markt nicht und so musste sich das ändern.

An einem kalten Tag im November traf Alex einen Mitstudierenden auf dem Campus der Universität. Er hatte mir von einer Möglichkeit berichtet, unser Profil zu schärfen. Als Studierende sich noch mehr zu optimieren, für den Arbeitsmarkt attraktiver zu machen. Eine Sprachkritik konnte Alex sich zu diesem Zeitpunkt gerade so mithilfe eines gequälten Lächelns verkneifen. Der Mitstudent meinte jedes Wort, das er vom Flyer ablas, todernst, und während er sprach, erinnerte Alex sich an das lecker riechende Kokosnuss-Ingwer-Duschgel und die Empfindungen, die ich beim Duschen mit diesem neu gekauften Duschgel hatte. Die Realität nervte ihn und so konstruierte er sich eine bessere und vor allem ertragbare Wirklichkeit. Ein Hoch auf den menschlichen Verstand zum Selbstbetrug, sorry, ich meinte natürlich zur Konstruktion. Mein Mitstudent trug und trägt denselben Namen wie ich, daher werde ich zur besseren Unterscheidung im weiteren Verlauf mich als Alex und ihn als Alexander oder den Mitstudierenden bezeichnen. Manchmal rutscht mir vielleicht gelegentlich auch das Personalpronomen *sie* heraus, um diese Person zu beschreiben. Weder er noch sie waren sich in dieser Zeit sicher, ob er eine sie war oder umgekehrt. Dieses Wechselspiel war in dieser Zeit noch nicht ausgespielt, was sowohl für die betreffende Person als auch für das Umfeld zum Teil verwirrend, aber auch ein Abenteuer voller Entdeckungen war. Nun war der Mitstudent mit Namen Alexander studierter Wirtschaftspsychologe und engagierte sich seit längerer Zeit bei der studentischen Unternehmensberatung. Wie es der Zeitgeist so wollte, waren Geistes- und Sozialwissenschaften in den Unternehmensberatungen gerade in Mode gekommen. Natürlich schwappte das auch auf die studentischen Unternehmensberatungen über, deren Mitglieder von einer Karriere im Beratungsumfeld träumten und das universitäre Umfeld als Spielwiese begriffen, um sich auszutoben.

Es war nicht mein erstes Mal, dass ich mit meiner Mitstudentin beim Treffen der studentischen Unternehmensberater war. Tatsächlich war ich schon seit ein paar Semestern festes Mitglied. Meine eigenen Kommilitonen und Kommilitoninnen im Fachbereich Gesellschaftswissenschaften fanden das zwar befremdlich bis abstoßend, allerdings musste ich versuchen, mein Wissen zu Geld zu machen oder wie es im Umfeld der Unternehmensberatung heißt: zu monetarisieren. Als Gesellschaftswissenschaftler war ich aber noch ein Einzelfall beim wöchentlichen Treffen.

Die zukünftigen Möchtegern-Superstars der Unternehmensberatungsbranche sind meist entweder BWLer oder Ingenieure. Ja, vereinzelt gibt es auch Frauen. Diverser wird es dann aber kaum, obwohl sich Diversität gern auf die Fahne der Unternehmensberatungen geschrieben wird. Beide akademische Fachdisziplinen lieben Wettbewerbe. Ein Großteil ihres Denkens basiert darauf, mithilfe von Mechanismen Entscheidungen herbeizuführen. Dass es bei Wettbewerben zwangsläufig und beabsichtigt zu Gewinnern und Verlieren kommt, scheint sie nicht zu interessieren. Hauptsache, sie sind auf der Seite der Gewinner. Einmal gab es einen Wettbewerb. Dabei ging es darum, Studierende der Geistes- und Sozialwissenschaften davon zu überzeugen, Mitglieder der studentischen Unternehmensberatung zu werden und als Tandem ein Start-up-Projekt zu realisieren. Nur meine Freundin Alexander hatte damit Erfolg. Er überredete mich dazu und konnte mich davon überzeugen, ihn zu unterstützen. Ob nun er mich überzeugen konnte oder die Angst ausnutzte, die ich hatte, in Zukunft arbeitslos zu verelenden, weil ich keinen halbwegs vernünftig bezahlten Job bekommen würde, ist fraglich.

Beim Treffen an diesem Abend war es dann so weit. Unser Start-up-Projekt sollte vorgestellt werden. Alexander war lange nicht so aufgeregt wie ich. Er kannte sich sehr viel besser in der Materie aus als ich. Immerhin hatte sie Erfahrung in Forschungsprojekten innerhalb der angewandten Wirtschaftspsychologie. Ich half ihm nur beim Formulieren von Texten, wofür Studierende der Gesellschaftswissenschaften, zu denen unter anderem Vertreter und Vertreterinnen der Soziologie und Politikwissenschaft gehörten, geschätzt wurden. Dabei bremste mich Alexander immer, weil ich Schachtelsätze produzierte, die manchmal locker eine halbe Seite füllen konnten. Weiterhin schätzten Unternehmensberatungen, und damit auch mein Mitstudent, den hohen Grad an Allgemeinbildung der Gesellschaftswissenschaftlerinnen und Gesellschaftswissenschaftler.

Außerdem spielte ich den begeisterten Probanden und hatte angeblich einen guten Humor. Ich lachte auch viel und gern, aber bald war nicht mehr mein Humor ausschlaggebend für mein Lachen. Mit genug Zeit, Motivation und intellektueller Skrupellosigkeit lässt sich alles zur Ware machen. Wenn wir ehrlich zu uns und unserem Publikum hätten sein wollen und können, hätte unsere Präsentation heißen sollen: ›Lachend Geld verdienen – Monetarisierung des menschlichen Lachens als Dienstleistung‹.

Die These von Alexander beruhte auf der Annahme, es ließe sich grundsätzlich alles, und zwar wirklich alles, zu einer Ware transformieren. Die einzige Voraussetzung dafür sei, dass es mindestens zwei Parteien gäbe, von der eine vorhatte, etwas zu verkaufen und eine andere, etwas zu kaufen. Nicht mehr und nicht weniger. Ich unterstützte diese These grundsätzlich und hatte Angst davor, recht zu haben. Denn Zeit, Motivation und intellektuelle Skrupellosigkeit gibt es in dieser Welt genug und das Kapital, geblendet seiner Funktion folgend, wird diese nur allzu gern nutzbar machen wollen. Ich sollte demnächst das neue Schoko-Chili-Duschgel ausprobieren. Cremig-scharf, das habe ich mir verdient!

Als wir beide dann aber in den Räumen, die für die studentische Unternehmensberatung vorgesehen waren, ankamen, waren bereits alle da und hatten es sich bequem gemacht. So bequem und gemütlich es eben ging. Schließlich durfte niemand unangenehm auffallen. Fast alle trugen Anzüge oder Kostüme. Sortiert nach klassischem Rollenverständnis. Trotz aller Lippenbekenntnisse zu den Themen des Diversity-Managements war alles sehr konservativ. Wobei auch dabei Skepsis angebracht ist. Der Kapitalismus versucht, alle gesellschaftlichen Strömungen, welche eine Gefahr für sein System darstellen könnten, zu inkorporieren, und das verdammt erfolgreich. Natürlich werden diese Strömungen so lange geschliffen, bis sie durch das vom Kapitalismus vorgesehene Profil passen und einen hübschen Namen mit der Endung ›Management‹ bekommen. Ein perfektes Beispiel dafür ist der Achtsamkeitswahn, den unsere Gesellschaft unbekümmert auslebt. Getrieben von der Wirtschaft und mit bester Unterstützung durch Staat und Politik.»

Kurz wurde es still im Raum, als Anton sich über den

Tisch beugte und die Hand von Alexander drückte. »Alles in Ordnung, Alex? Du hast mit deiner Geschichte aufgehört.»

»Danke, Anton! Ich musste nur gerade daran denken, wie weit diese verdammte Esoterik, die wir Achtsamkeit nennen, schon fortgeschritten ist. Wie ein Krebsgeschwür breitet sich diese vom Kapitalismus übernommene Ideologie aus. Hauptsache, wir alle besitzen die richtige Einstellung. Die richtige und daher marktkonforme Art zu denken. Selbst in Unternehmen wird überall das neue, integrierte Achtsam-keits-Management, kurz IAM, eingeführt»

»Genug jetzt!«, unterbrach Anton mit schwingendem Hammer das Gespräch. »Eines Tages will ich auch noch einmal nach Hause. Lies endlich weiter deinen Text.»

»Na gut. Also, danach hat die Strömung, beziehungs-weise das von den Menschen innerhalb dieser Strömung behandelte Thema, das Ziel, den Kapitalismus, der immer am Rande seiner eigenen Vernichtung steht, zu stabilisieren.

Ich trug keinen kompletten Anzug. Zu der Zeit, in der die Geschichte spielt, besaß ich überhaupt keinen. Von meinem Großvater mütterlicherseits hatte ich mir lediglich ein Sakko ausgeliehen. Es war aus braunem Cord und hatte Leder-Patches an den Ärmeln. Das Sakko war deutlich älter als ich und so glücklich, auch schon deutlich mehr gesehen zu haben von der Welt, war doch sein Träger sehr gern und oft auf Reisen. Ich würde auch gern reisen und die exotischen Orte, von denen ich beim Duschen vor mich hinträume, besuchen und Neues erleben. Es ist heutzutage unglaublich wichtig, authentisch zu sein und Dinge nicht einfach geschehen zu lassen. Das Erleben mit möglichst allen Sinnen ist mehr, bedeutet mehr, als bloß zu riechen, schmecken oder tasten. Gott, ich beneide meinen Opa.

Was aus Sicht des Kapitalismus nichts Schlechtes sein muss. Neid, sofern berechtigt, kann anspornen, besser werden zu wollen, mehr zu arbeiten und Neues zu wagen. Neid in Form einer Kritik, im Sinne einer Verteilungsgerechtigkeit von Güterausstattung in einer Gesellschaft hingegen, ist ein großes Tabu und muss sofort und immer vehement unterdrückt werden. Die Aussage, man würde jemanden für irgendetwas beneiden, ergibt also in der vorherrschenden Lesart nur Sinn, falls sofort erklärt wird, dass der Beneidete das zu Beneidende zurecht besitzt und der Neider einsieht, dieses nicht zu besitzen, weil er nicht fleißig genug war. Somit wird Besitz, oder besser noch Eigentum, mit Fleiß erklärt. Das kommt einer Moralisierung von Eigentum, Besitz, Fleiß und Neid gleich. Wichtige Elemente der Legitimation des Systems.

Zum Sakko trug ich eine hellblaue Jeans, goldfarbene Sportschuhe und ein ›Fck Fascism‹-T-Shirt. Die Buchstaben des T-Shirts waren bunt und der Rest des T-Shirts war schwarz. Wennschon, dennschon, dachte ich mir bei dieser Auswahl. Als einziger Vertreter der Gesellschaftswissenschaften wollte ich auch die Klischees bedienen, die in den Köpfen des mir gegenübersitzenden Plenums so herumschwirrten. Alexander, damals noch mein Freund, glaube ich, fing an, alle zu begrüßen. Ich fühlte mich bei all den bekloppten Buzzwords, die er immer und immer wiederholte und die meist nicht mehr als schnöde Worthülsen ohne wirklichen Sinn und Verstand waren, wieder an die

Vorlesungen der ersten Semester erinnert. Return-of-Invest, kurz ROI, Cashcow, Workflow, Synergien und noch viele mehr. Oft in Englisch vorgetragen oder im dümmsten je gehörten Denglisch – einer Mischung aus Deutsch und Englisch – wie etwa ›das Meeting wurde gecancelt‹. Sprachverwirrungen und Irrungen sind hier aber nicht Thema. Bevor ich weiter auf die Buzzwords eingehe, erlaube ich mir einen kurzen Exkurs zum Thema Unternehmensberatung. In ›House of Lies‹, einer amerikanischen TV-Serie zum Thema Unternehmensberatung erklärt der Protagonist, ein sehr erfolgreicher Unternehmensberater, was genau sein Geschäft ist. ›Ich stehle den Kunden ihre Armbanduhr, um ihnen danach zu erklären, wie spät es ist.‹ Diese Anekdote, die ich an diesem Abend anstelle von Buzzword-Begrüßungen verwendete, kam nicht optimal an. Auch nicht, als ich auf die Frage ›Was denkt ihr darüber, wenn die Unternehmensberatung XYZ immer mit drei Leuten bei euch aufschlägt?‹, mit ›Dass ich für die Beratung zu viel bezahle, wenn die mir mit drei Leuten erklären wollen, wie spät es ist, wobei doch nur eine Person und meine Armbanduhr reichen‹ beantwortete.

Jetzt aber zurück zu den Buzzwords. In Vorlesungen – wir glaubten, nicht viel verlieren zu können –, hatten meine Kumpels und ich gern Bullshit-Bingo gespielt. Die Dozierenden hatten immer wieder Begriffe wiederholt und wenn ein bestimmter Begriff fiel, wurde ein Schnaps getrunken. Manche Vorlesungen arteten so heftig aus, dass wir einfach sitzen blieben und manchmal die Vorlesungen danach auch noch anhörten und versuchten, ein wenig auszunüchtern, bevor wir den Hörsaal verließen. Natürlich ging das nur in großen Hörsälen. Die, in denen wir uns in den oberen Reihen verstecken konnten und die Vorlesung nicht zu stark störten. Es gab aber drei Kumpels von mir, die es übertreiben mussten. Einer dachte, er müsste das Spiel auf ein neues Level bringen und begann plötzlich in einem Seminar mit nur 15 Teilnehmenden, ›Schnaps-Bingo‹, wie er es nannte, zu spielen. Natürlich flog er raus und musste sich ein neues Seminar suchen. Zwei weitere meinten einen Tag vor der Klausur in Mediävistik, der Wissenschaft über das europäische Mittelalter, mit einem neuen Trinkspiel beginnen zu müssen: Immer, wenn beim Lernen die Wörter ›Papst‹ oder ›Kaiser‹ vorkamen, musste ein Kurzer getrunken werden. Nun ja, wer sich mal mit dem Mittelalter beschäftigt hat, kann sich sehr gut ausmalen, dass die beiden nicht sehr lange durchgehalten haben. Überraschend war dann auch nicht, dass beide am nächsten Tag nicht zur Prüfung erschienen und sich natürlich auch nicht abgemeldet hatten. Dank der Bologna-Reform, die das Studieren insgesamt effizienter und vergleichbarer gestalten sollte, war das einer von drei Fehlversuchen für die beiden.

Beides hat nicht funktioniert. Ein Bachelorabschluss der Uni A war noch lange nicht vergleichbar mit Uni B. Jede Hochschule kochte weiterhin ihr eigenes Süppchen. Und was daran effizient sein sollte, dass Menschen nach drei Fehlversuchen keinen Abschluss bekamen, wo diese vor der Reform einfach nur etwas länger gebraucht hätten als in der Regelstudienzeit, erschließt sich wohl nur Menschen, die der neoliberalen Propaganda von faulen Studierenden Glauben schenken oder ganz sozialdarwinistisch eine Auslese von Menschen befürworten.

Während meines Studiums wurde meine Prüfungsordnung, das Herzstück und wahrscheinlich wichtigste Schriftstück eines Studiums, welches alle, die studieren wollen, unbedingt als Erstes lesen sollten, zweimal wesentlich verändert. Die Universität köderte uns mit leicht verdienten Credit-Points, damit auch ja niemand auf die Idee kam, womöglich klagen zu wollen. Ein Credit-Point sollte den Zeitaufwand für eine bestimmte universitäre Veranstaltung darstellen. Credits ohne Gegenleistung wurden daher sehr gern genommen, um weniger Arbeitsaufwand im Studium zu haben. Ein Freund von mir hatte sogar so viel zusätzlich geschafft, dass er bereits nach fünf Semestern seinen Bachelor-Abschluss schaffte, nur um dann festzustellen, dass er nicht nahtlos in den Master-Studiengang gehen konnte, da dieser nur zum Wintersemester angeboten wurde. Er musste also ein Semester warten, bis er mit dem Master anfangen konnte. Damit relativierte sich seine Zeitersparnis schnell wieder und zeigte sehr gut, wie schlecht die Umsetzung der Hochschulreform doch tatsächlich gehandhabt wurde.

Nach der Begrüßung an diesem Abend fing Alexander mit unserer Präsentation an. Er war nervös, da unangekündigt auch Gäste der großen Beratungsunternehmen im Publikum saßen. Mir war es zwar nicht egal, ich nahm aber eine legere Haltung ein, obwohl auch ich aufgeregt war. Als Außenseiter wollte ich weiterhin das Bild von mir verkörpern, das von mir erwartet wurde. Im Kapitalismus sind die Menschen nicht nur ihres eigenen Glückes Schmied oder sollen glauben, dass das so ist, sondern auch ihre eigene Marke. Obwohl, wenn man an den doppeltfreien Arbeiter bei Marx und Engels denkt, eigentlich nicht besonders neu. Schon immer mussten die Menschen ›… ihre eigene Haut zum Markte tragen …‹

Der Arbeiter ist frei von Produktionsmitteln und frei, seinen Arbeitsherrn zu wählen. Erstes ist zweifelsohne richtig und das wohl wichtigste Testkriterium, ob jemand zur arbeitenden Klasse gehört oder nicht. Nicht immer müssen die Hände am Ende des Tages schmutzig sein. Die zweite Freiheit, sich seine Arbeitsstätte selbst zu wählen, sollte hingegen kritisch hinterfragt werden. Gibt es Menschen, die freiwillig in prekären Jobs arbeiten? Würden die nicht auch lieber weniger hart arbeiten und trotzdem mehr Geld bekommen? Gehen diese Menschen nach einer harten und schlecht bezahlten Nachtschicht nach Hause und sagen ihren Kindern dann, es gebe nichts oder wenig zu Essen, weil Mama oder Papa sich mit dem Putzen von Schulräumen bei einer Leihfirma einen Lebenstraum erfüllen? Ha, und ich soll der Zyniker sein. Mir erzählte mal ein Gewerkschaftssekretär, wie verdammt hart das Leben in der deutschen Reinigungsbranche ist. Das für mich prägendste dabei waren gar nicht mal die Zahlen, sondern dass bei den Flächen getrickst wird. Da werden die zu leistenden Quadratmeter, die pro Schicht zu reinigen sind, erhöht, um so den eingeführten und marginal erhöhten staatlichen Mindestlohn zu unterminieren. Oder dass diese Branche mit fast 700.000 Mitarbeitenden in Deutschland gar nicht mal so klein, überwiegend weiblich und dazu auch migrantisch geprägt ist. Dafür aber interessiert sich die deutsche Mehrheitsgesellschaft nicht. Hauptsache marginalisiert und in die Schmuddelecke gedrückt, da können die dann wenigstens putzen.

Das alles ist schon sehr schlimm und gehört dringend gesellschaftlich diskutiert und verändert. Der Gewerkschaftssekretär erzählte mir auf jeden Fall von einem Objekt des Grauens. Als ›Objekt‹ werden in dieser Branche die zu reinigenden Gebäude bezeichnet. In dem beschriebenen Objekt waren verschiedene Frauen, alt und jung, viele Migrantinnen, mit der Reinigungen von Büroräumen beschäftigt. Immer nachts, mit zum Teil erheblichen Anfahrtswegen, die natürlich nicht als Arbeitszeit vergütet wurden. Der Objektleiter, so eine Art Vorarbeiter oder Arbeitseinteiler, war ein Mann. Der einzige Mann während der Reinigungsschicht im Objekt. Da trafen Kapitalismus und Patriarchat auf gefährliche und perfide Art und Weise zusammen. Der Objektleiter hatte die Angewohnheit, vor jeder Schicht die Reinigungskräfte in Reih und Glied antreten zu lassen und ganz in militärischer Manier die nächtlichen Arbeitsaufträge zu verteilen. Abend für Abend traf eine der Frauen dabei eine besondere Aufgabe. Je nach Tageslaune suchte sich der Mann mit Macht eine Frau aus, um diese in einem der schicken Büroräume mit seiner Manneskraft zu beglücken. Ob man in solch einer ausgelebten Machtasymmetrie von einvernehmlichem Sex sprechen kann, sollte auch hier kritisch reflektiert werden.

Er brauchte gar nicht die Tür aufmachen, damit es jede mitbekam, denn alle waren mal an der Reihe. Die Frauen aber, ihrer Würde beraubt und im Menschsein eingeschränkt, schlossen jede Nacht die Tür, denn sie besaßen etwas, was der Objektleiter nicht mehr kannte. Sie fühlten Scham!

Aber nun zurück zur eigentlichen Geschichte. Alexander gab mir mit einem Handzeichen zu verstehen, dass ich bald dran war, den Vortrag zu übernehmen. Noch zwei Slides, dann war es so weit. Mein erster Punkt: ›Alex trinkt in China‹. Ich fand das witzig und Alexander versicherte mir, dass Humor bei Vorträgen notwendig sei. Außerdem würde man so etwas von Leuten wie mir schließlich erwarten. Ja, ja, die Erwartungen anderer Leute. Solch ein Denken kann aber auch höchst problematisch werden. Es gibt in der Systemtheorie der Soziologie nach Luhmann den Begriff der Erwartungserwartung. Da geht es darum, dass ich von einer anderen Person erwarte, dass wiederum diese von mir etwas Bestimmtes erwartet. Meist sind damit Verhaltensweisen gemeint, die Komplexität und Transaktionskosten reduzieren sollen. Als Alexander mir ein Handzeichen gab, kurz bevor er mit seinem Teil des Vortrags fertig war, interpretierte ich das Handzeichen als Aufforderung, mich bereit zur Übernahme der Präsentation zu machen. Ich erwartete von ihm, dass er erwartete, ich würde gleich übernehmen. Oftmals funktioniert diese Art der Kommunikation und Regulation. Es kann aber auch zu Missverständnissen kommen. Nehmen wir an, Alexanders Handzeichen bedeutet nicht das, was ich dort hineininterpretiert habe, sondern er hatte eine trockene Kehle und wollte mir signalisieren, ihm ein Glas Wasser zu reichen. Dann hätte die Erwartungserwartung nicht funktioniert.

Wenn das Konzept der Erwartungserwartung, gut eingeübt, funktioniert, lässt sich vieles davon gesellschaftlich in Form von Ritualen oder Konvention verallgemeinern. Das kennen wir dann zum Beispiel als Höflichkeit. Zum Beispiel, wer, wann wen als Erstes grüßt oder nicht. Es ist dafür nicht zwingend entscheidend, dass die beteiligten Personen wissen, warum sie tun, was sie tun. Die einfache Abfolge von Regeln ist gerade dazu gedacht, diese Form von Komplexität, also das Wissen, warum eine Handlung erfolgt und womöglich die Geschichte, die dahintersteht, zu reduzieren. Mein Freund und zukünftiger Geschäftspartner wollte aber diesmal kein Wasser, sondern tatsächlich die Übergabe an mich vorbereiten, welcher ich dann folgte. Somit wurden unsere beiden Erwartungen erfüllt.

Ich begann eine kleine Anekdote aus meiner Zeit in China zu erzählen. Dort war ich für ein deutsches Unternehmen als Praktikant tätig und unterstützte den dortigen, ebenfalls aus Deutschland stammenden Produktions- und Vertriebsleiter.

China ist ein altes, wenn nicht sogar das älteste Land, voll von Kultur und Geschichte. Der Westen begehrte China insbesondere als Absatzmarkt, aber auch immer noch als verlängerte Werkbank. Auch wenn China sich von diesen beiden Rollen, die es vom dominanten Westen zugesprochen bekommen hat, im Welthandel langsam, aber mit zunehmender Geschwindigkeit, emanzipierte. ›Wandel durch Handel‹ war seit jeher die Devise des ›Frei-Handels‹.

Argumentiert wurde, dass mit dem Handel auch die westliche Lesart der Demokratie in der Welt verbreitet würde. Wer zwischen den Zeilen liest, weiß, dass damit der Kapitalismus gemeint ist, dem sich die Demokratie unterzuordnen hat. Von einer ›marktkonformen Demokratie‹ sprach da etwa eine deutsche Bundeskanzlerin. Allerdings war diese einfache Vermutung, wie die Welt funktioniert, auf Sand gebaut. Der ›Sand‹ war dabei die Ideologie des Westens, die von der westlichen Überlegenheit ausging. Geblendet von dieser Weltsicht, erwartete der Westen, dass dieser die Route vorgab. Er glaubte, die Richtung der Warenströme unter Kontrolle zu haben und die dritte und zweite Welt von sich lang anhaltend abhängig machen zu können. Die Chinesen hatten schnell verstanden, dass sich der Westen seiner eigenen Hybris, im Sinne einer Überheblichkeit, erlegen, selbst blendete. Sie wussten daher, welche Rolle von ihnen erwartet wurde. Viel besser aber verstanden sie, dass ein Abhängigkeitsverhältnis immer für beide Seiten eine Abhängigkeit bedeutete, und dafür ein Grundkonsens nötig war. Auch und insbesondere, wenn die Abhängigkeit auf Täuschung beruht. In dieser Hinsicht sind sich Handel und Diebstahl, Wirtschaft und Krieg sehr ähnlich und gehen fließend ineinander über. China lernte schnell, die Erwartungen zu erfüllen oder zumindest den Eindruck zu erwecken, dieses zu tun. Wo der Westen noch verzweifelt versuchte zu erkennen, wer bei den Chinesen welcher Schachfigur entsprach, um im großen Schachspiel zu gewinnen, machte China beständig Raumgewinne durch die ›Perlenkette‹, den maritimen Teil der Seidenstraße auf der einen und der One-Belt-Initiative auf den Pfaden der historischen Seidenstraße auf der anderen Seite.

Die Chinesen spielten GO, eines der ältesten Brett- und Strategiespiele der Welt, anstatt Schach, bei dem nicht Gegner mit besonderer Wichtigkeit und Fähigkeit ›geschlagen‹ wurden, sondern ›Räume‹ eingekreist und unter Kontrolle gebracht wurden. Da beide Seiten zwar miteinander, aber verschiedene Spiele spielten, war es nicht einfach, einen Gewinner vorherzusagen. Vielleicht ist diese Frage aber auch zu einfach und spiegelt nicht die tatsächliche Komplexität wider. Wobei es durch Erwartungserwartung, also gegenseitige Lernprozesse, zu Annäherung und Adaption kommt.

So auch bei mir, als ich ein kleiner und junger Praktikant im großen und alten China war. Es war üblich, dass der Produktionsleiter, bei dem ich das Praktikum absolvierte, zu vielen, sehr, sehr vielen Geschäftsessen eingeladen wurde. Alle möglichen chinesischen Zulieferer wollten das deutsche Traditionsunternehmen beliefern. Natürlich aus wirtschaftlichen Gründen, aber auch aus Gründen des Prestiges. Wenn ein Zulieferer aus China ein bekanntes deutsches Unternehmen als Geschäftspartner hatte, nutzte es dieses bei anderen deutschen oder generell westlichen Unternehmen als Werbung. Die chinesischen Firmen erwarteten, dass andere Unternehmen erwarteten, dass, falls sie für ein renommiertes deutsches Unternehmen mit langjähriger Tradition arbeiten würden, etwas von diesem Glanz auf sie übergehen würde und dadurch mehr

Aufträge erlangt werden könnten. Als Praktikant durfte ich auch bei diesen Geschäftsessen dabei sein und ab da wusste ich dann auch, warum der Produktionsleiter so häufig Kopfschmerzen hatte und es nie vor halb zehn Uhr morgens ins Büro schaffte.

Am frühen Abend trafen wir zu zweit im vorgesehenen Restaurant ein. Eine schwarze Limousine – ein Mercedes – holte uns direkt nach der Arbeit vom Büro ab. Der Produktionsleiter meinte noch, wenn er wollte, könnte er das jeden Abend machen, aber das würde er auf Dauer nicht schaffen und seine Gesundheit hätte auch schon gelitten. Ich war mir nicht sicher, was er damit meinte. Dachte noch ›Okay, er meint bestimmt, er hätte durch das gute chinesische Essen viel zugenommen‹, obwohl traditionell die Chinesen eher schlank sind und ihr Essen als gesund gilt. Natürlich ist damit das echte chinesische Essen gemeint, das in China gegessen wird, und nicht das Essen, das wir im Westen als chinesisches Essen konsumieren. Darum soll es hier aber gar nicht gehen.

Nach den höflichen Begrüßungen zwischen Gastgebern und Gästen, alles Männer, setzten wir uns an den großen runden Tisch. Ich war sehr überrascht zu sehen, dass der Geschäftsführer des chinesischen Zulieferers insgesamt neun weitere Personen dabei hatte und der Produktionsleiter erklärte mir, dass das vollkommen normal sei und mich nicht beunruhigen sollte, solange ich eine trainierte Leber und Durchhaltevermögen hätte. Er musste lachen, denn er wusste natürlich, dass das so nicht stimmte, und alle Chinesen lachten auch. So wurde es vom deutschen

Gast geradezu erwartet, dass er lachte.

Dann wurde gegessen und Alkohol getrunken. Als Deutsche hatten wir der Erwartung der chinesischen Seite zu entsprechen, sehr trinkfest zu sein, also viel Alkohol zu vertragen. Dabei war es egal, ob der einzelne Deutsche trinkfest war oder nicht. Einem nationalen Klischee musste hier Geltung verschafft werden.

Die Chinesen haben beim Trinken aber ein Manko. Ihnen fehlt in der Regel ein Enzym, welches benötigt wird, um Alkohol besser zu verstoffwechseln. Wir weißen Europäer haben dieses Problem nicht und sehen sogar einen Vorteil darin. Können wir doch potenziell deutlich mehr als der chinesische Geschäftsführer vertragen und ihn dann zu besseren Konditionen überreden. So die simple Logik des Westens. Getrunken, beziehungsweise gespielt werden, sollte zwischen vermeintlich Ranggleichen. So ist es beim Feilschen über Vertragsinhalte, genauso wie beim dazugehörigen Wettsaufen. Natürlich glaubte der Westen, gegenüber dem Produktionsleiter im Vorteil zu sein. Konnte er doch bei beiden verlangten Disziplinen auf eine lange Erfolgsgeschichte zurückblicken und die Chinesen waren im Prinzip primitive Wilde, denen es zu helfen galt.

Die ›Wilden‹ hatten aber das Spiel des Westens lange durchschaut und waren nicht mehr bereit, dieses mitzuspielen. Unvergessen waren die Opium-Kriege und das Jahrhundert der Schande. Der Westen vergisst so etwas schnell. Wichtig für ihn ist nur der Habitus der Überlegenheit und des Erfolges.

Der Produktionsleiter und der Geschäftsführer nahmen

den ersten Schnaps zu sich. Von meinem Vorgesetzten wurde mir ein Handzeichen gegeben, nicht zu trinken. Zumindest glaubte ich, er würde das von mir erwarten. Direkt danach bekam der Produktionsleiter einen weiteren Schnaps hingestellt. Diesmal trank aber nicht der Geschäftsführer, sondern sein Mitarbeiter rechts neben ihm.

Auch diesem prostete der trinkende Deutsche zu und trank das Gläschen Schnaps vor ihm. Wie es erwartet wurde. Dann war der nächste chinesische Mitarbeiter dran zu trinken und so ging es weiter, bis alle am Tisch einmal getrunken hatten. Der Deutsche, geblendet von seinem Hochmut, dachte, selbst zehn Chinesen, die keinen bis sehr wenig Alkohol vertrugen, unter den Tisch trinken zu können. Die Bauern verteidigen den König, aber er, der Westen, wäre unschlagbar im Schach und würde gewinnen.

Der Osten, hier vertreten von China, war schon weiter und begann, die Topografie des Spielfeldes leise und heimlich zu seinen Gunsten zu transformieren. Der Westen sah nur einen Tisch, an dem getrunken und gespielt wurde. China sah ein Prinzip, um eine Ordnung im Raum zu etablieren. China wusste, dass der Westen Schach spielte, und das höchste Ziel war es, den König zu schlagen. Also taten sie dem Westen einen Gefallen und konstruierten absichtlich für ihn einen König, ein Ziel. Dabei bemerkte der Westen nicht, dass er langsam umzingelt wurden. Nach zwei Stunden Essen und Alkohol – die Chinesen ließen sich Zeit –, war der Produktionsleiter umringt von zehn Chinesen, die fast alle gegen ihn tranken. Den vermeintlichen König, den Geschäftsführer, hätte der Deutsche ohne

Probleme schlagen können. Danach hätte er die Bedingungen diktieren können. So, wie er und seine Auftraggeber es gewohnt waren.

GO hatte er noch nie gespielt. Seinen Eltern und der westlichen Wirtschaftspresse war es wichtig, dass er sehr gut im Schach war. Dem Spiel der Könige. Es kam, wie es kommen musste. Der deutsche Produktionsleiter verlor. Warum aber hatte er dem Spiel zugestimmt? Er hätte doch darauf bestehen können, nur mit dem Geschäftsführer zu trinken. Es wurde aber anderes von ihm erwartet. Immer mehr chinesische Unternehmen bedienten sich mittlerweile dieser Taktik und wurden immer erfolgreicher. Die deutsche Hybris gab sich aber nicht geschlagen. Wenn die Chinesen das Spiel veränderten, könnte der Produktionsleiter das auch machen. Also klatschte er mit mir ab und erklärte, ich sei sein Auswechselspieler. Er dachte, zwei Deutsche gegen zehn Chinesen, da könnten wir nur gewinnen.

Was soll ich sagen? Wir konnten nicht gewinnen. Ich wusste das, weil ich beobachtete, dass die Chinesen auswechselten, und zwar immer die, denen der Produktionsleiter den Rücken zuwandte. Wir hatten es also mit deutlich mehr als zehn Chinesen zu tun. Mein Vorgesetzter war aber schon zu betrunken, um das noch mitzubekommen. Nur ich, noch nüchtern, bekam das mit. Natürlich auch die Chinesen. Der Geschäftsführer begriff schnell die Auswechslung, ließ sich einen Schnaps einschütten und prostete mir zu. Ich wusste, was von mir erwartet wurde und begann zu trinken. Diese Anekdote gab ich beim Vortrag zum besten.

Als ich fertig war, klatschte Alexander und animierte die anderen Zuhörer und Zuhörerinnen, es ihm gleichzutun. Dann verteilte er kleine Schnapsgläser, füllte diese und prostete auf die westliche Hybris, und alle mussten lachen. Kurz hatte ich beim Geschmack des Schnapses wieder das Gefühl, in China zu sitzen und von Chinesen umkreist zu werden. Dachte noch, wie spannend und vielschichtig Geopolitik sein kann. Dann aber verlangte Alexander, der in eine hintere Ecke des Raumes gewandert war und den Anheizer spielte, endlich etwas von der Geschäftsidee zu hören und nicht nur Witze vom Gesellschaftswissenschaftler. Den Part hatte ich gut erfüllt. Also fing ich an zu erklären, was für uns an der Anekdote so wichtig war und wie wir diese vermarkten wollten. Der chinesische Geschäftsführer hatte eine für ihn unangenehme und gesundheitsschädliche Tätigkeit, das Trinken von Alkohol in Gesellschaft, outgesourct. Er bezahlte andere Menschen dafür, in seinem Namen Alkohol zu trinken. Wir wollten etwas sehr ähnliches machen. Wir alle werden alt und wir alle bekommen Falten, als sichtbar ins Gesicht geschriebene Zeichen für das Altern. Wir altern aber nicht gleich. Durch die Beschaffenheit unserer Haut ist es oft bereits von Weitem zu erkennen, ob eine Person gut gealtert ist oder nicht. Dabei hat dieses ›gealtert‹ oft wenig mit dem tatsächlichen Alter der Person zu tun, die diese Haut trägt. Es gibt viele Einflüsse, die uns altern lassen können. Sonneneinstrahlung, harte Arbeit, der Gebrauch chemischer Mittel oder Kosmetik. Das sind nur einige Einflussfaktoren dafür, wie Haut altern kann. Mit ›altern‹ meinen wir hier bewusst das Vorhandensein und die jeweilige Ausprägung einer oder vieler Falten. Falten sind das sichtbare Zeichen, welches wir mit dem Altern verbinden und niemand, der jung ist, möchte wirklich alt werden und in den Augen der durch Werbung manipulierten Mehrheitsgesellschaft hässlich sein. Die meisten nicht Betroffenen und sicher auch viele Betroffene empfinden Falten als unästhetisch. Da setzten wir an. Wir wollten das Gesicht so lange wie möglich faltenlos und damit sowohl schön als auch jung erhalten. Denn das Gesicht ist und bleibt die Visitenkarte des menschlichen Körpers, und der größte Feind des ewig schönen und jungen Gesichtes ist das Lachen. Ja, genau, das Lachen, und genau das wollten wir outsourcen. Lachen sollte zu einer Dienstleistung werden, die kaufbar wäre. Das war unsere Vision, das war unsere Geschäftsidee. Einer der Vertreter der großen Unternehmensberatung wollte daraufhin sofort wissen, ob wir eine Creme verkaufen würden, was zum Teufel daran dann innovativ sein sollte und was dieses mit der chinesischen Anekdote zu tun hätte.

Nein, wir wollten keine Cremes verkaufen. Wir wollten Lachen verkaufen. Das Lachen des einen Menschen an einen anderen Menschen. Damit der Käufer oder die Käuferin des Lachens dieses nicht selbst tun musste und somit keine Falten im Gesicht bekäme. Dadurch sähen die Käufer länger jung und faltenfrei aus.

Dann wollte auf einmal das gesamte Publikum wissen, wie genau das funktionieren sollte. Kritik war da, aber das Interesse größer. Genau wie von Alexander und mir gewollt. Ich wies an, die Zuhörerinnen und Zuhörer sollten sich die chinesische Anekdote, wie ein Unternehmensberater meine vorherige Eingangsgeschichte nannte, vorstellen. Jetzt aber gab es keinen Alkohol und auch keine antiken Brettspiele. Jetzt ging es um einen netten Abend, bei dem auch Witze oder lustige Geschichten erzählt wurden. Anstelle des deutschen Produktionsleiters und des chinesischen Geschäftsführers sollten sie sich zwei Personen vorstellen, die so lange wie möglich schöne und junge Gesichter haben wollten, und ein Produkt, oder in unserem Fall eine Dienstleistung, suchten, die zwischen der Anti-Falten-Creme und dem Gang zum Schönheitschirurgen lag. Und genau das wollten wir bieten. Anstelle eines Vor-Trinkers, wie ihn der chinesische Geschäftsführer benutzte, boten wir einen Vor-Lacher an.

Die Unternehmensberater und ihre wenigen weiblichen Kolleginnen wollten wissen, wie das funktionieren sollte.

›Ganz einfach‹, sagte ich. ›Unser Vor-Lacher darf natürlich nicht selbst entscheiden, ob und mit welcher Intensität dieser lacht.‹ Die Vor-Trinker konnten auch nicht entscheiden, ob oder welchen Schnaps sie tranken. Es würde sich also nicht nach dem Sinn für Humor des Vor-Lachers richten. Ausschließlich die Person, die das Lachen des Vor-Lachers gekauft hatte, sollte darüber entscheiden. Der Käufer bekäme das alleinige Verfügungsrecht über das Lachen, würde Besitzer des Lachens werden.

Hier taten sich aber bereits zwei Herausforderungen auf, die es zu bewältigen galt. Das erste Problem war, wann der Vor-Lacher wusste, wie er lachen sollte und das nicht minder herausfordernde zweite Problem: Wie konnte man dem Vor-Lacher abgewöhnen zu lachen, wenn er etwas witzig fand, das sein Auftraggeber nicht lustig fand. Bei der chinesischen Anekdote hatte der Geschäftsführer immer dem deutschen Kontrahenten zugeprostet. Das war dann das Zeichen für den nächsten Vor-Trinker, seine Dienstleistung zu vollziehen. Wie aber konnte das jetzt auf unseren Vor-Lacher übertragen werden? Unsere Lösung war das Klicker-Training. Was bei Hunden funktionierte, könnte auch beim Menschen zum Erfolg führen, so unsere Idee. Interessant ist dabei, dass Menschen schlauer als Hunde sind und schnell begreifen, dass es sich um eine Konditionierung handelt. Auf meine Ausführungen bekam ich zustimmendes Nicken aus dem Publikum, dann erzählte ich weiter: ›Wobei die Wissenschaft vermutet, dass das sehr wahrscheinlich noch abhängig vom Grad der formalen Bildung ist. Soll heißen, dass Menschen mit formal geringerer Bildung vermutlich anfälliger für Konditionierung sind. Gut wäre es, das Training so zu gestalten, dass alle Menschen gleichermaßen für die erwünschte Beeinflussung empfänglich würden. Da haben wir den Durchbruch noch nicht geschafft. Wir arbeiten aber hier auf dem Campus bereits mit dem Fachbereich für Wirtschaftspsychologie und der Uniklinik zusammen und sind in der Planungsphase für Experimente.

Was wir bis jetzt geschafft haben, ist die Möglichkeit, mithilfe des Klicker-Trainings einen Vor-Lacher zu konditionieren. Beim Geräusch des Klickers, das der Vor-Lacher hört, beginnt dieser zu lachen. Nun gibt es viele verschiedene Möglichkeiten zu lachen. Diese können alle über einen Klicker-Code abgebildet werden. Ein sehr kurzer Klick kann ein kurzer herzhafter Lacher sein, wobei dann zwei oder drei Klick-Geräusche ein langes und ausschweifendes Lachen bedeuten können, vielleicht noch mit Tränen in den Augen. Als Nächstes müssen wir den Käuferinnen und Käufern des Lachens das Lachen abgewöhnen. Das Klicker-Training soll für beide Seiten ein möglichst optimales Ergebnis produzieren.

Nach jetzigem Stand der Forschung gehen wir davon aus, dass wir einen mindestens einmonatigen Vollzeitkurs für Vor-Lacher und mindestens zwei Wochen für die Kundschaft benötigen werden. Günstig ist das Ganze daher auch nicht anzubieten. Wir hoffen aber auf ein kaufkräftiges Klientel und peilen daher ein gehobenes Preissegment an.‹

Die Unternehmensberater und Unternehmensberaterinnen unterbrachen unseren Vortrag abrupt. Sie wollten nichts mehr über Preisstruktur, Marketing oder dergleichen hören. Das Training dauerte einfach zu lange und deshalb würde es sich nie rentieren, war ihre Kritik. Ja, wahrscheinlich fänden sich genügend Arbeitslose, die bereit wären bei einem so langen Training mitzumachen. Das faule Pack hätte auch keine andere Wahl. Dem Jobcenter sei Dank! Alex‘ und meine Meinung war das zwar nicht, aber das Publikum konnten wir davon nicht mehr überzeugen.

Andersherum sei es aber sehr schwer vorstellbar, dass es kaufkräftige Kunden gäbe, die bereit wären, zwei Wochen ihres Lebens für ein solches Produkt zu opfern. Eine solche

Konditionierung könne nur erfolgreich sein, wenn diese instant, also sofort, funktionieren würde. Auf ein ausgegebenes Signal müsste unmittelbar eine Reaktion erfolgen und das ganz ohne oder nur mit einem minimalen Training. An diesem Abend bekamen wir keinen Zuspruch mehr.

Tja, hatte nicht sein sollen, dachte ich und scherzte gegenüber Alexander, der sich mit der Gruppe der Unternehmensberater und Unternehmensberaterinnen unterhielt, dass sich im Kapitalismus wohl doch nicht alles zu Waren transformieren ließe und fröhlich in die Runde lachte. Alexander wurde richtig wütend und schrie mich an, wie ich ihn nur so bloßstellen könnte. Sein Konzept war gut, aber mein Teil des Vortrags katastrophal. Er war stolz gewesen, als Einziger bei der studentischen Unternehmensberatung beim Projekt einen Gesellschaftswissenschaftler dabeigehabt zu haben und war sehr enttäuscht. Mich verletzte es, dass er mich öffentlich und allein für das Scheitern unseres Vortrags verantwortlich machte.

Einer der älteren Unternehmensberater klopfte Alexander daraufhin auf die Schulter und meinte nur, er solle sich beruhigen. Alexander habe noch das restliche Leben Zeit zu lachen. Immer wenn er sich was zu Essen im Schnell-restaurant hole, Taxi fahren oder am Abend sein Büro gereinigt werden würde. Immer würde er dann an mich denken und mich auslachen können, weil ich so viele Jobs benötigen würde, um gerade so über die Runden zu kommen. Und auch, falls es nicht mein Gesicht im Taxi oder Schnellrestaurant sein sollte, würde Alexander dennoch diese Personen auslachen, weil diese einem anderen Karriere-Menschen im Weg standen und sie es verdienten, wo sie waren. Anscheinend war es Konsens in der Runde, diese Behauptung könne verallgemeinert werden. Als würde es eine Dichotomie geben, ein Zweiklang aus Karriere-Menschen und Menschen, die wie Bremsklötze für die ersten wirkten. Daher wäre eine Bestrafung nicht nur nötig, sondern zwingend erforderlich. Das schuldeten die Karriere-Menschen ihresgleichen. Ein anderer Karriere-Mensch würde mich schon irgendwo und irgendwann sehen und mich für Alexander auslachen. Dann setzte eine Unternehmensberaterin noch einen darauf und bemerkte, man sei immerhin Teil eines Sozialstaates und Solidarität innerhalb der Unternehmensberatungen sei angebracht. Alle im Raum mussten herzlich lachen. Alle? Nein, nicht alle. Ich lachte nicht. Ich verspürte Angst und fühlte mich gedemütigt. Gestaltet wurde meine Zukunft von Menschen wie denen, die an diesem Abend um mich herum waren. Ich dachte, um Erfolg zu haben in dieser Welt, müsste ich dazugehören. Hatte mich innerlich verbogen, um Erwartungen zu erfüllen. Innere Widersprüche ignoriert. Die lachenden Menschen schienen im Gegensatz zu mir keine Angst zu verspüren. Sie machten den Eindruck, als wären sie von ihrer Freude überwältigt und abgelenkt. Ihre Aufmerksamkeit war kurzzeitig so stark beeinträchtigt, dass ich unbemerkt aus dem Raum fliehen konnte. In der Dunkelheit des Campus fühlte ich mich etwas sicherer und wollte nur noch zurück in meine

Wohnung. Ich hörte sie immer noch lachen, obwohl ich schon fast beim Wohnheim war. Mich in trügerischer Sicherheit wog. An diesem Abend beschloss ich für mich: Alex lacht nicht mehr!«

KAPITEL 17: RECAP 1

J etzt bin ich doch verrückt oder aber mindestens krank?!« dachte Basti, als er während einer kleinen Raucherpause draußen im Garten hinter der psychiatrischen Tagesklinik stand. Er rauchte nicht, hatte aber dennoch mit dem Schwall Menschen das Gebäude verlassen. Mit den anderen Patientinnen und Patienten hatte er noch keinen Kontakt aufgenommen. Lediglich ein zaghaftes »Guten Morgen« hatte er von sich gegeben, wobei die Antwort der Gruppe mindestens so zaghaft ausfiel wie sein Gruß. Er fühlte sich unwohl in seiner Haut. Bei all den fremden Menschen. Verlassen hatte er das Gebäude vor allem, um es zu verlassen. Alle um ihm herum wussten, dass er eines oder mehrere Probleme hatte. Krank war. Die Gefühle, die dieses Wissen in ihm auslösten, waren sehr stark und Basti hatte Angst, dass diese Gefühle stärker als er und im Begriff waren, seiner Selbst der Auflösung preiszugeben. Er hatte Angst, seine Identität und schließlich sein Leben zu verlieren. Vielleicht war dieser Prozess der Auflösung aber auch gut und der erste Schritt in Richtung Freiheit. Dafür müsste er dann aber seine vermeintliche Sicherheit aufgeben. Wollte er sich frei oder sicher fühlen? Er wusste es nicht! Schlossen sich diese beiden Zustände aus oder bedingten sie einander im Sinne einer dialektischen Betrachtung, in der es niemals Sicherheit ohne Freiheit oder andersherum geben konnte?

Mit dieser Überlegung begann das Gedankenkreisen

und Philosophieren unterhalb von Bastis Schädeldecke. Der Autopilot hatte längst übernommen, wie üblich, ohne zu wissen, welches Ziel die Reise hatte. Selbst die Nettigkeiten und aufmunternden Gesten der anderen Patientinnen und Patienten nahm Basti kaum wahr. Der Autopilot hatte für fast alle Eventualitäten vorgesorgt. Auf äußere Aktionen folgten schnell zuvor einstudierte Reaktionen. Bloß normal wirken. Was auch immer normal sein sollte. Mehrere Gedanken gleichzeitig kreisten teilweise so schnell, veranstalteten Wettrennen, verlangten nach ungeteilter Aufmerksamkeit. Die sich daraus entwickelnden Fliehkräfte bereiteten immer mehr körperlichen Druck. Kopfschmerzen, Sprachstörungen, Schwindel, Magenkrämpfe, um nur einige Symptome zu nennen. Sieben Minuten waren bald um. Das Erste, was der ehemalige Raucher Basti in der Tagesklinik gelernt hatte, war, dass eine Zigarette ungefähr sieben Minuten benötigte, um geraucht zu werden. Geäußert wurde diese Weisheit von einem Nichtraucher, der nie auch nur eine Zigarette angerührt hatte.

»Wenn kein Ziel in Sicht ist, kein Endpunkt klar erkennbar, dann aber der Weg das Ziel wird, wie lang ist dann das Ziel? Nicht nur auf Zigaretten, auch auf das Leben als Ganzes ließe sich das beziehen.«

Sechs Wochen war er jetzt schon in der Tagesklinik.

Es gab Höhen und Tiefen. Manches fand er gut, manches nicht. Das Konzept einer Tagesklinik bestand im Grunde darin, dass behandlungsbedürftige Personen eine intensive tagtägliche Behandlung von morgens bis abends bekamen, aber im Gegensatz zu einem stationären Klinik-aufenthalt daheim schliefen und ihrem gewohnten Privatleben nachgingen. Es stellte für die, die nicht in eine stationäre Einrichtung wollten oder konnten, eine gute Alternative dar.

Es gab verschiedene Programme und Tätigkeiten, an denen er teilnehmen sollte. Arbeiten mit Holz oder Malen gefielen ihm gar nicht. Er war nicht gut darin und er glaubte auch nicht, gut in diesen Dingen zu sein. Wobei das Ergebnis bei beiden Sachverhalte identisch war. Ob etwas nicht getan wurde, weil die betreffende Person mangels Kompetenz dieses Handeln nicht vermochte oder aber nur glaubte, dass dem so wäre, war im Ergebnis gleich. Wer aber daraus resultierend behauptete, jeder könnte alles, falls man nur wollte, lebte in einer äußerst seltsamen Wirklichkeit. Warum sollte jemand Tagelöhner oder Bettler werden wollen, wenn dieser doch Arzt oder Anwalt werden könnte? Besser noch gleich Millionär. Die Esoterik, die manch Therapeut als Heilmethode verkaufen wollte und kaum bis gar keine Kritik daran zuließ, war für Basti eine Qual. Stundenlang wurde – in seinen Augen – Nonsens wiederholt. Schon teilweise fast religiös anmutend.

Der Zwang zur Partizipation ließ in Basti und auch manch anderen Patientinnen und Patienten Gedanken an Revolution oder zumindest kreativen Widerstand entwickeln. Kunst-Therapie war dabei ein ganz besonderes Kampffeld. Zwar brachte diese Form der Therapie vielen Erkrankten eine erhoffte Erleichterung, aber es waren eben nicht alle Patientinnen und Patienten gleich. Der Glaube an einen Reifen, durch den alle Menschen springen konnten, ähnlich wie ein Löwe im Zirkus, war absurd. Die Menschen waren verschieden und nicht uniform. Ungleiches gleich behandeln zu wollen, käme struktureller Gewalt gleich. Erzwungene Partizipation entwickelte sich für manche Betroffenen zur Folter. Ob nun aus strukturellen Gründen, weil die Tagesklinik privatwirtschaftlich war und möglichst effizient wirtschaften musste oder weil die »Wissenschaft« hinter der Therapie überzeugt war, eine Gleichmacherei schade niemandem und Widerstände müssten aufgelöst werden, war für das Ergebnis egal. Nicht alle würden den Sprung durch den Reifen schaffen und nicht allen, die den Sprung geschafft hatten, würde es danach besser gehen als vorher.

»Guten Morgen, liebe Patienten und Patientinnen. Wer mich noch nicht kennt, ich bin Ihr Kunsttherapeut. Heute wird Herr Fantasti ein kleines Einzel-Theaterstück für uns aufführen. Ich bin schon sehr gespannt und freue mich!«

Im großen Sportraum, im Kellergeschoss der Tagesklinik, versammelte sich die ganze Truppe. 16 Personen waren es, wovon einer der Kunsttherapeut war.

Die meisten der Anwesenden setzten sich auf die Sitzbank an der langen Wand. Der Rest verteilte sich auf Hocker und Sitzbällen. Eine der kurzen Seiten des rechteckigen Raumes war fast komplett verspiegelt. Aus seiner Umhängetasche holte Basti eine Feldmütze der Bundeswehr heraus. Er selbst war einmal Grundwehrdienstleistender beim Sanitätsdienst der Bundeswehr gewesen. Beim Anprobieren fiel auf, dass er wohl einen größeren Kopf als sein Vater haben musste, denn es war die seines Vaters und sie passte ihm nicht richtig. Die Mütze, ja, der Wehrdienst passte der jüngeren Generation wohl weniger als der älteren. Basti stellte sich mit dem Rücken zur verspiegelten Wand und blickte in Richtung seines Publikums. Er nahm einen Hocker und stellte diesen vor sich hin. Nervös war er, hatte er doch kein festes Skript ausgearbeitet, an dem er sich entlanghangeln konnte. Das war Absicht. Er wollte improvisieren.

»Sehr geehrte Damen und Herren, zuallererst möchte ich dem Herrn Therapeuten dafür danken, diese Einzelnummer abhalten zu dürfen. Hatte ich mich doch letzte Woche geziert, an einer Gruppenarbeit zu beteiligen. In dem kurzen Stück wird es zwei verschiedene Rollen geben, die beide von mir verkörpert werden. Zum einen der Ausbilder und zum anderen ein Rekrut. Ja, ihr habt richtig gehört, in der Geschichte geht es um das Militär, wobei dieses fast nur die Rahmenhandlung abbildet. Es geht vielmehr um ein Paradox, ein philosophisches Paradox, um genau zu sein, und ich hoffe, dieses regt euch zum Nachdenken an. Damit ihr unterscheiden könnt, wer wann spricht, habe ich diese Feldmütze der Bundeswehr mitgebracht, die ihr hier in meiner Hand sehen könnt. Wenn ich die Mütze richtig herum aufsetze und mich auf dem Hocker so drehe, dass ihr mich von der Seite seht und ich nach links schaue, bin ich der Ausbilder, und wenn ich mich andersherum, nach rechts schauend, drehe und die Mütze verkehrt herum auf dem Kopf habe, bin ich der Rekrut. So weit verstanden?«

Alle nickten.

»Wunderbar. Wenn die Truppe angesprochen wird, spreche ich vielleicht einmal in eure Richtung, das ist aber keine Aufforderung für euch zu antworten. Ihr dürft euch aber gern dieser fiktiven Truppe zugehörig fühlen.«

»Okay, stellt euch bitte vor, ihr alle seid frische Rekruten der Bundeswehr. Ihr seid schon ein paar Tage dabei und konntet euch bereits etwas an die Kaserne gewöhnen. Heute geht ihr zum ersten Mal in voller Kampfmontur und Gewehr in den Wald, um Soldatsein zu üben.« Basti ließ sich auf den Hocker nieder, setzte die Feldmütze korrekt auf und blickte nach links.

»Guten Morgen, Männer«, sagte der Ausbilder zu seiner Truppe.

Schnell drehte Basti die Feldmütze um 180 Grad auf seinem Kopf herum. Ebenso schnell drehte er sich auf dem Hocker. Das Zeichen für das Publikum, dass jetzt der Rekrut dem Ausbilder antwortete.

»Und Frauen!«, erwiderte der Rekrut unbeeindruckt von der Autoritätsperson, die sich vor ihm befand.

Wieder drehte Basti sowohl seinen Körper um die eigene Längsachse als auch seine Mütze. Dem Publikum wurde klar, dass es ein schnelllebiger Schlagabtausch werden würde. »Was? Ach, ja, gut, dann auch Frauen! Willkommen beim ersten Waldspaziergang. Stellt euch vor, ihr seid in Afghanistan.«

»Dazu hätte ich eine kurze Frage, Herr Feldwebel. Seit wann gibt es in Afghanistan so viel Wald? Gibt es da nicht viel mehr Wüste?«

»Wie bitte? Was glauben Sie, wer Sie sind?«

»Ich? Ich bin Philipp, der Philosoph. Mag keine Pferde!«

»Was Sie sich in die Futterluke schieben, geht mir am Arsch vorbei, Soldat! Sie sollen sich vorstellen, in einem afghanischen Wald zu sein. Wenn ich das sage, dann haben Sie das nicht zu hinterfragen. Verstanden?«

»Verstanden habe ich, lieber Herr Feldwebel, dass Sie glauben, sich in einem Wald in Afghanistan zu befinden. So weit, so gut. Wann ist jetzt aber ein Haufen ein Haufen?«

»Was? Sie ... Sie wollen einen Haufen machen? Aber doch nicht in den Wald. Hier vor der ganzen Truppe? Sie ekelhaftes Subjekt!«

»Ich? Nein, ich mache keinen Haufen. Nicht hier. Vielleicht, aber Sie, lieber Herr Feldwebel.«

»Was soll das? Ich mache sicher keinen Haufen.« Der Kommandant wirkte sichtlich entrüstet.

»Gut, gut, mir geht es hier aber um Philosophie. Ab wann ist eine Ansammlung von Gegenständen, wie unsere Gewehre, ein Haufen? Wenn wir ein Gewehr auf den Boden legen, sicherlich noch nicht. Bei zwei oder drei Gewehren bestimmt auch noch nicht. Wie sieht es aber mit 800 oder 3563 Gewehren aus? Ab welcher Anzahl wird es ein Haufen Gewehre? Objektiv und nachvollziehbar für alle Betrachter und Betrachterinnen.«

»Was um Himmels willen hat das mit uns zu tun, Herr

Philosoph? Wir stapeln hier keine Gewehre für Sie!«

»Oh, natürlich nicht. Das Problem ist aber für uns relevant. Wenn wir nämlich die Gewehre im Beispiel durch Bäume ersetzen, können wir uns fragen, wie viele Bäume nebeneinanderstehen müssen, um einen Wald zu ergeben? Die Antwort ist nicht eindeutig zu lösen, aber warum sitzen wir hier gerade trotzdem in einem Wald?«

»Ähm, ich bin mir nicht sicher. Weil dieser so in der Karte eingezeichnet ist?«

»Genau, da haben Sie den Nagel auf den Kopf getroffen. Der Mensch, besser gesagt, Menschen mit Macht, haben beschlossen, welche Ansammlungen von Bäumen als Wälder gelten und welche nicht. Vollkommen willkürlich getroffene Entscheidungen, die wir alle gezwungen sind zu akzeptieren und zu reproduzieren. Gibt es eine bessere Definition von Macht?«

»So, jetzt ist aber Schluss hier. Philosophieren können Sie nach Dienstschluss in der Kneipe. Hier soll das Kriegshandwerk erlernt werden.«

»Ich lerne doch. Wann beginnt der Krieg, wenn nicht mit der Definition von Wörtern, der Manipulation von Bildern und dem Erzählen von Narrativen?«

Basti alias der Feldwebel alias der Soldat nahm seine Mütze ab und stand vom Hocker auf. »Ende! Das war mein kleines Theaterstück. Ich nenne es ›Ein Haufen im Wald‹ und hoffe, es hat euch gefallen.«

Das Publikum im Sportraum der Tagesklinik klatschte. Viele hatten während der Vorführung herzhaft lachen müssen. Einige ältere Männer erkannten sich selbst in den gespielten Rollen wieder und erinnerten sich an ihre eigene Zeit im Militär.

Basti packte die Mütze zurück in seine Tasche und das Publikum verließ den Raum zur Zigarettenpause. Langsam trottete er hinterher. Ein bisschen weniger traurig und allein.

KAPITEL 18: EUPHEMISMUSSCHMIEDE

E ndlich hatte es Basti geschafft. Nach all den Jahren, Demütigungen und Suizidfantasien. Jetzt hatte er einen richtig guten Job.

»Herzlich willkommen, meine Damen und Herren, liebe zukünftige Kollegen und Kolleginnen. Mein Name ist Basti Fantasti und ich bin der C.E.S. hier. Das steht für Chief-Euphemismus-Schmied. Ich bin sozusagen die Nummer zwei im Unternehmen. Ich darf Sie auch im Namen von Friedrich Frieden, unserem Geschäftsführer und Eigentümer der Euphemismusschmiede, begrüßen. Leider kann er heute nicht anwesend sein, aber Sie können mit allen wichtigen Angelegenheiten auch zu mir kommen. Noch sind wir ein verhältnismäßig kleines Start-up, aber das waren die ganz Großen auch irgendwann einmal. Ich hoffe, die gewählten Räumlichkeiten empfinden Sie alle als angenehm. Falls dem nicht so ist, können Sie gern konstruktive Änderungsvorschläge machen. Wir sind ein demokratisches Unternehmen. Jede und jeder darf sagen, was er oder sie will und ich sage dann, was gemacht wird. Ha, Entschuldigung, war nur ein kleiner Scherz, oder doch nicht? Ich sehe, ein Teil von Ihnen hat gelacht und ein anderer Teil nicht. Wird spannend, gemeinsam herauszufinden, wer recht und wer unrecht hatte. Ha, ha, ich habe Tränen in den Augen. Können Sie ja nicht sehen. Deshalb erzähle ich Ihnen das. Oh Boy, am Humor müssen wir in dieser Truppe aber noch arbeiten. Lange Rede, kurzer Sinn.

Ich sehe, Sie vier sind schon ganz aufgeregt. Der erste Arbeitstag und dann noch sofort eine Besprechung mit dem Chef. Dann fangen wir gleich mal an. Bevor ich Sie auf Kundschaft loslassen kann, wollen wir gemeinsam noch ein wenig üben. Ich habe gerade zwei Begriffe genannt, die ich gern von Ihnen euphemisiert haben möchte. Sie können den Arm runternehmen, für Fragen haben wir keine Zeit, aber Ihr Engagement haben Herr Frieden und ich wahrgenommen. Die beiden Begriffe sind ›Besprechung‹ und ›Chef‹. Beides wird in der Arbeitswelt zum Teil sehr kritisch gesehen. Sie haben fünf Minuten Zeit, Euphemismen dafür zu finden. Sie vier arbeiten als Team, ich werde Sie dafür allein lassen und einen Kaffee trinken. Geben Sie sich Mühe. Die Zukunft der Firma und damit auch Ihre Zukunft hängen davon ab. Danke und los jetzt!«

»Da bin ich wieder. Die Zeit ist um. Was haben Sie zu bieten? Fangen wir mit dem Begriff ›Besprechung‹ an. ›Happening‹? Okay, verstehe, es passiert etwas, es wird etwas besprochen und das Wort könnte mit happy, also glücklich, verbunden werden. Ah, okay, Sie meinen, man könnte es auch so erweitern? Also, dann ›Happy Happening‹, kurz HH oder 2H. H2 klingt englisch ausgesprochen auch gut. Gut, wir probieren das mal für einen Monat aus und schauen, wie wir uns damit fühlen.

Nun zu dem anderen Wort, wie nennen wir mich in Zukunft, wenn nicht Chef? GKAZ? Was soll das heißen? ›Größter Kumpel aller Zeiten‹? Wirklich? Das geht aber schwer über die Lippen. Ach so, das sollte ein Witz sein.

Weil Sie wissen, dass ich Witze mag. Aus dem Promo-Video. Na gut, jetzt aber bitte den richtigen Euphemismus. ›Großer Freund‹? Weil hier alle Freunde sind und ich in der Hierarchie höher stehe und daher größer bin, verstehe! Ein wenig altbacken, aber könnte klappen. Wieso altbacken? Na ja, der Vergleich zu 1984 und dem großen Bruder ist doch wohl mehr als offensichtlich, oder nicht? Ein Roman. Von George Orwell. Der hat auch ›Farm der Tiere‹ geschrieben. Kennen Sie nicht? Keiner von Ihnen? Früher gehörte das zum Bildungskanon. Verdammt, wohin soll die Jugend von heute uns führen!

Ja, ist gut. Sie müssen das nicht extra nur für mich lesen. Wie? Sie finden die Bücher im Internet nicht? Puh, tief durchatmen. Das gefällt mir gar nicht, aber mein Besprechungscounter sagt, wir haben nicht mehr viel Zeit hierfür. Wie Herr Frieden und ich festgestellt haben, sind Sie alle mittlerweile aus Ihren Studierenden-WGs und Wohnheimen in eigene Wohnungen gezogen und haben sich für Möbel und Elektronik hoch verschuldet. Alles kein Problem, Sie werden ja für die Euphemismusschmiede arbeiten. Ha, das war eine Falle! Wir können Sie jederzeit feuern und werden das auch tun, wenn es nötig ist! Aber jetzt erst einmal willkommen zum Assessment. Wir spielen drei Runden. Ja, wie in einer Gamingshow. Sie müssen einen guten Euphemismus abliefern. Der mit dem schlechtesten Vorschlag darf sofort gehen. Verstanden? Ach, schauen Sie nicht so. That's Capitalism, Baby! Wenn Ihnen das Heulen bei der Konzentration hilft, nur zu, ich werde heute ja nicht womöglich gefeuert. Falls das hier nichts wird, können Sie ja immer noch in dieser neuen Show mitspielen, bei der Wünsche der Community erfüllt werden müssen, um die Miete zu erspielen. Ich habe letzte Woche die Pilotfolge gesehen: ›The Last Chance – Morgen ist die Miete fällig‹, heißt die. Echt lustig.

Aber gut, fangen wir mit der ersten Spielrunde an. Zur Wiederholung. Sie haben fünf Minuten Zeit und spielen gegeneinander. Ich erwähnte eine Falle, in die Sie getappt sind. Ich hätte gern einen Euphemismus für Falle.«

»So, die fünf Minuten sind um. ›Party‹? Warum? Weil alle gern auf eine Party gehen und dann in die Falle tappen. Hmm, okay, next.

›Sollbruchstelle‹! Weil Fallen sich in der Regel nicht bewegen und es gewollt ist, dass da jemand hineintritt. Außerdem soll die Falle etwas schützen. Sehr interessanter Gedanke, werte Kollegin, ich meine, Freundin. Gegenwärtig sind Sie meine Favoritin.

Was haben die anderen beiden zu bieten? Wer wird nächsten Monat seine Miete nicht zahlen können? ›Geburtstagsfeier und Terminierung‹? Ich weiß spontan nicht, was davon schlechter ist. Doch, jetzt weiß ich es. ›Terminierung‹, weckt negative Gefühle. Jemanden terminieren, könnte heißen, jemanden zu töten. Sie, mein Freund, sind gefeuert. Sobald ich auf diesen Knopf drücke, fliegen Sie automatisch aus diesem Happy Happening raus. Ich hoffe aber, Sie bei ›The Last Chance‹ wiederzusehen. Adieu!

›Geburtstagsfeier‹ ist auch grausam, aber weniger

grausam als Terminierung. So, Runde zwei. Der neue Begriff ist ›Assessment‹. Und los!«

»Ende! Fünf Minuten sind um. Erleuchten Sie mich. ›Prüfung‹? Lame, aber mal sehen, ob etwas Besseres oder Schlechteres von den beiden anderen kommt. ›Get-Together‹? Das ist aber eigentlich was ganz anderes. Sie meinen, wir streichen das Assessment und laden die Bewerbenden stattdessen zu einem Get-Together und wenn sie sich alle wohlfühlen und angekommen sind, kommen die Tests. Perfekt! Hervorragend die Situation antizipiert, in der Sie sich gerade befinden. Meine Herren, halten Sie sich ran oder Ihre Freundin macht heute das Rennen.

Wie, Sie haben auch ›Get-Together‹? Wahrscheinlich von der Nachbarin abgeschrieben und die Hoffnung gehabt, vorher dran zu sein. Ach ja, natürlich war es anderes herum. Glauben Sie nicht, wir würden alles überwachen, was Sie tun? Egal, wo Sie sind. Bye, bye, viel Spaß auf der Straße. Da waren es nur noch zwei! Der letzte Test ist, das Wort ›Test‹ zu euphemisieren.«

»Tempus fugit! Die Zeit ist wieder vorbei. Ich erwarte, Großartiges zu hören. ›Freude‹? Eine ›Freude‹ machen. Hmm, ich bin mir nicht sicher. Bis jetzt haben Sie mich noch nicht enttäuscht, meine Freundin. Es ist nicht hervorragend, aber auch nicht schlecht. Wir schauen mal, was der andere zu bieten hat. ›Quest‹? Top, da spricht ein Gamer. Ich bin begeistert, Sie haben gewonnen. Tut mir leid, meine Dame, aber auch Sie werden jetzt per Knopfdruck verschwinden. Glückwunsch an den Herren, Sie sind eine Runde weiter. Ja, Sie haben heute gewonnen und dürfen sich Tagessieger nennen. Wir machen dieses Happy Happening oder Get-Together einmal am Tag und das von Montag bis Donnerstag. Am Freitag treffen dann die Tagessieger aufeinander. Nicht fair? Weil heute Donnerstag ist? Ist es die Schuld der Firma, dass Sie so faul sind und sich zu spät bewerben? Ich beende jetzt die Verbindung. Loggen Sie sich morgen zur selben Zeit in diesen VR-Raum. Tschüss …«

»Es sind alle weg, Karl. Du kannst jetzt deinen Avatar aktivieren. Oh, neue Frisur? Sieht gut aus.

Wenn kein anderer Mensch dabei ist, werde ich dich wohl Karl nennen dürfen.

Ich habe mich extrem unwohl bei dieser Simulation gefühlt. Wollen wir wirklich so unsere Angestellten rekrutieren? Ich weiß, wie es ist, arbeitslos zu sein und sich wertlos zu fühlen. Ich hatte mir einmal geschworen, anderen Menschen so etwas nie anzutun, und jetzt soll ich so was in Zukunft machen? Kann ich nicht wenigstens das Skript ändern, das du mir zum Vorlesen gegeben hast? Nein, natürlich will ich nicht gefeuert werden und die Aktienoptionen zurückgeben.

Warum lachst du schon wieder? Muss das immer sein? Mein Leid scheint dich zu amüsieren. Diese armen Menschen werden ihre Wohnungen verlieren und vielleicht wirklich bei dieser ekelhaften und perversen Show mitmachen. Hast du mal gesehen, was da passiert? Die

Gesellschaft ist extrem verroht und blutdürstig geworden.

Du produzierst die und hast bereits ein Kaufangebot von BuddyCorp? Warum überrascht mich das nicht?

Hör zu. Wenn es unbedingt sein muss, dass wir auf diese Art und Weise unsere Belegschaft einstellen, dann stell Leute dafür ein, die das machen. Ich will das nicht selbst machen und auch nicht sehen. Das ist wie mit der Herstellung von Fleischprodukten. Wenn man sich die Zustände im Schlachthof anschauen würde, dann würde man Vegetarier oder Veganerin werden. Da ich aber meine Bratwurst und mein Schnitzel mag, gehe ich nicht in den Schlachthof. Ganz einfache Sache.

DAS WAR KEINE SIMULATION? Was zum Teufel meinst du damit? Ich habe das diesen Menschen angetan? Mir wird schlecht. Wenn ich nicht weitermache, feuerst du mich und setzt mich in einem indischen Slum aus, amputierst mir beide Hände und reißt mir die Zunge raus? Du blödes Arschloch. Schlachter nennst du mich. Ich bin raus für heute. Ich benötige einen Drink. Heute schmeckt wahrscheinlich sogar der Hennessy. Mit Cola und Strohhalm.«

KAPITEL 19: RECAP 2

Bitte setzen Sie die VR-Brille ab, um das nächste Recap mit Ihrem beratenden Operator zu besprechen. Wir danken Ihnen, dass Sie Recap nutzen!»

Basti tat, was ihm die Stimme sagte, und erblickte beim Abnehmen der VR-Brille den Raum des Recap-Studios. So nannte die Firma Recap ihre Läden, die jetzt überall eröffnet wurden. Recap war ein Start-up, das langsam erwachsen wurde und sich auf das Wiedererleben von Erinnerungen spezialisiert hatte. In einem Recap-Studio standen dazu bis zu 20 Plätze für Kundinnen und Kunden bereit.

»Hallo, Herr Fantasti, wir hatten einen Schichtwechsel. Mein Name ist BunnyFunny, Herr BunnyFunny, ich bin Ihr beratender Operator. Darf ich fragen, ob das Ihr erster Recap war?«

»Ja, war es. Aber warum war es nicht mein Urlaub in Thailand, an den ich mich erinnern wollte?«

»Oh, das tut mir und der Firma Recap natürlich sehr leid, Herr Fantasti. Die Rekapitulation, so haben wir bei Recap unser Prinzip der Rekonstruktion von Erinnerungen genannt, steckt noch in den Kinderschuhen. Das heißt, das Gehirn erinnert sich nicht immer daran, was wir, beziehungsweise die Kundschaft, gerade wollen. Manche Erinnerung drängt sich in den Vordergrund und möchte erneut erlebt werden. Wir arbeiten aber daran, diese Herausforderung in Zukunft zu bewältigen. Deshalb benötigen wir möglichst viele Kundinnen und Kunden, die die

Recap-Sitzungen nutzen. So kann unsere KI immer auf einem gleichbleibenden Niveau lernen, um die gewünschten Erinnerungen von den unerwünschten noch gründlicher zu unterscheiden und nur die gewünschten Erinnerungen zu rekapitulieren.«

»Aha, wir sind also alle Versuchskaninchen und sollen auch noch dafür bezahlen?«

BunnyFunny schaute, als hätte er die Frage erwartet und zeigte auf ein großes Werbebanner an der Wand.

»Natürlich nicht, Basti. Ich darf Sie doch Basti nennen? Sie dürfen mich auch gern Funny nennen, falls Sie das möchten?«

»Ja, okay, und jetzt? Klappt das jetzt mit meiner Thailand-Erinnerung, oder nicht?«

»Versprechen kann ich Ihnen das leider nicht. Ich kann Ihnen aber anbieten, noch ein Recap auszuprobieren, und sollte es nicht Ihre erwünschte Erinnerung an Ihren Thailand-Urlaub sein, lieber Basti, dann sind alle beiden Recap-Sitzungen für Sie kostenlos. Was sagen Sie dazu? Das klingt doch fair, oder?«

»Puh, okay, mein Zug fährt aber in einer halben Stunde los. Schaffen wir das?«

»Na klar, die meisten unserer Kundinnen und Kunden sind hier am Hauptbahnhof nur auf der Durchreise. Was glauben Sie, warum wir unsere Recap-Studios auch in großen Bahnhöfen haben? Wir benötigen möglichst viel Laufkundschaft und die gibt es fast nirgends so ergiebig wie an Bahnhöfen. Außerdem dauert das Erleben eines Recaps nicht so lange, wie die Erinnerung tatsächlich dauert. Theoretisch könnten Sie in der halben Stunde Jahre wiedererleben und es würde sich auch für Ihr Gehirn wie Jahre anfühlen.«

»Wow, das ist sehr interessant. Jetzt verstehe ich, warum der Börsenkurs von Recap gerade durch die Decke geht.«

»Ja, da gibt es eine Menge Potenzial nach oben. Auch BuddyCorp soll schon Interesse haben.«

»Natürlich. Woran hat BuddyCorp kein Interesse?«

»Das stimmt natürlich auch. Ich hoffe, meine Mitarbeitenden-Aktien entwickeln sich gut. Wünschen Sie jetzt, Ihre zweite Runde Recap auszuprobieren?«

»Gut, aber nur 20 Minuten. Ich will auf keinen Fall meinen Zug verpassen. Ich muss zu einem wichtigen Kunden.«

»Selbstverständlich, Basti. BunnyFunny kümmert sich um Ihre Belange! Darf ich fragen, was Sie beruflich machen?«

»Wenn es sein muss. Ich bin Euphemismus-Schmied und arbeite deshalb auch bei der Euphemismus-Schmiede, einer Agentur für Euphemismus-Beratung. Allerdings erweitern wir bald unser Geschäftsfeld und beraten unsere Freunde im Bereich Dysphemismus.«

»Das ist ja sehr interessant. Davon habe ich bis jetzt noch nie gehört.«

»Das sollten Sie auch nicht. Wir beraten die Führungsebenen von Unternehmen, staatliche Stellen und vermögende Privatpersonen.«

»Und was machen Sie als Euphemismus-Schmied?«

»Ich könnte jetzt antworten: ›Ich schmiede Euphemismen‹, aber das würde Ihnen vermutlich nicht weiterhelfen. Ich versuche, es etwas näher zu erklären. Nehmen wir an, ein Unternehmen beutet in der Dritten Welt Rohstoffe aus und unterstützt die Versklavung von Millionen Menschen, die sich zu menschenunwürdigen Arbeitsbedingungen zu Tode schöpfen, und sowohl das Dritte-Welt-Land als auch das Herkunftsland des Unternehmens sind darin involviert. So oder so ähnlich funktioniert Neo-Kolonialismus. Dieser unterscheidet sich auch vom ›alten‹ Kolonialismus, da die ›neuen‹ Kolonien nicht mehr direkt dauerhaft vom imperialen Staat der ersten Welt militärisch und administrativ kontrolliert werden. Das wird heutzutage einem Diktator oder einem korrupten scheindemokratischen Staatsapparat überlassen.

Meine Aufgabe ist es, diesen Sachverhalt so lange im Feuer zu schmieden, bis aus dem Rohmaterial etwas für alle Glänzendes wird. Bestimmte doppeldeutige Begriffe, welche missverstanden werden können, müssen verbessert werden, also deren Verständlichkeit an die Bedürfnisse der Zielgruppe angepasst werden. Genau das mache ich dann. Statt des negative Emotionen auslösenden Wortes ›Sklave‹ verwenden wir das Wort ›Mitarbeiter‹‹ oder ›freiwillige Aktivisten und Aktivistinnen‹. Hört sich doch gleich viel besser in den Nachrichten an. ›Kolonie‹ ist auch nicht unbedingt eine sinnvolle Bezeichnung. Da könnten wir ›Partnerland oder Partnerstaat‹ sagen. Das suggeriert ein Verhältnis auf Augenhöhe. Auch ›Handelsimperialismus‹ klingt doch falsch. War das antike Rom nicht ein Imperium? Was hat das mit kleinen knuffigen europäischen Ländern zu tun, durch das ich in einer gefühlten halben Stunde mit dem Auto durchgefahren bin? Lächerlich! Spontan würde ich ›Entwicklungspartnerschaft‹ bevorzugen. So etwas machen wir den ganzen lieben Tag in der Euphemismus-Schmiede. Ach, und so nebenbei! Sie haben gar nicht nachgefragt. ›Freunde‹ – klingt das nicht viel besser als ›Kunden und Kundinnen‹?«

»Oh, da müssen Sie aber gut mit Wörtern umgehen können und sehr schlau sein.«

»Es hilft, eine entsprechende akademische Ausbildung durchlaufen zu haben und viel zu lesen.«

»Das hört sich nach einem großartigen Job an und was ist dieses neue Geschäftsfeld, das so ähnlich klingt?«

»Die Dysphemismus-Beratung? Eigentlich auch ganz einfach. Das ist die andere Seite der Medaille. Vorher haben wir ein Wort, einen Begriff, eine Definition, so verändert, dass diese erstens nicht mehr so schlimm klingt wie der Ursprungsbegriff und zweitens, damit diese die Realität nicht widerspiegelt. Durch geschickte Optimierung der Sprache erschaffen wir eine Wirklichkeit in den Köpfen der Menschen, in der sie zusätzlich auch noch viel lieber leben als in der Realität. Die Realität ist dabei objektiv und nicht veränderbar, aber wie der Mensch diese Realität durch seine Sinnesorgane wahrnimmt und sein Gehirn diese Wahrnehmung interpretiert, das nennen wir dann Wirklichkeit. Jeden Moment im Leben eines Menschen bildet das Gehirn diese Wirklichkeit und weil diese Fähigkeit hoch individuell ist, werden zwei Menschen niemals zu einhundert Prozent dieselbe Wahrnehmung und dadurch Wirklichkeit erleben. Falls wir diese Vorstellung, die große Teile der entsprechenden Fachwissenschaften für wahr annehmen, auch für wahr halten, lassen sich diese Dinge nach unseren Wünschen manipulieren.

Okay, wieder ein Beispiel zur Illustration. Nehmen wir an, ein demokratischer westlicher Staat möchte seine Rüstungsindustrie, Pardon, Verteidigungsindustrie, wirtschaftspolitisch unterstützen.

Dazu erteilt dieses Land im großen Stile Ausfuhrgenehmigungen an seine Partnerländer. Das Ganze gern im Rahmen einer Entwicklungspartnerschaft.

Jetzt muss man die Bevölkerung, die Waffen, oh, Pardon, die Verteidigungsgüter, ungern in Krisenregionen sieht, davon überzeugen, dass nicht einfach jeder Schurkenstaat Waffen bekommt. Das kann man durch zwei Methoden erreichen: Die erste Methode habe ich gerade bei Ihnen angewendet. Ich habe die Begriffe ›Schurkenstaat‹, ›Krisenregion‹ und ›Waffe‹ verwendet. Warum tue ich das? Habe ich nicht gerade erklärt, mein Job wäre es, genau das Gegenteil zu tun? Genau daran sehen Sie, wie gut das funktioniert.

Benötigt wird ein Negativbeispiel, damit alle anderen gut dastehen oder mindestens besser im direkten Vergleich. In meinem Beispiel werden niemals Verteidigungsgüter geliefert. Hier ist der Euphemismus für Waffen wieder wichtig. Geübte Redner und Texter können mit den Begrifflichkeiten spielen. Es geht dabei um Täuschung und Verschleierung. Schon George Orwell bemerkte, dass es eine Meisterleistung war, das Kriegsministerium in Verteidigungsministerium umzubenennen. Heute werden die meisten Menschen nicht mal mehr wissen, dass die Verteidigungsministerien früher Kriegsministerien hießen.

Daran messen wir unsere heutige Arbeit.

Nun aber zurück zu unseren Waffenlieferungen an unseren Schurkenstaat, damit die Sklaven auch gezwungen werden können, unsere Rohstoffe abzubauen. Indem nun der westliche Staat, von dem ich sprach, übrigens auch eine lupenreine Demokratie, behauptet, sehr restriktive Ausfuhrbeschränkungen für Verteidigungsgüter zu haben, klingt es so, als würde sehr streng geprüft werden, wer eine Ausfuhrgenehmigung bekommt. Das wiederum suggeriert, dass unmöglich alle, und schon gar nicht die Schurkenstaaten, beliefert werden können. Der Begriff ›restriktiv‹ ist dabei dann der Dysphemismus von ›einfach, locker‹ oder ein ähnlicher Begriff.»

»Das klingt erschreckend. Dann stimmt unsere Sprache gar nicht immer oder es ist alles nur Interpretation. Darüber muss ich nachdenken. Sie können jetzt aber zunächst die Brille für Ihr nächstes Recap aufsetzen. Denken Sie aber bitte daran, sich bemerkbar zu machen, falls Sie von mir, BunnyFunny, Ihrem Operator, Hilfestellungen benötigen. Dazu tippen Sie bitte mit den Fingern Ihrer linken Hand zweimal an die linke Schläfe und sagen laut und deutlich das Kommando ›Operator‹. Danke und viel Vergnügen!«

Außerhalb des Terminals Nr. 3 am Flughafen war es dunkel, es war Mitte November, das kalte und trübe deutsche Wetter trieb die, die es sich leisten konnten, an wärmere Orte auf der Welt.

Basti wartete ungeduldig, dass sein Flug nach Thailand

endlich losging. Er hatte sich den Urlaub vom Mund abgespart und wusste, dass er gewissermaßen pleite war, wenn er in drei Wochen wieder zurück nach Deutschland kam. Er würde zwar dann noch im Keller seiner Eltern wohnen können, aber er konnte sich nicht mehr viel nebenbei leisten. Sein gespartes »Spielgeld«, wie er es gern nannte, war dann weg.

Umso wichtiger war es ihm, dass der anstehende Urlaub etwas Besonderes wurde. Fremden Kulturen wollte er erleben. Erst Thailand, dann Laos, und unbedingt einmal nach Angkor Wat in Kambodscha. Geschichte spüren und erleben. Natürlich viele Videos und Fotos machen.

»AR-Linsen werden gestartet. Bitte warten. Inhalte werden geladen. Der Ladebalken zeigt Ihnen die Dauer des Ladevorgangs an ... Ladevorgang abgeschlossen. Starte Begrüßungsbildschirm. Sehr geehrter Herr Fantasti, lieber Basti, herzlichen willkommen zur BuddyWorld, deinem Marktplatz der unbegrenzten Möglichkeiten. Eine Dienstleistung der BuddyCorp – Wir lassen dich niemals allein! Wir haben ein unschlagbares Angebot für dich. Wenn du jetzt per Augenklimperkontrolle zustimmst, bekommst du für einen Tag kostenlosen Zugang zu allen BuddyServices, die du so oft benutzt und liebst. Dafür darfst du dir dann auch unsere neuste Infoshow ansehen ... Danke! Du hast durch dein Klimpern der Augen zugestimmt. Die Infoshow wird in wenigen Momenten gestartet.

›Herzlich willkommen, lieber Basti, ich bin AdBuddy und begleite dich durch diese Infoshow. Wir befinden uns hier in einer Entbindungsstation für Prominente. Hier werden die Kinder von Persönlichkeiten aus Politik, Wirtschaft, Sport und Unterhaltung geboren. Alles Idole und Hoffnungsträger und -trägerinnen unserer Gesellschaft. Alle Kinder sind wohlbehütet und fühlen sich pudelwohl. Leider können neugeborene und auch heranwachsende Kinder nicht ständig behütet sein. Es gibt Momente, da muss das Neugeborene ganz allein auskommen. Ohne Eltern oder andere Bezugspersonen. Der Gang zur Toilette kann schon mal ein paar Minuten dauern und das Baby liegt allein in der Wiege. Forschende der BuddyCorp haben herausgefunden, dass dieses Alleingelassenwerden innerhalb der ersten Wochen und Monate des neugeborenen Menschen zu einem frühen Mikrotrauma führen kann. Einsamkeit kann bereits in kleiner Dosis verheerende Auswirkungen auf die emotionale Entwicklung des Menschen haben. Du brauchst aber keine Angst haben, Basti. BuddyCorp hat wie immer die Lösung parat. Ich präsentiere dir den Stolz unserer Forschungsabteilung: Unsere neuen und innovativen AR-Linsen für Neugeborene. Diese werden dem einzelnen Baby individuell angepasst und bei jedem Wachstumsschritt im Abo-Modell adaptiert. Die Vorteile liegen auf der Hand. Von Geburt an ist das Baby niemals allein und damit einsam. Wenn die menschliche Bezugsperson nicht anwesend ist, springt automatisch der PsyBuddy an und spiegelt das Baby. Wie du sehen kannst, Basti: Alle Babys auf dieser Entbindungsstation tragen die neuen AR-Linsen und neben ihnen in der Wiege liegen die PsyBuddy-Babys. Der Einfachheit hier als Avatare dargestellt. Natürlich kann jeder Mensch nur seinen persönlichen PsyBuddy sehen. Niemand ist allein. Niemals. BuddyCorp weiß, lieber Basti, dass du keine Kinder hast, aber wir bitten dich, im Bekanntenkreis und außerhalb unser neues Produkt zu bewerben. Allein drei deiner engsten Freunde haben Kinder und eine weitere Bekannte von dir ist schwanger. Für jede Empfehlung erhältst du einen weiteren Tag kostenlosen Zugang zu den Buddy-Services. Falls du deine Freunde und deine Bekannten nicht über unser neues Produkt informieren möchtest, musst du den Vorgang jetzt abbrechen. Dazu hast du 15 Sekunden Zeit. Danke! Wir haben deine Empfehlungen versandt. Möchtest du in BuddyWorld verweilen oder abbrechen? Du möchtest abbrechen. BuddyCorp wünscht einen angenehmen und achtsamen Tag!‹«

Nach dieser Werbeunterbrechung, von der es am Tag mehrere gab, widmete Basti sich wieder seiner Urlaubsplanung und der Thematik des Erlebens von Ereignissen. Was war das Erlebte schon wert, wenn es gegenüber anderen Personen nicht beweisbar war?

Nach zwei Wochen Kultur und Geschichte hatte er noch eine Woche Badeurlaub im 4-Sterne-Hotel geplant. Das musste sein. Das gehörte dazu. Leicht weggedöst begann Basti, vom Strand zu träumen.

»Sehr geehrte Damen und Herren, aufgrund eines Tsunamis werden alle Flügen nach Thailand auf unbestimmte Zeit eingestellt. Nähere Informationen werden wir an Sie weiterleiten, sobald mehr zu der Lage bekannt ist.«

Basti schreckte auf. Um ihn herum fluchten viele Menschen. Der Urlaub war vorerst gestrichen. Kaum jemand schien darüber nachzudenken, wie viele Menschen gerade am anderen Ende der Welt starben. Einige hofften sehr laut, »dass die unschätzbaren Weltkulturstätten erhalten blieben.«

»Hauptsache, die richtigen Prioritäten werden gesetzt«, scherzte Basti in den Raum hinein.

Ein älterer Herr, der gegenüber von Basti saß, reagierte interessiert auf seine Worte. »Da werden Sie wohl recht haben. Prioritäten lenken Leben.«

»Genau, und meine Priorität ist, jetzt erst mal ein überteuertes Bier an der Bar da drüben zu trinken.« Basti stand auf und sortierte sein Reisegepäck.

»Oh, darf ich mich da anschließen?«

»Gern, wir haben ja zunächst ohnehin nichts zu tun. Mal schauen, was die Reiseveranstalter zu dem Tsunami und den Umbuchmöglichkeiten sagen werden. Ich bin Basti Fantasti. Sehr angenehm!«

Die beiden Männer schüttelten sich die Hand. Beide waren in gehobener Reisebekleidung unterwegs. Sehr klischeehaft trugen beide jeweils eine weiße Leinenhose mit dem dazugehörigen Sakko. Ihre Hemden waren geschmückt mit verschiedenen Urlaubsmotiven, die an Sommer, Sonne und Strand erinnerten.

»Sehr angenehm. Mein Name ist Karl. Karl Krieg.«

»Oh, Krieg, ungewöhnlich. Sie sollten sich vielleicht umbenennen. Solch ein Name weckt beim Gegenüber fast augenblicklich Assoziationen zum Krieg, also dem bewaffneten Konflikt, und das wirkt sich vielleicht negativ darauf aus, wie Sie gesehen werden. Wie wäre es mit Friedrich

Frieden? Nur ein kleiner Scherz! Bitte nicht böse sein.«

»Ha, ha, nein, alles gut. Super Scherz. Tatsächlich hatte ich schon öfter mit dem Namen Probleme. Darf ich Sie duzen? Natürlich gebe ich auch gern die erste Runde aus.«

»Ja und gern! Ich bin der Basti. Darf ich dich fragen, Karl, ist das ein RealName? Dann musst du viel Geld haben?«

»Nein, kein RealName, aber danke, dass du mich für so jung einschätzt. Das ist tatsächlich mein richtiger und echter Name. Ich habe Bestandschutz. BuddyCorp verdient daran nichts. Geld habe ich aber trotzdem ein wenig. Es reicht noch nicht für einen Privatjet, aber für ein halbwegs anständiges Leben reicht es allemal.«

Karl bestellte zwei Bier und die Kellnerin brachte ungefragt für beide das jeweilige Lieblingsbier. Beide besaßen, wie fast jeder heutzutage, daheim einen Snack-Buddy und da sie in einer BuddyBar saßen, funktionierte der Datenabgleich perfekt.

»Basti, was machst du beruflich, wenn ich fragen darf? Ich bin Investor.«

»Leider bin ich zurzeit zwischen zwei Jobs gefangen. Falls du mir erlaubst, gebe ich dir noch einen Tipp. Du solltest dich wie früher ›Business Angel‹ nennen und nicht ›Investor‹. Das klingt sonst nach bösen Kapitalisten. Du kannst aber auch etwas Neues benutzen, wie ›Business Captain‹.«

»Wow, du kannst anscheinend gut mit Begriffen und Sprache umgehen. So etwas ist Gold wert.«

»Sehr geehrte Damen und Herren, der Tsunami und dessen Auswirkungen auf Süd-Ostasien machen es unmöglich, heute noch Flugzeuge starten zu lassen. Ihre Fluglinie

CC_Air und Ihr Reiseveranstalter CC_Travel bitten Sie dafür vielmals um Verzeihung. Für Sie wurde eine kostenneutrale Unterkunft im Flughafenhotel gebucht, alle Getränke sind ebenfalls inkludiert. Wir arbeiten daran, Ihnen spätestens morgen Früh Alternativen zu Ihrem Urlaubs-Erlebnis anbieten zu können. Im Namen der CopyCatGroup danken wir Ihnen für Ihr Verständnis. CopyCat – Für eine harmonische Gemeinschaft!«

»Na großartig, und jetzt? Anstelle auf dem Weg ins Paradies zu sein, bin ich gezwungen, einen weiteren Tag im verdammt kalten und tristen Deutschland zu verweilen. Echt zum Kotzen so etwas. Was soll ich denn an diesem Ort machen, außer Bier trinken? Flugzeug-Bingo als Trinkspiel? Würdest du mitspielen, Karl?«

»Friedrich! Du hast mich doch euphemisiert, schon vergessen? Ich bestelle uns eine weitere Runde Bier. Falls du Lust hast, könnten wir auf eine Messe gehen, die hier am Flughafen gerade stattfindet?«

»Eine Messe? Ich habe keine Werbung gesehen.«

»Ja, natürlich nicht. Zu dieser Art von Messen, Kongressen und ähnlichen Veranstaltungen wird man eingeladen. Da ist Laufkundschaft oder die ›interessierte Öffentlichkeit‹ unerwünscht. Mich kennen da aber alle und es wäre kein Problem für mich, dich einfach als Gast mitzunehmen. Wir haben doch sonst nicht viel zu tun. Nach dem nächsten Bier könnten wir hingehen. Die Messe ist in einer der Lager- oder Wartungshallen für die Flugzeuge.«

»Worum geht es denn bei der Messe? Was ist das Thema?«

»Gute Frage. Ich hatte gerade, als du auf dem Klo warst,

noch mal nachgeschaut und im weitesten Sinne geht es um Armut. Ich muss zugeben, ich habe mich auch über dich erkundigt und für dich als Arbeitslosen, der nach dem Urlaub pleite im Keller seines Elternhauses dahinsiecht, könnte diese Messe von Interesse sein.«

»Woher weißt du, dass ich keine Arbeit habe? Das ist eine Information, die online nicht frei verfügbar ist.«

»Ach, Basti, du bist doch ein schlauer Geist und da sollte es dich doch nicht wundern, dass Geld keine Grenzen oder Regeln akzeptiert. Ja, sogar Moral wurde wahrscheinlich von den Reichen erfunden, damit die armen Arbeiterinnen und Arbeiter sich nicht zur Revolution erheben. Außerdem hast du am Anfang des Gespräches Andeutungen dahingehend gemacht.«

»Nein, das glaube ich so nicht. Die Moral wurde von anderen erfunden. Die Reichen arbeiten nicht, sie lassen arbeiten. Es ist wahrscheinlicher, dass einer der ›armen Arbeiter‹, wie du sie nennst, die Moral erfunden hat und diese Erfindung, beziehungsweise die Arbeitskraft, die er dafür aufwenden musste, an einen Reichen verkauft hat. Die Moral gehörte ab da an den Reichen und sie nutzten sie gegen die Armen.«

»Ich sagte ja, dass du schlau bist. Ja, so könnte das tatsächlich vor Urzeiten mal gewesen sein. Ich buche uns ein Shuttle. Das holt uns in den nächsten fünf bis zehn Minuten ab.«

»Wir können es uns mal ansehen. Bevor du noch beginnst, mich mit alten peinlichen E-Mails zu erpressen, die ich vor Jahrzehnten betrunken irgendwem geschickt habe und die anscheinend für dich zugänglich sind.«

»Okay, witzig bist du auch, Basti. Gut zu wissen. Humor ist notwendig im Geschäftsleben. Ach, und keine Angst. Erpressen würde ich dich mit gefälschten E-Mails oder Deep-Fake-Videos. So wird das heutzutage gemacht. Das hat nur Vorteile. Es muss nicht lange nach problematischen Verfehlungen gesucht werden. Man erfindet einfach etwas. Selbst dafür gibt es Fach-Agenturen. Ich hätte auch mal Lust, darin zu investieren. Für solche Dienstleistungen gibt es einen steigenden Bedarf. Immer mehr Menschen, besonders die kleinen Leute, wollen ihre Nachbarn oder Verwandten erpressen oder gedemütigt sehen. Die beste Methode, um sich Größe zu verschaffen, ist es, andere kleiner zu machen, als sie sind. Nach unten zu treten, scheint leichter, als sich gegen oben zu wehren.«

»Das hört sich faszinierend und dystopisch zugleich an.«

»Nein, nein, so pauschal sollte das nicht betrachtet werden. Ob Utopie oder Dystopie, ist eine Frage des Standpunktes. Derjenige, der eine Pistole abfeuert, wird nicht ›Mord‹ rufen, sondern eher auf das Recht zur Selbstverteidigung pochen. Das, was du eben Erpressung nanntest, ist aus Sicht einer Mutter, die ihr unschuldiges Kind vor einem neidischen Journalisten schützen will, eher Selbstverteidigung. Spielt es dabei eine Rolle, dass die erwähnte Mutter vermögend ist? Ich sage entschieden ›Nein‹ dazu.«

»Jetzt will ich dich auch mal loben, Karl Friedrich. Das Kampfmittel, Narrative zu bilden und dadurch den Diskurs zu beeinflussen, scheinst du halbwegs zu beherrschen.«

»Danke, Basti. Aus deinem Mund bedeutet mir ein solches Lob sehr viel. Oh, sehr gut. Unser Shuttle kommt gerade. Lass uns einsteigen. Du bist mein Gast!«

Der Shuttle fuhr die beiden Männer zu einer großen Flugzeughalle. Davor gab es kaum Menschen. Ungewöhnlich für so einen großen Flughafen. Der Eingang zur Halle war mit zwei attraktiven Bediensteten besetzt. Sowohl der Mann als auch die Frau trugen Uniformen, die an Stewards einer Fluglinie erinnern sollten. Eine kleine Schlange Menschen stand vor der Halle und verlangte nach Einlass. Die meisten dieser Personen trugen Business-Kleidung, ein paar Menschen, die vermutlich aus dem afrikanischen und arabischen Raum stammten, waren in landestypischer Tracht angereist. Basti wollte sich brav in die Schlange einreihen, aber Karl gab ihm mit einem Handzeichen zu verstehen, ihm an der Schlange vorbei zu folgen. Zielstrebig ging sein neuer Freund auf die beiden Stewards zu und zeigte einen golden glänzenden Armreif am rechten Handgelenk. »Los, komm mit, Basti. Lass dich nicht von der Moral einschränken. Die Schlange ist für die anderen, nicht für uns. Mein Armreif wird automatisch gescannt und ist unsere Eintrittskarte zur Messe. Es gibt kaum eine Tür auf der Welt, die sich damit nicht öffnen lässt.«

»Danke, glaube ich. Moral ist aber doch sinnvoll für das Zusammenleben von Menschen.«

»Richtig. Dem stimme ich zu. Für das Zusammenleben gleicher Menschen. Arm und Reich sind aber nicht gleich. Niemals gewesen. Wir, die Klasse der Reichen, haben euch das lediglich eingeredet und in den meisten Fällen glaubt ihr das auch. Ihr begnügt euch mit formaler Gleichheit, was eine falsche Gleichheit ist. Für die Fälle, bei denen diese Art der ›Kampfmittel‹, wie du es genannt hattest, nicht wirken, müssen andere Mittel und Wege gefunden werden. Puh, dieser Flur ist echt länger, als ich es in Erinnerung habe.«

»Halt. Stopp. Warte mal kurz. Nicht weitergehen.« Basti blieb stehen.

»Ja, schon gut. Ich warte ja. Was ist los?« Karl sah ihn fragend an.

»Was für eine Messe ist das genau?«

»Ich würde ja sagen, du sollst dich überraschen lassen, um das Erleben dieser Erfahrung intensiver spüren zu können, aber das ist auch nur ein weiteres Narrativ zum Zwecke der Propaganda. Das ist die ABC-Messe, das ABC steht dabei für ›Armen-Bekämpfungs-Conference‹. Das ist die weltweit führende Messe zu Themen wie Propaganda, Aufstandsbekämpfung, staatliche Armuts-Kontroll-Systeme und Geburtenkontrolle. Kurzum, die ständige Weiterentwicklung der Kriegsführung im Klassen-Konflikt.«

»Warum erzählst du mir das alles? Bin ich nach dieser Sicht auf die Welt nicht Teil des Feindes? Angehöriger der Klasse der Arbeitenden oder der Armen?«

»Das schon. Ich sehe allerdings viel Potenzial in dir und dein Nutzen wird deine Kosten schon wieder herausholen. Ich sagte doch, ich investiere gern in interessante Dinge.«

»Mir wird schlecht, Karl. Das widert mich an. Mein Herz schlägt links! Ich bin in einer linken Partei und auch in der Gewerkschaft. Leute wie du verkörpern für Leute wie mich das Schlechte in der Welt.«

»Hahaha, du bist witzig. Glaubst du, was du sagst? Einen Großteil dessen, was du glaubst, wurde dir in unserem Auftrag, der Klasse der Reichen, eingeredet. Ich könnte dir Dutzende linke Parteien und etliche Gewerkschaften zeigen, die entweder von uns unterwandert oder durch unsere Propaganda diskreditiert wurden. Linke Parteien in Europa haben den sogenannten ›Mittleren Weg‹ eingeschlagen und Sozialstaaten so umgebaut, wie es uns von Nutzen war. Das alles, um uns zu gefallen. Wir werden den Klassenkrieg endgültig gewinnen. Ein Krieg, von dem deine Klasse noch nicht einmal etwas weiß. Denn wir definieren, was ein Krieg, eine Waffe, ein Schlachtfeld ist. Die, die auf eurer Seite verstehen, wie das Ganze funktioniert und sich dann auch noch eingestehen, dass die Welt tatsächlich so ist und nicht, wie überall und immer behauptet wird, haben genau zwei Optionen: Option eins beinhaltet, die Seite zu wechseln, offenen Auges für uns und gegen die eigene Klasse zu arbeiten und Option zwei beinhaltet, von denen, die die Option eins wählten, bekämpft zu werden.«

Basti stand mitten im Flur und fühlte sich gefangen zwischen zwei Welten. Ging er weiter und begann für Karl und damit die Klasse der Reichen, die Klasse der Kapitalisten, zu arbeiten, oder ging er zurück in die Bar und trank ein weiteres Bier, bis er irgendwann in den Urlaub konnte? Den Urlaub würde er wahrscheinlich in den nächsten Tagen antreten können. Nach dem Urlaub würde er aber zurück in sein trostloses Leben müssen und er war sich nicht sicher, ob er den Druck und Schmerz in diesem

Leben noch lange durchhalten würde. Er musste nur Karl weiterhin sein Können beweisen und die Messe bot sich dafür an. Endlich könnte er sich dann ein besseres Leben leisten und das ohne von seinen Eltern oder dem Staat abhängig zu sein. Andererseits müsste er über Leichen gehen. Einige davon könnten Freundinnen, Freunde und Verwandte von ihm sein. Sein altes Leben würde sich auflösen und eine neue Wirklichkeit würde an dessen Stelle treten. Eine Wirklichkeit, die er miterschaffen würde. In der er ein Held sein könnte. Von Freundinnen, Freunden und Familie anerkannt. Dafür müsste er sich aber auch ein Narrativ für sich selbst kreieren. Eines, in dem er nicht Leichen mitzuverantworten hatte.

Der Markt, ja, der Markt war verantwortlich, dachte er.

Ihm wurde schlecht und er übergab sich. Direkt vor Karl, der nur laut und hämisch lachte. »Das ist schön, Basti. Du befindest dich gerade im Kaninchenbau und realisierst, wohin dieser führt. Noch könntest du zurück in dein altes Leben. Was ich dir erzählt habe, wird dir ohnehin keiner glauben. Bestimmt nur eine Verschwörungstheorie, werden sie sagen. Funfact am Rande: Auch das Konzept der Verschwörungstheorie wurde damals auf der ABC vorgestellt und wie wir mittlerweile wissen, ist das ein echter Klassenschlager.«

»Du meinst Kassenschlager?«

»Nein, ich meinte, was ich sagte. Du musst dich jetzt entscheiden! Entweder du arbeitest für mich in der narrativen Kriegsführung und für den Klassensieg oder du wirst in deinem alten Leben verrotten ... Ich sehe, du bist noch unentschlossen. Okay, ich helfe dir, dich zu entscheiden. Führung ist eben etwas, das meine Klasse kann. Falls du dich nicht für mich entscheidest und mehr Geld verdienst, als du jetzt von der Arbeitsagentur bekommst, sorge ich dafür, dass du niemals wieder Arbeit bekommst und sehr, sehr alt wirst. Ich werde mich daran ergötzen, wie du leidest. Ich werde zur nächsten Filmhochschule gehen und die gesamte Abschlussklasse kaufen, um dein Leben minutiös überwachen zu lassen. Deine Hölle, die du Leben nennst, wird meine persönliche Daily-Soap. Verstanden?!«

Basti schmeckte immer noch den Inhalt seines Magens. Er spürte das Gefängnis der Arbeitslosigkeit und schaute Karl tief in die Augen.

»Aber ich kann, ich will nicht alles machen. Ich … ich habe rote Linien, Grenzen. Moral und Ethik binden mich. Diese Dinge definieren mich als Person. Bitte, nimm mir das nicht.«

»Aber nicht doch. Dein Kopf hat es schon längst verstanden, das kann ich spüren. Dein Herz aber hängt noch an der romantischen Vorstellung, die du als deine Wirklichkeit begreifen möchtest. Erst muss das Herz überzeugt werden und dann kommt der Verstand. Du musst anfangen, zu fühlen, nicht zu verstehen, dass wir es waren, die dir erlaubt haben, diese Vorstellung von Wirklichkeit zu entwickeln, und wir können dir diese auch wieder wegnehmen, falls wir das für nötig erachten. Keine Angst. Ich kann ja sehen, wie du zitterst. Auch da hättest du wieder zwei Optionen. Zuckerbrot, also Geld oder die Peitsche, also eine Form von Gewalt. Die meisten

Menschen haben einen starken Selbsterhaltungstrieb, ein Problem, an dem gearbeitet wird, aber hier hilft dieser Trieb, da er dich dazu bringen wird, das Geld zu nehmen. Habe ich recht, mein Junge?«

»Ja, hast du. Es gefällt mir aber trotzdem nicht!«

Karl tätschelte Bastis Kopf und haute ihm auf den Hintern, als wäre er ein Pferd. »Guter Junge, braver Junge, und jetzt los. Die Messe wartet auf uns.« Langsamer als nötig bewegten sich die beiden zum Ende des Flurs. Im Hintergrund ertönte eine leise Melodie, die Basti erst jetzt richtig wahrnahm. Es war dieselbe Melodie wie damals in der Bank. Er erinnerte sich an seinen Albtraum von dem Traum-Projekt und sein Magen signalisierte ihm Unwohlsein.

Der Flur schien nicht mehr statisch, wie er vorher war, sondern dynamisch. Erneut kam Übelkeit in ihm hoch. Er konnte nicht sagen, in welche Richtung er, der Flur, sein Leben, sich bewegten. Basti fühlte sich wieder wie im Fahrstuhl. Alle Erfolge der Psychotherapie – wie weggefegt.

Sein PsyBuddy würde sich wieder lustig über ihn machen. Vermutlich hatte dieser auch bereitwillig alle Gesundheitsdaten an Karl weitergegeben. Geld kannte, ja, akzeptierte keine Grenzen, sagte Karl, und Basti war bewusst, dass er recht hatte.

Die Tür am Ende des Flures öffnete sich und Basti wurde überwältigt von Gerüchen, Tönen, Farbspielen und Stimmen aus der riesigen Halle. Die Messe nahm die gesamte Halle ein. Laut dem digitalen Lageplan, den die AR-Linsen auf seinen Augen anzeigten, gab es mehrere hundert Aussteller. Kaum ein Name war ihm bekannt.

Viele Aussteller-Namen bestanden lediglich aus ein paar Buchstaben. Bestimmt handelte es sich um Abkürzungen, oder die Aussteller wollten, dass Basti das glaubte. Erneut begann er, an der Welt, der Wirklichkeit und besonders an seiner Urteilskraft zu zweifeln.

»Los, Basti, komm. Ich würde sagen, wir beginnen zunächst bei der Vorführung von BBB. Die ist gleich hier am Anfang. Messestand 1A.«

»BBB? Und das steht für?«

»Müssen in deiner Wirklichkeit ein paar aneinandergereihte Buchstaben immer Abkürzungen sein? Vielleicht mochte der Gründer oder die Marketing-Beraterin nur den Klang der Buchstaben-Kombination B.B.B. oder alle anderen infrage kommenden Markennamen waren schon besetzt.«

Angekommen am Stand, begrüßte ein AdBuddy, ein Werbehologramm der Firma AdvertisingBuddy, einer Tochtergesellschaft von BuddyCorp, Basti und Karl. Im Grunde hatte die BuddyCorp einen Basis-Avatar, genauer hieß dieser Basis-Buddy, welcher auch als ›nackt‹ bezeichnet wurde. Damit war gemeint, dass dieser Avatar nur grundlegende Funktionen besaß und geschlechtslos war. Wenn dann eine Tochterfirma oder Abteilung von BuddyCorp einen Avatar für eine bestimmte Aufgabe benötigte, wurde der nackte Basis-Avatar ›angezogen‹. Jedes Kleidungsstück symbolisierte dabei eine bestimmte, zuvor festgelegte Funktion.

Auch in der Kommunikation zwischen einer Tochterfirma, wie beispielsweise AdvertisingBuddy, und der

Konzernmutter BuddyCorp über eine Modifizierung eines bestehenden oder die Bestellung eines neuen Basis-Buddys, wurde diese Form der symbolischen Sprache benutzt. Für die Anwender und Anwenderinnen war es so leichter, da jeder und jede wusste, was gemeint war. Außenstehende brauchten eine Weile, um den verwendeten Code zu verstehen. »Hallo Jim, hier Clara von SteelBuddy, wir benötigen für unseren Buddy neue Kleidung. Ja, die Chefetage wünscht sich einen für das Onboarding von neuen Mitarbeitenden. Definitiv brauche ich da Unterstützung von dir bei der Auswahl der Handschuhe. Ich bin mir nicht ganz sicher, welche Größe und Farbe ich benötige. Das geht? Danke!«, war eine typische und oft geführte Unterhaltung.

»Herzlich willkommen, lieber Herr Basti Fantasti. Schön, Sie auf der diesjährigen A.B.C. und am Stand der Firma B.B.B. begrüßen zu dürfen. B.B.B. – Wir Beraten. Wir Beliefern. Wir Bekämpfen. Wir würden uns freuen, wenn Sie gleich an unserer Vorführung teilnehmen. Diese besteht aus einem Beratungsgespräch. Es handelt sich nicht um eine Simulation, sondern um die Live-Sendung eines Beratungsgesprächs.«

»Mein Name ist Karl Krieg. Herr Fantasti und ich sehen uns das gern an. Bitte zeige uns den Weg zu unseren Plätzen.«

Der AdBuddy nickte Karl Krieg zu und verdoppelte sich direkt vor Basti und ihm. Das eine Hologramm begann, in Richtung eines runden Gebäudes hinter dem Stand zu laufen und gab den beiden Besuchern ein Handzeichen, ihm zu folgen. Das zweite Hologramm blieb am Platz und begrüßte weitere Gäste. Basti war überrascht, wie weit BuddyCorp bereits mit der Hologramm-Technologie war. Deutlich weiter fortgeschritten als das, was er aus dem privaten Consumer-Bereich kannte, der sich ihm als »Armem« erschloss. Das Hologramm führte Basti und Karl in ein Gebäude, welches eine Mischung aus Hörsaal und Arena war. Vom Mittelpunkt aus reihten sich Sitzreihe um Sitzreihe konzentrisch durch das Gebäude. Die Plätze, die ihnen vom Hologramm durch Handzeichen zugewiesen wurden, befanden sich fast ganz oben, zwei Reihen unterhalb der Galerie. Durch die Anordnung erinnerte der Saal Basti an ein antikes griechisches Amphitheater oder das Kolosseum in Rom. Dieses war kein einfacher Hörsaal oder Vorführungsraum. Es war eine Kampfarena, in der es sich Kämpfer aus aller Herren Länder auf den Rängen gemütlich machten. Heute und hier würden sie nicht miteinander kämpfen. Hier und heute herrschte Waffenruhe. Das aber auch nur, um sich neue Waffen vorführen zu lassen und den gemeinsamen Feind, den Klassenfeind, zu verfluchen.

Der Eingang befand sich ganz unten, sodass beide Männer erst nach oben zu ihren Plätzen gelangen mussten. Dann erschrak Basti kurz. Als ob diese ihn verfolgen würden, waren es Rolltreppen, vier Stück an der Zahl, je eine alle 90 Grad des runden Gebäudes. Um zu seinem Platz zu kommen, musste er eine von diesen benutzen. Bastis Magen rührte sich bereits, als er diese automatischen Fortbewegungshilfen nur sah, aber er wusste, er durfte sich keine Schwäche anmerken lassen. Jede sichtbare, nicht unter seiner Kontrolle befindliche Schwäche schmälerte seinen Nutzen für Karl und für den Krieg, den Krieg der Klassen. Er wusste sehr genau, konnte es spüren, dass er ohne Nutzen oder bei einer negativen Kosten-Nutzen-Analyse aussortiert werden würde. Gleichzeitig rang er innerlich mit sich selbst. Eigentlich hielt er sich immer für einen solidarischen und aufgeklärten demokratischen Sozialisten. Dennoch war er hier mit einem Hardcore-Kapitalisten unterwegs, der mit Nachnamen Krieg hieß. Das alles machte ihm angst. Für Menschen wie Karl war er eine Art besseres Werkzeug, das eine Funktion besaß und sich über diese zu definieren hatte. Was war ein Hammer, der nicht mehr hämmern konnte, eine Säge, die nicht mehr sägen konnte? Müll! Vielleicht noch verkäuflich, in Bestandteile zerlegt, ein letztes Mal dem Markte dienend.

»Richtig gute Plätze haben wir hier bekommen. Zu nah am Geschehen gefällt mir nicht. Ich habe immer das Gefühl, die Leute könnten mich dann sehen. Komisch. Mein Verstand denkt immer, wenn ich jemanden sehen und hören kann, dann könnte dieser jemand mich auch sehen und hören. Oft ist das aber gar nicht so. Unser Gehirn möchte Muster erkennen, wo gar keine sind und wenn etwas Bestimmtes keinen Sinn zu ergeben scheint, dann erfindet unser Gehirn einfach einen. Das ist nützlich zu wissen. Sonst könnten wir uns die ganzen Manipulationstechnologien auch sparen, oder was denkst du dazu, Basti?«

»Ich denke, nein, ich frage mich, ob wir hier oben genug verstehen werden vom Vortrag und dass die Messe anders heißen sollte. Die Abkürzung ist okay, aber es sollte ›Armut‹, anstelle von ›Armen‹ heißen und auch die anderen beiden Begriffe sollten leichter verdaulich klingen.« Euphemismen waren Bastis Zukunft. Er glaubte, dass genau das sein Nutzen für Karl war. Von Anfang an versuchte der Kapitalist Karl Krieg, immer mehr Wörter und Bedeutungen zielgerichtet zu verändern. Für Karl, und in Zukunft auch für Basti, waren alle Unternehmen auf der Messe potenzielle Kundschaft. Natürlich auch die viele Kunden, die die Messe besuchten, dämmerte es Basti.

»Oh, hervorragend, jetzt beginnst du langsam, das zu tun, was du gut kannst. Ist es nicht befriedigend zu merken, wenn man nützlich ist?«

»Ja, danke, ich hoffe, dass sich das im Gehalt widerspiegelt. Statt ›Bekämpfung‹ sollte das Wort ›Bewältigung‹ verwendet werden. Das ›Conference‹ ist neutral und kann eigentlich beibehalten werden. Da siehst du, was ich kann, und das, ohne vorbereitet zu sein. Mit höherwertigen Fähigkeiten ausgestattet, wird es dir weniger leichtfallen, mich bei der Gehaltsverhandlung über den Tisch zu ziehen.«

»Ich lasse dich schon nicht erfrieren oder verhungern. Bevor die Veranstaltung beginnt, würde ich aber noch gern von dir wissen, ob du wirklich für meine PR-Agentur arbeiten möchtest?«

»Was macht ihr denn so?«

»Alles Mögliche, aber hauptsächlich entwickeln wir Konzepte der politischen Kommunikation. Dir muss ich nichts vormachen, bei deinem akademischen Hintergrund. Wir machen Propaganda. Schlicht und einfach. Manipulation der Wirklichkeit mithilfe von Kommunikation, und du kannst uns helfen, uns weiterzuentwickeln. Dein Talent für Euphemismen wird uns ein völlig neues Betätigungsfeld eröffnen, in dem wir die Ersten sein werden.«

»Hör zu, Karl. Ich sehe mich aber nicht als PR- oder Unternehmensberater. Alle hassen diese Penner. Also, alle meine Freundinnen, Freunde und Verwandten. Da bin ich lieber arbeitslos, als als Ausbeuter und Verarscher gebrandmarkt.«

»Sehr gut, du bist bereits in der Gehaltsverhandlung und möchtest den Preis hochtreiben. Okay, dann bist du kein Berater. Wie würdest du dich nennen wollen? Welcher Euphemismus würde dir gefallen?«

»Wie wäre es mit Schmied? Ein Schmied ist ein Handwerker, der sehr hart arbeitet, um zum Beispiel aus Eisen Stahl herzustellen. Ich arbeite zum Teil sehr hart daran, um aus einem Wort ein anderes zu gewinnen. Genau, wir sollten die anderen Mitarbeiter und mich ›Euphemismus-Schmiede‹ nennen. Das klingt überzeugend und weckt positive Assoziationen im Gehirn. Selbst wenn für viele Menschen der Begriff Euphemismus allein schon negative Assoziation weckt, wird dieser durch die Kombination mit dem Begriff des Schmiedes entkräftet. Weiterhin könnten wir auch einfach dem Wort Euphemismus eine neue Bedeutung geben. Mit den richtigen Techniken und genug Ressourcen werden wir imstande sein, die Sprache selbst zu beherrschen und nach unserem Willen, beziehungsweise den Wünschen der Kundschaft, zu formen.«

»Top, so wird es gemacht und du wirst mein C.E.S. Und du leitest die Abteilung, ach, was sage ich, du leitest eine

Tochtergesellschaft, die ich gründen werde. Die Euphemismus-Schmiede.«

»Der Name der Firma gefällt mir, aber was bitte ist ein C.E.S.?«

»Da kommst du nicht von allein drauf? Sehr gut. Finde ich lustig. Ich kann also auch noch was. C.E.S. steht dann auf deiner Visitenkarte und heißt ›Chief Euphemismus Schmied‹. Aber jetzt Ruhe. Gleich beginnt die Vorstellung.«

Unten, in der Mitte der Arena, tauchte ein AdBuddy auf. Alle anderen AdBuddies, die bis zu diesem Zeitpunkt den Gästen zugewandt Informationen zu Produkten und Dienstleistungen lieferten, verschwanden. Dann begann der verbliebene AdBuddy zu wachsen und dieser Vorgang endete erst, als er ungefähr fünfmal so groß war wie zuvor. Nachdem er sich einmal in alle vier Himmelsrichtungen gedreht, allen Gästen freundlich zugewunken und freundlich gelächelt hatte, begann er mit der Begrüßungsrede: »Sehr geehrte Damen und Herren, liebe Gäste, im Namen der Firma B.B.B. – Wir Beraten. Wir Beliefern. Wir Bekämpfen. – begrüße ich Sie recht herzlich zu der diesjährigen A.B.C. und zur Vorführung unseres Hauses. First Things First. Wie Sie alle wissen, sind Sie, seitdem Sie in unserem Gebäude sind, mit unseren Systemen verbunden. Sollten Sie das Bedürfnis verspüren, eine Stärkung in Form eines Getränkes zu sich nehmen zu wollen oder vielleicht einen Snack wünschen, dann müssen Sie lediglich Kontakt zu unserem Kontrollzentrum aufnehmen, indem Sie mit der linken Hand zweimal auf Ihre linke Schläfe zu tippen. Danach wird automatisch Ihr AR-Linsen-System aktiviert und Sie können aus dem von uns vorbereiteten Katalog auswählen. Ich empfehle das Popcorn. Personen, deren AR-Linsen nicht von BuddyCorp, sondern von der CopyCatGroup stammen, müssen dreimal mit der rechten Hand auf ihre rechte Schläfe tippen.«

Verwundert und sich dem Träumen nahe glaubend, bestaunte Basti, was er sah. Er konnte es nicht fassen. Das riesige Hologramm lief komplett stabil, ohne irgendwelche Aussetzer. Die Technik war schon viel weiter, als es die Öffentlichkeit, beziehungsweise der arme Teil der Öffentlichkeit, wusste. Eine aus dem Nichts aufgetauchte Packung Popcorn, die als Hologramm vor ihm schwebte, und Karl tippten abwechselnd zweimal auf seine linke und dreimal auf seine rechte Schläfe.

»Karl, du hast beides? Buddy und Copycat? Ich dachte, die wären nicht kompatibel?«

»Ja, da hast du wieder recht. Eigentlich! Ich habe mir eine Modifikation geleistet, in der beides gleichzeitig geht. Sündhaft teuer, das kannst du mir glauben. Otto Normalverbraucher wird sich so was vermutlich niemals leisten können. Es lohnt sich aber, denn es gibt viele unterschiedliche Dinge in beiden Konzernwelten. Die Chinesen kopieren nicht nur, sondern adaptieren, das heißt, sie passen die kopierten Güter an die unterschiedlichen Bedürfnisse von unterschiedlichen Verbraucherinnen und Verbrauchern an. In früheren Zeiten hat der Westen vom Osten abgekupfert. Tee gab es eigentlich nur in China und durfte nicht exportiert werden. Die Engländer schickten daraufhin Spione, die sich des Tees bemächtigten und ins

284

Ausland brachten. Die großen Teenationen Indien und Sri Lanka können heute nur Tee verkaufen, weil es englische Kolonien waren. Sri Lanka hieß damals noch Ceylon, was heute noch auf vielen Teepackungen steht. Ich liebe das Popcorn von Buddy, hasse aber die Cola von denen. Die trinke ich lieber von CopyCat.

Noch ignorieren beide Konzerne das und solange es im Markt noch ein Mindestmaß an Wettbewerb gibt, bleibt das hoffentlich auch so. Erst, wenn sie den Kuchen untereinander aufgeteilt haben und sich einer von beiden stark genug für einen Frontalangriff fühlt, bekommen wir alle mächtig Probleme. Vorher müssen aber die Massen der Armen dauerhaft unter Kontrolle gebracht werden. In der Vergangenheit gab es einfach zu viele Revolutionen von unten. Auslöser waren etwa Hunger, Rassismus, Chauvinismus oder andere soziale Verwerfungen. Dieser ständigen Gefahr sind wir uns oben sehr wohl bewusst. Deshalb gibt es diese Messe überhaupt. Irgendwann werden wir sagen können, dass wir diese Gefahr für immer und ewig beseitigt haben. Wir werden das ewige Pendel zwischen Macht und Ohnmacht, zwischen Kapital und Arbeit zu unseren Gunsten zum Stillstand bringen. Ich hoffe, dass ich das noch zu meinen Lebzeiten erleben werde, was Generationen von Kapitalisten vor mir begonnen haben. Jede neue Generation an Kapitalisten, und von mir aus auch Kapitalistinnen, erhebt den Anspruch, das Werk der Ahnen weiterzuführen und die Mission, das heißt, die Klassenfrage, im Sinne unserer Klasse zu beantworten.«

Eine kleine Transportdrohne tauchte vor Karl auf, um

ihm sein Popcorn zu liefern. Während er genüsslich zu kauen begann, tauchte eine zweite Drohne auf, die denselben Platz im Raum einnehmen wollte wie die erste Drohne. Es schien, als würden sich die beiden verwirrt mustern. Beide bedienten dieselben Kunden und Kundinnen, aber warum nur? Beide boten die gleichen Warenkategorien an. Es gab in der programmierten Logik der Drohnen keine Notwendigkeit, außerhalb des eigenen Warenkosmos konsumieren zu müssen. Eine Modifikation, wie Karl sie benutzte, gab es offiziell nicht und sorgte am unteren Ende der Konzerne für Verwirrung. Was vielleicht in den beiden Chefetagen bekannt war, wussten die Drohnen offenbar nicht. Viele Abteilungen und Tochterunternehmen würden auf die Meldungen über diese Vorkommnisse vermutlich nur vertröstet und blieben verwirrt zurück über manche Tätigkeiten ihres Konzerns. Die Chefetagen nahmen diese Problematik vermutlich in Kauf und versuchten insgeheim, die reichen Nutzer und Nutzerinnen solcher Dual-Systeme auf ihre Seite zu ziehen, indem sie extra Produkte, die bei der Konkurrenz gekauft wurden, für die Premiumnutzerschaft verbesserten. Die merkten das gar nicht und dachten, sie würden dieselben Produkte wie alle bekommen. Im geschlossenen Warenkosmos würden sie das mangels Vergleichsmöglichkeit auch niemals herausfinden. Die Konzerne wollten die Klasse der Kapitalisten und Kapitalistinnen von sich abhängig machen. Das ließ sich entfernt mit einem Schachspiel vergleichen. Die Bauern hatten meistens als Erstes Kontakt miteinander und sahen und hörten, was die Gegenseite als Kleidung trug und für Musik hörte. Sie wurden neugierig und interessierten sich für die neuen Produkte. Daher versuchten sie, an die Musik zu kommen und schafften das auch.

Die Gegenseite tat vielleicht etwas Ähnliches, aber statt mit der Musik mit der Kleidung. Karl Krieg war ein solcher Bauer. Der König, in diesem Vergleich die BuddyCorp und nicht begeistert davon, dass einer der Bauern der BuddyCorp ein Eigenleben durch den Gebrauch der Güter des Feindes begann. Daher fing der König an, seine Musik zu verbessern, um seinen abtrünnig werdenden Bauern zurückzugewinnen und gleichzeitig seine Kleidung für die gegnerischen Bauern so zu optimieren, dass diese zu ihm überlaufen würden. Für einen Beobachter oder eine Beobachterin musste es wirken, als würden sich beide Drohnen für ein Duell wie in einem Wildwestfilm vorbereiten. Repräsentiert wurden hier nicht nur irgendwelche beliebigen Konsum-Hersteller, sondern die beiden größten und wirkungsmächtigsten Wirtschaftskonglomerate, die die Menschheit im Streben nach Optimierung hervorgebracht hatte. Am Ende konnte nur einer übrig bleiben. Davon waren alle Beteiligten fest überzeugt. Ihr ganzes Denken und das daraus resultierende Handeln hing in letzter Konsequenz davon ab. Wer diese, als Wahrheit proklamierte, Sicht der Welt und der ihr innewohnenden Funktionsweise nicht anerkannte oder auch nur einen Zweifel daran ließ, wurde aus der Gemeinschaft ausgestoßen oder Schlimmeres.

Kampfbereit schwebten die Drohnen über den Köpfen von Karl und Basti. Unbeeindruckt schaute Karl die

Sitzreihen der Arena herab und wartete auf den Beginn der Vorführung. Basti aber wunderte sich, ob es zum Kampf der Drohnen kommen würde und damit der Kuchen zwischen den letzten beiden Verbliebenen verteilt wurde. Gerade als der Funke zum Schuss zu führen schien, kam wie aus dem Nichts eine dritte Drohne und flog inmitten der beiden anderen Flugobjekte. Die neue Drohne schwebte über Karl und ließ eine Packung Schokolade fallen, welche dieser gekonnt mit beiden Händen fing, unbeeindruckt öffnete und zu essen begann. Die dritte Drohne schwebte von dannen, als sei nichts Wichtiges passiert. Sowohl die Drohne von Buddy als auch die äußerlich verblüffend ähnlich gestaltete Drohne von Copycat schienen die Szene zu beobachten und nahmen, eine nach der anderen, die Verfolgung des neuen Konkurrenten auf. Der Showdown wurde vertagt, die Akkumulation des Snack-Marktes noch nicht abgeschlossen.

Basti wunderte sich über so vieles, was er an diesem Tag wahrnahm. Eigentlich würde er jetzt im Flugzeug nach Thailand sitzen, auf dem Weg in eine ihm unbekannte Welt. Tatsächlich tauchte er aber gerade ebenfalls in eine neue Welt, eine neue Wirklichkeit ein. Wenigstens hatte er einen Guide. Seinen neuen Arbeitgeber in spe, Karl.

»Du, Karl, wird dein Unternehmen … Werden wir dann auch mal von einem der beiden Großen übernommen?«

»Natürlich, was ist das denn für eine Frage? Ich dachte, du hättest Wirtschaft studiert und seist alter Pseudo-Marxist? Es geht bei diesem Spiel nur um den Preis.«

»Danke, für das ›Pseudo‹! Nettes Kompliment. Welchen

Preis meinst du genau? Spielst du auf den Preismechanismus an? Der am Markt zum Gleichgewicht führen soll? Ich bin da skeptisch.«

»Und das ist auch richtig so. Preisbildung, ohne den Faktor Macht erklären zu wollen, ist Blödsinn. Nehmen wir an, es gäbe nur noch drei Konzerne auf der Welt. Alles, wirklich alles, gehört diesen drei Konzernen. Was passiert dann?«

»Die zwei Großen werden um den Dritten bieten und der, der das bessere Angebot unterbreitet, bekommt den Zuschlag und ist dann die Nummer Eins.«

»Was für Blödsinn. Spricht da das erste Semester Wirtschaftswissenschaften aus dir? Geschäft ist Krieg und Krieg ist Geschäft! Merk dir das und ich garantiere dir, du siehst die Welt um dich herum mit anderen Augen. Glaubst du, die zwei Drohnen werden der dritten Drohne ein nettes Angebot machen? Nein, das ist eine Jagd, bei der in der Regel jeder weiß, wer jagt und wer gejagt wird. Das ist eine Frage der Größe. Manchmal gibt es natürlich auch vermeintlich friedliche Übernahmen. Das größere Unternehmen unterbreitet dem kleineren Unternehmen ein Angebot und es wird fusioniert. Das große Unternehmen hat aber nur etwas davon, wenn die Kosten für eine friedliche Übernahme geringer sind als für eine feindliche Übernahme. Kleine Unternehmen wiederum haben nur einen Vorteil bei einer friedlichen Übernahme, wenn sie davon überzeugt sind, einer feindlichen Übernahme nicht standhalten zu können. Im Kapitalismus herrscht immer Krieg, es wird nur nicht so wahrgenommen.«

»Was meinst du mit ›Krieg‹? Es ist doch kein richtiger Krieg, oder?«

»Du verstehst Krieg nur als Kampf zwischen Staaten und deren Armeen? Denk daran, wo wir hier sind und was wir in Zukunft als Schmiede verkaufen werden. Wer die Informationshoheit hat, besitzt auch die Deutungshoheit. Ab wann ist ein Krieg ein Krieg? Muss es eine Mindestzahl an Kampfhandlungen geben? Wer entscheidet das? Viele Akte der Gewalt werden nicht als solche verstanden, weil es keine Wörter, keine Begrifflichkeiten dafür gibt. Es gab mal Zeiten, als es die Begrifflichkeit der ›sexuellen Belästigung‹ noch nicht gab. Heißt das jetzt im Umkehrschluss, dass es keine solche Belästigung gab?«

»Doch, natürlich gab es die, Karl.«

»Richtig. Die Opfer, in den meisten Fällen Frauen, hatten das Gefühl, es war nicht in Ordnung, was der Chef im Büro machte, aber sie konnten nicht vernünftig ausdrücken, was es war, was er falsch machte. So mussten erst Begrifflichkeiten erfunden werden, die die Verbrechen an diesen Frauen korrekt abbildeten. Durch Sprache wurde eine neue Sicht auf die Welt erschaffen. Plötzlich tauchten überall Fälle auf. Jetzt stellen sich zwei Fragen, die du gern für dich selbst beantworten kannst, Basti:

Erstens, existieren Verbrechen, für die es keinen Namen gibt oder benötigen wir Namen, damit es Verbrechen sind? Zweitens, sofern du die Frage eins so beantwortest, dass es Verbrechen gibt, für die wir noch keine Namen haben: Welche sind das, wer verübt diese an wem und wer gestaltet unsere Sprache so, dass das auch so bleibt? Ich weiß, tut mir leid. Das waren mehr als zwei Fragen. Ich bin zwar auf einer Eliteschule gewesen, aber bei uns war das Streben nach Macht wichtiger als akademische Genauigkeit. Ich sehe dir die Frage schon an und nein, diese Schule kennen nur die Reichen. Wir wollen nicht, dass ihr Armen wisst, dass diese Schule existiert. Das ist eine ganz bestimmte und geheime Schule, von der du in keinem Lebenslauf jemals lesen wirst.«

Das Gespräch verstummte sofort, als eine Melodie laut eingespielt wurde und das Hologramm in der Mitte das Wort ergriff und langsam begann zu verblassen. Gleichzeitig tauchte ebenso schnell ein runder Tisch mit zwei Stühlen auf, von denen einer doppelt so groß war wie der andere Stuhl. Der größere Stuhl besaß zwei Armlehnen, der kleinere nur eine. Das Hologramm verschwand schließlich komplett und es begann, eine neue Melodie zu spielen. Für alle hörbar. Niemand konnte dem entkommen. Der Hals schnürte sich Basti etwas zu. Das Geschehen erinnerte ihn an Träume von früher. Als Arbeitsloser hatte er oft mit Behörden zu tun. Das Jobcenter war für ihn ein Ort der Qual, aber auch ein Ort, an dem er den Widerstand gegen die Unterdrückung probte.

Leider hatte er auch viele Albträume darüber. So zum Beispiel eines nachts, als er träumte, die Sachbearbeiterin verwandelte sich während des Gespräches in ein Monster und verschlang ihn Stück für Stück. Er sah nur zu und bedankte sich für die endgültige Konsumtion seiner Selbst. Nach jedem Bissen versicherte er sich beim Sachbearbeiterinnenmonster, ob er denn auch bekömmlich sei und entschuldigte sich für sich selbst, wenn er als Antwort nur ein lautes Rülpsen oder Magenaufstoßen bekam. Dieser Traum variierte. Manchmal brachte er zum ›Beratungstermin‹ ein langes Messer mit und filetierte sich selbst bei lebendigem Leib, um dann die einzelnen Teile seines Körpers mundgerecht auf selbst mitgebrachten Tellern zu verteilen. Am Anfang verspürte er in seinen Träumen zwar noch Schmerzen, die aber mit jedem Schnitt erträglicher wurden. Dann kam der Geschäftsführer des Jobcenters rein, rezitierte Bastis Lebenslauf und musste bei jedem vorgetragenen Punkt mehr lachen. Die Sachbearbeiterin begann währenddessen, genau zu quittieren, wie weit Basti seinen Körper schon in Teile geschnitten hatte. Sie wog jedes Stück Fleisch ab und begann, auf ein Stück Papier zu schreiben und es erst dem immer lachenden Geschäftsführer und dann Basti zu zeigen. ›10 Prozent Sanktion‹, stand auf dem Zettel und Basti führte das Messer unentwegt und schneller zum Fleisch. Bald folgte die nächste Sanktion und immer so weiter. Basti hatte viele weitere Versionen dieses und ähnlicher Träume.

Zu dieser Zeit hatte er nicht träumen wollen. Hatte Angst vor dem, was ihm dort auflauern könnte. Er schlief schlecht, vor allem wegen der Träume, und das trotz hoher Schlafmedikation. Auf den beiden Stühlen tauchten Personen auf. Es war so täuschend echt, dass Basti nicht klar war, ob es sich um einen echten Menschen oder eine Simulation handelte. Die Melodie wurde leiser, ebenso wie das Publikum. Dressiert zu gehorchen.

»Sehr geehrte Damen und Herren, willkommen zur

Zukunft der Beratungsgespräche für Ihre Arbeitslosen. Heute zeigen wir Ihnen, wie Sie die Verwaltung der Arbeitslosen optimieren können. Alles, was Sie hier sehen können, hat einen tieferen Sinn. Sofern möglich, sollen die Arbeitslosen gemäß ihrem Nützlichkeitslevel für die Wirtschaft sortiert und konditioniert werden. Weiterhin muss ihnen das ›Spiel‹ Arbeitslosigkeit erklärt und als alternativlos dargestellt werden. Nach unserer Erfahrung und den Ergebnissen unserer wissenschaftlichen Studien sind Menschen eher bereit, Leid zu erfahren, wenn es ihnen als Spiel verkauft wird. Eine Gamifizierung von Arbeitsabläufen erscheint da nur naheliegend und als logische Konsequenz! Wie aber kann verhindert werden, dass renitente Subjekte sich nicht an die Spielregeln halten? Ganz einfach! Mit einem neuen Spiel. Unsere Vision ist es, beide Seiten des Tisches, beide Seiten der Beratung, zu kontrollieren.

Unser hier vorgestelltes Produkt richtet sich zwar primär an Arbeitslosenverwaltungen staatlicher und privater Natur, aber natürlich freuen wir uns, wenn wir mit Ihrer Hilfe, ver-ehrtes Publikum, auch andere Branchen erschließen können. Jetzt will ich Sie aber nicht weiter auf die Folter spannen und fahre mit der Präsentation fort. Und ja, manche unter Ihnen, wertes Publikum, werden jetzt sagen wollen: ›Aber wir kontrollieren doch längst die beratende Seite, oder nicht?‹ Ja, richtig, aber auch da ist noch Luft nach oben. Es gibt immer wieder Sachbearbeiter, bei denen die Konditionierung versagt und die nicht mehr an das vorgegebene Narrativ glauben. Das kann gefährlich sein. Manche von denen entwickeln sogar Mitleid mit den

Arbeitslosen, fühlen, sie müssten sich solidarisieren und entdecken vielleicht sogar ein in ihnen schlummerndes Klassenbewusstsein. Das darf nicht sein! Die Sachbearbeitenden sind Soldaten und Soldatinnen im großen Klassenkrieg und das Kapital duldet kein Mitleid und erst recht keine Solidarisierung mit dem Feind. Keine Angst, liebes Publikum, wir bei B.B.B. haben die Lösung parat.«

Teile des Publikums begannen, frenetisch zu klatschen. Der Rest schwieg. Karl beugte sich langsam zu Basti hinüber. »Das sind alles Arbeitslosen-Manager. Das ist eigentlich nicht unser Schlachtfeld, aber ich denke, es macht immer Sinn, auch mal in andere Branchen hineinzuschnuppern.«

»Wir begrüßen auch recht herzlich die Vertretungen der BuddyCorp und der CopyCatGroup. Danke, dass Sie heute unserer Vorführung beiwohnen. Eine Ehre für unser bescheidenes, aber innovatives Unternehmen. Die Herausforderung, die B.B.B. als Ihr hoffentlich zukünftiger Partner sieht, liebe Gäste, liegt in der individuellen Entscheidungsfindung. Diese ist den Zielen einer achtsamen, beziehungsweise harmonischen Gesellschaft abträglich und gehört aus den Spielregeln getilgt. Wir müssen bestimmen, welche Entscheidung in welcher Situation wichtig ist und müssen auch das Warum liefern. Das handelnde Subjekt kann so zum gesteuerten Objekt transformiert werden. Das Warum ist notwendig, weil im Objekt noch ein Rest Subjekt vorhanden ist und diese Person hat das menschliche Verlangen, zu wissen, warum sie etwas tut oder nicht. Natürlich hat dieses Narrativ nicht zwingend mit der Wahrheit zu tun, warum Sie, werte

Kunden und Kundinnen, wollen, dass das Beratungsgespräch abläuft, wie es abläuft. Es muss lediglich plausibel
für die Testperson sein, wie wir diese getauft haben. Jetzt
aber laden wir Sie ein, selbst zu erleben, wie wir uns unsere
Vision vorstellen. Sie werden jetzt nach dem Zufallsprinzip
über Ihre AR-Linsen erst in die beratende und dann in die
beratene Person versetzt werden und diese steuern können.
Viel Vergnügen!«

Bastis Magen gefiel das gar nicht, er hätte am liebsten
die Flucht ergriffen, aber er hatte kein Mitspracherecht. Vor
seinen Augen tauchte ein Countdown auf, der von kleinen
tanzenden AdBuddies begleitet unbarmherzig runterzählte.
Dann war es, als würde er von seinem Sitzplatz aufstehen
und hinunter auf den runden Tisch springen. Er schloss die
Augen, seine Höhenangst meldete sich mit flauem Magen
und erkundigte sich, ob eine Panikattacke angebracht sei.
Basti öffnete die Augen und sah eine Frau im Kostüm. Es
war eine Arbeitslosensachbearbeiterin, das hieß, er war ein
Arbeitsloser. Eine Rolle, die er kannte und die ihn
regelmäßig in Albträumen heimsuchte. Dann tauchte vor
seinem Gesicht ein Kreis auf. Er leuchtete in Regenbogenfarben und im Hintergrund glaubte er, Meeresrauschen zu
hören. Von beiden Seiten flogen Kugeln auf den Kreis zu
und wurden vom Kreis eingefangen. Es waren fünf Kugeln,
die sich in gleichmäßigen Abständen zueinander am Kreis
verteilten. Neben jeder Kugel tauchte ein Text auf und in
der Mitte des Kreises tauchte die Zahl 60 auf. Basti
verstand, dass es sich dabei um die Möglichkeit handelte,
verschiedene Gesprächsoptionen auszuwählen. Genau, wie

es früher bei Rollenspielen in Computergames gemacht wurde. Ein Geräusch, das an einen Klicker erinnerte, ertönte, und aus der 60 wurde eine 59.

Verdammt!, dachte Basti vor sich hin. *Wie soll ich so schnell all das lesen?*

Er fing an, die Texte zu überfliegen.

Satz 1: Ich danke Ihnen, was würde ich nur ohne Sie machen!

»Puh, nein, danke. Ich habe es immer gehasst, ins Jobcenter gehen zu müssen. Ich konnte auch spüren, dass ich gehasst wurde. Fuck, verdammt, nur noch 25 Sekunden.«

Satz 2: Sie können mich mal, Sie verdammte Pseudo-Faschistin. Ich bin ein Mensch. Eine Person. Ich habe Rechte!

»Der Satz könnte von mir sein. So etwas Ähnliches habe ich den Arschlöchern früher auch mal gesagt. Verdammt befreiend ist das damals gewesen.«

»Noch fünf Sekunden für Ihre Antwort, Herr Fantasti! Bitte beeilen Sie sich für extra Punkte.«

Basti war gestresst und schwitzte. Er fühlte sich allein und dennoch von aller Welt beobachtet. Was war die richtige Antwort und welche war zu dieser Zeit an diesem Ort sinnvoll? Er wünschte, sich nicht entscheiden zu müssen, aber er wusste, dass er eine Wahl treffen musste. Seine Augen fokussierten eine Antwort-Option und er blinzelte rasant und abwechselnd mit beiden Augen. Ein Signal zur Bestätigung, die das System gefühlt ohne Verzögerung umsetzte. Der Kreis wurde knallrot und die von Basti ausgewählte Option erschien im Kreis und leuchtete extrem rot, sodass es ihm Kopfschmerzen bereitete.

»Sehr geehrter Kunde der Gig-Agentur, zuvor bekannt als Jobcenter, Ihre Antwort-Option widerspricht sowohl den ›Grundsätzen der Achtsamen Gesellschaft‹ als auch den ›Richtlinien der Harmonischen Gesellschaft‹. Daher werden Sie zur Nachschulung in ein Achtsamkeit-Center oder für ein Re-Training in ein Harmonie-Institut übergeben. Da Sie aber innerhalb der vorgesehenen 60 Sekunden abgestimmt haben, bekommen Sie Punkte für Ihr Nützlichkeitslevel gutgeschrieben. Wir, Ihre Gig-Agentur, wünschen Ihnen: ›Bleiben Sie achtsam oder verhalten Sie sich harmonisch.‹«

Basti wurde schlecht. Das Klicker-Geräusch war wieder zu hören und er wurde aus der Simulation herausgezoomt. Es war, als würde der Sprung von vorhin rückwärts ablaufen. Für Körper und Psyche kein angenehmer Vorgang. Er musste sich an Ort und Stelle übergeben. Das simulierte Beratungsgespräch verschwand und das AdBuddy-Hologramm tauchte wieder auf. »Meine Damen und Herren, wertes Publikum, wir müssen Ihnen leider mitteilen, dass alle unsere Vorführungen bis auf weiteres unterbrochen werden. Weiterhin wird auch die komplette Messe A.B.C. pausieren. Das Sicherheitsteam hat uns darüber informiert, dass die Wahrscheinlichkeit eines Angriffes der Triple A auf uns sehr hoch ist. Wir leiten daher hiermit die Evakuierung ein. Bitte halten Sie sich an die Anweisungen der Sicherheit. Danke und bleiben Sie achtsam!«

»Achtsam? Nicht harmonisch?«

»Ja, Basti, B.B.B. wurde während der Vorführungen von der BuddyCorp übernommen. Das haben alle Wirtschaftsnachrichten vor einer Minute veröffentlicht. Jetzt brauchen die nicht mehr um beide potenziellen Partner zu buhlen. Komm, wir müssen in einen der Schutzräume.«

»Schutzräume? Triple A? Wie die Bewertungsnote auf dem Anleihemarkt?«

»Schutzräume. Genau. Es gibt fast überall auf der Welt Schutzräume für die Reichen. Immer getarnt als abbruchreife Häuser oder Ähnliches. Die Triple A sind eine Terrorgruppe. Eigentlich sind es arme Arbeiter, die sich über den Klassenkrieg bewusst geworden sind und sich seit einiger Zeit zu einer ernst zu nehmenden Kriegspartei formiert haben. Es hat schon mehrere Reiche gegeben, die Opfer der Triple A wurden und zehntausende unserer treuen Mitarbeiterinnen und Mitarbeiter wurden getötet.«

»Ich verstehe nicht ganz. Du sagst, zehntausende Tote, aber warum habe ich noch nie etwas davon etwas gehört?« Basti fragte sich, ob die Terrorgruppe Triple A und seine Triple-A-Gruppe von damals ein und dasselbe waren. Er fragte sich auch, ob es Antjje, Anton und Alex gut ging, realisierte aber, dass er unter keinen Umständen sagen durfte, dass er womöglich die Triple A kannte. Das Sicherheitsteam, wer auch immer genau das sein sollte, würde sonst bestimmt ein »Beratungsgespräch« mit ihm führen wollen. Das wollte er unter allen Umständen verhindern.

»Falls du weiterhin vorhast, so dumme Fragen zu stellen, muss ich mir wohl im Klaren werden, ob du überhaupt der Richtige bist, um für mich zu arbeiten, aber nun gut. Wir, die Klasse der Reichen, wollen nicht, dass die Armen glauben, dass sie eine Chance hätten. Wir investieren sehr viel darin, dass die Massen nicht mitbekommen, dass es diesen Krieg gibt. Immer mal wieder gibt es ernst zu nehmende Gruppierungen, die der herrschenden Ordnung temporär Probleme bereiten. Das klärt sich aber früher oder später auf die eine oder andere Art.«

Basti schaute Karl verblüfft an, während beide einen Flur entlangeilten. Um sie herum herrschte reges Treiben. Basti hatte seit einem Silvesterfeuerwerk in einem Schlosspark nicht mehr so viele Anzüge und Kostüme auf so engem Raum fluchtartig rennen gesehen. Damals wollten alle das Feuerwerk sehen, jetzt flohen sie alle davor. Alle versuchten, sich in Sicherheit zu bringen. Keiner wusste, was als Nächstes geschehen würde, wie und wann der Angriff stattfinden würde. Basti bekam Gesprächsfetzen mit, in denen es darum ging, »dass diese dreckigen Nichtsnutzigen die Könige nicht mehr erwischen und deshalb verstärkt die Bauern angreifen.« Ganz nach dem Motto: »Was ist schon ein König ohne Untertanen.« Basti fühlte sich verloren und lief Karl hinterher. Er durfte ihn nicht aus den Augen lassen, wenn er es lebend aus dieser Situation herausschaffen wollte. Seine Hände zitterten vor Angst.

Da griff Karl die Hände von Basti, zog ihn zu sich heran und schaute ihm tief in die Augen. »Zuhören, verstanden? Ich habe ein Flugzeug gechartert, zu solchen Dienstleistungen habe ich extra schnellen Onlinezugang und kann das über meine VR-Xr-Linsen ordern. Es ist in einem privaten Hangar am Ende des Flughafens. Wir werden gleich abgeholt. Du kommst mit mir. Du wirst in Zukunft unglaublich nützlich für mich sein. Das spüre ich. Du wirst doch mein C.E.S.!«

Ein Shuttle fuhr vor und verließ mit den beiden Männern an Bord den Ort des Geschehens Richtung Privat-Hangar. Das Flugzeug wartete bereits startbereit auf sie. Alle Genehmigungen wurden erteilt und kaum saßen sie, machte Karl die erste Flasche Hennessy auf, füllte zwei Gläser und übergab eins an Basti. Das Privatflugzeug hatte zwei Piloten und zwei Stewardessen. Klassisch patriarchal, so wie Karl es wollte und vermutlich immer bestellte. Die Sitze waren aus Leder und die beiden Frauen gut aussehend, so wie Karl es bestimmt mochte. Der Pilot startete das Flugzeug und eine der Stewardessen begrüßte Karl wie einen alten Bekannten und scherzte, dass dieser schon wieder mal fliehen musste und wie schön es doch war, dass sie heute Dienst hatte. Nach einem obligatorischen Klaps auf den Frauenhintern wandte sich Karl wieder Basti zu. »Ein Prost auf dich, Basti. Nun bist du ein bewusster Teil der Maschinerie. Jetzt hast du endgültig die Seiten gewechselt und bist Agent des Kapitals. Möge der Durst nach Blut und der Hunger nach Fleisch, der Götter des Krieges und des Geschäftes niemals gestillt sein!«

Bei Basti begann der übliche Prozess während eines Fluges. Er liebte es, an exotische Orte zu reisen, beziehungsweise davon zu träumen. Die Orte, von denen er träumte, während er unter der Dusche ein neues Karibik-Duschgel ausprobierte.

Jetzt aber, im Flugzeug, das im Begriff war abzuheben, dachte er über seinen Tod nach und ob heute der Tag war, an dem er ihm begegnen würde. Angeschnallt hörte er die

Durchsage des Piloten und sah im Fernsehbildschirm eine Außenaufnahme des Take-offs. Seine Brust hatte er auf die Knie gelegt und klammerte sich mit den Händen verzweifelt an der Fläche unterhalb seines Sitzes fest. Weil er nicht religiös war, brauchte er gar nicht erst zu beten. Der Druckausgleich gelang ihm nicht und so schmerzten seine Ohren und sein Schädel. Nur am Rande bekam er mit, dass Karl immerzu weiterredete, aber außer einem »In der Karibik war kein Tsunami, da lassen wir es uns erst einmal gut gehen und planen die Firmengründung« kam nichts bei ihm an.

Als das Flugzeug seine Flughöhe erreicht hatte, blickte Basti auf den großen Fernsehbildschirm und sah den immer kleiner werdenden Flughafen. Basti fühlte sich etwas besser. Obwohl er wusste, die Landung würde ebenfalls keine leichte Angelegenheit für ihn werden. Auch wenn Dinge immer und immer wiederholt wurden, hieß das noch lange nicht, dass die Menschen sich daran gewöhnt hatten.

Er nahm einen Schluck des speziell für ihn eingeschenkten Cognacs, obwohl er diesen eigentlich überhaupt nicht mochte. Als er begann, sich etwas zu entspannen, blickte er erneut auf den Bildschirm und sah den Flughafen explodieren. Geschockt starrte er auf den Screen.

»Was, wie kann das sein? Gerade waren wir noch da unten und jetzt? Die ganzen Menschen ...«

»Alle vermutlich tot. Ach, Basti, bei der ganzen Gewalt in den Medien sollte man meinen, du hättest so etwas schon mal gesehen. Entspanne dich, denk an die Palmen und die karibischen Frauen. Entweder das war Triple A, was schon eine ganz ordentliche Leistung wäre, oder aber das war eine Cover-up-Operation unserer Seite. Vermutlich BuddyCorp. Das hier ist ihr Territorium. Ich tippe auf Option zwei, und die Tatsache, wie schnell das jetzt gerade ging, lässt mich vermuten, dass das eine Stand-Alone-Operation war.«

»Stand Alone?«

»Genau, wenn es schnell gehen muss oder etwas vertuscht werden soll, wird das gern gemacht. Wenn oder falls etwas passiert – etwa eine Terrorgruppe greift Flughafen XYZ an –, dann wird eine Rakete irgendwo gezündet und fertig. Bei dieser Art von Operationen müssen die Ausführenden keine Ahnung haben, worum es überhaupt geht. Auf A, den Auslöser, folgt B, der Angriff. Es geht schneller, es ist von außen schwerer nachzuvollziehen, wer, wann, was warum macht und die Ausführenden selbst kommen in der Regel nicht ins Grübeln, ob es richtig ist, was sie tun. Ein großartiges System. Auch die Arbeiterinnen und Arbeiter haben weniger Gewissensbisse, denn sie wissen zum Teil gar nicht, was sie wirklich tun. Das reduziert die Befehlsverweigerungen ungemein. Nicht nur der Ausgepeitschte soll lernen, die Schläge zu lieben, die er bekommt, nein, es ist genauso wichtig, dass der Auspeitschende die Schläge für nicht so schlimm, oder besser noch, als etwas ganz anderes wahrnimmt. Beide sitzen eigentlich im selben Boot, dürfen dieses aber niemals erfahren.«

Der Bildschirm wurde komplett schwarz und Karl füllte noch einmal Cognac nach, als ein Quadrat im Bildschirm zu sehen war. Im Quadrat stand die Frage: »Wünschen Sie, das Recap hier zu beenden? Bitte zweimal mit dem linken und einmal mit dem rechten Auge blinzeln zur Bestätigung. Ansonsten läuft das Recap weiter.«

Basti war überrascht, hatte fast vergessen, in einem Recap zu sein. Alles fühlte sich so real an. Die Turbulenzen des Flugzeugs setzten seinem Magen zu und der Cognac schmeckte noch immer furchtbar. Er mochte keinen Cognac. Basti gehorchte der Anweisung und tat, wie es von ihm verlangt wurde. Was Karl sagte, interessierte ihn nicht mehr. Er wollte nur noch raus aus dem Recap, war sich allerdings nicht mehr sicher, wohin eigentlich. Alles hier fühlte sich verdammt real an. Der Lederbezug seines Sitzes. Der Schweiß, der seinen Rücken herunterlief. BunnyFunny kam ihm in den Sinn. Etwas, vielleicht ein Ort oder Produkt, hieß so. Er kam nicht darauf. Die Eingabe, die Basti durch sein Augenblinzeln durchführte, wurde vom Bildschirm akzeptiert. Ein kleiner, lustiger Hase tanzte über den Bildschirm und dankte Basti für die Eingabe. Dann ging der Bildschirm aus und nichts passierte. Basti war verwirrt. Sollte jetzt nicht Schluss sein? Das Recap sollte doch jetzt beendet sein und er dorthin zurückkehren, wo er sich tatsächlich befand. In der Realität.

Wieder hörte er eine dieser typischen Fahrstuhlmelodien, immer wieder unterbrochen von Klicker-Geräuschen. Widerlich. Dann hörte es auf. Unterbrochen von einer Durchsage aus dem Cockpit: »Sehr geehrte Damen und Herren, lieber Karl, lieber Basti, willkommen auf dem Flug der Triple-A-Airline, wir freuen uns, dass ihr mit uns fliegt und hoffen, euch hat unsere Show am Flughafen gefallen.

Wir werden in zwei Stunden an unserem Zielort ankommen und ihr habt zwei Optionen. Option Nummer eins ist, ihr kooperiert, und Option Nummer zwei ist euer Tod. Wählt weise!«

Der Schock, der schlechte Drink, das alles war zu viel für Basti. Er griff sich mit der linken Hand an die Brust und umklammerte sein Hemd. Das war doch ein Recap, eine verdammte Simulation, oder nicht? Er erinnerte sich. Er wollte nach Thailand. Nicht hierhin. Nicht schon wieder. Sie kein zweites Mal verlieren. Antjje verlieren.

Er atmete schwer, bekam zu wenig Luft. Die Zeichen standen auf Panikattacke.

KAPITEL 20: ZUGFAHRT

Basti öffnete die Augen und sah Blitze vor seinem Kopf. Voller Panik schlug er wild um sich. Er riss die VR-Brille vom Kopf, fiel aus einem Sitz, der an diverse Cyberpunkfilme wie *Matrix* oder den Sci-Fi-Klassiker *Total Recall* erinnerte. Flüssigen Mageninhalt vergoss er im großen Umfang. Die Synchronisation zwischen der VR-Brille und seinen AR-Augenlinsen war getrennt. Verwirrt benötigte er einen Moment, um Blick und Geist wieder zu fokussieren. An der Wand gegenüber stand in großen Buchstaben das Wort »RECAP – Das moderne Erinnerungsmanagement«. Genauer betrachtet erinnerte es den Sci-Fi-Liebhaber Basti an einige Kurzgeschichten von Phillip K. Dick, in denen es auch um die Manipulation menschlicher Erinnerungen ging. Ob es wohl in den Marketingabteilungen auch Menschen gab, die eine Schwäche für dystopische Sci-Fi hatten oder nahm Bastis Gehirn nur Muster wahr, wo keine waren?

Nun ja, besser vor einem Tiger zu fliehen, der nicht da war, als nicht vor einem Tiger zu fliehen, der zwar da war, aber nicht als solcher erkannt wurde. Der Drang zur Flucht stieg in Basti auf. Dieser wurde noch verstärkt, als ein junger, androgyner Mann ihm an die Schulter fasste und auf ihn einredete. Mit dem Versuch, gefasster zu wirken, als er war, hörte Basti zu.

»Herr Fantasti, lieber Basti, ist alles okay? Geht es Ihnen nicht gut? Das tut mir leid! Es gab ein Problem beim

Beendigungsprozess. Die Bedienung, das Augenzwinkern Ihrerseits, hatte nicht den gewünschten Effekt.«

»Gewünschter Effekt?«, raunzte Basti den jungen Mann an, dessen Name ihm gerade nicht einfiel, den er aber zu kennen schien.

»Ja, Sie wollten doch das Recap verlassen, oder nicht?«

Für die am Laden vorbeigehenden Menschen musste die Szene der beiden Männer seltsam wirken. Nicht nur Basti sah verwirrt aus. Auch der junge Mann schien nicht so richtig zu verstehen, weshalb sein Kunde sich in diesem aufgelösten Zustand befand.

»Wer sind Sie überhaupt und wo bin ich hier? Sind wir gelandet? Wo ist das Flugzeug? Wo ist Karl? Antjje! Wo ist Antjje? Wo?«

»Aber Herr Fantasti, Basti, ich bin es. BunnyFunny. Wir haben uns vorhin nach Ihrem ersten Recap so nett miteinander unterhalten. Wir hatten uns sogar darauf geeinigt, uns zu duzen. Du hast mir von deinem Job als Euphemismus-Schmied erzählt. Kannst du dich nicht erinnern?«

Die gehörten Worte lösten etwas im Gehirn des Hörenden aus. Nicht nur kamen die jetzt dringend benötigten Erinnerungen zurück. Bastis Verstand ordnete in Windeseile alle Informationen wieder dorthin, wo sie hingehörten. BunnyFunny holte dem auf dem Boden liegenden Basti eine Pipette Wasser und half ihm beim Trinken.

»Bei Recap helfen wir jedem Buddy.»

Wasser. Trinkbares Wasser war heutzutage Mangelware, seitdem es nicht mehr so viel regnete. Die Trinkwasserversorgung lag auch komplett in privater Hand. Dass es früher ein Menschenrecht auf Wasser gegeben haben sollte, würde der jüngere Teil der Gesellschaft gar nicht mehr verstehen. Aus deren Wirklichkeit wurde das Wort ›Menschenrecht‹ getilgt und entsprechend auch die Menschenrechte. Als geschichtsinteressierter Mensch kannte Basti diese alten Zeiten noch, hatte im Studium darüber gelesen. Das hatte er in seiner Freizeit gern getan, als es noch physische Bibliotheken gab.

»Danke, BunnyFunny, auch für das Wasser. Es ist bestimmt teuer. Was muss ich dafür bezahlen? Ich war nicht im Thailand-Urlaub. Ich wollte ursprünglich in einem Recap meinen Urlaub in Thailand wieder erleben. Das hat nicht geklappt. Daher zahle ich auch nicht für die zwei Recaps.«

»Natürlich nicht und auch das Wasser ist für dich gratis. Keine Angst, Recap kann sich das jetzt leisten. Wir wurden übernommen. BuddyCorp hat vor zehn Minuten alle unsere Aktien gekauft. Auch ich habe gut an meinen Mitarbeiter-Aktien verdient.«

Basti rappelte sich vom Sitz auf, kontrollierte, ob er alle Habseligkeiten dabei hatte und ging langsam zum Ausgang der Recap-Filiale. »BunnyFunny, mein Freund, wann geht mein Zug?«

»In 15 Minuten auf Gleis FrischBuddy.«

»FrischBuddy? Als ich das Ticket vor Tagen reserviert habe, war das noch Gleis 23.«

»Ich weiß. BuddyCorp hat gestern die Bezeichnungsrechte aller Bahngleise in Europa gekauft. Ist das nicht schön? Die Gesellschaft wird immer achtsamer.«

»Was? Nein! Wie soll ich jetzt das Gleis finden? Nach welcher Systematik geht das?«

»Es gibt keine festgelegte Systematik. Das kann sich aber jederzeit ändern. Eine Freundin vom Marketing meinte zu mir, dass sich das daran orientiert, was die Mehrheit am Gleis gern kaufen würde oder sollte. Immerhin weiß Buddy, was gut für uns ist, und lässt uns niemals allein.«

Basti wurde kreidebleich. War er so lange im Recap gewesen, dass die Welt, die Wirklichkeit, sich so schnell, so stark geändert hatte? Nein, BunnyFunny sagte, die Zeit im Recap verlaufe anders als draußen in der echten Welt.

BunnyFunny war höchstens zwanzig Jahre jung. Seine Generation war es gewohnt, die Welt in Beschleunigung wahrzunehmen. Keine Gewissheiten mehr zu kennen. Nur noch auf Zuruf zu reagieren, aber nicht mehr zu agieren. Schöne neue Welt. Seitdem der Neoliberalismus den Staat übernommen hatte, war alles anders. Die alten Schutzwälle der Wohlfahrtsstaaten wurden eingerissen und das Raubtier Kapitalismus verlor nach und nach auch noch die letzten Fesseln. Schöne neue Welt.

»Ich fragte, wie ich zu meinem Gleis komme. Ist das so schwer? Verfluchte Jugend!«

»Ich verstehe nicht ganz. Es wurde doch eine neue App in dein persönliches AR-System eingespielt. Einfach einmal auf die linke Schläfe tippen, das gewünschte Ziel sagen und es werden Pfeile angezeigt, die dich führen. Heutzutage gibt es doch jede Woche neue Updates für unsere AR-Linsen und bald soll es jede Stunde neue Updates geben. Jeder Tag ist ein neuer Tag, in einer neuen Welt, und das ist wunderbar. Die Welt dreht sich und wir müssen uns mit ihr drehen, sonst bleiben wir auf der Stelle stehen und finden uns in den neuen Welten der Zukunft nicht zurecht. So habe ich es in den Update Notes gelesen, während du im Recap warst.«

Basti tat, wie ihm gesagt, und es tauchten tatsächlich Pfeile auf. Er verabschiedete sich von BunnyFunny und verließ den Laden von Recap. Jetzt eine Tochter von BuddyCorp. Offenbar hatte der Ausverkauf der Welt begonnen und Basti musste sich an die Prognose von Karl Krieg erinnern, die dieser bereits vor vielen Jahren aufgestellt hatte. Er hoffte, den kommenden Krieg nicht während seiner Zeit auf dem Planeten erleben zu müssen.

»Sie müssen die Rolltreppe links von Ihnen nehmen«, schrillte es in seinem Kopf. Das war neu und gefiel ihm nicht. Verdammtes neues Update.

Überall gab es mittlerweile Rolltreppen. Ersetzten langsam, aber sicher, die alten Treppen. Automation war ein Trend, der benötigt wurde, um der erwünschten Beschleunigung Rechnung zu tragen. Die allgegenwärtige Achtsamkeit wirkte dabei wie ein Puffer für das Individuum, aber auch für die Gesellschaft insgesamt. Aufstieg, Abstieg, Stillstand. Alles mit der Rolltreppe möglich. Mittlerweile gab es auch an den Bahnhöfen ebene Rolltreppen. Solche, die bereits seit Längerem von großen Flughäfen bekannt waren.

Die Navigations-App von BuddyRail führte Basti zum Gleis FrischBuddy. Noch kannte Basti die Firma, beziehungsweise Marke, nicht.

»Was kann das wohl sein? ›FrischBuddy‹ … Ein Frisch-
käse, ein Raum-Duftspray, ein Getränk?« Das Vorsichher-
gemurmel von Basti erregte die Aufmerksamkeit einer
älteren Dame, bestimmt schon weit über 80 Jahre alt, die
ein Stück vor ihm auf der Rolltreppe mitfuhr. Sie drehte
sich um, musterte ihn von oben bis unten und sprach ihn
mit leiser, aber bestimmter Stimme an: »Junger Mann, was
murmeln Sie da in den Bart? Sprechen Sie mit mir?«

Leicht erschrocken blickte Basti schräg rechts am Kopf
der alten Dame vorbei. Bei aller Besserung hatte er in
Stresssituationen immer mal wieder Probleme mit Blick-
kontakten. Der Selbstzweifel vergangener Tage übernahm
dann wieder die Oberhand, wenn auch nur für kurze Zeit.
Es hieß, die Zeit heilte alle Wunden.

Sein Heranwachsen als unsichere und von Selbstzweifeln
geplagte Persönlichkeit war nicht einfach. Die Arbeitslosigkeit hatte diese Effekte noch verstärkt. Der Spiegel war sein
Feind und ein »echter« Kontakt mit anderen Menschen,
besonders der Augenkontakt, war eine Qual für ihn. Die
Angst ließ ihn annehmen, die anderen könnten in seinen
Augen seine Unzulänglichkeiten sehen, und er glaubte ihr
das. Nur Romantiker konnten an eine gute Welt glauben,
da diese sich noch nie im Konflikt mit der Realität sahen,
oder Zyniker, die den gleichen Sachverhalt dann allerdings
sehr scharfzüngig vorzutragen wussten. Die Traumata der
Vergangenheit prägten die Zukunft immer mit. Dieses zu
leugnen oder zu beschönigen, konnte gefährlich werden. Er
wusste, er musste vorsichtig sein. Wenn seine Achtsamkeit-
Apps sein Stresslevel als zu hoch beurteilte, wurde auto-

matisch der PsyBuddy wieder aktiviert. Das war seit Jahren nicht mehr passiert und Basti hatte auch weder Zeit noch Lust auf eine neue »Behandlung«. Er würde ihn womöglich wieder beschimpfen, weil er so schwach war, und das, obwohl er lange Jahre stabil und stark gewesen war. Die Erinnerungen an den Spott des Avatars kamen in Basti wieder hoch, als er ihn beim Versuch, den ultimativen Eskapismus durch das Beenden des eigenen Lebens zu wagen, erniedrigte. Auch da hatte er versagt, wie PsyBuddy auch Jahre später nicht müde wurde, Basti unter die Nase zu reiben.

Ein paarmal tief durch die Nase einatmen und durch den Mund wieder ausatmen. Das würde den bösen Geist schon in der Flasche halten. Achtsamkeit war schon lange zu einem weiteren Kontroll-Instrument geworden. Der Nutzen für das System, welches früher Kapitalismus genannt wurde, war so am größten. Heute wurde eher von vielen verschiedenen Kapitalismen geredet. Das aber auch von immer weniger Menschen. Jedes Land hatte eine eigene Geschichte, Kultur und Gesellschaft. Daher musste der Kapitalismus sich jedes Mal anderen Zusammenhängen anpassen. Aneinandergerieben durch Konkurrenz und Marktkräfte und möglichst wenig Regulation durch Staat und Gesellschaft, tendierte das Spiel auch hier zum Monopol. Zu einer einzigen und unumgänglichen Lösung. Einem Optimum. Die Jünger des Systems verteidigten diesen Traum und bekämpften jeglichen Widerstand dagegen. Allein der Markt war in der Lage, die perfekte Gesellschaft zu kreieren. Ein Gott, der im Bund mit der

Menschheit diese ins Paradies führen würde. Das System sollte perfekt sein und alle Probleme des menschlichen Zusammenlebens gelöst werden. Hunger, Durst, Obdachlosigkeit, Menschenfeindlichkeit, Arbeitslosigkeit, Klimawandel und vieles mehr. Der perfekte Schnittpunkt zwischen Angebots- und Nachfragekurve auf allen Teilmärkten würde erreicht werden. Das war das Versprechen, welches der Kapitalismus in der Theorie der Menschheit gab.

Leider war das reine Propaganda und genau, wie der real existierende Sozialismus die Ziele des theoretischen Sozialismus verraten hatte, tat das der real existierende Kapitalismus auch.

»Junger Mann, träumen Sie? Ich habe Ihnen eine Frage gestellt und Sie könnten diese höflicherweise beantworten!«

»Entschuldigung! Nein, ich habe Sie nicht angesprochen. Es tut mir leid, falls Sie sich von mir belästigt fühlten oder fühlen. Das war nicht meine Absicht. Das müssen Sie mir glauben. Bitte!«

»Schon gut. Ich weiß auch nicht, was FrischBuddy sein soll, aber so, wie ich diese Marketing-Faschos kenne, werden wir uns das nicht mehr lange fragen. Wollt ihr die totale Werbung? Kunden aller Länder vereinigt euch, die Kasse 3 öffnet jetzt.«

Basti war erstaunt über das Gehörte. Zahlreiche Wörter und Anspielungen, die er verstand, ihn an längst verblasste Wirklichkeiten erinnerten. Eine alte Frau, die so etwas wie »Marketing-Faschos« sagte – er konnte sich nur wundern. Junge Menschen wie BunnyFunny könnten diesem kurzen Dialog heutzutage gar nicht mehr richtig folgen. Begrifflichkeiten, wie »Faschos« gab es praktisch nicht mehr. Auch die Medien, mit deren Lektüre die Anspielung der älteren Dame hätten verstanden werden können, gab es nicht mehr.

Das hieß aber nicht, dass es keine Faschisten mehr gab. Das war aber nicht der Verdienst des Staates und es gab auch keine Zensur im klassischen Sinne. Der Markt hatte das geregelt. Der Markt, mit seinem Helferlein »Marketing« und seinem Werkzeug »Algorithmus«, hatte gnadenlos aussortiert, was nicht gewünscht war. Vor allem war nicht gewünscht, was dem Markt schaden würde. Ihn davon abgehalten hätte, sein Werk zu vollbringen. Dafür musste er alle Götzen, die neben ihm existierten, die den Menschen Alternativen im Denken und Handeln anboten, der Vergessenheit übergeben. Für Menschen, die älter als drei mal sieben waren und vereinzelt gern etwas Komplexeres konsumiert hatten, wurden die Zeiten immer schwieriger. Komplexität wurde oft fälschlicherweise mit den Adjektiven »schwierig« oder als »schwer zu konsumieren« gleichgesetzt. Dabei ging es eigentlich um eine möglichst hohe Dichte an Informationen, einhergehend mit einem hohen Grad an Vernetzungen zwischen einzelnen Informationen. Viele Medienkonsumenten und -konsumentinnen hatten am Anfang des 21. Jahrhunderts den Wunsch, das Gehirn zu trainieren. Komplexität war da gewünscht und gefordert. Ein Gegentrend zu dem zunehmenden »einfachen« Eskapismus der Achtsamkeitsideologie, bei der nur das richtige Mindset zu einem glücklichen Leben benötigt wurde. Leider hatte das »Einfache« die Schlacht gewonnen. Damit wurde die Gesellschaft insgesamt dümmer und leichter zu kontrollieren. Die Anhänger und Anhängerinnen komplexer und oft auch schmerzlich wahrgenommener Wahrheiten hatten verloren, ohne wirklich zu kämpfen. Von der eigenen Hybris geblendet, auf der Suche nach dem eigenen Ausweg. »Escape or die«, stand einmal auf einem T-Shirt von Basti. Heute war das Schlachtfeld vom Sieger längst verlassen. Zurückgeblieben waren nur die Leichenfledderer. Auf der Suche nach Restnutzen, im Tausch gegen das Wohlwollen des Kapitals. Im real existierenden Kapitalismus sollte jeder Rest, jeder Müll noch eine Verwendung finden. Wer nicht arbeitete, konnte immer noch konsumieren.

Spontan fühlte sich Basti etwas freier und hatte das Gefühl, viel besser atmen zu können. Als beide von der Hauptrolltreppe auf eine Nebenrolltreppe wechselten, um zu ihrem Gleis zu gelangen, lächelte er die ältere Dame sogar an.

»Das Wort ›Fascho‹ habe ich jetzt schon seit Jahren weder gelesen noch gehört. Wenn Sie das jetzt nicht gerade gesagt hätten, wäre es vermutlich irgendwann wegen Nichtverwendung von meinem Hirn zur Löschung freigegeben worden.«

Die alte Dame lächelte zurück, während beide am Ende der Rolltreppe beim Gleis ankamen. Begrüßt wurden sie von der Bahnhofsdurchsage. Natürlich begleitet von einer typischen, seichten Fahrstuhl-Melodie. Bastis Magen war gut trainiert auf solche Situationen und meldete daher zielgenau bereits einige Sekunden vor einer gespielten Melodie seine Einwände dagegen an. Der alten Dame entging das nicht. »Haben Sie Probleme mit Ihrem Magen, junger Mann?«

»Mir ist ein wenig schlecht und eventuell gesellen sich gleich noch Krämpfe dazu.«

»Oh, das tut mir leid. Darf man fragen, woher das kommt? In meinem Alter läuft alles auf den Zerfall des eigenen Körpers hinaus und der Austausch mit anderen Menschen darüber ist oft tagfüllend.« Sie zwinkerte ihm zu.

»Mir wird fast immer schlecht, wenn mein Körper sich bewegt, aber nicht selbst für diese Bewegung verantwortlich ist. Gerade auf der Rolltreppe ging es. Das aber auch nur durch jahrzehntelange Therapie.«

»Aber junger Mann, ein Geräusch ist doch keine Bewegung!« Immer noch an den Magen packend, schaute Basti der alten Dame erstaunt zum ersten Mal direkt ins Gesicht. Ihre Augen funkelten. Ein Zeichen dafür, dass sie AR-Augenlinsen trug und diese auch aktiv waren. Hatte sie bemerkt, dass er sich an den Magen gefasst hatte, kurz bevor die Melodie über die Bahnhofsdurchsage gespielt wurde? Wahrscheinlich ja. Woher sollte sie sonst wissen, dass es mit dem Geräusch begonnen hatte?

»Da haben Sie natürlich recht. Allerdings verfolgen mich diese Melodien, die alle verdächtig gleich klingen, fast mein ganzes Leben. Sie alle missfallen mir, aber am schlimmsten sind die Melodien, die mit Bewegung zu tun haben, diese oft ankündigen. Wie so oft auf Rolltreppen und in Fahrstühlen. Für mich sind die Melodien zu Triggern geworden. Sie können heftige Reaktionen meines Körpers auslösen. In der Vergangenheit hatte ich viele Panikattacken. Jahre meines Lebens stand ich unter Beobachtung meines PsyBuddys. Glauben Sie mir, das war keine schöne Zeit.« Warum erzählte Basti das alles der alten Frau? War sie nicht eine Fremde? Früher hatte es einmal das Phänomen gegeben, sich Trost bei Fremden zu holen. Häufig in öffentlichen Verkehrsmitteln wie Bus und Bahn. Irgendetwas war aber anders an dieser Frau. Sie kam Basti seltsam vertraut vor. Er konnte nicht wirklich sagen, warum. Es war mehr ein Gefühl als Gewissheit.

Die Bahndurchsage wurde ein zweites Mal wiederholt und jetzt bekam auch Basti diese komplett mit. »Sehr geehrte Fahrgäste, das Team von BuddyRail begrüßt Sie am Gleis FrischBuddy. Sie wissen noch nicht, was FrischBuddy ist? Dann freuen Sie sich auf das Unboxing-Event beim nächsten BuddyDay. Besuchen Sie schon jetzt die Frisch-Buddy-Präsenz im Netz und sichern Sie sich 10 Prozent auf Ihre erste Bestellung. Wir freuen uns auf Ihren Besuch. BuddyCorp – Wir lassen Sie niemals allein!« Die alte Dame schüttelte den Kopf.

»Der Markt bewegt sich immer schneller und das rasanter, als es zu erwarten war. Zeitnah wird sich niemand mehr der BuddyCorp entziehen können. Was denken Sie darüber, Herr Fantasti?«

»Nun ja, noch gibt es Konkurrenz. Wir könnten Kunden und Kundinnen der Chinesen werden. Copycat ist wahrscheinlich fast genauso groß wie BuddyCorp und hinter dem niedlichen Katzenmaskottchen verbirgt sich eigentlichen ein noch schlafender Drache.«

»Ja, die CopyCatGroup macht ihrem Namen alle Ehre.

China hat verstanden, dass sie nur eine Chance gegen die BuddyCorp, den Westen, haben werden, wenn sie zum einen das westliche Erfolgsmodell des Kapitalismus zuerst kopieren und dann auf ihre Bedürfnisse adaptieren. Der Drache, den Sie gerade ansprachen, ist bereits erwacht und zum Kampf bereit.«

Der Zug fuhr ein und für einen Moment wurde es sehr laut. Eigentlich musste der Zug keine Geräusche produzieren. Alle Fortbewegungsmittel waren inzwischen voll elektrisiert. Allerdings gab es seit einigen Jahren eine Welle der Nostalgie. Die älteren Bevölkerungsgruppen vermissten die gute alte Zeit mit dem Lärm, der von überall kam, obwohl sie ihn damals verfluchten. Deshalb gab es auch noch die Bahnhofsdurchsage, wobei diese durch die AR-Linsen, die alle trugen, überflüssig wurden. Die jüngeren Bevölkerungsgruppen fanden es witzig und surften auf der Welle mit. Basti genoss es, weder die anderen Menschen um sich herum noch seine eigenen Gedanken zu hören. Ein seltener Moment der Ruhe. Er atmete tief ein und aus. Die geschlossenen Augen schützten ihn vor den Reizen der Welt. Dann meldete sich seine AR-Navigations-App mit einem leichten Kribbeln im Kopf.

Die alte Dame war bereits durch die geöffnete Tür in den Zug eingestiegen und mit ihr viele andere Fahrgäste. Der Zug würde nach Berlin fahren, hoffte Basti. Er musste sich auf eine Navigations-App verlassen, die er erst seit wenigen Stunden hatte und die offenbar beständig Updates bekam. Das Kribbeln, wohl als Trigger zum Loslaufen gedacht, war definitiv neu. Überrascht war er nicht. Es war nur eine Frage der Zeit gewesen, dass die Apps immer besser direkte körperliche Reaktionen zur Unterstützung ihrer Funktionen verwenden konnten.

Im Zug, der immer noch stand, musste er durch mehrere Waggons gehen, bevor er seinen reservierten Sitzplatz erreichte. Es war ein Vierer-Sitzplatz, der aber nur von einer Person besetzt war. Der ganze Zug war voll mit Menschen. Basti setzte sich und als er aufblickte, sah er erneut in das Gesicht der alten Dame, die ihm gegenübersaß.

»Schön, du hast den Weg gefunden, Basti. Wie gefällt dir das Kribbeln im Kopf? BuddyCorp wird immer besser, oder? Offenbar sind wir Menschen doch nur informationsverarbeitende Systeme und dazu prädestiniert, als Schaltkreise zu fungieren. In der Sci-Fi-Literatur wurde schon oft darüber geschrieben, dass die Menschheit auch als eine Art Computer zu verstehen ist. Vielleicht schaffen wir es tatsächlich irgendwann in naher Zukunft oder in ein bis zwei Generationen, eine neue Entität, einen Meta-Menschen, zu kreieren. Im Erschaffen von Entitäten sind wir Menschen Profis. Unsere Gehirne verlangen regelrecht nach etwas, das größer und vollkommener ist als sie selbst. Es reicht nicht zu sagen, die Gruppe handelt ein moralisches Miteinander demokratisch und solidarisch aus. Nein, wir benötigen zwingend eine außenstehende Instanz, von der wir behaupten können, diese wäre rein und nicht durch die Realität veränderbar. Gott, der Markt, oder etwas dazwischen vielleicht? Wer weiß das schon so genau.«

Mit starrem Blick presste Basti sich in seinen Sitz. Okay,

diese Frau kannte ihn oder hatte er sich mit Namen vorgestellt? Nein, er war sicher, nicht seinen Namen genannt zu haben. Vielleicht aber doch? Der Tag, der, das oder die verdammte FrischBuddy, die zwei scheiß Recaps. Das war purer Stress für ihn gewesen. Er war sich doch nicht mehr sicher, woran er sich erinnerte. »Wer sind Sie und noch wichtiger, woher kennen Sie mich?«

Die alte Dame fing daraufhin an, extrem laut zu lachen und berührte seinen Oberschenkel unter dem Tisch mit ihrer Hand. »Hast du es denn noch nicht verstanden? Du schickst seit über einem Jahr keine Berichte mehr über deine Geschäfte mit BuddyCorp und dachtest, wir würden uns nicht bei dir melden?«

Basti wurde kreidebleich, sein Mund war trocken und seine Brust fühlte sich eingeengt an. Hoffentlich keine Panikattacke.

»Anton, bist du das? Aber wie …«, stammelte Basti vor sich hin, während er sich an die Brust fasste. Anton hatte immer gern seinen Hammer geschwungen und sich selbst zum Boss erklärt. Ganz klar ein Alpha. Es musste Anton sein.

Sein Puls raste. Förmlich spürte er Schweiß aus seinen Achseln treten. Die ältere Dame stand auf, beugte sich über den Tisch, küsste Basti auf die Lippen, lächelte ihn an und ließ sich wieder in den Sitz fallen. Das Ganze passierte sehr langsam. Schließlich war die Dame nicht mehr die Jüngste. Plötzlich war Basti hellwach und konzentriert. Der Kuss, gegen den er sich, starr vor Angst, nicht wehren konnte, hatte auf sein Gehirn wie ein Reset gewirkt.

»Bist du es wirklich? Antjje? Wie machst du das? Steuerst

du die arme Frau?«

Kichernd wie ein junges Schulmädchen hielt die alte Frau eine Hand vor ihren Mund. »Du Schlauberger! Immerhin hast du nicht vermutet, Anton würde dich küssen. Schon witzig. Du denkst als Erstes an den von uns drei, der nicht an dir interessiert war.«

Verwirrt sah Basti kurz aus dem Fenster. Wenn es um sein Liebesleben ging, hatte er so seine Probleme. Es war wie verhext. Er hätte schwören können, damals auch Signale von Anton bekommen zu haben. Alexander schien immer sehr distanziert gewesen.

Dann fokussierte er den fleischgewordenen Avatar, der von Antjje beseelt schien. »Bitte? Alex wollte auch was von mir?«

»Ja, das ist aber schon länger her. Er ist pansexuell. Ihm ist das biologische und soziale Geschlecht der Person, die ihm gegenübersteht, egal. Wenn er Liebe empfindet, dann egal zu welcher Person.«

»Und du willst mich jetzt töten?«

»Warum musst du eigentlich immer so dumme Fragen zu den falschen Zeiten stellen? Wenn ich dich jetzt töten wollte, warum dann erst ein Jahr, nachdem du nicht wie vereinbart uns, die Triple A, der größten Widerstandsgruppe gegen das Kapital aller Zeiten, sämtliche Informationen über deinen Arbeitgeber und BuddyCorp gibst?«

»Vielleicht, weil ihr mich jetzt erst gefunden habt?« Die alte Frau packte sich eine Zigarette aus und zündete diese an. Eigentlich wurde heutzutage nicht mehr geraucht. Es war zwar nicht verboten, aber allein der Erwerb von Zigaretten war schwierig geworden. Eine achtsame Gesellschaft rauchte nicht. Der Markt und der achtsame Staat hatten das Problem auch ohne Gesetze und Verbote gelöst. Rauchen taten nur Reiche. Basti sah öfter Kunden und Kundinnen seines Unternehmens rauchen.

Eine Durchsage durchdrang den Zug: »Sehr geehrte Fahrgäste, die Fahrt unseres Zugs nach Berlin verzögert sich um mindestens 15 Minuten. Es gibt Probleme auf der Fahrbahn. Wir halten Sie weiterhin über die Sachlage auf dem Laufenden. Wir danken Ihnen für Ihre Fahrt mit BuddyRail.« Nach der Durchsage wurde wieder eine dieser verdammten Melodien angespielt und Basti fasste sich automatisch in die Magengegend.

»Ach, weißt du, Basti, ich beantworte gleich mal die Fragen, die du nicht imstande oder gewillt bist, zu stellen. Erstens, gefunden? Als ob der Herr in der Lage gewesen wäre, sich zu verstecken. Wenn du nicht so süß wärst, hätte ich dich längst töten lassen. Dein Chef, Friedrich Frieden, netter Euphemismus, ganz nebenbei, hat uns immer über alles Wichtige informiert. Deine Kooperation war nicht nötig und bei einer Abstimmung hast du dein Leben zwei zu eins behalten dürfen und diese ›arme Frau‹, wie du sie nennst, spricht mir alles nach, was ich ihr sage, und sie führt die Handlungen aus, die ich ihr über ihre AR-Linsen befehle. Ja, ich steuere diese Frau. Das ist ihr Job.«

Basti hustete, als ihn der Zigarettenqualm erreichte und er versuchte, sich frische Luft zuzufächeln. »Liebe Antjje, bitte mach die Zigarette aus und erzähl mir, warum du mich dann aufsuchst, wenn nicht, um mich zu töten?«

Die Zigarette qualmte noch kurz, nachdem diese in der

Mitte des kleinen Tisches ausgedrückt wurde. Niemand schien sich im Zug daran zu stören. Rauchen in Zügen war schon seit Jahrzehnten verboten. Auch fiel Basti auf, dass es verdächtig leise im Zug war. Die Menschen hatten aufgehört, miteinander zu reden, und selbst die Kinder gaben keinen Ton von sich. Wieder wurde kurz eine Melodie über die Durchsagelautsprecher abgespielt. Diesmal war es eine andere Abfolge von Tönen, aber als Trigger reichte es. Krampfartiger Schmerz breitete sich wellenförmig in seinem Körper aus. Jetzt war es vorbei. Seine AR-Stress-App öffnete sich in seinen Linsen und zeigte einen schnell ansteigenden Wert an.

Die geöffnete Achtsamkeit-App eine dafür fallende Kurve seines Achtsamkeitslevels. Eine alte Melodie, die er schon lange Jahre nicht mehr hören musste, wurde abgespielt.

»Nein, nicht er, nicht jetzt«, wimmerte Basti, während Antjje ihn durch die Augen der alten Dame beobachtete.

Auf dem freien Sitz neben Antjje tauchte langsam ein Hologramm auf. Es war das perfekte Abbild Bastis und sah tausendmal besser aus, als Basti es in Erinnerung hatte. Er vermied es immer noch so gut es ging, in Spiegel zu schauen. Jetzt war er gezwungen, sich in voller Pracht direkt vor sich zu sehen. Gar nicht so schlecht, ging es ihm durch den Kopf. Außer, das war ein neues böses Spiel und er war immer noch hässlich. Da war er wieder. Der nagende Selbstzweifel.

Das Hologramm begann zu sprechen: »Notfall-Behandlung initiiert. PsyBuddy von Basti Fantasti aktiviert. Ein erhöhtes Stresslevel bei gleichzeitiger rapider Senkung des Achtsamkeitslevels berechtigt PsyBuddy zur sofortigen öffentlichen Krisenintervention. Die zuständige Achtsamkeitsagentur wurde informiert.«

»Geh weg. Ich will dich nicht hier haben. Die Krämpfe sind wieder weg und die Werte werden gleich wieder besser.«

»Hallo, Basti, gib mir eine Sekunde. Ich war viele Jahre weg und muss mich kurz mit den Aufzeichnungen der letzten Jahre synchronisieren.«

Antjje kicherte und schien sehr amüsiert über die Situation. »Fertig. Hallo Antjje mit zwei J. Wie geht es dir?«

Als diese Worte des Hologramms an die Ohren der alten Frau gerieten und die Mikrofone diese an Antjje – wo auch immer sie war – übertrugen, verfinsterte sich der Blick von Antjjes fleischgewordenem Avatar und sie ballte die rechte Faust in Richtung des PsyBuddy.

»Was sagst du da, Drecksprogramm? Halt deine Fresse und kümmere dich um deinen eigenen Kram!«

Basti versuchte, die Situation zu beruhigen und hielt die geballte Faust der alten Dame mit seiner Hand umschlossen. »Was soll das, PsyBuddy? Musst du sie provozieren? Du weißt ganz genau, dass das ein wunder Punkt von ihr ist, so angesprochen zu werden.«

»Ich weiß!«, antwortete der PsyBuddy schmunzelnd, der auch nach so vielen Jahren noch das Gesicht von Basti trug. »Du musst dich deinen Ängsten stellen. Sonst wirst du niemals ein achtsames Mitglied der Gesellschaft.«

Basti kochte vor Wut und wurde feuerrot im Gesicht. »Ich bin fertig mit dir. Verdammt noch mal.« Von der Wut gepackt, riss er seine AR-Augenlinsen heraus und legte sie auf den Tisch. Dann zerschlug er sie mit seinem Handy, dann das Handy, und schmiss die Kleinteile in den kleinen, im Tisch integrierten, Mülleimer. Erneut sah Basti auf, musste jedoch mit Entsetzen feststellen, dass PsyBuddy nicht verschwunden war, sondern ihn anschaute. »Wir sind die BuddyCorp. Wir lassen dich niemals allein. Dieses Versprechen habe ich dir schon vor so vielen Jahren gegeben.«

Antjje nahm ihre Handtasche, kramte darin herum, holte schließlich eine kleine, halbdurchsichtige Box heraus und legte diese auf den Tisch. »Hand her.«

Basti zögerte.

»Jetzt gib mir schon endlich die Hand. In dieser Box sind spezielle Pflaster. Einmal aufgeklebt und du bist sowohl für BuddyCorp als auch für die CopyCatGroup praktisch unsichtbar. Normalerweise würde dann gleich eine Fahndung nach dir starten. Es gibt nichts Verdächtigeres, als nicht Teil des Systems sein zu wollen, aber heute ist das alles ziemlich egal. Keiner von beiden wird uns finden. Darum haben wir uns gekümmert.«

Kaum war das kleine Pflaster auf der Außenseite von Bastis linker Hand aufgeklebt, verschwand auch der PsyBuddy.

»Danke! Du weißt gar nicht, wie sehr du mir damit geholfen hast. Warum bist du hier und warum tust du das alles?«

Mit beiden Händen auf den Tisch klopfend, schien Antjje sich zu freuen. »Endlich mal eine vernünftige Frage. Der Krieg wird bald beginnen. Die beiden Platzhirsche beginnen bereits damit, sich vom freien Markt zu verabschieden und noch einen eigenen proprietären Konzern-Markt zuzulassen.«

»Aber das kann nicht sein. Die Klassenfrage wurde doch

nicht gelöst. Die Armen können sich doch noch jederzeit erheben und das Kapital in seinen Grundfesten erschüttern. Es gibt noch überall Gewerkschaften, die streiken, Menschen, die für soziale Gerechtigkeit auf die Straße gehen und Widerstandsgruppierungen wie euch, die Triple A.«

»Echt? Schon wieder Marx. Wie langweilig. Allerdings gebe ich dir begrenzt recht. Aufstände der Armen und Mittellosen durchziehen die Menschheitsgeschichte und waren immer ein Problem für die Reichen und Mächtigen. Und sind es bis heute!«

Zum dritten Mal ertönte eine Melodie und alle anderen Fahrgäste, außer Basti und Antjje, schlossen die Augen und atmeten beinahe synchron tief durch die Nase ein und lang durch den Mund wieder aus. Bastis Magen meldete ihm Gefahr. Er hatte zwar nicht Spidermans Spinnensinn, der ihn vor unmittelbaren Gefahren warnte, aber bis jetzt konnte er sich immer auf sein Bauchgefühl verlassen.

Antjje kramte wieder in ihrer Handtasche und legte eine Pistole auf den Tisch. »Erinnerst du dich noch an das erste Mal, als wir uns trafen? Damals in der Selbsthilfegruppe. Wir haben uns in kleinen Geschichten erzählt, wie der Kapitalismus uns Stück für Stück immer mehr von unserem Leben geraubt hat. Dabei haben wir aber später festgestellt, wie wir aus einem Nachteil einen Vorteil ziehen können. Aufstandsbekämpfung ist der Schlüssel zur gesellschaftlichen Stabilität. Uns stellte sich die Frage, wie einzelne Menschen und sogar große Menschenmengen so konditioniert werden können, dass diese durch wenige Trigger von vereinzelten Aufstandsbekämpfenden neutralisiert werden können.«

Bastis Gehirn produzierte einen Gedanken und gab den Befehl, diesen sofort laut auszusprechen. »Wer lacht, empfindet keine Angst.«

Antjje griff die Pistole. Das Magazin war bereits enthalten. Sie lud die Pistole fertig und richtete diese auf Basti. »Schon Wahnsinn. Kaum bekommt dein Verstand ein wenig Komplexität vorgesetzt, arbeiten deine Synapsen hervorragend. Genau so und auch wenn ich glaube, du würdest in fünf Minuten selbst darauf kommen, die Zeit haben wir nicht. Die Melodien. Die Fahrstuhlmusik. Das sind die Trigger.«

Antjje stand auf und zwinkerte Basti zu, als die nächste Melodie durch die Lautsprecher erklang und alle Menschen im Zugabteil anfingen zu lachen. Basti und Antjje lachten nicht. Vorsichtig fühlte Basti über seine Hand. Das Pflaster schien ihn zu schützen. Antjje drehte sich zu den Fahrgästen, die im Gang standen und exekutierte drei von ihnen durch einen gezielten Kopfschuss. Die Situation, wie die alte Dame ohne zu zögern die Menschen erschoss, wirkte bizarr auf Basti. Das Blut spritzte die alte Dame voll und auch Basti blieb nicht verschont. Er kauerte perplex auf seinem Sitz und wusste nicht, was er tun sollte. Verzweiflung vernebelte seinen Verstand und ließ keinen klaren Gedanken zu. Antjje ließ die alte Dame weitere Fahrgäste erschießen und setzte sich dann lässig wieder zu Basti.

Das Lachen im Zug war zwar leiser geworden, aber immer noch hörbar. »Du musst jetzt gehen, Süßer! Ich habe hier noch zu tun. Am Bahnhofsvorplatz wartet eine schwarze Limousine auf dich und hab bitte keine Angst. Die anderen werden nicht auf dich schießen. Du solltest aber versuchen, nicht zu lachen.« Antjje lachte sehr laut, stand auf und begann systematisch, alle Fahrgäste zu erschießen. Wie gelähmt tippte Basti sich zweimal auf die linke Schläfe.

»BunnyFunny, bitte hol mich hier raus.« Er hoffte, in einem Recap zu sein, einer Erinnerung beizuwohnen, an die er sich nicht mehr erinnern konnte. Hoffte, durch ein einfaches Kommando von einer äußeren Macht aus dieser grotesken und verstörenden Situation befreit zu werden.

Das Lachen von immer mehr Fahrgästen verstummte, als deren Leben erloschen und Basti entschloss sich dazu, zu glauben, dass er sich nicht in einem Recap befand oder das Kommando schon wieder nicht funktionierte. Egal! Der Kuss hatte sich einfach zu real angefühlt.

KAPITEL 21: SHOWDOWN

Überall Blut, Leichen und Lachen.

Torkelnd verließ Basti den Zug, der heute ganz bestimmt nicht mehr nach Berlin oder sonst wohin fahren würde. Die Menschen auf dem Bahnsteig zeigten sich unberührt von dem, was im Zug passierte und in manchen Abteilen noch im Gange war. Weiterhin waren Schüsse zu hören und Kinderlachen, das kurz darauf auch verstummte. Basti wunderte sich nicht über die Teilnahmslosigkeit der Menschen. Wurden doch seit Jahrzehnten die Medien-Inhalte immer gewalttätiger und die Menschen immer abgestumpfter. Das am liebsten konsumierte Genre dieser Tage war Cosy-Splatter. Nach Cosy-Krimi, Cosy-Thriller und Cosy-Horror eigentlich eine logische Weiterentwicklung. Basti versuchte, sich das Blut im Gesicht mit einem Taschentuch wegzuwischen. Dann ertönte eine Melodie und mehrere ältere Leute, davon einige in Rollstühlen, holten Pistolen hervor und luden diese mit Munition. Reflexhaft und von Panik erfüllt, spürte Basti den Drang, helfen zu wollen, um ein weiteres Massaker zu verhindern. »Hallo, alle mal herhören. Haltet euch die Ohren zu und rennt aus dem Bahnhof heraus. Bitte, ich flehe euch an!« Auf seine Knie gefallen, begann er zu heulen. Seine Mühen kamen zu spät. Längst waren die Menschen wie zu Salzsäulen erstarrt und hatten die Schusswaffen feuerbereit.

Die letzte Melodie, die die hier anwesenden Menschen

in ihrem Leben zu hören bekommen würden, ertönte. Alles ging von vorne los. Die Situation wirkte grotesk. Hunderte Menschen warteten lachend auf ihre Exekution. Ein alter Mann mit Rollstuhl hatte Mühe vorwärtszukommen, um seine Arbeit zu erledigen. Die junge Frau, die ihn geschoben hatte, wurde als Erstes von ihm getötet.

»Dies ist eine Durchsage an das Personal. Nach Beendigung der Operation L&D begeben Sie sich umgehend zum Sammelplatz Alpha. Dort bekommen Sie neue Instruktionen.« Fast 15 Minuten vergingen, bis das Lachen am Gleis FrischBuddy verstummte. Basti beobachtete das Treiben um sich herum. Alle paar Minuten verschloss er Augen und Ohren, um zu prüfen, ob er sich das alles nur einbildete. Er verfluchte BunnyFunny, der ihn nicht befreit hatte und hoffte, dass wenigstens ein paar Menschen die Flucht aus dem Bahnhof gelänge. Nach dem Gleis FrischBuddy waren die anderen Bahnsteige dran. Es passierte nicht überall gleichzeitig, sondern scheinbar in Wellen. Die verzögerten Melodien überlappten sich so und es entstand ein seltsames Konzert aus Melodie, Lachen und Pistolenschüssen. Basti hatte keine Kraft mehr und ließ sich erschöpft auf einer Sitzbank nieder. Sein Fluchtinstinkt hatte ihn verlassen. Er war der einzige Überlebende am Bahnsteig.

»Dies ist eine Durchsage an Basti Fantasti. Sie werden am Bahnhofsvorplatz erwartet. Ihr Zeitfenster beträgt noch zehn Minuten. Danach werden Sie zur Exekution freigegeben.«

Zehn Minuten bis zum persönlichen Untergang. Basti versuchte, sich aufzurichten, schaffte es aber nicht. Da tauchte neben ihm der alte Rollstuhlfahrer von vorhin auf. Auch er schien am Ende seiner Kräfte. Nicht mehr gewohnt, seinen Rollstuhl selbst in Bewegung zu halten. »Guten Tag, Herr Fantasti. Eine Ehre, Sie kennenzulernen. Fräulein Antjje hat viel über Sie erzählt. Sie mochte Sie einmal in besonderem Maße. Ich habe leider keine Kraft mehr. Wären Sie so freundlich, mich zum Sammelpunkt Alpha zu schieben? Nur, wenn wir den erreichen, werden wir auch bezahlt.«

»Was? Warum? Warum haben Sie das getan? Warum haben Sie all die Menschen getötet? Das war Mord!«

»Es war die Tötung von Menschen. Eine legitime Tötung, wenn Sie mich fragen. Von ignoranten Kollaborateuren des Systems. Menschen, denen es scheißegal ist, wie es uns Alten geht. Von der Rente lässt sich nicht leben und dann werden wir auch noch an den Rand der Gesellschaft gedrängt. Die Triple A geben uns jetzt eine Chance, alte Fehler nicht zu wiederholen und eine bessere Zukunft zu gestalten. Lang leben die Triple A!«

»Ich weiß nicht, ob ich die Art und Weise, wie die Triple A versuchen, ihre Ziele durchzusetzen, gutheißen kann. Das Blut von Menschen, egal ob schuldig oder unschuldig, zu vergießen, sollte niemals Mittel zum Zweck sein. Ein böser Mensch hat kein Problem damit, einem unschuldigen Menschen Schaden zuzufügen. Ein guter Mensch hingegen hat ein Problem damit, schuldigen Menschen Schaden zuzufügen.«

»Danke, Herr Besserwisser. Ich freue mich für Sie, dass Sie sich in Ihrem großartigen Anzug Gedanken über Ethik und Moral machen können. Diesen Luxus können meine Leidensgenossen und ich uns nicht leisten. Ich habe

Hunger, schon seit Tagen, und am Treffpunkt wartet eine warme Suppe auf mich. Können Sie es also mit Ihrer Moral vereinbaren, mich da hinzuschieben? Sie sind doch ein guter Mensch oder machen Sie sich nur selbst etwas vor?«

Überrascht von der Argumentation, fühlte Basti sich in die Ecke gedrängt, bis er erkannte, sich selbst in diese Ecke gestellt zu haben.

»Noch fünf Minuten, Basti!« Diesmal war die mahnende Durchsage auf allen Bahnsteigen gleichzeitig zu hören und sehr viel lauter.

»Okay, ich schiebe Sie.« Basti stand auf und schob den Rollstuhl des alten Mannes Richtung einer der vielen Rolltreppen. Vorbei an den am Boden liegenden Leichen. Bei manchen schien es so, als würden sie lächeln. Die Rolltreppen liefen alle noch. Unbeeindruckt vom Leben und Sterben. Auch die Toten würden pflichtbewusst von weiteren Rentern und Rentnerinnen von einem zum ande-ren Ort transportiert werden.

Basti übergab sich wieder. Jetzt war sein Magen end-gültig leer. Als die beiden Männer das Ende der Rolltreppe erreichten, sahen sie die große Bahnhofshalle. In der Mitte war eine Suppenküche aufgebaut und eine Schlange von alten, ausgemergelten Menschen reihte sich davor. Der Hunger stand den meisten von ihnen ins Gesicht geschrie-ben. Armut ließ sich am Äußeren ablesen. Basti schob den alten Rollstuhlfahrer ans Ende der Schlange und wollte eigentlich direkt zum Ausgang gehen, als der alte Mann ihn aufhielt. »Bitte, können Sie noch meine Pistole auf den Tisch dort legen? Die werden da gesammelt. Danke und viel Glück für Sie! Ich beneide Sie, weil Sie jetzt die Triple A persönlich treffen werden.«

Gesagt, getan. Als die Pistole am vorgesehenen Platz lag, bewegte sich Basti langsam Richtung Haupteingang.

»Noch eine Minute! Beeilung, Basti!«, kam es ihm aus den Lautsprechern der Halle entgegen geschrillt, als sich gerade die automatische Eingangstür öffnete und er hinaus auf den Bahnhofsvorplatz trat. Ob der Motor des schwarzen BuddyCars, das auf ihn zu warten schien, am Laufen war, konnte Basti nicht beurteilen. Elektroautos waren dafür zu leise. Bastis Autopilot, der ihm auch schon in der Vergangenheit viele lästige Entscheidungen durch vorgefertigte Mechanismen abgenommen hatte, ließ ihn schneller zum Auto laufen, das noch circa 150 Meter entfernt war. Plötzlich stoppte er. Ein Gefühl hatte den Autopiloten abgeschaltet, weil es überzeugt war, die Situation benötige eine Neubewertung. Könnte es sein, dass Antjje noch sadistischer geworden war als damals nach dem Anschlag am Flughafen? Immerhin folterte sie genüsslich seinen Chef Friedrich Frieden, der damals Karl Krieg hieß. Auch was sie ihm antat, beschäftigte ihn eine Weile. Macht, die nicht anerkannt wurde, bedurfte der Gewalt zur Legitimation, daher neigten mächtige Personen dazu. Egal, ob es sich dabei um Männer oder Frauen handelte. In den letzten Jahren hatte Antjje viel Macht erlangt. Wollte sie ihn foltern und womöglich sogar töten? Er war sich nicht sicher. Ein Teil von ihm empfand noch Zuneigung zu ihr. Die Zeit damals auf der Insel, am Strand, hatte auch seine guten Seiten gehabt, an die er sich gern zurückerinnerte.

Damals war er verliebt und Antjje schien das auch gewesen zu sein.

Da rempelte ihn ein Jugendlicher an, der wohl von einem AR-Film abgelenkt war, den er über seine Augenlinsen sah. Der ganze Vorplatz war voll mit Menschen. Bestimmt Tausende lachende Personen, von denen niemand in die Richtung des Bahnhofseinganges ging, als sei dort eine unsichtbare Mauer. Die Fahrertür des Autos ging auf und ein Mann in schwarzem Anzug und Sonnenbrille schritt mit ausgestrecktem Arm auf Basti zu. Innerhalb weniger Sekunden spürte Basti die Mündung einer Pistole an seiner linken Schläfe. »Escape or die? Was von beidem wünschen Sie, Herr, Fantasti?«

Genau in diesem Moment fuhren mehrere Eiswagen auf der Straße an ihnen vorbei, teilten sich auf und fuhren in alle Richtungen. Basti hörte die Melodie und wusste, was passie-ren würde. Die Operation war noch nicht vorbei. Das Ziel war nicht nur der Bahnhof. Es würde noch sehr viel mehr Tote geben. Der Mann mit der Pistole bewegte die Lippen, aber Basti verstand kein einziges Wort. Zu laut war das Lachen der Menge. Eine der hinteren Türen des Wagens öffnete sich und der Fahrer stieß Basti hinein. Zum Glück war der Wagen schalldicht. So war er nicht gezwungen, die Pistolensalven hören zu müssen und die von Tod geprägte Stille danach ertragen zu müssen. Das erleichterte ihn.

»Escape! Ich will leben. Hören Sie mich? Ich sagte Escape!«

Der Fahrer schien Basti erst zu ignorieren und antwortete dann lakonisch: »Okay!«

Das BuddyCar war zwar schalldicht, aber hatte keine blickdichten Scheiben. Zumindest nicht von innen. So konnte Basti sehen, dass überall in der Stadt, oder wenigstens da, wo der Wagen lang fuhr, dasselbe passierte, was auch am Bahnhof passierte. Er fragte sich, wie viele Menschen wohl heute sterben müssten und welche Mitschuld oder Verantwortung er daran hatte. Die Stadt war keine der großen Städte mit zweistelliger Millionenzahl, aber hatte bestimmt 100.000 oder 150.000 Einwohnerinnen und Einwohner. Wie weitreichend wohl die Operation sein würde, fragte sich der Teil von Bastis Gehirn, der für Strategie und Taktik verantwortlich war. Gemessen an der Opferzahl könnte das zum größten Terroranschlag aller bisheriger Zeiten werden. Aller Zeiten? So optimistisch blickte er dann doch nicht in die Zukunft.

»Sie können aufwachen, Herr Fantasti. Wir sind gleich da.« Gähnend streckte Basti seinen ganzen Körper. War er wirklich im BuddyCar eingeschlafen? Kein Wunder bei dem, was er erlebt hatte.

»Wie lange habe ich geschlafen? Sind wir immer noch in der Stadt?«

»Nur knapp 15 Minuten. Sie sind einfach zusammengesackt. Ich dachte, ich gönne Ihnen den Schlaf. Ja, wir sind noch in der Stadt. Genauer gesagt, im Geschäftsviertel. Übrigens gratuliere ich Ihnen zur Übernahme.«

Basti blickte aus dem Fenster und sah die vorbeiziehenden Hochhäuser, als sein Gehirn das Gesagte verarbeitete: »Übernahme? Was meinen Sie?«

»Sie sind doch stellvertretender Geschäftsführer und Anteilseigner des Unternehmens Euphemismus-Schmiede.«

»Ja, und?«

»Na, Sie wurden vor ungefähr anderthalb Stunden von BuddyCorp gekauft. Sie sind reich. Sie besitzen Eigentum.«

Basti wusste nicht, wie er das Gehörte einsortieren sollte. Er fühlte nichts. Ausgerechnet jetzt, wo vermutlich über 100.000 Menschen um ihn herum getötet wurden. Das war keine Stadt mehr. Das war ein Schlachtfeld. Verlierer war die Menschheit. Um eine Attraktion des Todes reicher. »Reich, sagen Sie, bin ich. Eigentum besitze ich, sagen Sie. Ich frage Sie, ja, ich frage die Welt: Welchen Sinn ergibt es, nach Eigentum oder Besitz zu streben, wenn sich niemand sicher sein kann, den auch behalten zu können? Wenn die Mächtigen und die, die es noch werden wollen, uns mit den Mitteln der Gewalt alles wegnehmen können und uns nichts, aber auch gar nichts, bleibt. Selbst unser Tod kann noch zum Nutzen dieser Arschlöcher sein. Das haben sie heute eindrucksvoll unter Beweis gestellt. Ich mag mir zwar jetzt temporär einreden können, ich hätte Eigentum oder würde etwas besitzen. Die Wahrheit aber ist eine andere. In Wirklichkeit besitzen wir beide, mein Freund, gar nichts von Dauer. Eigentum lässt sich nur sein Eigen nennen, wenn man fähig und willens ist, dieses zu verteidigen und Neues zu erobern.«

»Ich unterbreche Sie nur ungern, aber wir sind da. Ich denke, die Mitglieder des Vorstandes der C.C.C. erwarten Sie bereits sehnsüchtig.«

»C.C.C.? Ist das eine Firma? Ich dachte, Antjje hätte Sie

zu mir geschickt. Antjje, von der Gruppe Triple A.«

»Keine Angst, Herr Fantasti. Ihre Fragen werden bestimmt bald beantwortet.«

Das BuddyCar fuhr auf die Tiefgarage eines Hochhauses zu. Kein einziger Mensch war zu sehen. Auch keine Leichen. Basti schnallte sich ab, weil er dachte, gleich aussteigen zu müssen. Der Wagen hielt aber nicht an, sondern fuhr mit gleichbleibender Geschwindigkeit auf eine Mauer zu. Dann offenbarte die Mauer ein großes Tor, das sich zügig öffnete.

Das Auto fuhr komplett hindurch und das Tor schloss sich wieder. Alle Fenster des Autos fuhren automatisch nach unten. Das Audiosystem des Autos sprang an und spielte dieselbe Melodie wie am Bahnhof. Ob das hieß, dass die Operation noch lief?

»Wir fahren 20 Stockwerke nach unten. Das dauert ein paar Minuten. Entspannen Sie sich.«

Ein Fahrstuhl – augenscheinlich für Autos – war angekommen und das Auto fuhr hinein. Bastis Magen meldete ihm eine vertikale Bewegung. Wenige Minuten später öffnete sich das Tor und das Auto fuhr ungefähr 50 Meter aus dem Fahrstuhl heraus bis zu einem kleinen runden Tisch mit zwei gegenüberstehenden Stühlen. Tisch und Stühle waren durch eine Deckenlampe beleuchtet, wobei der Rest des riesigen Raumes pechschwarz in Dunkelheit gehüllt war.

»Steigen Sie aus und setzen Sie sich auf den freien Stuhl. Die C.C.C. werden bald da sein.«

Gewohnt, Befehle zu befolgen, würde Basti auch jetzt

nicht damit aufhören und nahm auf dem ihm zugeteilten Stuhl Platz. Der Fahrer tauchte hinter ihm auf und schnallte ihm seine Hände und Beine an dem Stuhl fest, sodass er sich zwar noch bewegen, aber nicht fliehen konnte. Der Stuhl war fest im Boden verankert. Basti war das egal. Um zu fliehen, war er ohnehin viel zu erschöpft und wohin sollte er auch gehen? Von der anderen Seite des Tisches, an der nicht so viel Licht schien, wimmerte eine Person leise vor sich hin. Aus dem Auto war immer noch die Fahrstuhlmelodie zu hören und der Fahrer erhöhte die Lautstärke.

Dann ging das Licht im ganzen Raum an und Basti erkannte, dass die andere Person gefesselt und geknebelt auf ihrem Stuhl saß. Es war eine Frau Mitte 30, hinter der eine weitere Frau stand. Es war Antjje. Sie ignorierte Basti und zielte mit einer Pistole auf den Hinterkopf der anderen Frau.

»Antjje, bitte, lass das. Warum willst du diese Frau töten? Was hat sie dir getan?« Nach diesen Worten ließ Antjje die Waffe sinken, stieg auf den Tisch und sah demonstrativ auf Basti herab. Sie besaß Macht und war bereit, diese durch Gewalt auch zu behalten und zu vergrößern.

»Was diese Person mir getan hat, willst du wissen? Das kann sie dir selbst am besten sagen. Hier, ich entferne ihren Knebel. Sprich, Schlampe! Sag das, was ich dir vorhin gesagt habe.«

Mit zittriger Stimme und Tränen in den Augen wimmerte die Frau in Bastis Richtung. »Hallo, Basti, wir kennen uns noch nicht, aber mein Name ist Antje L-«

»Niemand interessiert sich für deinen Nachnamen, Schlampe. Wehe dir, du sagst auch nur ein weiteres Wort. Mein Name ist Antjje, Antjje mit zwei J. Du weißt wahrscheinlich, warum!«

Als Antje das hörte, also die Antje, deren Eltern bei ihrer Geburt den Vornamen Antje von BuddyNames gekauft hatten, hörte sie auf zu wimmern und den Tränen im Gesicht folgte ein Ausdruck der Angst und Ohnmacht.

Auch Basti wusste nicht so recht, wie er reagieren sollte. Da bückte sich Antjje mit zwei J herunter zu Antje mit einem J und berührte sie an der rechten Hand.

»Bitte nicht. Tun Sie mir nichts. Ich kann doch nichts dafür. Meine Eltern, die sind doch schuld.«

Unbeeindruckt riss Antjje mit zwei J das Pflaster von der soeben gestreichelten Hand ab.

Mit Tränen in den Augen fing Antje sofort an zu lachen. Basti fühlte sich, als wäre er in einem Terry-Gilliam-Film gefangen. Ein tieferer Teil seines Verstandes erinnerte sich an die letzten Szenen des Films *Brazil* und Basti hörte vor seinem inneren Ohr dessen Abschlussmusik. Alles besser als diese grässliche Fahrstuhlmusik oder das Lachen von Antje, die aufgehört hatte zu weinen. Ein wenig beneidete Basti sie in diesem Moment. Verspürte sie jetzt doch wenigstens keine Angst mehr.

Antjje, die das Lachen von Antje zu genießen schien, sprang vom Tisch, legte die Pistole an ihr Ziel und schoss das ganze Magazin in ihr Opfer. Sie durchlöcherte sie regelrecht. Zweimal setzte sie ein neues Magazin ein und feuerte weiter. Dabei schrie sie aus voller Kehle, so laut sie konnte.

Neben dem, was von Antje übrig war, ihrer lebloser Hülle, erschien ein kleines Hologramm der Firma BuddyNames und ein daneben auftauchender AdBuddy begann zu sprechen: »Sehr geehrte Damen und Herren, liebe Antjje mit zwei J, uns ist aufgefallen, dass der Vorname Antje wieder zur Verfügung steht. Sie, werte Kundin, haben vor einiger Zeit ein Vorkaufsrecht bei uns erworben, das nun greift. Ab Beendigung dieser automatischen Mitteilung dürfen Sie sich soeben Antje nennen. Wir freuen uns, Ihnen helfen zu können und wünschen noch einen achtsamen Tag. Ende der Mitteilung.«

Antje – nun mit einem J – schmiss sichtlich erleichtert die Waffe auf die Stelle des Tisches, an der das Hologramm soeben wieder verschwunden war. Der Fahrer stieg aus dem Auto und entfernte die Leiche der Frau, die nun keinen Namen mehr hatte. Eine interessante Sache, die Basti erst jetzt realisierte und BuddyNames anscheinend niemandem sagte, war, dass die Toten ihre Namen nicht behalten durften. Das Eigentum an den Vornamen war und blieb bei BuddyNames.

»So, das ist mein Stuhl. Das ist der Stuhl, auf dem jetzt Antje sitzt. Ich bin Antje. Nur Antje. Herrlich, so etwas sagen zu können. Das allein war alle Mühe wert.«

»Du bist nicht mehr du, Antje. Du magst zwar jetzt deinen Namen haben, aber zu welchem Preis?«

Antje schaute ins Leere, während sie sich eine Zigarette ansteckte. »Danke, dass du dir Sorgen machst. Süß von dir. Es ist aber zu spät. Ich bin jetzt frei und war gern bereit, für meine Freiheit Opfer zu bringen. Mich interessiert deine Moralpredigt auch nicht. Du bist doch nicht viel besser als ich. Wahrscheinlich bist du Schreibtischtäter oder sogar noch schlimmer. Deine Euphemisierung der Sprache hat den Krieg ›Reich gegen Arm‹ doch immer weiter verschleiert. Möglich, dass dadurch mehr Menschen umgekommen sind als bei allem, was wir gemacht haben. Du aber redest dir ein, eine saubere Hand zu haben, weil du nicht selbst abdrückst. Einfach erbärmlich. Du hast Glück, dass Anton und Alex mich überstimmt haben und du jetzt ein stiller Teilhaber von uns bist. Das bist du ganz ohne dein Wissen. Das haben wir so beschlossen.«

In dem Moment tauchten am Tisch zwei Hologramme auf und langsam waren zwei Avatare zu erkennen. Sie saßen auf Stühlen. »Hallo Basti, hallo Antje, wie ich sehe, hattest du mit deiner Herzensangelegenheit Erfolg. Das war ein Geschenk der BuddyCorp, um die anstehenden Verhandlungen angenehmer zu gestalten. Ach, es ist schön, dich zu sehen, Basti. Nach all den Jahren sind wir wieder vereint. Alex und ich haben dich immer als viertes Mitglied der Triple A gesehen und ohne die Arbeit deiner Euphemismus-Schmiede wäre unser Produkt nicht so gut geworden.«

Basti wusste, er durfte nichts Falsches sagen. Offenbar mochte Antje ihn doch nicht so sehr, wie er gehofft hatte, und sie war von den anderen beiden überstimmt worden. Jetzt war es Zeit, den Autopiloten wieder ans Steuer zu lassen. Das Ziel der Reise hieß Überleben.

»Danke, Anton. Ich freue mich auch, euch beide wiederzusehen. Antje offenbar nicht, wenn sie gegen mich stimmt.«

Wütend schaute Antje Basti in die Augen, ohrfeigte ihn und setzte sich ins Auto.

Alex lachte. »Oh, Basti, jetzt fällt mir wieder ein, warum ich dich mochte. Du bist so herrlich naiv. Antje mag dich von ganzem Herzen, aber sie ist so machttrunken, dass sie dich nicht mehr als ebenbürtig akzeptieren möchte. Du solltest ihr ToyBoy sein. Nicht mehr und nicht weniger.«

»Okay, und das habt ihr beide durch die Abstimmung zu meinen Gunsten verändert?«

»Na klar«, mischte sich Antons Hologramm wieder ein und schlug mit einem Hammer auf den Tisch, aber es war nichts zu hören.

»Ach, scheiße. Das hört ihr beiden ja nicht. Egal. Ihr wisst, was ich meine. Die Sitzung der C.C.C. ist damit eröffnet.«

Basti, immer noch an den Stuhl gefesselt, fragte verwirrt: »Warum bin ich jetzt der Vierte im Bunde und was bedeutet C.C.C.?«

Anton zeigte mit dem Hammer auf Alex, als wollte er ihm das Wort erteilen. »Danke, lieber Vorsitzender, Anton. Basti, lieber Basti. Es war deine Firma, die uns bei der Namensgebung unserer Operation beraten hat, und da alle Geschäftsabschlüsse der Euphemismus-Schmiede vom stellvertretenden Geschäftsführer abgezeichnet werden mussten, verdanken wir dir den Namen der Operation. Das ›L&D‹ steht für ›Laugh&Die‹. Sehr witzig, muss ich zugeben. Damals hätte dir der Firmenname C.C.C. schon auffallen können, aber du hattest bestimmt viel zu tun. Wir konnten unser Produkt nicht als Triple A auf den Markt bringen, da wir ja eine angebliche Terrorgruppe sind. Daher benötigten wir ein Rebranding und auch dieses haben wir von deiner Firma erhalten. C.C.C. ist die Kurzform von CapitalistCaptainsCompany.«

Basti erinnerte sich nicht daran. Die Firma war enorm gewachsen und er zeichnete schon lange nicht mehr alles selbst ab. Auch diesen Namen bestimmt nicht. Das wäre im sicher aufgefallen.

»Danke! Ja, ich wusste Bescheid und habe nur darauf gewartet, dass ihr euch bei mir meldet. Deshalb habe ich auch aufgehört, euch Berichte zu schicken, aber ich dachte, ihr hättet mich vergessen«, bluffte er.

Beide Hologramme strahlten Freude über ihre Gesichter aus. »Das freut Anton und mich sehr, Basti. Dann könnten wir eigentlich abstimmen. Was sagst du, Anton?«

»Ja, aber was ist mit Antje und einem möglichen Patt? Wir sind jetzt vier gleichberechtigte Partner.« Alex' Hologramm stand auf und schaute nacheinander erst Basti und dann Anton lange in die Augen. »Nach den Regeln müsste Antje jetzt am Tisch sein, um stimmberechtigt zu sein. Außerdem verlangt der Markt eine Entscheidung und unsere beiden Bieter auch. Antje hat selbst entschieden, lieber im Auto zu schmollen, als aktiv an der Zukunft dieser Gruppe teilzuhaben. Falls ihr beide zustimmt, ist sie nach den Regeln von der jetzigen Abstimmung ausgeschlossen.«

Basti wusste nicht, von welchen Regeln Alex gerade sprach, dennoch ergriff er das Wort. »Durch Handzeichen? Ich bin noch gefesselt.«

Die Tür des Autos ging auf und der Fahrer befreite Basti von seinen Fesseln. Endlich konnte er sich erneut an diesem

Tag das Blut Unschuldiger aus seinem Gesicht wischen. Alle drei stimmten durch Handzeichen für den Ausschluss von Antje.

»Gut, dann ist das auch geklärt. Als Vorsitzender, denn ich habe den Hammer, eröffne ich die Abstimmung. Es liegen zwei Angebote für unser Produkt vor. Einmal von BuddyCorp und einmal von der CopyCatGroup. Beide wollen das Unternehmen C.C.C. dabei vollständig übernehmen. Die angebotenen Summen sind hoch, aber sollten nicht allein ausschlaggebend für unsere Entscheidung sein. Ich gebe zu bedenken, dass wir uns zurzeit auf dem Territorium von BuddyCorp befinden und deshalb damit rechnen müssen, von denen plötzlich angegriffen und vernichtet zu werden, falls wir an CopyCat verkaufen. Außerdem sind wir alle mit dem Warenkosmos von BuddyCorp groß geworden. Ich stimme daher für Buddy-Corp und erteile hiermit das Wort an Alex.«

»Danke, Anton. Es tut mir leid, dass du so abstimmst und ich weiß, dass ich erst gar nicht versuchen muss, dich umzustimmen. Ich halte das Angebot von CopyCat für besser. Du hast recht damit, dass wir mit BuddyCorp aufgewachsen sind und unter diesen Dreckskerlen Tag für Tag leiden mussten. Im kommenden Krieg müssen wir mit Hilfe von Copycat den Buddy vernichten. Ich stimme daher für Copycat und keine Angst, Anton. Ich bin in Singapur, in der neuen Zentrale von CopyCat, und BuddyCorp kommt nicht an mich ran. Basti, falls du für CopyCat stimmst, wartet ein Extraktionsteam darauf, dich und Antje da rauszuholen, bevor die Truppen von BuddyCorp euch erreichen können. Ihr seid mit Absicht 20 Stockwerke unterhalb des Hochhauses, damit BuddyCorp euch nicht so schnell finden kann. Das habe ich so geplant.«

Anton schmiss den Hammer weg, stand kurz auf, fluchte und setzte sich wieder hin. »Du verdammtes Arschloch, Alex. Du bist ein Verräter. Wie konntest du den Westen, deine Heimat, an BuddyCorp verraten? Dann ist es halt so. Du willst mein Feind sein? Dann werde ich persönlich für deinen Tod sorgen. Basti, du entscheidest jetzt, an wen wir verkaufen. Denk aber bitte daran, dass Alex lügt oder schlecht aufgepasst hat. Antje hatte mit dem Hologramm Kontakt zu BuddyCorp. Die wissen ganz genau, wo ihr seid, und wer weiß, ob das Extraktionsteam von Alex es überhaupt zu euch schafft.«

Basti starrte auf den Tisch vor sich. Ob in der Pistole, die vor ihm lag, wohl noch eine Patrone war? Vielleicht hatte Antje nicht das ganze Magazin leer geschossen. Er konnte sich nicht mehr erinnern. Entscheiden sollte er sich. Gegen seine Klasse und für eine von zwei übrig gebliebenen Fraktionen der Reichen. Bereit zum letzten entscheidenden Kampf der Menschheit. Die Entscheidung fiel ihm nicht leicht, aber er hatte diese zu treffen.

EPILOG

Ein alter Mann
streift
ziellos umher
Karg sein Lebensraum
Einsam
sein Revier
Allein
unter der Brücke
ist er nicht
Einsamkeit
ihn begleitet
ob in Gesellschaft oder nicht
Abzuschütteln
vermag er diese nicht

Die Sonne scheint
wärmend
der toten Stadt Beton
Gemeinsam
Spaß erleben
Kinder Lachen
Überleben

Dem System
den Rücken zugewandt
Der alte Mann
streift
ziellos umher
Erinnert
der Kinder Lachen
an so manch schlimme Tage
Von Freiheit träumen
an der Hoffnung nagen
Der alte Mann
weiß es besser

Der Schuldigen Lachen
der Unschuldigen Tod
Tränen und Angst
häufig
des alten Mannes
Gesicht plagen
Das System
wird sie finden
mit all seinen Qualen

Der alte Mann
streift
ziellos umher
Melodien im Ohr
lassen verblassen

sein Gesicht.
Schaum überall
Freude
aus der Kinder Sicht

Angst
Panik
Gelächter
überall
Der Schaum
der Menschen Tod
Retten
was
zu retten Not

Der alte Mann
sein Ziel
längst tot
Allein
einsam
das Lachen ruht
Der Schaum
erreicht
des alten Mannes Mut
Angst erleben
traut
er sich nicht
Des Pflasters Schild

das
will
er nicht
Den Schaum erwartend
lachend
in der Sonne Licht

Angst
die
hat der alte Mann nicht

EINE KLEINE BITTE NOCH ...

Rezensionen sind für Autoren sehr wichtig. Sie helfen, unser Buch bekannter zu machen und geben uns ein wichtiges Feedback zu unserer Arbeit.

Wenn dir mein Buch gefallen hat, würde ich mich über eine kleine oder große Rezension auf der Plattform deiner Wahl daher sehr freuen und bedanke mich herzlich.

DEIN SEBASTIAN

ZUM AUTOR

Sebastian Kreimeier, geboren am 26.11.1982 in Bad Driburg, hat B.A. Politikwissenschaften (Nebenfach Geschichte) an der Universität Kassel und M.A. Regionalmanagement und Wirtschaftsförderung an der HAWK Göttingen studiert. Weiterhin erarbeitete er sich ein Zertifikat in Mediation der Fernuni Hagen und ist Absolvent des 85. Jahrgang der Europäischen Akademie der Arbeit (EAdA) in Frankfurt am Main.

Ansonsten gleicht sein Lebenslauf keiner geradlinigen Straße. Vielmehr war seine Fahrt durchs Leben geprägt von sehr kurvenreichen Streckenabschnitten und das ein oder andere Mal wurde Sebastian unfreiwillig zum Verlassen der Fahrbahn gezwungen. Er war schon »Bademeister« im Schwimmbad, Asylentscheider, Soldat und Zugbegleiter. Immer mal wieder, für kürzere oder längere Abschnitte, war er dann auch arbeitssuchend und dadurch der Brutalität des Hartz-4-Systems ausgesetzt. Dort lernte er, was es heißt, verachtet zu werden und wie es sich anfühlt, selbst einen anderen Menschen zu verachten. Beides empfindet Sebastian als menschenunwürdig.
Diese selbst erleidende Ungerechtigkeit und der daraus resultierende Blick für das Große und Ganze führten dazu, dass Sebastian politisch aktiv wurde. Er ist Gewerkschaftsmitglied und kandidierte bei der Landtagswahl 2022 in Niedersachsen für die Partei DieLinke. als

Direktkandidat seines Heimatkreises Holzminden, im Süden von Niedersachsen.

Sebastians Herz schlägt links! Mit dem Schreiben will er einen Beitrag zur Aufklärung leisten. Er ist überzeugt davon, dass in der kapitalistischen Produktionsweise die Gefahr besteht, immer mehr Menschlichkeit zu verlieren. Wenige profitieren am Leid von vielen. Das System benötigt dazu zwingend Differenzen. Die Unterschiede zwischen Menschen werden hervorgehoben, um dadurch Ungleichbehandlungen legitimieren zu können und dürfen. Der »Konstruktionsfehler«, der aus Märkten Monopole werden lässt oder den menschlichen Körper immer mehr zur Ware, zum Objekt degradiert, soll nachvollziehbar und nachfühlbar werden.

DANKSAGUNG

Ich habe vielen zu danken:

Meiner Familie, die mich unterstützt.

Meinen Freunden, die mich weniger ärgern als sonst üblich.

Sandra Andrés von der Agentur **Autorenträume**, die mich auf dem Weg des Self-Publishings mit Rat und Tag begleitet.

Dr. Alexandra Sept vom Lektorat **Stift und Papier**, die mein Manuskript in etwas Vorzeigbares verwandelte.

Daniela Brenner von **Dein Coverdesign,** die ein Abbild meiner Gedankenwelt erschuf.

Meinen beiden Testlesenden **Christoph Wittmann** und **Jeannine Weber**, die als Erste von meinen Ideen erfahren und mich bestärken, weiterhin zu schreiben.